W0304943

VI KEELAND / PENELOPE WARD

Perfect Player

Die Romane von Vi Keeland und Penelope Ward bei LYX:

Perfect Player
Park Avenue Player
British Player
Sweet Player
Hate Notes
The Story of a Love Song
Sleepless in Manhattan
Can't Stop the Feeling

Die One-More-Reihe:
One More Chance
One More Promise
One More Kiss
One More Time

Das Rush-Duett:
Rebel Soul
Rebel Heart

Christmas Deal *(exklusiv als E-Book)*
Merry Kissmas *(exklusiv als E-Book)*

Außerdem von Vi Keeland:
Touchdown – Er will doch nur spielen

Außerdem von Penelope Ward (exklusiv als E-Book):
Off Limits – Wenn ich von dir träume
Hate You, Love You
Our Second Chance
Anti-Boyfriend
Hot Crush – Mit dir gibt es keine Regeln
Dare You to Love Me

VI KEELAND / PENELOPE WARD

PERFECT PLAYER

Roman

Ins Deutsche übertragen
von Antje Görnig

LYX

LYX in der Bastei Lübbe AG
Dieser Titel ist auch als E-Book und als Hörbuch erschienen.

Die Bastei Lübbe AG verfolgt eine nachhaltige Buchproduktion. Wir verwenden Papiere aus nachhaltiger Forstwirtschaft und verzichten darauf, Bücher einzeln in Folie zu verpacken. Wir stellen unsere Bücher in Deutschland und Europa (EU) her und arbeiten mit den Druckereien kontinuierlich an einer positiven Ökobilanz.

FSC www.fsc.org
MIX
Papier | Fördert gute Waldnutzung
FSC® C014496

Die Originalausgabe erschien 2021
unter dem Titel »Well Played«

Textredaktion: Christiane Wirtz
Umschlaggestaltung: © Guter Punkt, München | www.guter-punkt.de
unter Verwendung von Motiven von
© iStock (Kiuikson) und
© iStock/Getty Images Plus (Sean Pavone/KazanovskyAndrey)
Satz: Greiner & Reichel, Köln
Gesetzt aus der Adobe Caslon
Druck und Verarbeitung: GGP Media GmbH, Pößneck

Printed in Germany
ISBN 978-3-7363-1887-8

1 3 5 7 6 4 2

Sie finden uns im Internet unter lyx-verlag.de
Bitte beachten Sie auch: luebbe.de und lesejury.de

1. KAPITEL

Presley

»Ist dir inzwischen wenigstens mal einer dieser Südstaaten-Gentlemen begegnet, wie man sie aus dem Kino kennt? Einer wie Ryan Gosling in ›Wie ein einziger Tag‹ oder Matthew McConaughey in … ach, in jedem Film?«

Ich seufzte, schaltete meine beste Freundin Harper auf Lautsprecher und legte mein Handy aufs Bett, um mich zum Duschen auszuziehen. »Nein, aber gestern habe ich im Postamt mit einem Mann namens Huck geredet. Er hatte so einen heftigen Akzent, dass ich zuerst dachte, er käme aus dem Ausland. Ich habe mich entschuldigt und gesagt, dass ich nur Englisch spreche. Das fand er gar nicht lustig. So klinge ich aber nicht, oder?«

»Nur nach ein paar Drinks. Manche Leute lallen, wenn sie zu viel getrunken haben, aber *du* hast dann diesen typischen schleppenden Tonfall und sagst Sachen wie *howdy*.«

»Ich würde niemals *howdy* sagen! Aber diese Woche habe ich jemanden getroffen, der wirklich so redet. Atticus Musslewhite.«

»Ist das sein richtiger Name?«

»Na klar. Er ist Automechaniker und arbeitet bei einer Tankstelle in der Stadt. Wir waren zusammen an der Highschool, aber ich bin ziemlich sicher, dass er mich nicht wiedererkannt hat. Als ich am Sonntag hier ankam und tanken musste, hielt ich neben der Zapfsäule, und er stand da wie ein Begrüßungskomitee. Mit einem echten Strohhalm im Mund hat er mich von oben bis unten gemustert, den Hut gezogen und gesagt: ›*Howdy*, schöne Frau. Willkommen in Beaufort. Wenn Sie irgendwas brauchen, rufen Sie mich an. Ich besorg's Ihnen.‹«

»Oh Gott. Pack sofort deine Sachen und komm wieder zurück.«

Ich setzte mich lachend auf die Bettkante und zog meine Sneakers aus. »Ja, leider weit und breit kein Ryan Gosling in Sicht. Aber ich bin trotzdem froh, zu Hause zu sein. Als ich mich entschlossen habe, wieder hierherzuziehen, hatte ich Angst, dass mir das Kleinstadtleben nicht mehr liegt, aber ich muss sagen, meine Schultern sind zum ersten Mal seit Jahren wieder ganz entspannt.«

»Hmm ... Dann sollte ich vielleicht auch nach Beaufort ziehen. Mein Masseur will mittlerweile hundertfünfzig pro Stunde haben.«

»Du würdest hier wahrscheinlich nach ein paar Tagen durchdrehen, weil alles viel langsamer läuft.«

Harper seufzte. »Ich finde es schrecklich, so weit weg von dir zu sein. Aber ich bin froh, wenn du zur Ruhe kommst. Wie ist denn die Lage im *Palm Inn*?«

Ich sah mich in meinem Zimmer um, das in einem besseren Zustand war als die meisten anderen Räume in der Frühstückspension. Die Farbe blätterte von den Wänden, das Muster des verschlissenen Teppichs war nicht mehr zu erkennen, und das Klimagerät in dem von Termiten zerfressenen Fensterrahmen war schrottreif. »Äh ... Das Haus braucht ein bisschen liebevolle Zuwendung.«

»Kannst du abschätzen, wie lange die Renovierung dauert?«

»Nein. Ich stelle gerade eine Liste auf für eine Einschätzung, welche Handwerker wir uns leisten können. Dann kommt der

Zeitplan. Die Arbeiten müssen auf jeden Fall abgeschlossen sein, bevor ich anfange zu unterrichten.«

Ich hatte eine Halbtagsstelle als Lehrerin für Kunst und Fotografie an der örtlichen Highschool gefunden. Es war kein glamouröses Leben mehr wie in New York, wo ich als Leiterin einer Galerie gearbeitet und auch selbst Fotos und Bilder ausgestellt hatte. Doch eigentlich war ich sowieso kein Glamour-Girl, und ich freute mich darauf, ein Fach zu lehren, das ich liebte.

»Du schaffst das schon«, sagte Harper. »Du schaffst alles.«

»Hoffentlich.«

»Und wie geht es dem süßesten Jungen der Welt?«

Ich hatte meinen siebenjährigen Sohn in New York ein paar Wochen vor den Sommerferien aus der Schule nehmen müssen, als mein Mietvertrag auslief und der Umzug vor der Tür stand. In Beaufort war das Schuljahr bereits zu Ende, aber weil er noch einiges zu lernen hatte, um die zweite Klasse abzuschließen, versuchten wir uns in Homeschooling.

Ich lächelte. »Alex ist happy. Er hat sofort Freunde gefunden. Ich hatte befürchtet, es wird schwierig für ihn, bis im Herbst die Schule beginnt, aber meine Mutter hat ihn zum Lunch mit einer Freundin und deren Enkel mitgenommen, und sie haben sich auf Anhieb gut verstanden. Seitdem spielen sie jeden Tag zusammen Football. Sie wollen beide in das Kinderteam und werden am Ferientraining teilnehmen. Als Alex dem Jungen von seinem Vater und seinem Onkel erzählt hat, ist er schlagartig zum Star geworden.«

»Bei welcher Mannschaft ist noch mal sein Onkel?«

»Bei den Broncos.«

»Und da hat Alex' Vater auch gespielt?«

»Nein, der war bei den Jets. So bin ich überhaupt nach New York gekommen, schon vergessen?«

»Jets, Mets, Nets – wie soll ich die alle auseinanderhalten?«

Ich lachte. Das war ein weiterer Unterschied zum Leben in der Großstadt: In New York war Football ein Sport, der in den Kneipen im Hintergrund lief, hier im Süden war Football dagegen eine Religion. Ganz Beaufort versammelte sich freitagabends im Stadion – nicht nur die Familien und Freunde der Spieler. Mein Ex Tanner war vor acht Jahren – vor seiner Verletzung – ein Zweitrunden-Pick beim NFL-Draft gewesen. Sein Bruder war zwei Jahre zuvor ein Erstrunden-Pick, und ihr Vater hatte insgesamt fünfzehn Jahre in der NFL gespielt. Als ich vor fast zehn Jahren mit Tanner nach New York gezogen war, hatte unsere kleine Stadt bereits zweiundfünfzig junge Spieler in die NFL geschickt. Inzwischen waren es sicherlich mehr.

»Wie soll ich nur ohne dich klarkommen?«, sagte Harper. »Du bist erst sechs Tage weg und fehlst mir jetzt schon. Wie du weißt, mag ich Menschen nicht besonders und kann mir nicht einfach so eine neue Freundin suchen.«

Ich lächelte. »Du hast jede Menge Freunde und Freundinnen.«

»Aber außer dir keine richtige.«

Ich seufzte. Da war etwas dran. Nur wegen Harper hatte ich es überhaupt so lange in New York ausgehalten. Alex' Vater hatte uns in den sechs Jahren seit unserer Trennung weiß Gott keinen Grund zum Bleiben gegeben. Obwohl wir in derselben Stadt lebten, hatte er seinen Sohn kaum einmal gesehen.

»Du fehlst mir auch. Aber du kommst mich ja bald besuchen, nicht wahr?«

»Natürlich. Ich kann es nicht erwarten.«

»Okay, also dann ... Wir werden es überleben, indem wir uns auf Urlaube und Besuche freuen. Aber hör mal, ich muss jetzt Schluss machen. Alex ist bei seinem neuen Freund. Ich habe gerade das Dachgeschoss geputzt und muss unter die Dusche. Da oben war es furchtbar heiß und schmutzig, und ich glaube, ich stinke. In der Hitze hier könnte man Eidechsen braten.«

»Die braten da unten Eidechsen?«

Ich lachte. »Nicht dass ich wüsste. Aber meine Mutter hat das neulich gesagt, und Alex hat sie angeschaut, als wäre ihr ein zweiter Kopf gewachsen. An die Sprache hier muss er sich erst noch gewöhnen.«

Sie lachte. »Wir hören uns in ein paar Tagen wieder, *schöne Frau.*«

»Bye, Harp.«

Ich schob die Yogahose an meinen feuchten Beinen hinunter, befreite mich von meinem Tanga, der an meinem Po festklebte, und stellte mich vor das kaputte Klimagerät. Das Ding produzierte nur noch heiße Luft. Ich musste meine ellenlange Renovierungsliste um den Punkt »Klimaanlage reparieren« ergänzen, wenn ich den heißen Sommer überleben wollte.

Auf meinem Nachttisch stand ein Bluetooth-Lautsprecher. Beim Klingeln des Telefons hatte ich die Musik leiser gedreht, doch nun lief »SexyBack« von Justin Timberlake, übertönt vom unaufhörlichen Gerassel des Klimageräts. Ich stellte den Song lauter, löste meinen Pferdeschwanz und ließ mir im Beyoncé-Stil die blonden Haare aus dem Gesicht pusten. Mit geschlossenen Augen begann ich, mich zur Musik zu bewegen.

Ich hatte gefühlt seit einer Ewigkeit nicht mehr getanzt, obwohl ich es immer sehr gern getan hatte. In der Highschool hatte ich das Tanzteam geleitet, und Harper und ich waren öfter zum Tanzen ausgegangen. Aber wann hatte ich das letzte Mal so richtig getanzt, als ob niemand zusehen würde? Das war Jahre her. Und so tat ich es einfach. Warum auch nicht? Ich war allein in der Pension, und die Jalousien waren geschlossen.

Ich wiegte mich eine Weile langsam hin und her, bis meine Hüfte beschloss mit einzusteigen. Als der Refrain zum zweiten Mal kam, bewegte ich alles, was an mir beweglich war. Tanner stand auf Ärsche. Als vor Jahren das Twerk-Video von Miley Cyrus viral gegangen war, hatte ich ihn dabei erwischt, wie er es sich auf seinem Laptop angesehen hatte. Und um ihn zu überraschen, hatte ich Twerken gelernt. Ich wusste allerdings nicht, ob ich mich im reifen Alter von neunundzwanzig noch so bewegen konnte. Doch als Justin »get your sexy on« sang, tat ich ihm den Gefallen. Und ich wollte verdammt sein, wenn ich es nicht immer noch draufhatte. Also wackelte ich mit meinem nackten Hintern, was das Zeug hielt – mit wehenden Haaren selbstverständlich.

Als der Song endete, war ich geradezu in Hochstimmung und bekam das Grinsen nicht mehr aus dem Gesicht. Vielleicht tat es mir doch gut, wieder in South Carolina zu sein.

Und vielleicht war nackt tanzen genau das, was ich brauchte.

Oder vielleicht auch nicht.

Als ich mich schwungvoll umdrehte, um duschen zu gehen, blieb mir fast das Herz stehen, denn ein Mann lehnte grinsend im Türrahmen.

Ich stieß einen markerschütternden Schrei aus. Mein Selbstverteidigungsmechanismus schaltete sich ein, ich griff nach dem nächstbesten Gegenstand und schleuderte ihn durch den Raum. Zum Glück hatte ich den Lautsprecher zu fassen bekommen, und der hatte es in sich. Das harte Kunststoffteil traf den Eindringling am Kopf und streckte ihn nieder.

Zitternd sah ich mich nach einer anderen Waffe um, fand aber nichts Geeignetes. Deshalb schnappte ich mir mein Telefon und wählte den Notruf, in der Hoffnung, dass es jemand hierher schaffen würde, bevor der Mann wieder zu sich kam.

Die Frau in der Zentrale fragte nach meinem Namen und

meiner Adresse, dann sagte sie, sie habe die Polizei informiert. »Atmet der Einbrecher, Presley?«

Ich riss die Augen auf. Hatte ich ihn womöglich umgebracht? *Oh mein Gott.* Mir wurde übel. »Ich weiß nicht. Aber er bewegt sich nicht.«

»Okay, bleiben Sie einfach am Telefon. Die Polizei ist unterwegs. Können Sie irgendwie gefahrlos den Raum verlassen?«

Ich schüttelte den Kopf, obwohl mich die Frau natürlich nicht sehen konnte. »Er liegt in der Tür, und einen anderen Weg gibt es nicht. Im Fenster ist das Klimagerät installiert.«

»Okay. Versuchen Sie, ruhig zu bleiben. Reden wir einfach weiter, bis die Polizei eintrifft.«

Ich nickte, konnte mich aber nicht auf das konzentrieren, was die Frau sagte. *Und wenn ich ihn tatsächlich umgebracht habe?* Mein Herz hämmerte wie verrückt. Ich schaute zu dem Mann hinüber. Er trug Jeans und ein Hemd, aber sein Gesicht war von mir abgewandt, und ich konnte es von der Ecke, in der ich kauerte, nicht erkennen.

Eine Sache kam mir allerdings merkwürdig vor. Einbrecher waren normalerweise nicht so gut gekleidet. Hätte er nicht einen Strumpf über dem Kopf und zerschlissene Klamotten tragen müssen, die nach Drogenkonsum und Obdachlosigkeit aussahen?

Ich ging auf Zehenspitzen näher heran, um besser sehen zu können. Sein schneeweißes Hemd war mit einem kleinen Pferd bestickt. Hatte mein Einbrecher etwa ein sauteures Ralph-Lauren-Anzughemd an?

Mich beschlich ein ungutes Gefühl. Ich musste sein Gesicht sehen. »Sind Sie noch da?«, fragte ich ins Telefon.

»Ich bin da. Ist alles okay?«

»Ja. Ich mache jetzt ein paar Schritte auf ihn zu. Er rührt sich immer noch nicht, und ich will sein Gesicht sehen.«

»Okay. Bleiben Sie bitte am Apparat, und schauen Sie, ob Sie irgendwie um ihn herumkommen und das Haus verlassen können.«

Ich nickte. Dann wurde mir bewusst, dass ich noch immer nackt war, also riss ich das Laken vom Bett und wickelte es mir um. Zögernd trat ich einen Schritt vor und wartete ab, ob sich der Mann bewegte. Das tat er nicht, daher machte ich noch einen Schritt und noch einen, bis ich dem Einbrecher so nah war, dass ich mich über ihn beugen und mir sein Gesicht anschauen konnte.

Ich schnappte nach Luft.

»Presley? Sind Sie noch da?«, fragte die Frau am Telefon. »Ist alles okay?«

»Oh mein Gott!«

»Was ist los, Presley?«

»Ich glaube, es ist Levi!«

»Sie kennen den Einbrecher?«

»Ja. Er ist Tanners Bruder.«

»Und wer ist Tanner, Presley?«

»Mein Exverlobter.«

»Wie lautet Tanners Nachname?«

»Miller.«

»Miller?«

»Ja.«

»Okay. Dann ist der Mann auf dem Boden also Levi Miller?«

»Ja.«

»Er heißt wie der Footballspieler?«

Ich schüttelte den Kopf. »Nein, er heißt nicht wie der Footballspieler – er *ist* der Footballspieler. Ich glaube, ich habe den wertvollsten Spieler des Super Bowls umgebracht.«

»Mir geht es gut«, knurrte Levi im Nebenraum die Sanitäterin an.

Die Polizei hatte uns getrennt. Mich hatte man gebeten, in der Küche Platz zu nehmen, während er im angrenzenden Wohnzimmer untersucht wurde. Ich spähte über die Schulter des Polizeibeamten, der mir gegenübersaß, um in Erfahrung zu bringen, was nebenan los war.

»Sir, Sie waren bewusstlos. Möglicherweise haben Sie eine Gehirnerschütterung. Außerdem muss die Wunde genäht werden.«

»Ich gehe rüber zu Doc Matthews. Der checkt mich durch und flickt mich zusammen.«

Die Sanitäterin runzelte die Stirn. »Das ist keine gute Idee. Wir müssen Sie ins Memorial bringen.« Sie wirkte hektisch, während sie versuchte, seinen Kopf mit Mull abzutupfen.

Der Polizeibeamte hatte sich Notizen gemacht und klappte seinen Block zu. »Sie wussten also nicht, dass es der Bruder Ihres Exverlobten war, als Sie ihn angegriffen haben? Sie haben einen berühmten Footballspieler nicht erkannt, den Sie mehr oder weniger Ihr ganzes Leben lang kennen?«

»Wie gesagt, ich habe ihn nicht angegriffen. Ich habe getanzt, und er ist hier einfach hereingeplatzt. Er trägt jetzt einen Vollbart, mit dem ich ihn noch nie gesehen habe. Ich habe Angst bekommen und das Erstbeste nach ihm geworfen, das ich zu fassen bekam. Es war ein Versehen. Ich dachte, er wäre ein Einbrecher oder so.«

»Und Sie haben … nackt getanzt?«

»Ja.«

Er klappte seinen Notizblock auf und begann wieder zu schreiben.

»Könnten Sie … dieses Detail in Ihrem Bericht vielleicht weglassen? Es ist mir total peinlich.«

Der Beamte sah kurz auf, schrieb aber weiter. »Das gehört alles zum Sachverhalt, Ma'am.«

Als Levis Stimme abermals aus dem Nebenraum zu hören war, drehte sich der Polizist ruckartig um. Levi hatte sich vor der kleinen Sanitäterin aufgebaut. »Geben Sie mir den Wisch, den ich unterschreiben muss. Wegen eines Kratzers am Kopf lasse ich mich doch nicht in ein Krankenhaus einliefern.«

Der zweite Sanitäter kam zu uns in die Küche. »Die Vitalfunktionen des Opfers sind stabil, und er lehnt jede Behandlung ab«, sagte er zu dem Polizisten. »Deshalb lassen wir ihn das Formular zum Verzicht auf medizinische Versorgung unterschreiben und machen uns wieder auf den Weg.«

Der Beamte schloss sein Notizbuch und sah mich an. »Entschuldigen Sie mich einen Moment.«

Während die Sanitäter ihre Ausrüstung zusammenpackten, sprach er in gedämpftem Ton mit Levi. Ich spitzte die Ohren, um mitzuhören.

»Sind Sie sicher, dass Sie keine Anzeige erstatten möchten, Mr Miller?«

Levi schaute zu mir herüber. Sein Blick war eisig, doch er schüttelte den Kopf.

»Na gut. Wir müssen trotzdem einen vollständigen Bericht schreiben. Aber wir werden es als häuslichen Unfall zu den Akten legen.«

Eine Viertelstunde später verließen die Letzten das Haus. Sanitäter und Polizei waren in dem Moment eingetroffen, als Levi zu sich gekommen war, und sie hatten ihn umgehend versorgt und uns dann getrennt. Ich hatte noch keine Gelegenheit gehabt, mich bei ihm zu entschuldigen.

»Es tut mir furchtbar leid, Levi, ich wollte dich nicht verletzen. Aber warum hast du mich beobachtet? Das ist gruselig.«

»Es lässt sich kaum vermeiden hinzusehen, wenn man im eigenen Haus eine nackte Frau beim Twerken vorfindet. Ich hatte keine Ahnung, dass du es bist.«

Ich verschränkte die Arme vor der Brust. »Es ist *unser* Haus. Und ich hatte auch keine Ahnung, dass du es bist. Du hast dich verändert. Deine Haare sind länger, und der Bart ist mir auch neu.« Ich warf einen Blick auf die Platzwunde an seinem Kopf und verzog das Gesicht. »Du hättest dich behandeln lassen sollen. Es blutet immer noch.«

»Platzwunden am Kopf bluten immer heftig. Ist schon okay.«

»Bitte geh wenigstens zu Doc Matthews.«

»Was machst du überhaupt hier?«

»Ich bin wieder hierhergezogen.«

»Warum?«

Das fragte ich mich in diesem Moment auch. »Weil es für meinen Sohn ein guter Ort zum Aufwachsen ist.«

Er musterte mich. »Wieso bist du so schmutzig?«

»Oh. Ich habe oben auf dem Dachboden saubergemacht, bevor du gekommen bist.«

»Warum?«

Ich runzelte die Stirn. Er stellte viele Fragen, und die meisten Antworten lagen eigentlich auf der Hand. »Äh … weil es da katastrophal ausgesehen hat.«

»Dem Bauunternehmer ist es egal, ob der Dachboden sauber ist. Danach fragt er nicht. Er reißt es einfach ab.«

»Was reißt er ab?«

»Das Haus.«

»*Was?* Wovon redest du?«

Nun runzelte Levi die Stirn und sah mich irritiert an. »Hast du das Angebot nicht erhalten?«

»Welches Angebot?«

»Für die Pension. *Franklin Construction* hat mehr als das Doppelte des eigentlichen Werts dafür geboten. Mein Anwalt wollte es dir schicken. Ich dachte, es wäre beschlossene Sache.«

Ich schüttelte den Kopf. »Aber ich will nicht verkaufen.«

Levi stemmte die Hände in die Hüften. »Tja, dann haben wir ein Problem. Ich will nämlich.«

2. KAPITEL

Presley

Einige Stunden danach stand Levi auf der Veranda, und ich öffnete ihm die Tür.

»Du musst nicht anklopfen. Das ist dein Zuhause.«

Er zeigte auf seinen bandagierten Kopf. »Acht Stiche sagen etwas anderes.«

Ich schlug die Hand vor den Mund. »Oh mein Gott. *Acht* Stiche? Es tut mir unheimlich leid. Wie konnte ich dir das nur antun?«

»Schon okay. Doc Matthews meinte, ich bin so gut wie neu.«

Ich kniff die Augen zusammen. »Der Doc hat vor fünf Minuten angerufen. Du hast deine Brieftasche in der Praxis liegen lassen. Und er hat gesagt, dass man dich besser ins Krankenhaus gebracht hätte und du achtundvierzig Stunden unter Beobachtung bleiben musst, falls noch Symptome wie undeutliches Sprechen oder Erbrechen auftreten.«

Levi schüttelte den Kopf. »Ich hatte vergessen, dass man in Beaufort nicht viel auf Datenschutz und Privatsphäre gibt.« Er sah sich um. »Weißt du, wo mein Koffer abgeblieben ist? Ich habe ihn im Flur stehen lassen, als ich reingekommen bin und sehen wollte, woher die Musik kommt.«

»Oh. Ja. Ich habe ihn in die Woodward Suite gebracht.«

Er zog die Augenbrauen hoch. »Da hast du dich doch einquartiert, oder?«

»Ich bin in ein normales Zimmer umgezogen. Ich brauche nicht so viel Platz.«

»Rede keinen Unsinn. Ich nehme irgendein halbwegs bewohnbares Zimmer.«

Die Woodward Suite war ein komplett eingerichtetes Apartment im Erdgeschoss der Pension. Sie wurde nicht vermietet und stand Familienmitgliedern und Freunden zur Verfügung, die zu Besuch in die Stadt kamen. »Die Suite gehört deiner Familie, Levi. Ich komme klar.«

Er bedachte mich mit einem finsteren Blick. Dann ging er zum Schlüsselkasten, schloss ihn auf und nahm einen Schlüssel heraus.

»Zimmer dreizehn, passt zu mir«, sagte er spöttisch. »Du nimmst die Suite.«

Am nächsten Morgen räumte ich den Frühstückstisch ab, als Levi die Treppe herunterkam.

»Können wir mal kurz reden?«, fragte ich.

»Worüber?«

Ich schaute zu dem Briefumschlag, der auf der Küchentheke lag. Am vergangenen Abend hatte ich den Poststapel durchgesehen, den ich aus New York mitgebracht hatte. Ich hatte im Umzugschaos noch keine Gelegenheit gehabt, die Umschläge zu sichten, geschweige denn zu öffnen. Doch nun hatte ich den Anwaltsbrief gefunden, von dem Levi gesprochen hatte.

Er nickte. »Wir werden kein besseres Angebot für die Bude bekommen. Sie verfällt ja täglich mehr. In Zimmer dreizehn funktioniert nur eine Steckdose, und aus der Klimaanlage kommt heiße Luft.«

»Ich weiß. Es ist viel Geld – verdammt viel Geld.«

»Gut. Ich sage meinem Anwalt, er soll die Sache in Gang bringen.«

»Weißt du …« Ich kaute an meinem Daumennagel. »Mir ist klar, dass es ein tolles Angebot ist und alles, aber ich möchte das *Palm Inn* nicht verkaufen.«

Levi sah mich grimmig an. »Warum nicht, zum Teufel?«

»Weil die Pension seit drei Generationen deiner Familie gehört. Sie ist so etwas wie ein Wahrzeichen, ein ganz besonderer Ort, Levi.«

»Das *war* sie vor fünfzig Jahren. Aber inzwischen gibt es hier ein sehr hübsches Hotel einer bekannten Kette, das nur fünf Minuten vom Stadtzentrum entfernt ist und allen Komfort bietet. Die Pension wird nicht mehr gebraucht.«

»Das *Palm Inn* ist nicht bloß eine Unterkunft. Hier können die Gäste noch das echte Beaufort erleben.«

Er schnaubte. »Beaufort *erleben*? Davon hast du doch keine Ahnung. Sobald du deinen Goldesel gefunden hattest, bist du abgehauen ohne auch nur zurückzublicken.«

Ich stutzte. Als Goldesel hatte ich Tanner nie betrachtet. Wir waren bereits in der Highschool und in den vier Jahren am College ein Paar gewesen. »Wie bitte?«

Er schüttelte den Kopf. »Vergiss es. Ich verstehe eh nicht, warum mein Großvater dir die Hälfte vermacht hat.«

»Er hat nicht *mir* die Hälfte vermacht, sondern meinem Sohn.«

»Mit dir als Treuhänderin. Wieso hat er meinem Bruder nicht die Verantwortung übertragen, damit jemand mit Verstand die Entscheidungen treffen kann?«

Ich wurde rot vor Zorn. »Er *hat* jemandem mit Verstand die Verantwortung übertragen! *Mir.* Und Tanner hat er sie nicht übertragen, weil er ein sehr kluger Mann war.«

»Wann hast du denn das letzte Mal mit meinem Großvater gesprochen?«

»In der Woche vor seinem Tod. Ich habe fast jeden Sonntag

mit Thatcher gesprochen und Alex auch. Frag doch mal deinen Bruder, wann *er* zuletzt mit ihm geredet hat.«

»Warum?«

»Warum was?«

»Warum hast du jeden Sonntag mit ihm gesprochen?«

»Weil er mir viel bedeutet hat, und weil ich wollte, dass mein Sohn ihn auch gut kennt. Er war ein außergewöhnlicher Mensch.«

Levi sah mich skeptisch an.

»Glaubst du, ich lüge, oder was?«

»Ich weiß nicht, was du im Schilde führst, und im Moment interessiert es mich auch nicht. Sag mir einfach, was nötig ist, damit du dem Verkauf zustimmst. Willst du zusätzliche fünf Prozent? Oder zehn? Jeder hat seinen Preis. Wäre dir Geld egal, hättest du meinen Neffen nicht von seinem Vater getrennt.«

Ich blinzelte mehrmals. »Was soll das denn heißen?«

»Spiel nicht die Beleidigte, und sag mir endlich, was du willst, Presley.«

Ich kochte vor Wut. »Das sage ich dir gern. Ich will, dass du dich ins Knie fickst, Levi!«

Ich brachte den Großteil des Nachmittags damit zu, mich über den Bruder meines Ex und sein bescheuertes Verhalten aufzuregen. Vielleicht war es naiv von mir gewesen zu glauben, er würde das Erbe seines Großvaters bewahren wollen, statt es an den Meistbietenden zu verkaufen. Doch ich würde mich nicht kampflos geschlagen geben.

Während ich meinen Sohn suchen ging, dachte ich darüber nach, wie riesig das Haus war. Wir waren schon mehrere Tage da, und ich hatte die kleine ältere Dame, die eins der Zimmer bewohnte, kaum zu Gesicht bekommen. Fern war eine alte Freundin von Thatcher. Meiner Vermutung nach war sie ihm jedoch von Zeit zu Zeit ein bisschen mehr als eine Freundin gewesen. Er hatte ihr das Zimmer gegen eine geringe Miete überlassen. Bis auf eine kurze Begrüßung bei unserer Ankunft hatte ich nicht mehr von ihr gesehen als ihre BHs in Größe G, die sie in einem der Badezimmer zum Trocknen aufgehängt hatte. Obwohl Fern Thatcher nahegestanden hatte, würde es Levi wohl nichts ausmachen, sie vor die Tür zu setzen, um das Haus zum Höchstpreis zu verkaufen.

Nach langem Suchen entdeckte ich Alex schließlich im Garten, wo er mit seinem Onkel Football spielte. Levi war zwar ein Idiot, aber mir wurde warm ums Herz, als ich sah, wie die beiden sich den Ball zuwarfen. Genau das fehlte in Alex' Leben: männliche Kameradschaft.

Tanner und Levi waren mit einem Vater aufgewachsen, der sich permanent – und fast zu viel – um sie gekümmert hatte, immer in dem Bestreben, sie auf eine Footballkarriere vorzubereiten. Bis zu seinem Tod vor einigen Jahren war Jim Miller ein wichtiger Teil ihres Lebens gewesen. Deshalb verstand ich es überhaupt nicht, warum Tanner als Vater derart abwesend war. Angesichts seiner Kindheit und Jugend hätte man meinen können, er wäre dem Beispiel von Thatcher und Jim gefolgt und hätte viel Wert auf eine enge Beziehung zu seinem Sohn gelegt. Doch Tanner hatte einiges an Verstand eingebüßt, als sich seine Footballhoffnungen durch eine Verletzung in einem seiner ersten NFL-Spiele zerschlugen.

Auch wenn uns mein betrügerischer Ex schlecht behandelt hatte, so bedauerte ich doch sehr, was ihm zugestoßen war. Obwohl es sein Verhalten natürlich nicht entschuldigte. Während er für seinen Vater bis zuletzt da gewesen war, hatte sich sein Verhältnis zu Levi stark verändert. Es war distanzierter geworden, wahrscheinlich weil Tanner Football nur noch indirekt durch seinen Bruder leben konnte, und das war schwer.

Ich blieb hinter einem Baum stehen und belauschte das Gespräch zwischen Alex und Levi.

»Du bist ein guter Spieler, aber du bist nicht perfekt«, sagte mein Sohn.

Levi zog eine Augenbraue hoch. »Du siehst dir meine Spiele an, hm?«

»Ja, alle. Ich sage den anderen immer, dass du mein Onkel bist. Aber es macht natürlich mehr Spaß, wenn du gewinnst.«

Levi lachte schallend. »Mir auch, Kumpel, das kannst du mir glauben.« Er warf Alex den Ball zu. »Dann sag doch mal. Was kann ich besser machen?«

»Viele Leute sagen, dass du dich zu sehr auf deine Zielperson konzentrierst. Du achtest zu wenig auf die anderen Spieler, die den Ball abfangen können. So war es auch beim letzten Spiel in Philadelphia.«

Levi nickte und fing den Ball wieder. »Ja, da hast du recht. Aber weißt du, manchmal ist es gut, Fehler zu machen, weil sie einem zeigen, woran man arbeiten muss.« Er warf den Ball erneut in Alex' Richtung. »Was kann ich sonst noch verbessern?«

Alex schleuderte ihn zurück. »Du bist nicht gerade ein toller Onkel.«

Levi fing den Ball auf und erstarrte. Mein Herz zog sich zusammen.

Er blinzelte und schien nach einer passenden Antwort zu suchen.

»Wieso hast du mich nie in New York besucht?«, fragte Alex.

Levi schwieg eine Weile, bevor er sagte: »Darauf habe ich keine vernünftige Antwort. Die Erwachsenen sind manchmal so sehr mit ihrem Leben beschäftigt, dass sie das Wichtigste vergessen. Es tut mir leid, dass du auf meinen Besuch gewartet hast, aber hoffentlich können wir einiges von der verlorenen Zeit wieder aufholen, solange ich hier bin.« Levi ging auf

Alex zu, hockte sich vor ihn hin und zerzauste ihm das Haar. »Ernsthaft. Tut mir leid, dass ich ein schlechter Onkel war.«

»Du bist ein Schonkel!«

»Was ist das denn?« Levi sah ihn verdutzt an.

»Ein Schonkel – ein schlechter Onkel.« Alex lachte. »Und als Schonkel bist du besser als auf dem Platz als Quarterback.«

Levi ließ ein aufrichtiges Lächeln aufblitzen, was nur selten vorkam. Er war offensichtlich amüsiert darüber, dass sein Neffe sich zu solch einem kleinen Schlauberger entwickelt hatte. »Vielen Dank.«

»Keine Ursache, Onkel Levi.«

Als ich mich am späten Abend dabei erwischte, wie ich über die Frage nachdachte, ob es richtig war, gegen den Verkauf des *Palm Inn* zu kämpfen, merkte ich, dass ich mir noch einmal bewusst machen musste, warum ich überhaupt nach Beaufort zurückgekehrt war. Also nahm ich mir den Brief vor, den ich vor Jahren an mich selbst geschrieben hatte, als ich mit Tanner zum Studieren nach New York gezogen war. Damals hatte ich natürlich nicht geahnt, auf welchen Schlamassel unsere Beziehung und mein Leben im Allgemeinen hinauslaufen würde. Ich bewahrte den Brief in einem Buch auf, um ihn wenn nötig schnell zur Hand zu haben. Er war mir schon oft eine Hilfe gewesen, seit ich erfahren hatte, dass Thatcher Alex die Hälfte der Pension hinterlassen hatte. Als ich mich mit dem Gedanken beschäftigt hatte, ob ich nach Hause zurückkehren sollte oder nicht, hatte ich den Brief mehrmals zu Rate gezogen.

Das dicke, steife Papier knisterte, als ich es auseinanderfaltete. Ich setzte mich aufs Bett und genoss die laue Abendbrise, die zum Fenster hereinkam.

Liebes zukünftiges Ich!

Ich hoffe, du hast dein Leben nicht verpfuscht, denn im Moment, während des Abschlussjahres der Highschool, ist es wirklich großartig. Du hattest eigentlich keinen Grund, es zu vermasseln. Und vielleicht hast du es auch gar nicht vermasselt – vielleicht bist du total erfolgreich. Wenn ja, ist es möglicherweise noch wichtiger, dir ein paar Dinge in Erinnerung zu rufen, die du eventuell im Lauf der Jahre vergessen hast.

Die wichtigen Dinge im Leben, auf die es ankommt, darf man nicht vergessen, egal wie erfolgreich man ist. Deshalb musst du das hier lesen, ob du nun gut dastehst oder schlecht. Du musst es lesen, so oder so.

Von wem ich das alles habe? Nun, von Mamaw, wenn du dich erinnerst. Du hast vorhin ein langes Gespräch mit ihr auf der Veranda geführt. Und dir war irgendwie klar, dass du ihre Ratschläge aufschreiben musst, damit du sie nicht vergisst, denn wenn du das hier liest, ist sie vielleicht nicht mehr da. Gott, das kann ich mir gar nicht vorstellen. Jedenfalls habe ich alles für dich in diesem Brief festgehalten. Sie möchte, dass du Folgendes immer in Erinnerung behältst:

Sei die Art Mensch, der seinen Platz im Bus für jemanden freimacht, der ihn nötig hat. Es sollte zwar selbstverständlich sein, aber sei nicht so beschäftigt mit dir selbst, dass du es nicht mitbekommst, wenn jemand einen Platz braucht. Das ist nur ein Beispiel. Im Endeffekt geht es darum, nicht selbstsüchtig zu sein. Zweitens darf es nicht sein, dass man keine Zeit für seine Liebsten hat. Man kann sich immer Zeit nehmen. Da gibt es keine Ausreden. Später, wenn du alt und grau bist, wird es keine Rolle spielen, wie viel du gearbeitet oder verdient hast. Dann bleibt dir nur die Erinnerung an Dinge, für die du dir Zeit genommen hast.

Und vergiss nicht: Es ist nie zu spät für Veränderungen, wenn du feststellst, dass du im Leben nicht da bist, wo du deiner Meinung nach sein solltest. Aber du musst keinen Erfolg haben, um glücklich zu sein, denn Glück IST ein Erfolg.
Finde deine Lebensaufgabe. Es muss nichts Großartiges sein. Auch der Schuhputzer an der Ecke erfüllt eine wichtige Aufgabe. Die Leute verlassen ihn mit schwungvollem Schritt und treten selbstbewusster auf als vorher. Jemand bittet danach vielleicht sogar die zukünftige Liebe seines Lebens um eine Verabredung oder nimmt einen Job an, in dem er später Karriere macht – allein wegen der blitzblanken Schuhe.
Verdiene deine Brötchen also als Schuhputzerin oder Raumpflegerin, wenn es sein muss – Hauptsache, du machst dich nicht von einem Mann abhängig. Arbeite so viel du kannst, um für dich zu sorgen und auf niemanden angewiesen zu sein.
Geh nicht verärgert schlafen. Es könnte ja sein, dass du vielleicht nicht wieder aufwachst. Und das wäre echt schrecklich.
Sammel deinen Müll auf. Du willst doch keine Umweltverschmutzerin sein.
Kurz gefasst, sei freundlich zu anderen, arbeite viel, aber sei dir auch bewusst, dass Geld und Erfolg unwichtig sind, wenn du nicht glücklich bist.
Und vor allen Dingen: Vergiss nicht, woher du kommst. Du kommst aus einem Ort, wo sich die Leute grüßen, wenn sie aneinander vorbeigehen. Und wo die Beziehungen zu anderen Menschen wichtiger sind als die Marke deines Autos oder deiner Armbanduhr.
Vergiss nicht, wie schön es ist, unter einer Eiche zu sitzen und den fantastischen Sonnenuntergang hier im Süden zu beobachten.

Vergiss nicht, wie süßer Eistee schmeckt, wenn er richtig zubereitet wird.
Und was bodenständige Küche angeht: Wenn du niemanden findest, der so kochen kann wie Mamaw, dann mach es verdammt noch mal selbst! (Oder lern es, wenn du es immer noch nicht kannst.)
Und wenn du aus irgendeinem Grund diesen Brief liest und Heimweh bekommst, dann wird es wohl höchste Zeit, dass du nach Hause zurückkehrst.
Alles Liebe,
Presley

Ich wischte mir eine Träne aus dem Augenwinkel – wie ich es immer tat, wenn ich an meine Großmutter dachte –, faltete den Brief zusammen und steckte ihn wieder in meine Hardcover-Ausgabe von Maya Angelous »Ich weiß, warum der gefangene Vogel singt«. Sie war ein paar Jahre nach Alex' Geburt gestorben. Ich stellte mir gerne vor, dass sie stolz auf mich gewesen wäre, weil ich Thatchers Haus zu neuem Leben erwecken wollte.

Nachdem ich das Buch ins Regal zurückgestellt hatte, schaute ich aus dem Fenster und bemerkte jemanden im Garten. Es war Levi. Er machte Klimmzüge am Ast eines Baums. Offenbar war ich nicht die Einzige, die keine Ruhe fand und nicht schlafen konnte.

3. KAPITEL

Presley

Am folgenden Morgen stieß ich in der Küche mit Levi zusammen, der aus dem angrenzenden Badezimmer kam.

»Oh ... äh, tut mir leid«, stammelte ich verlegen. »Ich hatte dich nicht erwartet.«

Er nickte nur und ging an mir vorbei zum Küchentisch.

Der Duft seines Eau de Cologne hing noch in der Luft, als ich das Bad betrat. Ich bekam eine Gänsehaut und sah mich mit der unangenehmen Erkenntnis konfrontiert, dass mein Körper auf den flüchtigen Körperkontakt zwischen uns reagierte. Ich schauderte. Es war der Beweis dafür, dass man sich nicht aussuchen konnte, zu wem man sich hingezogen fühlte, selbst wenn es der unpassendste Mensch der Welt war. Nachdem mich jahrelang kein Mann angefasst hatte, schien jede noch so kleine Berührung eine körperliche Reaktion bei mir auszulösen. Ich hätte mir nur gewünscht, es wäre nicht der Bruder meines Ex, der mich mit ziemlicher Sicherheit nicht ausstehen konnte.

Nachdem ich auf der Toilette gewesen war, wusch ich mir die Hände und kehrte in die Küche zurück, wo Levi mit einer Schale Frühstücksflocken am Tisch saß. Er wippte unruhig mit den Knien, als könnte er nicht schnell genug essen und verschwinden. Seine Jeans war zerrissen, und aus dem rechten Hosenbein schaute sein Knie heraus. Es sah sexy aus, besonders bei seinen durchtrainierten, muskulösen Beinen. Ich verfluchte mich dafür, dass mir solche Dinge überhaupt auffielen.

Doch Levis Attraktivität war nicht zu leugnen. Vermutlich teilte halb Amerika diese Ansicht. Sein gutes Aussehen hatte etwas Raues, und seine Züge waren eine Spur markanter als die von Tanner. Levi hatte ein kantigeres Kinn und derzeit wesentlich mehr Haare im Gesicht als sein Bruder. Bei ihm wusste man auf den ersten Blick, dass er sich nicht scheute, sich die Hände schmutzig zu machen. Tanner war eher ein Schönling. Doch beide waren auf ihre ganz eigene Art gut aussehend, und beide hatten dunkles Haar und blaue Augen. Womit auch immer ihre Mutter sie gefüttert hatte, es hatte sehr attraktive Männer aus ihnen gemacht.

Als ich mich Levi gegenüber an den Tisch setzen wollte, um vernünftig mit ihm zu reden, stand er auf, räumte seine Schale in die Spülmaschine und verschwand aus der Küche.

Tja, so viel dazu.

Wenige Minuten später tauchte Fern hinter mir auf.

»Was machst du da für eine Sauerei? Geht dir der Miesepeter derart an die Nieren?«

Erst in diesem Moment merkte ich, dass ich aus meiner Papierserviette weißes Konfetti gemacht und es auf der Küchentheke verstreut hatte.

Fern war zwar klein, aber sie war ein Drache. Sie hatte knallroten Lippenstift aufgelegt, der auf ihre Zähne abgefärbt hatte. Ihre grauen Haare hatten einen Blaustich, und während die meisten älteren Frauen in der Gegend Hochsteckfrisuren trugen, flocht sie es zu einem langen Zopf. Manchmal peitschte er hin und her, wenn sie redete.

Ich nickte. »Ja, Levi geht mir wirklich an die Nieren. Er ist gerade in Windeseile abgedampft, damit er nicht mit mir reden muss. Ich glaube, es stört ihn, dass ich hier bin.«

»Der regt sich doch über alles auf, Süße. Er ist ein wandelndes Pulverfass. Neulich habe ich gehört, wie ihr gestritten habt. Der hat offensichtlich einen Stock im Arsch. Und er hat keinen Respekt vor diesem Haus.«

Plötzlich kam mein Sohn herein. »Onkel Levi hat einen Stock im Arsch? Echt?«

Fern kam mir mit ihrer Antwort zuvor. »Das ist nur ein Ausdruck. Man sagt das über jemanden, der unleidig ist.«

»Was ist *unleidig*?«

»Denk mal an diesen mürrischen Luey aus der Sendung, die du so gern guckst«, sagte ich. »Der streitet sich mit jedem und will nie etwas mit seinen Freunden unternehmen.«

»Ja?«

»Siehst du, wenn jemand so brummelig ist, dann nennt man das auch *unleidig*.«

»Aber was hat das damit zu tun, dass Onkel Levi einen Stock im Arsch hat? Das tut bestimmt weh.«

Ich schüttelte den Kopf. »Hat er nicht, Alex. Das sagt man nur so. Es ist eine Redewendung.«

»Oh.«

»Ja, mach dir keine Gedanken.« Als ich plötzlich Levis Stimme hörte, erstarrte ich. »Es tut nicht weh, Kumpel.«

Ich räusperte mich. »Ich wusste nicht, dass du noch da bist.«

»Ja, der große, böse Wolf mit dem Stock im Arsch hat seine Brieftasche vergessen.« Er nahm sie von der Küchentheke und steckte sie in seine Gesäßtasche. »Im Übrigen bin ich nicht automatisch der Böse, weil ich einen Plan habe, der für alle Beteiligten das Beste ist.« Er wandte sich Fern zu. »Oder der *Miesepeter*.«

Dann sah er meinen Sohn an. »Alex, hol schnell deinen Ball. Wir treffen uns im Garten und spielen eine Runde, bevor ich wegmuss.«

Kaum war Alex nach draußen gelaufen, um den Ball zu suchen, erdolchte mich Levi geradezu mit seinem Blick. Als er auf mich zukam, lief mir ein Schauer über den Rücken.

»Du scheinst zu denken, dass ich das Erbe meines Großvaters nicht achte. Eine Vernunftentscheidung zu treffen hat nichts mit Missachtung zu tun.«

Ich schluckte. »Das Vernünftige ist aber nicht unbedingt das Richtige oder das, was er wollte.«

»Mein Großvater hat sicherlich nicht gewollt, dass *du* das Inn übernimmst. Beweis mir das Gegenteil, wenn du es schriftlich hast. Er hat Alex die Hälfte vermacht, damit das Geld aus dem Verkauf an ihn geht, und Schluss. Du verdrehst seine Absichten, wie es dir am besten in den Kram passt. Das ist pure Spinnerei.«

Ich stemmte die Hände in die Hüften. »Spinnerei? Also, wenn es Spinnerei ist, das Richtige tun zu wollen, dann sei's drum.«

»Es ist das Richtige, das Haus zu verkaufen.« Er blies genervt die Wangen auf. »Das Ganze ist eine Nummer zu groß für dich.«

»Ich versuche nur das zu tun, was sich dein Großvater meiner Meinung nach gewünscht hat.«

»Indem du aus diesem Schuppen einen kitschigen Familienfilm zu deinem Privatvergnügen machst?«

Ernsthaft? »Fick dich, Levi.« Ich hatte das Gefühl, mir käme Dampf aus den Ohren. Ich hatte nicht so schroff sein wollen, aber er hatte es provoziert.

Nun schaltete sich Fern in unseren hitzigen Schlagabtausch ein. »Bei allem Respekt, ich habe in den letzten Jahren mehr Zeit mit Thatcher verbracht als jeder andere. Und ich sage euch, er hat garantiert nicht gewollt, dass ihr euch streitet!«

Levi und ich sahen uns an.

Fern baute sich vor ihm auf und drohte ihm mit dem Zeigefinger. »Und jetzt hör mir mal gut zu, du Riesenbaby. Mir ist egal, was du für das Richtige hältst. Dein Großvater hätte niemals gewollt, dass dein Neffe auf der Straße landet – oder ich. Und so lange wir hier wohnen möchten, hast du nicht das Recht, dieses Haus zu verkaufen.«

»Freut mich, dass wir wie Erwachsene darüber reden konnten«, sagte er wütend zu mir, dann wandte er sich wieder Fern zu.

»Ich weiß nicht, ob du in dieser Sache überhaupt etwas zu sagen hast, Fern. Aber ich versuche, das Richtige für meinen Neffen zu tun, indem ich verkaufe. Ich bin dir keine Rechenschaft schuldig. Natürlich würdest du gern hierbleiben, weil du so wenig Miete zahlst, aber ich muss das große Ganze sehen und nicht die egoistischen Bedürfnisse Einzelner.«

Sie stampfte mit dem Fuß auf. »Ich kann dir sagen, was das große Ganze ist: Ich schneide dir die Eier ab, wenn du das Haus verkaufst, solange ich oder ein Mitglied deiner Familie hier wohnen!«

»Ohne *ihre* Zustimmung kann ich eh nicht verkaufen«, erwiderte Levi mit erhobener Stimme. »Wenn wir uns nicht einig werden, sind uns im Grunde beiden die Hände gebunden. Also habe ich vor, Presley zur Vernunft zu bringen, damit ihr ein Licht aufgeht.«

Ich straffte die Schultern. »Und ich habe vor, dich zu der Einsicht zu bringen, dass es machbar ist, die Pension als Wahrzeichen der Stadt zu erhalten. Im Verlauf der Zeit können wir mehr Geld mit der Zimmervermietung verdienen, während wir das Haus gleichzeitig als wichtigen Teil der Geschichte von Beaufort bewahren.«

»Nur zu, auch wenn das gerade die lächerlichste Projektpräsentation war, die ich je gehört habe.« Er verdrehte die Augen.

Ich hatte einen langen Kampf vor mir, aber ich war bereit, mich darauf einzulassen. Ich fragte mich zwar, ob ich nicht recht bei Trost war, mir das alles zuzumuten, aber mein Bauch sagte mir, dass es sich lohnen würde. Als Erstes musste ich allerdings zu diesem störrischen Kerl durchdringen.

Als er davonstürmte, um mit Alex im Garten Football zu spielen, sagte Fern: »Dieser Mann ist so starrköpfig wie sein Großvater. Aber auch genauso sexy.«

Dazu sage ich lieber nichts.

Nachmittags klingelte mein Telefon, und als ich es endlich hervorgekramt hatte, bedauerte ich, mir überhaupt die Mühe gemacht zu haben. *Und ich hatte gedacht, der Tag könnte nicht beschissener werden.*

Ich schloss seufzend die Augen und atmete tief durch. Als ich sie wieder öffnete, fühlte ich mich kaum besser, nahm das Gespräch aber trotzdem an und bemühte mich um einen heiteren Ton. »Hallo Tanner.«

»Bist du inzwischen zur Vernunft gekommen und hast Beaufort wieder verlassen?«

Ich verdrehte die Augen und nahm meine Einkaufstüte in die andere Hand, um den Autoschlüssel aus meiner Tasche zu ziehen.

»Alex und ich fühlen uns hier eigentlich sehr wohl.«

Das war nur die halbe Wahrheit. Während Alex sich bereits gut eingewöhnt hatte, spielte ich nach den vergangenen Tagen – und den vielen Streitereien mit Levi – mit dem Gedanken, alles zusammenzupacken und zurück nach New York zu ziehen. Ich drückte auf den Schlüsselanhänger und öffnete den Kofferraum meines Autos.

»Wie kann es meinem Sohn gut gehen, wenn seine Mutter ihn tausend Meilen weit weggeschleppt hat? Ein Junge braucht die Nähe zu seinem Vater.«

Ich lud meine Einkäufe in den Kofferraum und knallte die

Haube zu. »Ein Junge braucht nicht die Nähe zu seinem Vater, Tanner, er braucht *Zeit* mit ihm.«

»Und wie soll ich das anstellen, wenn ihr da unten in Beaufort seid?«

Ich seufzte. In New York hatten wir nur ein paar Blocks voneinander entfernt gewohnt, und er hatte seinen Sohn im vergangenen Jahr höchstens sechsmal gesehen. Die Entfernung hatte nichts damit zu tun, dass Alex und sein Vater kein besonders enges Verhältnis hatten.

»Ich bin gerade beim Einkaufen, Tanner. Hast du angerufen, um schon wieder mit mir über dieses Thema zu streiten, oder wolltest du mich aus einem anderen Grund sprechen?«

Mein Ex räusperte sich. »Du musst noch warten, bis du den Scheck einlöst, den ich dir gegeben habe.«

Ich runzelte die Stirn. »Den Scheck? Meinst du den, den ich vor meiner Abreise von dir bekommen habe, vor fast zwei Wochen?«

»Ja, den meine ich.«

»Den habe ich vor ein paar Tagen eingereicht.«

»Also … das wird nicht klappen. Er ist nicht gedeckt.«

Ich schloss die Augen. In Erwartung des Geldes hatte ich einen Scheck für Alex' Ferientraining ausgestellt und die Telefonrechnung und einige andere Dinge bezahlt. »Was ist diesmal der Grund?«

»Mir ist diesen Monat das Geld ausgegangen.«

Die vergangenen Jahre hatten mir beigebracht, Tanners Sprache richtig zu deuten. Übersetzt bedeutete seine Erklärung: »Ich habe beim Wetten verloren.« Leider hatte er sich nach seiner Verletzung, als er sein Geld nicht mehr auf dem Platz verdienen konnte, auf Sportwetten verlegt. Zuerst hatte er nur auf Footballspiele gesetzt, aber im Lauf der Jahre waren viele andere Sportarten dazugekommen.

Ich seufzte. »Der Scheck war nur die Hälfte von dem, was du mir schuldest, Tanner. Die zweite Hälfte hättest du mir diese Woche schicken sollen, und jetzt erzählst du mir, dass es nicht mal mit dem ersten Scheck klappt?«

»Was macht das schon? Du hast doch genug Kohle, nachdem du nun *meine Hälfte* der Pension abgesahnt hast.«

Thatcher hatte es zwar nie ausgesprochen, aber ich war ziemlich sicher, dass er Alex die Hälfte der Pension vermacht hatte und nicht Tanner, weil er von seiner Spielsucht gewusst hatte.

»Also, erstens deckt die Pension zurzeit nicht mal die Kosten, und zweitens wäre es Alex' Geld und nicht meins, wenn sie Gewinn abwerfen würde.«

»Warum verkaufst du das verdammte Ding dann nicht?«

Ich ballte die Hände zu Fäusten. »Gott, jetzt klingst du genau wie dein Bruder.«

»Tja, es gibt für alles ein erstes Mal. Willst du damit sagen, dass mein großer Bruder und ich uns ausnahmsweise mal einig sind?«

Ich schüttelte frustriert den Kopf. »Ich muss Schluss machen. Gibt es noch etwas, worüber du mit mir reden wolltest?«

»Nein, ich melde mich in den nächsten Tagen bei Alex.«

Aber klar doch. »Wie du meinst ...« Ich beendete das Gespräch, ohne mich zu verabschieden. Er konnte froh sein, dass ich nicht gleich Schluss gemacht hatte, als er von dem geplatzten Scheck berichtet hatte.

Ich fuhr mit einem vollkommen verspannten Nacken nach Hause und fluchte leise über die Miller-Männer. Wenn es einen Tag gab, an dem ich mir schon nachmittags ein Glas Wein gönnen durfte, dann heute. Und da Alex erst gegen Abend vorbeigebracht wurde, hatte ich genau das vor – mich auf die Couch setzen, die Füße hochlegen und mich vom Wein trösten lassen. Ja, das war mein Plan.

Zumindest bis ich das Haus betrat, ausrutschte und auf dem Hintern landete, weil der ganze Boden nass war.

»Was zum Teufel?«

»Steh nicht so blöd rum!«, schrie ich. »Besorg mir noch einen Eimer!«

Levi ging wieder zur Haustür hinaus und kehrte kurz darauf mit einer Abfalltonne zurück. »Echt jetzt? Etwas anderes hast du nicht gefunden?«

Ich hatte Alex' Footballhelm benutzt, um das Wasser aufzufangen, das von der Decke tropfte. Es waren noch drei undichte Stellen entstanden, seit ich vor einer halben Stunde hereingekommen war, und allmählich befürchtete ich, dass die komplette Decke auf mich herabstürzen könnte. Ich zog den fast vollen Helm weg, und Levi stellte die Tonne an seinen Platz.

Dann sah er sich um. »Was ist denn hier passiert?«

»Keine Ahnung. Ich bin zur Tür rein und direkt ausgerutscht. Zuerst hat es an zwei Stellen getropft, und als es nachließ und ich alles aufgewischt hatte, fing es an einer anderen Stelle an.«

»Und du konntest nichts Besseres finden als einen Footballhelm, um das Wasser aufzufangen?«

»Es war das Erste, was mir in die Finger kam!«

Levi wies mit dem Daumen nach draußen. »Vor dem Haus stehen sechs leere Mülltonnen.«

Der Tag hatte mir wirklich zugesetzt. Ich war ohnehin genervt, und nun rastete ich endgültig aus. Ich funkelte Levi zornig an. Mein Gesichtsausdruck war ihm offenbar eine Warnung, denn er wich einen Schritt zurück.

Ich schloss jedoch zu ihm auf und rammte ihm bei jedem Wort den Finger in die Brust.

»Ich.«

»Tue.«

»Was.«

»Ich.«

»Kann.«

Levi hob die Hände. »Okay, okay. Beruhige dich.«

»*Beruhige dich!* Du sagst mir, ich soll mich beruhigen?!«

Der eins neunzig große Muskelprotz wirkte tatsächlich etwas eingeschüchtert. »Hey … atme einfach mal tief durch. Das wird schon alles wieder.«

Ich knurrte ihn böse an.

Levis Augen weiteten sich. Mit dem Gefühl, kurz vor der Explosion zu stehen, tat ich, was ich in einem solchen Fall immer tat – obwohl meine beruhigende Atemübung sonst nur nach Zusammentreffen mi dem anderen Miller-Bruder zum Einsatz kam. Ich schloss die Augen und atmete einige Male tief durch die Nase ein und durch den Mund wieder aus. Als das nicht half, hielt ich ein stärkeres Mittel für angebracht.

Ich marschierte zum Kühlschrank und riss die Tür auf, in der eine fast volle Flasche Weißwein stand. Ich zog den Korken mit den Zähnen heraus und spuckte ihn auf den Boden. Dann trank ich direkt aus der Flasche, ohne Levi aus den Augen zu lassen, und er rührte sich nicht vom Fleck.

Als ich die Flasche irgendwann absetzte, um Luft zu holen, zog er eine Augenbraue hoch. »Schlechter Tag?«

Ich sah ihn schräg an. »Wie kommst du denn darauf?«

Er zeigte in Richtung Decke. »Ich sehe mir jetzt mal an, was da oben mit den Leitungen los ist, und stelle das Wasser ab. Du hast hier alles unter Kontrolle?«

Ich schwenkte die Weinflasche umher, als hätte ich sie nicht alle. »Sieht man das nicht?«

Mir entging das Lächeln nicht, das um Levis Mundwinkel spielte, obwohl er sich alle Mühe gab, es zu verbergen. Er verschwand wer weiß wohin, und ich trank weiter Wein und beobachtete, wie das Wasser in die Tonne tropfte.

Zehn Minuten später klingelte mein Handy. Ich hatte zwar keine Lust zu telefonieren, aber da ich die Ortsvorwahl erkannte und Alex nicht da war, blieb mir nichts anderes übrig.

»Hallo?«

»Guten Tag. Presley Sullivan?«

»Ja.«

»Hier ist Jeremy Brickson. Ich bin der Leiter des Ferientrainings von deinem Sohn Alex. Wir haben uns vergangene Woche bei der Anmeldung kennengelernt.«

Großartig. Einfach großartig. Mir war klar, um was es ging. Ein Ärgernis kommt selten allein … »Ja, natürlich. Hallo Jeremy.«

»Es tut mir wirklich leid, dich zu stören, aber der Scheck, den du uns gegeben hast, ist leider geplatzt.«

Ich schloss die Augen. »Ja, das habe ich auch gerade erfahren. Es tut mir furchtbar leid. Ich wollte dich anrufen und mich entschuldigen und fragen, ob ich einen neuen Scheck ausstellen muss oder du den alten vielleicht noch einmal einreichen könntest, aber ich hatte leider noch keine Zeit.«

»Wir können ihn noch einmal einreichen. Das ist kein Problem. Aber ich dachte, ich informiere dich darüber, dass wir ein Programm für Kinder haben, deren Eltern das Ferientraining nicht bezahlen können, falls dir damit geholfen wäre. Ich weiß ja, du bist gerade erst hergezogen und alles.«

Der Zorn, der noch vor Minuten in mir gewütet hatte, verrauchte. Warum war er so nett? Warum war er kein Arschloch wie Tanner oder Levi? Damit kam ich klar, doch angesichts seiner Freundlichkeit drohte ich die Fassung zu verlieren. Ich bekam einen dicken Kloß im Hals, den ich mühsam hinunterschluckte, und hatte mit einem Mal einen salzigen Geschmack im Mund.

»Nein, keine Sorge, Jeremy. Danke für das Angebot, aber ich brauche keine Hilfe. Ich … ich hätte nur Geld von einem Konto auf das andere überweisen müssen, und das habe ich vergessen. Das ist alles.«

»Okay. Dann warten wir ein paar Tage, bis wir den Scheck noch mal einreichen, damit du alles in die Wege leiten kannst. Tut mir leid, dass ich dich damit behelligen musste.«

Ich war in Zahlungsverzug, und *er* entschuldigte sich. Ich war eindeutig nicht mehr in New York. »Vielen Dank, und wenn du Gebühren dafür zahlen musstest, übernehme ich die natürlich.«

»Das brauchst du nicht. Alles in Ordnung. Wir freuen uns darauf, Alex in Aktion zu erleben. Es geht das Gerücht in der Stadt, dass er den typischen Miller-Arm hat.«

Ich lächelte traurig. »Das kann gut sein.«

»Bis bald.«

Nach dem Telefonat war ich fertig mit den Nerven. Ich hatte nicht einmal die Kraft, mir die Tränen wegzuwischen. Ich ließ sie einfach von meinen Wangen auf den Boden tropfen.

»Alles okay?«

Mist. Wie lange stand Levi schon da?

Ich wischte mir mit der Hand die Tränen fort. »Ja, alles in Ordnung.«

»Klang aber nicht so. Es klang eher, als hättest du finanzielle Schwierigkeiten.«

»Habe ich nicht. Es war nur ein Missverständnis.«

»Aha.«

Weißt du was? Scheiß drauf! Wenn er seine Nase in meine Angelegenheiten stecken wollte, dann sollte er es ruhig tun. Aber er würde von mir die Wahrheit zu hören bekommen.

Ich straffte die Schultern. »Dein Bruder hat mir einen ungedeckten Scheck geschickt, wenn du es unbedingt wissen willst, und das hatte nun Folgen. Er ist mit seinen mickrigen Unterhaltszahlungen inzwischen vier Monate im Verzug, und jetzt konnte er nicht einmal einen halben Monat bezahlen. Es ist leider nicht das erste Mal. Ich wusste natürlich nicht, dass ich das Geld nicht bekomme, als ich einen Scheck für Alex' Ferientraining ausgestellt habe.«

Levi sah mich misstrauisch an. Er schien unsicher zu sein, ob er meine Geschichte glauben konnte. Also nahm ich noch einen Schluck Wein und beschloss fortzufahren.

»Und da du anscheinend *alles* wissen willst, gehe ich am besten ein paar Jahre zurück und fange am Anfang an. Erstens habe *ich* Tanner nicht verlassen, wie du zu glauben scheinst. Er hat mich verlassen – nachdem ich ihn das zweite Mal beim Fremdgehen erwischt hatte. Außerdem hat dein wunderbarer Bruder ein ernstes Problem. Er ist spielsüchtig und hat seinen Sohn in den letzten paar Jahren höchstens ein Dutzend Mal gesehen. Und was Thatcher angeht … Du hast so argwöhnisch gefragt, warum ich mit deinem Großvater in Kontakt geblieben bin. Ich sage es dir: Wir haben uns wegen Tanner verbündet und mehrfach versucht, ihm Hilfe wegen seiner Sucht zu besorgen.«

Beim nächsten Schluck Wein wurde mir leicht schwindelig. »Und wenn du mir nicht glaubst, dann frag doch Fern. Die wird dir alles bestätigen.« Ich zeigte mit der Weinflasche zum rückwärtigen Teil des Hauses, wo sie wohnte. »Ich bin nämlich ziemlich sicher, dass sie mit Thatcher ins Bett gegangen ist und nicht bloß eine *gute Freundin* war.«

Levi blinzelte verdutzt. Er öffnete den Mund und schloss ihn wieder. Machte ihn abermals auf und gleich wieder zu. Dann schaute er eine Weile zu Boden, bevor er langsam mit ausgestreckter Hand auf mich zukam. Mir wurde erst klar, was er wollte, als er mit den Augen auf die Weinflasche deutete.

Ich zögerte zuerst, aber dann gab ich sie ihm.

Er trank etwa ein Viertel des Inhalts. Als er fertig war, machte er laut »Ahhh« und gab mir die Flasche zurück. »Gramps und Fern also, hm?«

Ich lächelte traurig. »Ich denke schon.«

Er nickte. »Gut für ihn.«

Schweigend tranken wir abwechselnd aus der Weinflasche, die wir uns hin und her reichten, bis Levi schließlich sagte: »Tanner hat es so dargestellt, als hättest du ihn verlassen, weil er kein Footballstar mehr werden konnte.«

»Das habe ich mir gedacht. Ich schätze, er hat eine Menge falsche Informationen in deiner Familie verbreitet. Ich habe nie etwas gesagt, weil Alex derjenige ist, der darunter zu leiden hat, wenn ich mit Tanner streite. Dein Bruder hat sich nach der Verletzung enorm verändert. Es war, als hätte er nicht mehr gewusst, wer er ohne Football überhaupt ist. Ihr und euer Vater, ihr habt den Sport im Blut. Deshalb habe ich versucht, verständnisvoll zu sein, obwohl er mich schlecht behandelt hat. Aus diesem Grund habe ich es ihm auch durchgehen lassen, als ich ihn das erste Mal mit einer anderen Frau erwischt habe. Mir war klar, was er durchmachte. Doch beim zweiten Mal hatte ich kein Verständnis mehr, und wir haben uns nur noch gestritten, bis er dann schließlich ausgezogen ist.« Ich sah Levi in die Augen. »Du kennst mich genauso lange, wie Tanner mich kennt. Glaubst du wirklich, ich würde jemanden verlassen, der mir viel bedeutet, nur weil uns das Leben einen Knüppel zwischen die Beine wirft?«

Levi hielt meinem Blick stand, dann schüttelte er den Kopf und schaute zu Boden. »Nein.«

Nachdem er noch ein paar Schlucke getrunken hatte, reichte er mir die fast leere Flasche. Als ich nach ihr greifen wollte, zog er sie jedoch zurück und nahm sie in die andere Hand, um mir die rechte entgegenzustrecken. »Frieden?«

Ich nickte und schlug ein.

Dann breitete sich eine bedeutungsvolle Stille zwischen uns aus. Levi musste vermutlich erst einmal verarbeiten, was ich gesagt hatte, oder vielleicht überlegte er, wie er die Wahnsinnige, die vor ihm stand, jemals dazu bewegen konnte, den alten Schuppen zu verkaufen. Mir wiederum hatte es die Sprache verschlagen, weil die Berührung unserer Hände einen beinahe elektrischen Stromschlag ausgelöst hatte, der meinen Arm hinaufschoss. Es war unglaublich intensiv, und ich sah Levi unwillkürlich ins Gesicht, um zu sehen, ob er es auch spürte.

Aber er hatte die Augen niedergeschlagen und schien nichts zu merken. Dummerweise hatte ich so die Gelegenheit, sein Gesicht genauer zu betrachten. Er hatte seinen Bart vor ein paar Tagen abrasiert und nun einen Schatten aus dunklen Stoppeln an seinem männlichen Kinn. Er war wirklich ungeheuer attraktiv.

Oh Gott. Was für Gedanken! Das kann nur am Wein liegen. Ich bin ja nicht ganz bei Trost.

Meine Hand lag immer noch in seiner, und ich zog sie ruckartig weg. Levi sah auf.

»Ja, klar. Frieden wäre gut«, sagte ich.

Levi nickte, schaute wieder zu Boden und vergrub die Hände in den Hosentaschen. »Okay, gut. Äh … willst du dich umziehen?«

»Umziehen?«

Sein Blick wanderte an mir hoch und blieb an meinen Brüsten hängen.

Ich folgte seinen Augen. *Oh! Mist.* Ich hatte ein weißes Tanktop an und darunter einen hauchdünnen hautfarbenen BH. Beides war völlig durchnässt, und nun bohrten sich meine Nippel förmlich durch den nassen Stoff. Ich verschränkte rasch die Arme, um mich zu bedecken.

Unsere Blicke kreuzten sich, und zum ersten Mal sah ich etwas anderes als Verachtung in seinen Augen. Und wenn ich nicht völlig falsch lag, war es ein Gefühl, das auch ich immer stärker in seiner Nähe verspürte: Verlangen.

Oh Gott.

»Entschuldige … ja, natürlich. Ich, äh, bin gleich wieder da.«

4. KAPITEL

Levi

Es war mir gelungen, Presley vier Tage lang aus dem Weg zu gehen. Und wenn ich mich tatsächlich gefragt hätte, warum ich mich von ihr fernhielt, dann hatte ich in diesem Moment eine eindeutige Erinnerung an den Grund direkt vor Augen: Presley kauerte in einem der Gästezimmer auf allen vieren auf dem Bett.

Herr im Himmel. Was zum Teufel machte sie da? Und … *verdammt, was für ein Hintern.*

Es war nicht unbedingt hilfreich, dass immer noch ständig das Bild in meinem Kopf herumspukte, wie sie nackt getanzt hatte. Und ich hatte auch nicht vergessen, dass sie besser mit dem Hintern wackeln konnte als eine professionelle Stripperin.

Als sie die Hand zwischen Matratze und Kopfteil schob, räusperte ich mich. »Suchst du was?«

Sie drehte sich erschrocken um, und ich hob rasch die Hände. Vermutlich konnte ich froh sein, dass nichts in ihrer Nähe war, das sie nach mir hätte werfen können.

»Ich habe dich nicht hereinkommen gehört. Und ja, mir sind ein paar Fotos hinter das Bett gefallen, und ich komme nicht dran.«

Ich ging auf sie zu. »Lass mich mal. Ich habe längere Arme als du.«

Presley setzte sich auf die Fersen. »Das wäre toll. Mir war

gar nicht bewusst, dass die Kopfteile an der Wand festgenagelt sind.«

Ich langte hinter die Matratze und tastete umher, bis ich die Fotos zu fassen bekam. Ich hielt sie Presley hin. »Wie viele waren es?«

»Nur diese drei, glaube ich. Danke.«

Ich zeigte auf das Kopfteil. »Es gibt eine Geschichte dazu, warum sie an der Wand fixiert sind.«

»Ach ja?«

»Als wir klein waren, haben uns Granny und Gramps einmal im Monat über Nacht zu sich geholt, um meinen Eltern einen freien Abend zu ermöglichen. Ich war ungefähr sechs, als wir wieder einmal bei ihnen zu Besuch waren. Ein junges Paar hatte das Zimmer neben mir, und das Kopfteil stieß die ganze Nacht gegen die Wand. Außerdem hörte ich Gegrunze. Als ich Gramps am nächsten Morgen fragte, ob er den Krach auch gehört habe, sagte er mir, dass die Leute wohl auf dem Bett herumgesprungen wären und er mit ihnen darüber reden müsse, weil Betten nicht zum Springen da seien.«

Presley lächelte. »Sie sind nicht gesprungen, oder?«

Ich schüttelte den Kopf. »Natürlich nicht. Aber am nächsten Nachmittag waren die Geräusche wieder da. Gramps war zum Baumarkt gefahren, und Granny hatte in der Küche zu tun. Da ich also der Herr im Haus war, beschloss ich, bei den Leuten anzuklopfen und ihnen zu sagen, dass die Betten nicht zum Springen da sind. Zuerst reagierten sie nicht, aber dann hörte ich die Frau ›Ja!‹ rufen und habe die Tür geöffnet.«

Presleys grüne Augen weiteten sich, und sie schlug die Hand vor den Mund. »Du bist bei ihnen reingeplatzt?«

»Ja, genau. Ich werde es nie vergessen. Die Frau war blond und hatte nicht mehr an als einen schwarzen Cowboyhut. Sie saß auf dem Mann. Erst Jahre später habe ich geblickt, dass sie ihn geritten hat. Damals dachte ich nur, sie hopst nackt auf dem Bett herum.«

»Oh mein Gott.« Presley lachte.

»Ich habe ihnen gesagt, sie sollen mit dem Springen aufhören, weil das Bett sonst kaputtgeht. Wenige Minuten später kam der Mann halb bekleidet herausgestürmt und hat mit Granny geredet. Als Gramps aus dem Baumarkt zurückkehrte, hat sie ihn gleich wieder losgeschickt, um Schrauben zu kaufen. Und von diesem Tag an waren die Kopfteile der Betten in allen Zimmern an der Wand fixiert. Schluss mit dem Lärm, der neugierige Kinder anzieht.«

»Das ist ja urkomisch. Ich kann mir lebhaft vorstellen, wie deine Großmutter deinen Großvater direkt wieder zur Tür hinausbugsiert hat.«

Ich lächelte und nickte mit einem warmen Gefühl in der Brust. In dem alten Haus steckten wahrhaftig Tausende Erinnerungen.

»Wo warst du eigentlich die ganze Zeit?«, fragte Presley. »Wir haben uns in den letzten Tagen gar nicht gesehen. Zuerst dachte ich, es wäre schon wieder vorbei mit unserem Frieden. Aber dann habe ich Alex' Ausrüstung für das Ferientraining abgeholt und mit Jeremy Brickson gesprochen. Ich wollte vorhin schon mit dir reden, aber du warst nicht da. Du hättest das Training wirklich nicht bezahlen müssen. Mein Scheck wäre jetzt gedeckt gewesen, ich habe schließlich Ersparnisse. Als Tanners Scheck geplatzt ist, hatte ich nur kein Geld auf mein Girokonto überwiesen.«

»Ich habe es gern bezahlt. Es ist das Mindeste, was ich als Schonkel tun kann.«

Presley lächelte. »Also, danke. Das war wirklich großzügig.«

»Nicht der Rede wert.«

»Bist du in Eile?«

»Eigentlich nicht. Warum? Brauchst du etwas?«

»Nein, aber ich habe den ganzen Morgen dieses Zimmer geputzt und bin auf ein paar alte Fotoalben gestoßen. Da sind unglaubliche Bilder drin. Mir war gar nicht klar, wie ähnlich Alex dir sieht, als du noch ein kleiner Junge warst.«

»Mir?«

»Ja, schau es dir an.«

Sie zeigte mir ein Foto aus der Kinderliga. Ich musste zweimal hinsehen, denn ich glich meinem Neffen tatsächlich in allem, vom Gesichtsausdruck bis zur Augenform.

»Stimmt. Ich hätte fast gedacht, das wäre er.«

»Ich auch! Genetik ist echt eine verrückte Sache.« Presley lachte.

Obwohl Alex nicht mein Sohn war, fühlte ich mich merkwürdigerweise mit Presley verbunden, weil sie einen Jungen zur Welt gebracht hatte, der aussah wie ich. Schließlich war noch ungewiss, ob ich jemals selbst Kinder haben würde.

Sie blätterte in dem Album und hielt bei dem Foto eines Limonadenstands inne, den Tanner und ich vor unserem Haus aufgebaut hatten, als wir in Alex' Alter gewesen waren.

»Das kleine Nebengeschäft hat uns eine Menge Kohle eingebracht. Schade, dass mein Bruder den Wert des Geldes damals nicht zu schätzen gelernt hat. Heute wirft er es mit vollen Händen zum Fenster hinaus.«

Presleys Miene wurde ernst. »Ja, leider. Das ist seine Art, mit … allem fertigzuwerden.«

Ihr Mitgefühl überraschte mich ein wenig, zumal ich mittlerweile wusste, dass er sie betrogen hatte. Man musste eine starke Persönlichkeit sein, um Verständnis für jemanden aufzubringen, von dem man beschissen wurde.

»Einerseits kann ich nachvollziehen, wie sich seine Sucht entwickelt hat«, sagte ich. »Und andererseits könnte ich ihn windelweich prügeln. Irgendwann muss man seinen Scheiß einfach mal geregelt kriegen, sonst zieht das Leben an einem vorbei.«

Sie seufzte. »Ja.«

Auf der nächsten Seite entdeckte ich ein Foto von Tanner, mir und Gramps auf einem Boot. »Mann, sieh dir das an! Ich weiß es noch, als wäre es erst gestern gewesen. Gramps hatte uns zum Angeln mitgenommen, und Tanner hatte einen Barsch gefangen. Es war das erste Mal, dass einer von uns einen Fang gemacht hatte. Ich war total neidisch auf ihn und habe den Rest des Tages nicht mehr mit ihm geredet.«

Aus heutiger Sicht war es paradox. Mein Bruder hatte sehr darunter gelitten, mir bei meiner erfolgreichen Karriere in der NFL zusehen zu müssen, nachdem sein Traum geplatzt war. Verglichen damit war der Neid, den ich wegen seines großen Fangs empfunden hatte, gar nichts.

»Siehst du?«, sagte Presley. »Solche Sachen sind der Grund, warum ich möchte, dass Alex hier aufwächst und nicht in New York, wo die Kinder den ganzen Tag im Haus sind und vor irgendwelchen Bildschirmen hocken. Er soll auf dem Land leben und draußen in der Sonne mit Freunden und der Familie spielen.«

Familie.

»Tanner hat es bestimmt nicht gefallen, dass du so weit weggezogen bist.«

»Nein, er macht mir tatsächlich die Hölle heiß. Aber in New York hat er es überhaupt nicht genutzt, dass wir so nah waren, Levi. Das ist der Unterschied. Ich wäre nicht weggezogen, wenn er täglich für Alex da gewesen wäre, aber er hat sich kaum blicken lassen.«

Ich war enttäuscht, als ich erfahren hatte, dass Tanner sich die ganze Zeit als Vater so rargemacht hatte. »Das kann ich verstehen, Presley.«

Es war eine Sache, ein schlechter Onkel zu sein – und das war ich wirklich gewesen, wie mein Neffe mir in Erinnerung gerufen hatte. Aber es war etwas ganz anderes, als Vater zu versagen.

»Jedenfalls«, sagte Presley, »geht nichts über eine Kindheit in einer kleinen Stadt wie Beaufort. Ich habe vor vielen Jahren einen Brief an mich selbst geschrieben, um mir immer wieder in Erinnerung rufen zu können, wie wichtig mir dieser Ort ist.«

»Du hast einen Brief *an dich* geschrieben?«

Sie errötete. »Ja, da steht alles drin, was mir meine Großmutter beigebracht hat. Willst du ihn sehen?«

»Natürlich.«

Sie ging ihn holen. Ich hielt sie zwar für größenwahnsinnig, was die Zukunft der Pension anging, doch ich bewunderte ihre Wertschätzung unserer Heimat.

Presley kam mit einem Buch in der Hand zurück.

»Welches Buch ist das?«, fragte ich.

»Darin bewahre ich den Brief auf.«

Ich schaute auf den Titel. Es war von Maya Angelou. »Warum ausgerechnet in diesem?«

»Ich habe es in der Highschool gelesen. Es hat mich beeindruckt, und ich habe es immer als inspirierend empfunden. Maya Angelou war großartig. Ihre Gedanken zur Selbstliebe und Güte gefallen mir. Deshalb dachte ich, ihr Buch ist das perfekte Versteck für den Brief.«

Presley gab ihn mir und sah mich etwas verlegen an, was ich irgendwie bezaubernd fand. *Ja, womöglich ist sie doch gar nicht so übel.*

Dann las ich ihren Brief, während sie mich aufmerksam beobachtete und auf meine Reaktion wartete. Beim Lesen wuchsen meine Schuldgefühle, weil ich vor unserem Gespräch neulich abends ein solch falsches Bild von ihr gehabt hatte. Ich hatte nicht gewusst, dass mein Bruder sie betrogen hatte – zwei Mal sogar. Er hatte uns etwas anderes erzählt. Wir hatten alle geglaubt, sie hätte ihn aus egoistischen Gründen verlassen, obwohl sie in Wirklichkeit einen verdammt guten Grund gehabt hatte.

Als ich am Ende angelangt war, gab ich ihr den Brief zurück. »Deine Großmutter war eine kluge Frau. Ich finde es toll, dass du das aufgeschrieben hast. Jeder sollte sich ab und zu mal in Erinnerung rufen, was wirklich wichtig ist.«

Sie holte tief Luft. »Also …«

Ich ahnte bereits, was nun kommen würde. »Was?«

»Wenn du es tatsächlich verstehst und dir bewusst ist, wie wichtig es ist, an einem idyllischen Ort wie Beaufort aufzuwachsen, warum begreifst du dann nicht, dass ich die Pension erhalten will?«

Das schon wieder.

Dabei hatten wir uns gerade so gut verstanden.

»Du kannst das Leben, das du dir wünschst, hier in Beaufort auch führen, ohne die Pension zu betreiben, Presley.«

»Und was ist mit der Geschichte deiner Familie?«

»Das *Palm Inn* ist ein Gebäude und nichts Lebendiges mit Herz. Außerdem halte ich es nicht für wichtig, etwas zu bewahren, das keine Relevanz mehr hat. Es ist klüger, das Geld zu nehmen und es zu investieren – in einen Neuanfang für dich und Alex und eure eigene Geschichte.«

Sie machte ein trauriges Gesicht. Was zur Hölle ging nur in ihrem Kopf vor? Warum wollte sie es so unbedingt? Es musste mehr dahinterstecken.

»Ich habe das Gefühl, du suchst hier etwas, das einfach nicht mehr da ist«, sagte ich. »Vielleicht sehnst du dich in eine Zeit der Unschuld zurück, die aber nicht mehr existiert. Beaufort ist heute noch ein schöner Ort zum Wohnen, auch wenn sich einiges verändert hat. Die Erinnerungen an das Haus werden bleiben, aber mein Großvater hat nie den Wunsch geäußert, dass wir die Pension ewig weiterführen sollen. Ich denke, selbst er wusste, dass das nicht funktionieren würde, sonst hätte er uns das explizit gesagt.«

Sie stutzte. Und obwohl sie nichts sagte, hatte ich den Eindruck, dass sie mir zum ersten Mal richtig zuhörte. Ich musste die Gelegenheit nutzen und jetzt zu ihr durchdringen.

»Hör auf mich, Presley. Selbst wenn du es schaffen würdest, das Haus zu renovieren, fehlt es immer noch an Bedarf. Die Menschen übernachten nicht mehr in Pensionen, sie buchen ihre Unterkunft über Airbnb. Und sollte doch Nachfrage bestehen, ist es eine Heidenarbeit. Du würdest es bereuen.«

Ihre Miene verfinsterte sich zusehends. Jetzt tat es mir leid, dass ich ihr in die Suppe gespuckt hatte. Ich fühlte mich beschissen. Sie hatte gute Absichten, das wusste ich, aber ich konnte nicht tatenlos zusehen, wie sie einen Riesenfehler beging.

Doch für heute hatte ich genug Schaden angerichtet. Ich legte mich seufzend aufs Bett und starrte an die Decke. »Okay. Ich bin fertig mit meiner Predigt.«

»Dann müssen wir wohl einfach akzeptieren, dass wir verschiedener Meinung sind, bis einer von uns nachgibt«, sagte sie. »Und hoffentlich bist du derjenige.«

Gott. Presley war ein absoluter Sturkopf. Ein Teil von mir bewunderte ihre Willenskraft, die mir zugleich wahnsinnig auf die Nerven ging.

Aber heute wollte ich das Thema nicht weiter vertiefen, weil wir so gut miteinander ausgekommen waren. Vielleicht konnte ich sie sogar schneller zur Einsicht bringen, wenn ich nett zu ihr war und mich nicht ständig mit ihr stritt.

Ich klopfte auf die Matratze. »Die ist unheimlich bequem. Im Gegensatz zu der in Zimmer dreizehn; die ist nämlich steinhart. Hast du etwas dagegen, wenn ich sie austausche?«

»Mach, was du willst«, sagte sie und sammelte ihre Putzsachen ein.

»Wolltest du nicht eher ›mach dich vom Acker‹ sagen?«, entgegnete ich schmunzelnd.

»Ich bemühe mich, freundlich zu dir zu sein, Levi.«

»Ist das deine neue Taktik?«

»Kann sein.«

Ich musste innerlich grinsen. Ich hatte gedacht, mein Plan, sie mit Freundlichkeit zu erschlagen, wäre unglaublich clever, aber offenbar war sie auch schon auf die Idee gekommen.

Nach dem Abendessen räumten wir gemeinsam die Küche auf, und ich bestand darauf, den Abwasch zu machen. Sie hatte eine verdammt gute Hühnchenpastete zubereitet und war davon ausgegangen, dass für morgen zum Lunch etwas übrig bleiben würde, doch ich hatte drei große Portionen verputzt und alle Hoffnung auf Reste zunichtegemacht. Und nachdem ich mich derart vollgestopft hatte, musste ich ihr wenigstens beim Aufräumen helfen.

»Mom und ich essen wie Vögelchen«, stellte mein Neffe fest. »Aber du, Onkel Levi, du futterst wie ein Scheunendrescher. Ich habe noch nie jemanden so viel essen sehen.«

Ich wusste ganz genau, welche Mengen mein Bruder vertilgen konnte. Offenbar erinnerte sich Alex nicht einmal an ein Essen mit seinem Vater.

»Warte, bis deine Miller-Gene durchschlagen, Kumpel. Es ist nur eine Frage der Zeit, bis auch du alles verschlingst, was dir in die Finger kommt. Du wirst bestimmt mal größer als ich.«

Presley schmunzelte. »Ich hatte ganz vergessen, wie es ist, für einen Sportler zu kochen. Nächstes Mal muss ich doppelt so viel machen, wenn etwas übrig bleiben soll.« Sie zwinkerte mir zu.

»Es hat aber auch wirklich gut geschmeckt. Danke noch mal.«

»Gern geschehen.« Sie lächelte.

Jetzt verstanden wir uns wieder prächtig. Ich fragte mich allerdings, ob es nur so war, weil sie ebenfalls den Plan verfolgte, mich mit Freundlichkeit einzulullen.

Nachdem Alex nach oben in sein Zimmer gegangen war, wurde Presley plötzlich unruhig. Sie schien mir etwas sagen zu wollen.

Ich warf mir das Handtuch über die Schulter. »Was ist los?«

»Ich habe lange über unser Gespräch nachgedacht.«

Ich setzte mich ihr gegenüber an den Küchentisch. »Okay …«

»Was du gesagt hast, ergibt Sinn, aber mein Bauchgefühl sagt mir trotzdem, dass es falsch wäre, das *Palm Inn* zu verkaufen.«

Verdammt. Im ersten Moment hatte ich gedacht, sie würde endlich einlenken.

»Es ist eine Sache, wenn du meinst, es sei zu viel Arbeit für mich. Das ist mein Problem und sollte nicht deine Sorge sein. Aber ich verstehe deine Bedenken wegen der fehlenden Nachfrage. Dennoch glaube ich, du könntest falsch liegen.« Sie leckte sich nervös die Lippen. »Deshalb habe ich einen Vorschlag.«

Ich zog eine Augenbraue hoch. »Welchen?«

Presley rieb sich nervös die Hände. »Wenn ich es schaffe, nach den Renovierungsarbeiten einen Monat lang ausgebucht zu sein, sollte das ein guter Indikator für die Zukunft sein. Mein Vorschlag ist also, dass wir nicht verkaufen, wenn ich tatsächlich im August ausgebucht bin.«

Ich dachte darüber nach.

»Wir können später immer noch verkaufen, wenn es sein muss, Levi. Jederzeit«, schob sie nach.

Es war nicht sinnvoll, in die Renovierung des Hauses zu investieren, wenn es der Bauunternehmer ohnehin abreißen wollte. Aber er drängte mich nicht zu einem schnellen Vertragsabschluss, also blieb mir etwas Zeit, um Presley ihren Willen zu lassen. Erst einmal. Es würde auf jeden Fall der leichteste Sieg aller Zeiten werden, denn es war schlicht unmöglich, dass sie bereits im ersten Monat ausgebucht sein würde. Deshalb erklärte ich mich mit ihrem Vorschlag einverstanden, und war mir meiner Sache sehr sicher.

»Abgemacht.«

Sie machte große Augen. »Wirklich?«

»Wirklich.«

Presley sprang auf und umarmte mich. »Du bist der Beste.«

In dem Moment, als ich die Wärme ihrer Arme spürte und ihren süßen Duft einatmete, passierte etwas mit mir. Ich war wer weiß wie lange nicht mehr von einer Frau umarmt worden. Geküsst und gevögelt hatte ich viele. Aber das hier? Es fühlte sich ungewohnt an, einfach in die Arme genommen zu werden. Und gut. Es fühlte sich *gut* an.

Und ich fragte mich, ob mir die Umarmung an sich gefiel oder die Umarmung von eben dieser Frau.

So oder so, ich musste mich am Riemen reißen. *Wie zum Teufel kannst du nur solche Gedanken in Bezug auf die Ex deines Bruders haben?*

Ich machte mich von Presley los. »Ich … äh … Ich bin spät dran. Ich bin mit meinen Kumpels von der Highschool in *Dale's Pub* verabredet.«

Ein enttäuschter Ausdruck huschte über ihr Gesicht. »Ah. Okay.« Sie trat ein paar Schritte zurück und lächelte. »Viel Spaß.«

»Ja, danke.«

Jetzt musste ich meine Freunde anrufen und tatsächlich aus dem Haus verschwinden, denn ich hatte mir den Mist nur ausgedacht, um der Situation zu entkommen.

5. KAPITEL

Presley

Ich war dermaßen glücklich, weil Levi meinem Vorschlag zugestimmt hatte, dass ich nachts nicht schlafen konnte. Doch es war nicht allein Levis Entscheidung, wegen der ich keine Ruhe fand. Alex war zu mir ins Zimmer gekommen und in meinem Bett eingeschlafen. Er hatte einen Albtraum gehabt, und natürlich durfte er gern in mein Bett, doch mein Sohn hatte einen unruhigen Schlaf und trat ständig um sich. Wann immer ich ihn bei mir übernachten ließ, musste ich mich also damit abfinden, den Großteil der Nacht wach zu liegen.

Allerdings brauchte ich wenigstens ein paar Stunden Schlaf, denn für den nächsten Tag standen eine Menge Arbeiten im Haus und Besorgungen auf dem Plan. Deshalb entschloss ich mich, Alex zu lassen, wo er war, und in das leere Zimmer zu ziehen, in dem ich nachmittags saubergemacht hatte.

Als ich mich hinlegte, stellte ich fest, dass Levi recht hatte – die Matratze war verglichen mit anderen im Haus tatsächlich sehr bequem. Es dauerte nicht lange, bis ich tief und fest schlief.

Irgendwann mitten in der Nacht wurde ich jedoch von dem fernen Rattern eines Zugs geweckt, und als ich mich umdrehte, um weiterzuschlafen, spürte ich etwas neben mir. Ich brauchte ein paar Sekunden, bis ich erkannte, dass es ein warmer Körper war.

Jemand ist bei mir im Bett!

Ich schrie sofort los. Der Körper schrak hoch und landete mit einem dumpfen Aufprall auf dem Boden.

»Aua, was zum Teufel ...?«, hörte ich ihn knurren.

Ich griff nach meinem Telefon und aktivierte die Taschenlampe. Der Lichtstrahl fiel auf Levi, der sich mit der einen Hand den Kopf rieb und mit der anderen das Knie.

Was hat Levi in meinem Bett zu suchen?

Noch dazu war er bis auf seine engen Retropants nackt.

Mein Puls raste. »Was machst du denn hier?«

»Ich?« Er starrte mich benommen an. »Was zum Teufel machst *du* hier? Das ist auch nicht dein Zimmer.«

»Ich weiß. Ich konnte nicht schlafen, weil Alex zu mir ins Bett gekommen ist, und dann bin ich hierher umgezogen.«

Er blieb benommen auf dem Boden sitzen. »Ich habe anscheinend zu viel getrunken, weil ich dich überhaupt nicht bemerkt habe. Ich bin aus der Kneipe gekommen und wollte in diesem Zimmer schlafen, weil ich noch keine Gelegenheit hatte, die Matratzen zu tauschen. Das verdammte Licht funktioniert nicht, und ich konnte dich nicht sehen.«

»Bist du verletzt?«, fragte ich.

»Nur das Knie hat etwas abbekommen, das ich mir neulich verletzt habe, als du mich fast umgebracht hättest. Keine große Sache.«

»Mist, tut mir leid«, sagte ich, beugte mich vor und legte die Hand auf sein Knie.

Er drehte sich abrupt zur Seite und stand auf.

Du liebe Zeit. Ich hatte nichts Unanständiges im Sinn gehabt, aber war es vielleicht anders rübergekommen? *Mist.* Am Abend hatte er sich auch zurückgezogen, als ich ihn umarmt hatte. Fand er etwa, ich würde eine Grenze überschreiten?

»Mach dir keine Sorgen«, sagte er. »Ich bin selbst schuld, weil ich dich erschreckt habe.«

»Tut mir leid, dass du dich meinetwegen schon wieder verletzt hast.«

»Es wäre ein Wunder, wenn ich unversehrt aus diesem Haus herauskäme.«

Scheiße.

Als ich nicht reagierte, sagte er: »War nur ein Scherz, Presley. Ist nicht so schlimm.«

Irgendwie fiel mir erst in diesem Moment auf, dass mein Handylicht genau auf seinen Schritt fiel. Es war wirklich keine Absicht. Ich war nur furchtbar durcheinander, weil sein Körper so fantastisch aussah, und nun leuchtete ich seinen Schwanz aus! Ich musste dringend verschwinden.

»Ich gehe wieder in mein Bett«, sagte ich.

Er hob die Hand. »Nein, ich werde gehen.«

»Ich bestehe darauf, Levi. Sonst kann ich nicht schlafen, weil ich die ganze Zeit daran denken muss, dass du verletzt bist und es noch dazu unbequem hast. Ein Nein lasse ich nicht als Antwort gelten.«

Ich rannte aus dem Zimmer, bevor er widersprechen konnte.

Als ich wieder in meinem Bett lag, raste mein Puls noch eine ganze Weile. Die nächtliche Begegnung mit Levi ging mir nicht aus dem Kopf. *Warum denke ich jetzt noch an ihn, und warum habe ich so ein schlechtes Gewissen dabei?*

Aus Rücksichtnahme gegenüber meinem Ex musste ich gewiss kein schlechtes Gewissen haben, wenn ich mich zu einem anderen Mann hingezogen fühlte – obwohl sein *Bruder* da vielleicht die einzige Ausnahme war. Ich wand mich innerlich, als ich daran zurückdachte, wie Levi zurückgewichen war, als ich sein Knie berührt hatte. Es war zwar ein äußerst unglücklicher Umstand, dass ich offensichtlich auf Levi Miller stand, aber ändern ließ sich daran leider nichts. Man war machtlos dagegen, wie der Körper auf jemand anderen reagierte. Und Levi war einfach wahnsinnig attraktiv, auch wenn ich es als unpassend empfand, ihn so zu sehen.

Nach einer Weile gelangte ich zu dem Schluss, dass ich keinen Schlaf finden würde, wenn ich weiter unter Alex' Bein begraben an die Decke starrte. Ich schlüpfte vorsichtig aus dem Bett und ging in die Küche.

Als ich Levi mit einem Bier am Tisch sitzen sah, erstarrte ich. Bis auf die Unterhose hatte er immer noch nichts am Leib.

»Ist es nicht ein bisschen zu spät für Alkohol?«

Er sah auf und schwenkte die Flasche. »Oder zu früh? Es ist ja praktisch schon Morgen, oder? Aber egal, willst du mich verurteilen?«

Als sein Blick auf meine Brüste fiel, wurde mir bewusst, dass ich nicht viel angemessener gekleidet war als er. Das Seidenhemdchen, das ich trug, überließ nur wenig der Fantasie.

»Ich wollte mir jetzt eine warme Milch machen. Die hilft mir manchmal beim Einschlafen.«

»Warme Milch?«, fragte er mit leiser Stimme. »Wenn du entspannen willst, habe ich etwas Besseres für dich.«

Meine Nippel wurden hart, weil meine Gedanken für einen Sekundenbruchteil durchdrehten.

Levi ging zu der Vitrine und nahm zwei Schnapsgläser heraus. Ich kam mir wie eine Idiotin vor, weil ich kurzzeitig geglaubt hatte, dass sein Kommentar zweideutig gewesen war.

Ich hob abwehrend die Hand. »Um diese Uhrzeit kann ich keinen Alkohol trinken.«

»Oh doch, du kannst. Es ist ganz einfach. Ich schütte ihn in dieses kleine Glas hier, und du ext ihn einfach weg. Ich garantiere dir, dass er dir besser beim Einschlafen hilft als alles andere.« Er zeigte auf den Platz ihm gegenüber. »Setz dich.«

Sein fordernder Ton ließ mich erschaudern, und einen Augenblick lang wollte ich nichts anderes, als von ihm herumkommandiert zu werden. *Ich habe echt ein Problem.*

»Wird schon nicht schaden, es mal zu probieren«, sagte ich und nahm mir einen Stuhl.

Als er seinen Schnaps hinunterkippte, bestaunte ich seinen Körper und besonders seine durchtrainierten Bauchmuskeln.

Er knallte das leere Glas auf den Tisch. »Jetzt bist du dran.«

Ich griff nach meinem Glas und trank es hastig aus. Hochprozentiges war sonst nicht mein Fall, und ich wusste nicht einmal, was ich mir da gerade einverleibt hatte. Aber egal, jetzt war das Zeug drin.

Der Alkohol brannte in meiner Kehle, sodass ich husten musste. Und dann blieb mir fast die Luft weg, als Levi unvermittelt fragte: »Warst du nach Tanner mit jemandem zusammen?«

Ich schluckte vorsichtig. »Was ist das denn jetzt für eine Frage?«

»Ich will nicht aufdringlich sein.« Er verschränkte die Arme. »Du bist offensichtlich eine engagierte Mutter, und du übernimmst dich gerne mal. Da scheint mir nicht viel Raum für … anderes zu bleiben.«

»Ich hatte im Laufe der Jahre das eine oder andere Date, aber nichts Ernstes.«

»Keinen Sex?«

Hallo? »Du hast echt keine Hemmungen. Habe ich dich jemals zu deinem Sexleben befragt, Levi Miller?«

Er lächelte. »Du musst es mir nicht erzählen. Ich war nur neugierig, weil deine Beziehung mit Tanner ziemlich lange her ist.«

Ich hatte mich vor einer direkten Antwort drücken wollen, aber scheiß drauf. Warum sollte ich nicht einfach ehrlich sein?

Es gab keinen besseren Zeitpunkt als jetzt, um mit dem Bruder meines Ex über Sex zu reden, wo er mir mitten in der Nacht halbnackt gegenübersaß und ich gerade einen Schnaps getrunken hatte, oder? *Oh Gott.*

»Nach Tanner habe ich mit einem einzigen Mann geschlafen. Er war ein netter Typ. Luke. Mein Sexfreund sozusagen, aber nichts für eine längere Beziehung.« Ich zuckte mit den Schultern. »Es ist nicht leicht, jemanden zu finden, der zu mir passt, mit dem ich Sex haben will *und* der ein gutes Vorbild für Alex ist. Im Grunde sind alle drei Eigenschaften zusammen fast unmöglich. Ich habe meine Dates auch nie meinem Sohn vorgestellt. Das würde ich nur tun, wenn es wirklich ernst ist.«

»Ja, das klingt vernünftig.«

Ich nickte ihm zu. »Und was ist mit dir? Du hast bestimmt keine Schwierigkeiten, Frauen zu finden, mit denen du dir die Zeit vertreiben kannst. Wahrscheinlich hast du das umgekehrte Problem wie ich. Ich meine, wie triffst du deine Wahl, wenn du jede Frau haben kannst, die du willst?«

Als ich merkte, wie sehr mich dieser Gedanke beunruhigte, stieg mir die Hitze ins Gesicht. Meine Eifersucht war alarmierend – und peinlich.

»So einfach ist das nicht«, entgegnete er.

»Ja, wer die Wahl hat, hat die Qual.« Ich grinste mit zusammengebissenen Zähnen.

»So habe ich das nicht gemeint, Presley.« Er schnaufte frustriert. »Hast du eine Ahnung, wie ätzend es ist, nicht zu wissen, ob eine Frau mit mir zusammen sein will, weil sie mich als Person mag oder nur weil ich ein berühmter Sportler bin? Manche Frauen wollen lediglich damit angeben, dass sie mit dem Quarterback der Broncos im Bett waren. Ich meine, ich will mich nicht beschweren. Es ist kein Problem für mich, eine attraktive Frau zum Vögeln zu finden, wenn mir danach ist, aber das wird schnell langweilig. Wenn es zu leicht ist, verliert es seinen Reiz, verstehst du?«

Er sah mich durchdringend an.

»Ich denke schon«, wisperte ich.

Levi fuhr mit dem Zeigefinger über den Rand seines leeren Schnapsglases. »Als ich jung war und in der NFL angefangen habe, da war das mit dem Sex aufregend, weil es etwas Neues für mich war. Damals hat es mich nicht besonders interessiert, was hier oben drin ist.« Er tippte sich an den Kopf. »Aber je älter ich werde, desto mehr brauche ich eine mentale Herausforderung. Manchmal will man einfach mit jemandem reden oder ohne Sex abhängen und einen Film gucken. Die Frauen machen sich eine bestimmte Vorstellung davon, wie es ist, mit mir zusammen zu sein, und ich fühle mich gezwungen, sie nicht zu enttäuschen. Manchmal will ich aber bloß *sein* – einfach mit einer Frau, der ich vertraue, ein gutes Gespräch führen oder in einträchtigem Schweigen beieinandersitzen.« Er seufzte. »Und das ist echt nicht leicht zu finden.«

Seine Worte berührten mich, aber ich versuchte, es mir nicht anmerken zu lassen. »Du Armer, du hast es wirklich schwer«, scherzte ich.

»Ich weiß«, entgegnete er lachend. »Wehe mir!«

»War nur ein Witz«, sagte ich. »Ehrlich gesagt habe ich mir noch nie überlegt, wie schwer es für jemanden wie dich sein muss, jemandem zu vertrauen. Ich dachte immer, du hast die große Auswahl. Aber es scheint nur so, nicht wahr?«

»Erinnerst du dich, wie es war, wenn man als Kind mit seinem Geburtstagsgeld in den Spielwarenladen ging und sich nicht entscheiden konnte, was man kaufen soll? Man hat genug, um sich fast jedes Spielzeug leisten zu können, aber genau deshalb findet man nichts, was man haben möchte. So ungefähr ist es auch mit den Frauen. Manchmal ist es zu einfach.

Ich liebe die Herausforderung. Abgesehen davon stellt sich mir die Frage, wie ich erkennen soll – wenn ich diese besondere Frau nun finde –, ob sie mich auch wollen würde, wenn ich nicht der Footballstar Levi Miller wäre.«

Ich hatte ihn zwar eben noch geneckt, aber nun tat er mir leid, weil er die Dinge so sah. Es war bestimmt schlimm, nicht zu wissen, wem man vertrauen konnte und wer einen nur ausnutzen wollte.

»Bereust du manchmal, dass du dich für eine Footballkarriere entschieden hast?«

Er wiegte den Kopf schweigend hin und her. »Schwer zu sagen. Ich bereue nicht, dass ich damit meine Brötchen verdienen kann. In der Hinsicht lebe ich einen Traum. Aber auf ein paar Dinge, die damit einhergehen, könnte ich gut verzichten. Das Problem ist, dass man das eine nicht ohne das andere bekommt, und jetzt ist es sowieso müßig, darüber nachzudenken.«

»Stimmt.«

»Aber ich weiß, dass die Richtige für mich eine Frau ist, die sich nicht für den Quarterback Levi Miller interessiert. Denn eine Karriere in der NFL währt nicht ewig. Sie kann im Nu vorbei sein, wie mein Bruder aus eigener Erfahrung weiß.«

Weil er Tanner erwähnte, überkamen mich erneut Schuldgefühle. Ich genoss das vertrauliche Gespräch mit seinem Bruder ein bisschen zu sehr.

Levi sah mir abermals in die Augen. »Meine negative Einstellung dir gegenüber hatte teilweise damit zu tun, dass ich dachte, du hättest Tanner verlassen, als es schwierig wurde – obwohl ich eigentlich ein anderes Bild von dir in Erinnerung hatte. Tut mir leid, dass ich vorschnell geurteilt habe.«

»Ich hätte deinen Bruder niemals verlassen, Levi. Ich habe ihn geliebt. Aber er hat mich zweimal betrogen, und das waren nur die Fälle, von denen ich weiß. Seine Lügerei war der

Grund, warum es nicht funktioniert hat. Es lag nicht an seiner Verletzung, das kann ich dir versichern.«

»Das weiß ich inzwischen.« Levi schüttelte den Kopf. »Aber unser Gespräch ist viel zu tiefgründig für diese Uhrzeit. Es ist fast vier. Du solltest zusehen, dass du noch ein bisschen schläfst, bevor Alex wach wird.«

Obwohl ich nicht gehen wollte, pflichtete ich ihm bei. »Ja, du hast wahrscheinlich recht.«

»Nimm das Gästezimmer«, sagte er.

»Ich bin schuld an deiner Verletzung, schon vergessen? Du brauchst das bequeme Bett.«

»Das ist nicht verhandelbar, Presley. Nimm du das Bett.«

»Danke.« Ich lächelte.

»Keine Ursache.«

Als ich mich umdrehte und den Flur hinunterging, brannte mein Körper vor Verlangen. Seit Levi gesagt hatte, er wolle mehr als nur Sex mit einer Frau, wollte ich wiederum Sex mit ihm. Offenbar verlor ich allmählich den Verstand. Als ich mich aufs Bett fallen ließ, umfing mich sein Duft, der noch in den Laken hing, weil er zuvor darin geschlafen hatte.

Verdammt.

Ich wälzte mich hin und her und zappelte mit den Beinen, weil ich ständig an die Szene in der Küche denken musste – wie er mich aufgefordert hatte, mich hinzusetzen, wie er mich angesehen hatte und wie er mich ohne Umschweife nach meinem Sexleben gefragt hatte. Es erschien mir sehr direkt und dreist, und irgendwie ahnte ich, dass er im Bett genauso war. Plötzlich sah ich das Bild vor mir, wie er mich übers Knie legte und mir den Hintern versohlte.

Was um Gottes willen ist mit dir los, Presley?

Ich schloss unwillkürlich die Augen und stellte mir Levi nackt vor. Sein Körper war perfekt. Ich schob die Hand in meinen Slip und begann, mit meiner Klitoris zu spielen, während ich mir ausmalte, wie er sich in mir anfühlen würde. Als ich versehentlich mit der Taschenlampe seinen Schritt beleuchtet hatte, hatte ich die Wölbung deutlich gesehen. Ich wusste, er war riesig.

Ich brauchte nicht mehr als eine Minute, um mir einen der intensivsten Orgasmen aller Zeiten zu bescheren. Doch weil das Pochen zwischen meinen Beinen nicht aufhörte, fragte ich mich, ob ich noch eine Runde brauchte, bis ich endlich so entspannt war, dass ich schlafen konnte.

Ich wischte mir keuchend den Schweiß von der Stirn.

Du hast es dir gerade mit Fantasien über Tanners Bruder besorgt. Ganz toll.

Und verflixt, ich wollte es noch mal tun.

Es würde interessant werden, wenn ich ihm morgen beim Frühstück gegenübersaß.

6. KAPITEL

Presley

»So gut haben die Trainer definitiv nicht ausgesehen, als wir in der Highschool waren.«

Ich schaute auf und sah, wie meine alte Freundin Katrina die Tribüne zu mir heraufstieg. Seit das Ferientraining vor ein paar Tagen begonnen und wir festgestellt hatten, dass unsere Söhne im gleichen Alter waren, hatten wir wieder Kontakt, und es war schön, Gesellschaft zu haben.

»Hey, Kat.«

Sie setzte sich neben mich, und wir schauten zur Seitenlinie des Spielfelds hinunter, wobei wir die Augen mit den Händen gegen die Sonne abschirmten. Jeremy Brickson wischte sich mit dem Saum seines T-Shirts den Schweiß von der Stirn, und dabei kam sein glänzendes, gebräuntes Sixpack zum Vorschein.

Kat seufzte. »Letzte Woche habe ich ihn im Fitnessstudio gesehen. Danach konnte ich zwei Tage nicht laufen. Du kennst doch das Gerät, wo man mit dem Gewicht auf den Schultern Kniebeugen macht?«

»Den Wadentrainer?«

»Ja, den meine ich. Ich mache normalerweise zweimal sechs Wiederholungen, aber Jeremy war an dem Armtrainer direkt gegenüber. Er hat ständig gestöhnt und dazu der Anblick seines arbeitenden Bizeps – das war besser als jeder Porno. Ja, und dadurch habe ich mich verzählt und viel zu viele Wiederholungen gemacht. Meine Wadenmuskulatur war tagelang steinhart. Ich konnte echt keinen Schritt gehen.«

»Oh nein.« Ich lachte.

»Aber es hat sich total gelohnt.«

»Er scheint ein netter Typ zu sein. Alex erzählt mir nach jedem Training stundenlang von ihm. Er nennt ihn Brick. Wirklich süß.«

»Ja, der andere Coach nennt ihn auch so, habe ich eben mitbekommen. Aber ich habe natürlich nicht daran gedacht, dass er Brickson mit Nachnamen heißt. Mein erster Gedanke war, ob er einen Ziegelstein in der Hose hat.« Sie beugte sich vor und kniff die Augen zusammen. »Ich wünschte, er hätte eine engere Shorts an, dann könnte man wenigstens mal die Umrisse sehen.«

Ich schüttelte lachend den Kopf. »Du hast dich kein bisschen verändert.«

»Was denn? Als hättest du dich das nicht auch schon gefragt. Ein Mann, der so nett ist, seine Zeit dafür opfert, den Jungs Football beizubringen und der so einen Körper hat … Da muss irgendein Haken sein. Niemand ist ein Gesamtpaket.«

Ich musste sofort an die Nacht denken, in der Levi aus dem Bett gefallen war und ich ihn in seinen Retropants gesehen hatte. Der Mann hatte ein ziemliches Paket – an das ich in den letzten Tagen viel zu oft gedacht hatte.

»Er ist nicht von hier, oder?«, fragte ich. »Neulich hat er mir erzählt, dass er seit fünf Jahren in Beaufort lebt. Ohne konkreten Grund zieht man eigentlich nicht hierher.«

Kat nickte. »Er besitzt eine Baufirma. Er war ursprünglich hergekommen, um die neue Highschool zu bauen, und ist danach geblieben. Ich glaube, vorher hat er in Charleston gewohnt. Er ist geschieden. Seine Frau und er haben ein Kind verloren, das mit einem Herzfehler geboren und nur vier Jahre alt wurde. Er hat an der Uni in Clemson Football gespielt, und sein Sohn war ein riesiger Footballfan. Und jetzt trainiert er in seiner Freizeit unsere Kids. Ich weiß nicht, ob ich dazu in der Lage wäre, mich ständig mit Kindern zu beschäftigen, die wahrscheinlich so alt sind wie sein Sohn jetzt wäre und seinen Lieblingssport treiben.«

»Wow. Ich hatte ja keine Ahnung … Was für eine traurige Geschichte.«

»Er ist ziemlich zurückhaltend und bleibt meist für sich. Meine Freundin Annemarie hat mir das alles erzählt. Sie hat eine Zeit lang als Empfangsdame in seiner Firma gearbeitet.« Kat nahm einen Pflegestift aus ihrer Tasche und fuhr sich damit über die Lippen. »Und wie läuft's bei dir? Triffst du dich mit jemandem?«

Ich schüttelte den Kopf. »Ich bin noch dabei, mich einzuleben.«

»Also, wenn du mal ausgehen willst, bin ich dabei. Ein paar Kilometer außerhalb gibt es eine neue Bar, wo man nette Leute trifft. Travis ist donnerstags bis samstags immer bei seinem Vater, weil wir uns das Sorgerecht teilen, und freitagabends bin ich für alles zu haben.«

»Klingt gut. In ein paar Wochen habe ich mich bestimmt eingewöhnt.«

Nach dem Training gingen Kat und ich nach unten auf den Platz, um unseren Jungs beim Tragen ihrer Ausrüstung zu helfen. Sie spielten zwar Football, aber Gott bewahre, dass sie ihre Taschen, Helme und Schulterpolster selbst tragen mussten … Jeremy kam zu uns herüber, als Alex gerade sein Trikot in seinem Beutel verstaute.

»Alex schlägt sich hervorragend. Die Gerüchte über seinen Superarm treffen zu.«

Ich lächelte. »Danke. Er hat in letzter Zeit viel mit seinem Onkel geübt.«

Alex zog den Reißverschluss seiner Tasche zu. Als er aufstand, legte Jeremy die Hände auf seine Schultern. »Das hat er mir erzählt. Wie soll ich es mir eines Tages als Verdienst anrechnen, dass er in der NFL spielt, wenn Levi Miller ihn auch trainiert?«

Ich grinste. »Wenn er irgendwann auf dem Podest steht und sich bei jemand anderem bedankt als seiner Mutter, werden du und sein Onkel etwas von mir zu hören kriegen.«

»Mom?«, unterbrach Alex uns und zeigte auf den Parkplatz. »Der Eismann ist da. Kann ich mir ein Eis holen, *bitte*?«

»Klar.« Ich zog einen Fünf-Dollar-Schein aus der Tasche, und Alex schnappte ihn sich und lief davon. »Hey! Was ist mit deiner Ausrüstung?«, rief ich ihm nach.

»Danke, Mom!«, brüllte er, ohne sich umzudrehen.

Ich schüttelte den Kopf und hob die Tasche auf. Doch Jeremy nahm sie mir aus der Hand. »Lass mich das nehmen. Ich gehe auch zum Parkplatz.«

»Vielen Dank.«

Wir machten uns gemeinsam auf den Weg. »Alex hat erzählt, ihr wohnt oben im *Palm Inn*?«

»Ja, genau. Alex' Großvater ist vor sechs Monaten gestorben. Er hat ihm die Hälfte vererbt. Deshalb wohnen wir dort, und ich versuche, die Pension wieder ans Laufen zu bekommen.«

»Es ist ein schönes Haus. Ich habe einmal dort vorbeigeschaut, als ich hergezogen bin, und Mr Miller hat mich herumgeführt. Ich bin zwar Bauunternehmer, aber auch ein heimlicher Möchtegernarchitekt.«

»Ja, es ist wirklich toll.«

»Ungefähr zehn Zimmer, oder?«

»Vierzehn. Aber erinnere mich nicht daran. Das bedeutet

nur noch mehr Arbeit. Die Pension ist ziemlich heruntergekommen. Ich habe heute Morgen einen Kostenvoranschlag für eine neue Klimaanlage erhalten, und die kostet bereits mehr, als ich für die gesamte Renovierung ausgeben wollte.«

»Hast du einen Bauleiter?«

Ich schüttelte den Kopf. »So was Ähnliches. Sie steht vor dir. Ich versuche Geld zu sparen, indem ich alles selbst koordiniere.«

»Nun, wenn du Hilfe brauchst oder zuverlässige Handwerker suchst, sag mir Bescheid. Ich muss dir ja bestimmt nicht erklären, dass du für alle größeren Aufträge mehrere Angebote einholen solltest. Es überrascht mich immer wieder, wie unterschiedlich die Preise von Firma zu Firma sein können.«

»Danke für das nette Angebot.«

»Es wäre mir ein Vergnügen. Ist die Pension während der Renovierung geöffnet, oder musst du schließen?«

»Sie ist bereits für Gäste geschlossen. Nun ja, außer für Fern, aber sie ist kein richtiger Gast, sondern eher eine Mieterin. Sie war eng mit Thatcher befreundet. Levi wohnt auch dort, wenn er in der Stadt ist. Ihm gehört die andere Hälfte.«

»Bist du geschieden, wenn ich fragen darf?«

»Nein, ich war nie verheiratet. Alex' Vater und ich waren verlobt, aber zum Traualtar haben wir es nicht geschafft. Er lebt in New York. Wir sind schon lange nicht mehr zusammen.«

»Nun, am besten gebe ich dir meine Nummer. Dann kannst du mich anrufen, wenn du Fragen hast und gute Handwerker suchst.«

»Das wäre großartig.« Ich fischte mein Handy aus der Tasche und gab es Jeremy. Während er tippte, sagte ich: »Ich könnte einen Klempner gebrauchen. Wir hatten neulich mehrere Rohrbrüche.«

Jeremy sah lächelnd auf. »Kein Problem. Ich helfe gern. Ich schicke dir nachher ein paar Empfehlungen.«

Sein Lächeln war wirklich warmherzig, und er sah ziemlich gut aus. Das war mir bei meinem ersten Gespräch mit ihm gar nicht so aufgefallen.

Als er mir das Handy zurückgab, holte Kat uns ein. Sie zog grinsend die Augenbrauen hoch. »Hi Coach, du machst echt eine gute Figur auf dem Platz. Die Mannschaft, meine ich, die *Mannschaft* macht eine gute Figur.«

»Danke. Die Jungs lernen schnell.«

»Hey, Brick!«, rief der andere Trainer. »Hast du kurz Zeit?«

»Sicher.« Jeremy nickte uns zu. »Einen schönen Abend noch, die Damen.«

Kat winkte mit den Fingern. »Den werden wir haben.«

»Bye.«

Sobald er außer Hörweite war, fiel Kat über mich her. »Du Glückspilz!«

»Was meinst du?«

»Tu nicht so unschuldig. Ich habe gesehen, dass er dir seine Nummer gegeben hat.«

»Weil er mir einen Klempner empfehlen will. Wir brauchen ein paar neue Rohre.«

»Aha.«

Ich lachte. »Nein, wirklich. Mehr ist da nicht.«

»Bist du tatsächlich so ahnungslos? Der Coach will bei dir ein Rohr verlegen!«

Alex kam mit zwei Eis am Stiel zurück. »Von dem Geld, das du mir gegeben hast, konnte ich zwei kaufen!«

Ich zerzauste ihm das Haar. »Wenn du Geld für zwei hast, musst du aber nicht unbedingt zwei kaufen.«

Alex zuckte mit den Schultern. »Du kannst eins haben, wenn du willst.«

»Hmm. Ein SpongeBob-Eis mit Kaugummi-Augen. Verlockend, aber danke, ich verzichte.«

»Ich muss los.« Kat umarmte mich. »Hoffentlich hat er ein ordentliches Rohr«, flüsterte sie mir ins Ohr.

Ich lachte. »Du spinnst.«

Am Abend, als Alex und ich gerade essen wollten, kam Levi herein.

Er schnupperte. »Hier riecht es ja großartig. Ist das frittiertes Brathähnchen?«

Ich nahm die Schüssel mit den goldbraunen Hähnchenteilen von der Arbeitsplatte und zeigte sie Levi, bevor ich sie auf den Tisch stellte. »Richtig. Nach einem Rezept deiner Großmutter. Ich habe ein ganzes Notizbuch von ihr gefunden, als ich heute in Zimmer acht sauber gemacht habe. Alles in ihrer Handschrift. Möchtest du mitessen?«

Er leckte sich die Lippen, ohne den Blick von der Schüssel abzuwenden. »Bist du sicher, dass genug da ist?«

»Das letzte Mal war mir eine Lehre, und ich habe genug für eine kleine Armee zubereitet. Setz dich hin und iss«, forderte ich ihn mit einem Lächeln auf.

Er zog einen Stuhl heraus, bevor ich zu Ende gesprochen hatte. Es freute mich, dass er offenbar für mein selbst gekochtes Essen zu begeistern war. Ich hatte immer gerne gekocht, aber der einzige Mann, für den ich es bisher getan hatte, war Tanner. Er mochte zwar die Südstaatenküche, achtete jedoch immer darauf, sich gesund zu ernähren und nicht zuzunehmen. Levi hingegen schien das weniger zu kümmern. Als ich die Stampfkartoffeln und die grünen Bohnen brachte, schaufelte er sich den Teller randvoll.

»Isst du immer so? Oder nur außerhalb der Saison?«

Levi runzelte die Stirn. »Wie esse ich denn?«

»Ich weiß nicht. Anscheinend kannst du so viel essen, wie du willst.«

Er biss in seine Hähnchenkeule und zuckte mit den Schultern. »Essen ist Energie, und die verbrenne ich.«

Ich bemerkte, dass ich die Butter für die Kartoffeln vergessen hatte, und holte sie rasch aus dem Kühlschrank. »Bei dir klingt das so einfach«, sagte ich und hielt die Packung hoch, die ich in der Hand hatte. »Ich könnte mir das Ding auch direkt an die Hüften kleben, denn da landet es sowieso.«

Levis Blick wanderte zu meinen Hüften und wieder nach oben. Er sagte keinen Ton, biss aber etwas kräftiger in seine Keule. *Meine Güte.*

Ich räusperte mich, als ich mich wieder an den Tisch setzte, und wechselte das Thema. »Morgen kommt jemand wegen eines Kostenvorschlags für die Reparatur der Rohre oben vorbei.«

Levi hatte sie notdürftig geflickt, aber sie mussten erneuert werden, bevor wir das Wasser in diesem Teil des Hauses wieder aufdrehen konnten. Zum Glück wurden die Badezimmer im oberen Stockwerk zurzeit nicht gebraucht.

»Ja? Wer denn? *Morrow Plumbing*? Die Firma von Pete Morrows Vater?«

»Nein, die Firma heißt *Universal.*«

»Noch nie gehört. Ist die von hier?«

»Das weiß ich nicht. Sie wurde mir empfohlen, und ich habe da angerufen und den Termin vereinbart.«

»Ich dachte, der Trainer bringt das in Ordnung«, schaltete sich mein Sohn ein. »Travis' Mutter hat doch gesagt, Coach Brick will bei dir ein Rohr verlegen.«

Meine Augen weiteten sich. Ich hatte gerade ein Stück Hähnchen im Mund und fing an zu husten.

Levi schaute irritiert von Alex zu mir. »Der Coach will *was*?«

Ich zeigte auf meinen Hals, während ich knallrot anlief. »Ich hab mich verschluckt.«

Levi verlor offenbar das Interesse an seinem Essen und sah mich erwartungsvoll an. Ich spülte das Hühnchen mit einem Schluck Wasser hinunter und war froh, dass ich wenigstens einen Grund für meinen roten Kopf hatte.

»Ich glaube nicht, dass Travis' Mutter das so gesagt hat, Alex.« Mein Sohn hatte natürlich keine Ahnung von der Anzüglichkeit, die dahintersteckte. Er zuckte mit den Schultern und aß weiter.

»Coach Brick ist Bauunternehmer«, erklärte ich. »Er hat angeboten, mir Handwerker zu empfehlen, wenn wir welche brauchen.«

Levi musterte mein Gesicht. »Aha.«

»Und er hat mir den Namen einer Firma für Klimaanlagen genannt, bei der ich es versuchen soll. Hast du den Kostenvoranschlag der anderen Firma gesehen?«

»Japp. Das übersteigt unser Budget bei Weitem, und es bringt uns keinen Cent mehr ein, wenn wir das Haus verkaufen, weil der Käufer es abreißen will.«

»Wir wollen die Pension verkaufen?«, fragte Alex. »Sie wird abgerissen?«

Dass diese Möglichkeit im Raum stand, hatte ich ihm nicht gesagt. »Wir überlegen noch, Schatz.«

Alex stopfte sich eine Gabel voll Stampfkartoffeln in den Mund. »Mir gefällt es hier.«

»Du sollst nicht mit vollem Mund reden. Aber mir gefällt es hier auch.«

Alex sah seinen Onkel an. »Dir etwa nicht, Onkel Levi?«

»Doch, schon. Es ist nur … Als Erwachsener muss man manchmal Entscheidungen treffen, die sich nicht danach richten, was einem gefällt.«

»Wonach denn sonst?«

»Nun, da gibt es einiges. Zeit und Geld zum Beispiel. Wenn man so eine Pension am Laufen halten will, braucht man beides.«

»Du verdienst also mit Football nicht so viel?«

Ich lehnte mich zurück und genoss das spontane Verhör meines Sohnes.

»Doch, Kumpel, aber ...«

Alex runzelte die Stirn. »Oh, ich verstehe. Du bist zu beschäftigt. Du wirst wieder ein Schonkel, oder?«

Levi sah mich Hilfe suchend an. Als ich ihn nur angrinste, verdrehte er die Augen.

»Wieso reden wir in dem einen Moment über Rohre und im nächsten darüber, was für ein schlechter Onkel ich bin?«

Ich schmunzelte. »Ich weiß es nicht, aber ich bin ganz froh darüber.«

Levi schüttelte den Kopf. »Am besten lassen wir beide Themen bleiben. Welche Spielzüge habt ihr bisher im Ferientraining geübt?«

Die restliche Zeit redeten die Jungs über Football. Ich war beeindruckt, wie viel mein Sohn bereits gelernt hatte. Er hatte sich die meisten Spielzüge eingeprägt und beschrieb sie Levi mit den richtigen Fachausdrücken. Als wir mit dem Essen fertig waren, klopfte ein Freund von Alex an die Tür, der mit ihm Fahrrad fahren wollte.

»Darf ich, Mom?«

Ich schaute auf die Uhr. »Eine Stunde. Und nicht weiter als bis zum Ende des Blocks.«

Und wie bereits zuvor beim Ende des Trainings rannte er davon, bevor ich zu Ende gesprochen hatte.

Levi und ich räumten den Tisch ab. Ich stellte unsere Teller ins Spülbecken und spülte sie kurz mit Wasser ab. »Das ist zum Beispiel eins der Dinge, die mir an dem Leben hier so gut gefallen«, sagte ich. »In New York hätte ich meinem Sohn niemals erlaubt, unbeaufsichtigt draußen Fahrrad zu fahren.«

»Ja, das verstehe ich.«

Als ich die Spülmaschine einräumte, lehnte sich Levi neben mir gegen die Arbeitsfläche und verschränkte die Arme vor der Brust. »Also …«, sagte er mit hochgezogener Augenbraue. »Wie war das jetzt mit dem Coach und dem Rohr?«

Ich winkte ab. »Das hat meine Freundin Kat nur gesagt, um mich zu ärgern. Jeremy wollte höflich sein und mir mit Empfehlungen weiterhelfen. Als Bauunternehmer hat er nun mal viele Kontakte. Kat übertreibt.«

»Bist du sicher? Männer bieten Frauen eigentlich keine Hilfe an, ohne eine Gegenleistung zu erwarten.«

»Willst du damit sagen, es gibt keine netten Menschen mehr auf der Welt? Alle wollen einem nur noch an die Wäsche?«

»Nicht unbedingt. Darum geht es nicht immer. Aber in der Regel erhoffen sich die Leute etwas davon, dass sie nett sind.«

»Ja, sie möchten ebenso freundlich behandelt werden, Levi. Seit wann bist du so ein Zyniker?«

»Ich bin kein Zyniker. Ich bin Realist. Meist machen wir das doch ganz unbewusst. Es liegt in der menschlichen Natur. Wenn man mit der Miete spät dran ist, ist man ein bisschen freundlicher zu seinem Vermieter, weil man einen Aufschub benötigt. Man hat vierzehn Tage Rückgaberecht und bringt seinen Einkauf zweieinhalb Wochen später zurück? Dann geht man in den Laden und lächelt die Dame hinter der Ladentheke freundlich an. Und wenn ein Mann einer Frau an die Wäsche will, hilft er ihr, die Handwerker zu finden, die sie braucht.«

Ich verschränkte die Arme vor der Brust. »Ach wirklich? Also, du hast mir gerade geholfen, nach dem Essen Ordnung zu machen. Was willst *du* denn von mir?«

Levis Blick blieb kurz an meinen Lippen hängen. So kurz, dass ich fast glaubte, ich hätte es mir nur eingebildet. Aber die Hitze zwischen meinen Beinen sagte mir, dass es nicht so war. Er schaute zur Seite. »Gut, dann sind wir eben unterschiedlicher Meinung. Aber sag nicht, ich hätte dich nicht gewarnt, wenn der nette Trainer mehr will als dir behilflich sein.«

Am nächsten Tag saß ich nachmittags wieder mit Kat auf der Tribüne und wartete auf das Trainingsende. Dieser Frau entging wirklich nichts. Sie hatte jeden gut aussehenden Kerl auf dem Radar, der in der Nähe zu finden war.

»Wow.« Sie wies mit dem Kinn nach unten. »Gut, dass *dieser Typ* heute Morgen im Fitnessstudio nicht in meinem Blickfeld war. Ich hab nämlich an der Oberschenkelpresse trainiert, und wahrscheinlich könnte ich jetzt die Beine nicht mal zum Pinkeln beugen.«

Ein Mann stand am Geländer und beobachtete das Training. Wir sahen ihn zwar nur von hinten, doch der Anblick war trotzdem erfreulich. Er hatte breite Schultern und schmale Hüften wie ein Schwimmer und war sonnengebräunt. Abgesehen davon trug er seine Baseballkappe verkehrt herum, was ich aus irgendeinem Grund schon immer sexy fand. Ich wollte gerade die Bemerkung fallen lassen, dass ich vielleicht auch ins Fitnessstudio gehen würde, wenn dieser Mann dort Mitglied war, als er sich zur Tribüne umdrehte.

Mist. Ich schloss die Augen. Ernsthaft? Noch mehr brauchte ich von Levis Haut eigentlich nicht zu sehen. Ich hatte bereits oft genug davon geträumt, meine Fingernägel hineinzubohren. Jetzt war ich wirklich froh, dass ich mir den Kommentar gespart hatte.

Aber was machte Levi hier? Und vor allem, warum hatte er kein Shirt an?

Levi ließ seinen Blick über die Tribüne schweifen. Als er mich entdeckte, lächelte er und joggte die Treppe hoch.

Kate stieß mich an. »Oh mein Gott, ist das Tanners Bruder Levi?«

»Ja.«

»Donnerwetter. In Natura sieht er noch besser aus als im Fernsehen. Du musst mich ihm vorstellen.«

Ich verdrehte innerlich die Augen, setzte aber ein fröhliches Lächeln auf, als Levi näherkam.

»Hey«, sagte ich. »Was machst du denn hier?«

»Ich war auf dem Rückweg vom Laden und dachte, ich sehe Alex noch ein bisschen zu.«

»Hast du … dein Shirt beim Einkaufen verloren?«

»Nein, du kleine Klugscheißerin.« Er zeigte mit dem Daumen ans andere Ende der Tribüne. »Da hinten ist ein Junge im Rollstuhl. Er hat mich erkannt, als ich an ihm vorbeiging, und meinte, er sei ein großer Fan. Ich hatte ein Broncos-Shirt an, und als er gesagt hat, wie toll er es findet, habe ich es ihm geschenkt.«

»Oh … das war bestimmt der große Bruder von Cody Arquette«, sagte Kat. »Er leidet an Spina bifida und liebt Football. Er kommt zu jedem Spiel an der Highschool.« Sie reichte Levi die Hand. »Ich bin übrigens Kat.«

»Levi Miller. Freut mich, dich kennenzulernen.«

»Funktioniert das immer, Levi?«

»Was meinst du?«

»Dass du deine Klamotten verschenkst, wenn sie jemandem gefallen? Denn falls ja …« Kat hielt inne und klimperte mit den Wimpern. »Ich mag deine Shorts wirklich sehr.«

Levi lachte. »Habt ihr Ladys etwas dagegen, wenn ich mich dazusetze?«

Ich saß am Ende der Reihe, aber Kat rutschte sofort einen

Sitz weiter und klopfte auf den freien Platz zwischen uns. »Nicht im Geringsten.«

Diesmal verdrehte ich ganz unverhohlen die Augen. Als Levi sich hinsetzte, beugte er sich zu mir und raunte mir ins Ohr. »Deine Freundin ist sehr freundlich. Ich frage mich, ob sie was will …«

Da bin ich mir sicher.

In den nächsten Minuten beobachtete Levi aufmerksam das Spiel und kritisierte immer wieder Jeremys Anweisungen.

»Ich würde ihm gern sagen, wie man es richtig macht. Aber ich halte lieber die Klappe, um Alex nicht in Verlegenheit zu bringen.«

»Aber die Technik muss doch noch nicht perfekt sein«, sagte ich. »Es sind schließlich Kinder.«

Levi reagierte etwas verschnupft, aber im Großen und Ganzen hielt er sich danach zurück.

Als das Training vorbei war, musste er Autogramme geben, und Alex und ich warteten auf ihn. Als wir zum Parkplatz gingen, tauchte Jeremy plötzlich hinter mir auf.

»Kann ich kurz mit dir reden, Presley?«

»Klar.« Ich wandte mich an Levi. »Einen Moment, bitte.«

Jeremy führte mich ein paar Meter weg. »Ich wollte es nicht vor Alex tun, aber ich würde dich gern fragen, ob du Lust hättest, bei Gelegenheit mal etwas trinken zu gehen?«

Oh. Ich war völlig perplex und wusste nicht, was ich sagen sollte. *Verflixt, Kat und Levi hatten recht.* Mir fiel jedoch kein Grund ein, Nein zu sagen.

»Gern, warum nicht?« Ich lächelte ihn an.

»Großartig, hast du morgen Zeit?«

Ich biss mir auf die Unterlippe und überlegte kurz. »Ich muss nur jemanden finden, der auf Alex aufpasst. Ist es okay, wenn ich dir morgen früh eine Nachricht schicke?«

»Natürlich. Und mach dir keine Gedanken, wenn du nicht gleich jemanden findest. Diese Woche kann ich abends eigentlich immer.«

»Okay, gut zu wissen.«

Er sah mir unverwandt in die Augen. »Alles klar, dann will ich dich nicht länger aufhalten. Einen schönen Abend noch.«

»Dir auch.«

Irgendwann musste ich ja mal ausgehen, und es war bestimmt gut, mich eine Weile von dem Knistern zwischen Levi und mir abzulenken.

Apropos Levi: Er sah mich grimmig an, während wir schweigend zu unseren Autos gingen. Bildete ich es mir nur ein, oder hatte ihn mein kurzes Gespräch mit Jeremy verärgert?

7. KAPITEL

Levi

Als ich am folgenden Morgen in die Küche ging, um Kaffee zu machen, hörte ich Presley mit ihrer Mutter telefonieren.

»Ich wollte dich fragen, ob du heute am frühen Abend auf Alex aufpassen könntest.«

Na prima. Offenbar lag ich mit meinem Verdacht richtig – der Coach hatte sie gestern um eine Verabredung gebeten. Und nun plante sie ihr Date mit dem Mann, der andere Absichten hatte, als sie bei der Renovierung zu unterstützen.

»Ach, natürlich. Das hatte ich ganz vergessen«, sagte sie einen Augenblick später. »Kein Problem, ich überlege mir etwas anderes oder verschiebe meine Pläne.«

Erst nachdem sie sich von ihrer Mutter verabschiedet und das Gespräch beendet hatte, bemerkte sie mich. »Oh … hey.«

»Hey«, sagte ich, während ich Zucker in meinen Kaffee rührte. »Ich kann auf Alex aufpassen, wenn du willst.«

Presley sah mich überrascht an und holte sich ebenfalls eine Tasse. »Oh. Ich wäre nicht auf die Idee gekommen, dich zu fragen.«

Ich zog eine Augenbraue hoch. »Warum nicht?«

»Weil ich davon ausgegangen bin, dass du wahrscheinlich beschäftigt bist.«

»Heute habe ich Zeit, falls du mich brauchst.«

Sie zögerte einen Moment. »Das wäre großartig.«

Ich nutzte die Gelegenheit und fragte: »Was hast du denn vor?«

Sie warf einen Blick über ihre Schulter, dann raunte sie mir zu: »Ich gehe mit Jeremy was trinken.«

Was für eine Überraschung! »Ich hätte es wissen müssen, nachdem er dich gestern zur Seite genommen hat. Ich habe mich schon gefragt, wann er zum entscheidenden Schlag ausholt.«

»Wenn du es so ausdrückst, klingt es irgendwie krass«, sagte sie und schenkte sich Kaffee ein.

»Ist es das nicht auch, wenn man die Mutter von einem seiner Schützlinge anbaggert?«

»Mir war nicht klar, dass er damit gegen eine Regel verstößt. Hast du sie dir ausgedacht?«, erwiderte sie sarkastisch.

»Hoffentlich begreifst du jetzt, dass sein Hilfsangebot blanker Unsinn war.«

»Er kann hilfsbereit sein *und* mit mir ausgehen wollen. Das macht ihn nicht zu einem schlechten Menschen.«

»Okay, für so naiv habe ich dich echt nicht gehalten.« Ich trank einen großen Schluck Kaffee, mit dem ich mir fast die Kehle verbrannte.

»Naiv? Weil ich nicht gleich das Schlechte in jedem Menschen sehe?« Sie stellte ihre Tasse etwas zu fest auf dem Tisch ab. »Aber selbst wenn er sich mit seinem Hilfsangebot an mich ranmachen wollte – na und? Wen kümmert's? Das ist kein Verbrechen.«

»Alex wird es sicherlich kümmern.«

»Warum?«

»Du datest seinen Trainer. Die anderen Jungs werden ihm die Hölle heißmachen, wenn sie es herausfinden.«

»Erstens date ich ihn nicht. Und zweitens wird Alex nicht erfahren, mit wem ich verabredet bin. Ich sage ihm, dass ich mich mit einer Freundin treffe.«

»Keine Sorge. Dein schmutziges kleines Geheimnis ist bei mir sicher.«

»Schmutzig?«

»Seine Absichten sind alles andere als sauber. Ich hoffe, das ist dir klar.«

»Ich verstehe immer noch nicht, warum du dir da so sicher bist.«

»Ich bin ein Mann. Ich weiß, wie Männer Frauen ansehen, die sie vögeln wollen. Und genauso hat er dich gestern angesehen.«

»Aber zum Glück geht dich das alles nichts an, und du kannst dich einfach raushalten.«

»Mein Neffe geht mich durchaus etwas an.«

Verdammt. Es war vollkommen unangebracht von mir, die Alex-Karte auszuspielen. Ich war zu weit gegangen, aber nun konnte ich es nicht mehr zurücknehmen. Presley erdolchte mich förmlich mit ihrem Blick und schoss mit Worten zurück – und die trafen mich.

»Seit wann übernimmst *du* Verantwortung für deinen Neffen? Du hast ihn kein einziges Mal in New York besucht – nicht mal dann, wenn ihr dort gespielt habt, und auf einmal machst du dir Sorgen um ihn?«

»Ich versuche mich zu ändern.«

»Weißt du … vielleicht hat Jeremy tatsächlich keine sauberen Absichten. Aber mit ihm bin ich garantiert immer noch besser dran, als ich es jemals mit deinem Bruder war.«

Da hat sie wahrscheinlich recht. Ich seufzte. »Ich behaupte auch nicht, dass mein Bruder der Richtige für dich war. Vermutlich kannst du froh sein, ihn los zu sein.« Mein Ton wurde sanfter. »Hör mal, es tut mir leid, okay? Ich bin heute einfach … gestresst. Es steht mir nicht zu, dir Vorwürfe zu machen. Geh und amüsier dich.«

Presley seufzte. »Also, ich bin dir wirklich dankbar für dein Angebot, auf Alex aufzupassen. Er wird begeistert sein.«

Ich fügte mich meinem Schicksal. »Wann willst du los?«

»Jeremy meinte, ich soll ihm Bescheid geben. Aber ich bin flexibel. Sag du mir, wann es dir am besten passt.«

»Jederzeit.«

»Okay, ich verabrede mich mit ihm für fünf Uhr. Dann muss ich später nicht mit ihm zu Abend essen, wenn mir nicht danach ist. In dem Fall sage ich einfach, dass ich für Alex kochen muss.«

»Und wenn es gut läuft, wird es ein langer Abend?«

»Keine Ahnung. Kommt drauf an.«

Ich schluckte. »Okay, ich bleibe eh zu Hause.«

»Danke. Das weiß ich wirklich zu schätzen.«

Presley stellte ihre Tasse in die Spülmaschine und verließ die Küche. Mein Blick blieb vielleicht ein bisschen zu lange an ihrem knackigen, runden Hintern hängen.

Was ist eigentlich mit mir los?

»Echt blöd, oder?«

Zuerst dachte ich, mein verdammtes Gewissen würde mit mir reden.

Aber es war Fern.

Ich stutzte. »Was?«

»Zusehen zu müssen, wie sie mit einem anderen ausgeht«, erklärte sie. »Das ist echt blöd.«

Anscheinend hatte sie unser Gespräch mitgehört.

»Worauf willst du hinaus?«, blaffte ich sie an.

»Denkst du, ich merke nicht, dass ihr euch insgeheim … besser kennenlernen wollt? Warum solltet ihr sonst ständig aneinandergeraten? Zwei attraktive Menschen zanken sich nur dann regelmäßig, wenn sie mehr voneinander wollen.«

»Du bist verrückt, alte Frau«, erwiderte ich hitzig.

»Ach ja?« Sie kicherte. »Warum regt es dich so auf, dass sie mit einem anständigen Mann ausgeht? Ist ja nicht so, als hätte sie ihn irgendwo in einer Bar aufgelesen. Du manipulierst sie, indem du ihr ein schlechtes Gewissen machst, weil du selbst scharf auf sie bist.«

Diese Frau macht mich wahnsinnig.

»Seit wann kennst du dich damit aus, was in meinem Kopf vorgeht, Fern?«

»Dein Großvater hat es mich gelehrt. Du bist genau wie er. Du würdest eine gute Frau nicht mal erkennen, wenn sie dir ihre Titten unter die Nase hält. Was meinst du, wie er und ich ein Paar geworden sind?«

»Tja, ich hoffe, es hatte nichts damit zu tun, dass du ihm deine Titten unter die Nase gehalten hast. Aber erspar mir bitte die Einzelheiten.«

»Erinnerst du dich an seinen Freund Roland?«, fragte sie.

»Ja, natürlich.«

»Dann weißt du wohl auch, dass ich mal mit Roland zusammen war.«

»Nein, das wusste ich nicht.«

»Nun, Roland hat mich eines Tages abserviert, um zu seiner Exfrau zurückzukehren, und es hat zwei Jahre gedauert, bis dein Großvater den Mut aufbrachte, um sich mit mir zu verabreden. Er hatte zu viel Angst davor, was Roland denken würde, obwohl ich gar nicht mehr mit ihm zusammen war. Und genau das Gleiche läuft hier. Du magst Presley, aber sie ist die Ex deines Bruders, und deshalb unternimmst du nichts. Du lässt nur deinen Frust an ihr aus.«

»Ich würde sagen, dass du dir da einen unglaublichen Blödsinn ausgedacht hast.« Ich schüttelte den Kopf. »Aber in einem hast du recht, Fern. Ich würde mich nie an eine Ex meines Bruders ranmachen und erst recht nicht an Presley.«

»Warum nicht?«

»Das muss ich dir nicht erklären. Außerdem weiß ich nicht, ob du den Mund halten kannst, bei allem Respekt.«

Sie grinste verschmitzt. »Wie viel gibst du mir, wenn ich falsch liege, reicher Junge?«

Ich sah sie mit zusammengekniffenen Augen an. »Womit?«

»Mit meiner Vermutung, dass ihr zwei eines Tages miteinander im Bett landet.«

»Die Wette würdest du verlieren.«

»Zehntausend«, verlangte sie.

Die Frau hat sie nicht mehr alle. »Ich wette nicht.«

»Lügner. Du hast gerade eine Wette mit Presley laufen, ob es ihr gelingen wird, die Zimmer des Inn wieder zu vermieten.«

»Das ist eine Ausnahme.« Ich kratzte mich am Kopf. »Aber egal, was würde *ich* denn dabei gewinnen?«

»Ich könnte es in Betracht ziehen, sang- und klanglos von hier zu verschwinden, sodass du mich nicht rauswerfen müsstest.«

»Ein verlockendes Angebot.« Ich lachte. »Und du willst zehntausend Dollar? Ist das nicht ein bisschen übertrieben?«

»Die sind bestimmt kein Problem für dich – du hast doch genug.«

»Du bekommst gar nichts von mir, außer vielleicht ein paar Monatsmieten, wenn ich dich rauswerfen muss, weil ich das Haus verkaufe«, stichelte ich.

»Wenn du dermaßen überzeugt bist, warum hast du dann Angst, mit mir zu wetten?«

Allmählich ging sie mir richtig auf die Nerven. Hauptsächlich weil sie mich mit ihrer Herausforderung ganz schön aus der Ruhe brachte.

»Weißt du was? Ich lasse mich darauf ein, Fern. Zehntausend Dollar. So sicher bin ich mir, dass du gerade auf dem völlig falschen Trip bist.«

Für den Nachmittag hatte ich einen Makler zur Begutachtung des *Palm Inn* bestellt, der mir empfohlen worden war. Presley schien zwar entschlossen zu sein, die Pension wieder zum Leben zu erwecken, aber ich musste darauf vorbereitet sein, dass sie es nicht schaffte – wovon auszugehen war –, denn das Angebot von *Franklin Construction* würde nicht ewig bestehen bleiben.

Ich hatte Presley geschrieben, dass Harry Germaine gegen vierzehn Uhr vorbeikommen wollte.

Nachdem ich ihn an der Haustür begrüßt hatte, ließ ich ihn ein und führte ihn in der Pension herum.

Plötzlich hörte ich laute Musik, die aus der Küche kam.

Was zur Hölle?

Ich ging den Flur hinunter und riss die Tür auf. Harry folgte mir.

Fern und Presley tanzten miteinander – verdammt, sie *tanzten*. Fern schlug im Takt der Musik mit dem Löffel auf einen Topf, und auf der Küchentheke stand ein altes Tonbandgerät. Es dauerte nur einen Moment, bis mir aufging, was es spielte. Die Stimme war mir sehr vertraut.

»Ist das Gramps?«, fragte ich.

Fern lächelte strahlend. »Natürlich!«

Mein Großvater hatte früher oft vor dem Haus Banjo gespielt und alte Countryhits gesungen. Die Nachbarn hatten mit einem Bier in der Hand auf dem Rasen gesessen und zugehört. Diese Abende zählten zu meinen schönsten Erinnerungen. Ich hatte nicht gewusst, dass es Aufnahmen davon gab, und schloss einen Moment lang die Augen, um mich in die alten Zeiten zurückzuversetzen.

»Er hat etliche Bänder aufbewahrt. Hat sich immer gern singen gehört, der Kerl«, sagte Fern.

»Noch so eine schöne Erinnerung, die mit diesem Haus verbunden ist.« Presley schenkte mir ein übertriebenes Lächeln.

»Ich weiß, was ihr vorhabt.« Ich stöhnte. »Ich bin ja nicht blöd.«

»Ach, ich versuche nicht mal, es zu verbergen. Meine Absichten sind kein Geheimnis, Miller«, sagte sie augenzwinkernd, und mich überkam in diesem Moment das absurde Bedürfnis, ihr ihren hübschen Hintern zu versohlen. Aber das behielt ich wohl besser für mich.

Harry und ich verließen die Küche, und die Musik wurde leiser, als wir nach oben gingen. Fern hatte in einigen Zimmern BHs zum Trocknen aufgehängt. Mehr als sonst.

Harry räusperte sich. »Ist das hier so üblich?«

»Ich weiß nicht, warum sie das tut. Draußen im Garten haben wir eine Wäscheleine.«

Mir war natürlich klar, warum sie die Dinger überall im Haus verteilt hatte. Sie wollte sich mit mir anlegen.

»Nun, ich hoffe, die verschwinden, bevor wir mit den Besichtigungen beginnen.«

Ich wechselte rasch das Thema. »Was meinen Sie? Welchen Angebotspreis würden Sie ansetzen?«

»Ich denke, wir können sogar höher gehen als ursprünglich geschätzt. Und angesichts der Marktlage empfiehlt es sich, zeitnah zu verkaufen. Ich würde Ihnen raten, die Sache schnellstmöglich in Gang zu bringen.«

Das war eine gute Nachricht, aber irgendwie bekam ich Gewissensbisse. Die beiden Frauen hatten wahrhaftig einen wunden Punkt bei mir getroffen.

Nach dem Rundgang durchs Haus brachte ich Harry zur Tür und ging mit ihm nach draußen.

Ich schüttelte ihm die Hand. »Vielen Dank für Ihr Kommen.«

»Ich bin nur einen Anruf entfernt, wann immer Sie bereit sind loszulegen.«

Als ich wieder ins Haus ging, waren Presley und Fern noch in der Küche.

»Und? Haben wir ihn vergrault?« Fern lachte.

»Sicher nicht. Er meint, wir können sogar noch mehr für das Haus bekommen, als Franklin zahlen will. Wir müssen uns noch mal ernsthaft darüber unterhalten, Presley.«

»Ja, aber ganz bestimmt nicht heute«, sagte sie. »Ich muss mich jetzt fertigmachen.«

Als sie weg war, wandte ich mich Fern zu, die von einem Ohr zum anderen grinste.

»Ich überlege schon, was ich mit den Zehntausend mache.«

Ich würdigte ihren Kommentar keiner Antwort und verdrehte nur die Augen, bevor ich Alex suchen ging.

Ich fand ihn in seinem Zimmer. »Sag mal, was möchtest du nachher machen?«, fragte ich. »Wir haben den Abend ganz für uns.«

»Ich weiß. Mom geht aus. Das finde ich immer toll, weil ich dann Essen von auswärts bekomme.«

»Schmeckt es dir etwa nicht zu Hause? Ich mag ihr selbst gekochtes Essen viel lieber als Imbissessen.«

»Du isst sowieso alles, Onkel Levi.«

»Da hast du wohl recht.«

»Ich glaube, Mom hat ein Date«, sagte Alex unvermittelt.

Ich stellte mich dumm. »Wie kommst du darauf? Ich dachte, sie trifft sich mit einer Freundin.«

»Ich habe gerade gesehen, dass sie sich schminkt und ihr hübsches Kleid rausgelegt hat. Im Fernsehen machen das die Mädchen immer, wenn sie ein Date haben.«

»Also, ich finde, deine Mom hat es verdient, mal einen Abend auszugehen, ob es nun ein Date ist oder nicht. Sie strengt sich sehr an, damit du jeden Tag glücklich bist. Sie hat auch ein bisschen Glück verdient.«

Ich hielt inne und dachte über meine Worte nach. Sie riefen mir in Erinnerung, dass ich mich wirklich aus Presleys Angelegenheiten heraushalten musste. Ich hätte nicht versuchen dürfen, ihr ein schlechtes Gewissen wegen ihrer Verabredung mit Jeremy zu machen, nur weil er Alex' Trainer war. Das war eine jämmerliche Ausrede dafür, dass ich mich eingemischt hatte. Warum hatte ich es überhaupt getan? Es konnte mir wirklich herzlich egal sein, ob sie mit dem Typen ausging oder nicht.

Ich schob meine Gedanken beiseite. »Und was würdest du heute gern essen, Alex?«

»Gibt es *Iggy's Grill* noch?«

»Ja. Woher kennst du den denn?«

»Mein Dad hat mir bei unserem letzten Treffen davon erzählt. Er hat gesagt, dass er da immer hingegangen ist, als er in meinem Alter war. Ich habe Mom noch nicht gefragt, ob sie mit mir hinfährt, weil ich sie nicht traurig machen will, indem ich ihr sage, warum ich dahin möchte.«

»Damit kommt deine Mutter klar. Deine Eltern sind zwar nicht mehr zusammen, aber das bedeutet nicht, dass sie sich gegenseitig traurig machen.«

»Ich weiß. Aber dann dachte ich, sie wird vielleicht sauer. Deshalb habe ich lieber nichts gesagt.«

»Dein Dad und ich, wir haben *Iggy's Grill* wirklich geliebt. Das Brathähnchen dort ist das Beste der Welt. Es ist sogar noch besser als das von deiner Mom neulich, und das war schon ziemlich gut.«

»Ja. Dad hat auch gesagt, dort gibt es das beste Hühnchen. Das muss ich probieren.«

»Dann ist es beschlossen. Ich war seit Jahren nicht mehr bei Iggy.«

»Können wir da essen?«

Beaufort war nicht besonders groß. Da ich nicht wusste, wo Presley heute Abend noch landen würde, wollte ich Alex nicht in ein Lokal mitnehmen, wo er sie möglicherweise mit dem Coach sah, und erfand eine Ausrede.

»Ich hatte mich eigentlich auf einen gemütlichen Abend zu Hause gefreut. Ist es okay, wenn wir uns das Essen hierherholen?«

Er zuckte die Achseln. »Ja, okay.«

Presley kam herein. »Ich wollte dich nur schnell umarmen, bevor ich gehe, mein Schatz. Ich werde nicht allzu lange weg sein.«

Ich machte große Augen. Sie trug ein kurzes schwarzes Kleid und High Heels und hatte sogar eine Blumenspange in den Haaren. Ihr Look war verdammt sexy, und der Gedanke, was sie dem Typen damit signalisierte, machte mich fertig.

»Lass dir ruhig Zeit«, sagte ich trotzdem. »Alex und ich werden zusammen Abend essen und danach vielleicht einen Film gucken oder so. Du kannst die ganze Nacht wegbleiben, wenn du willst.«

»So spät sollte es nicht werden«, entgegnete sie.

»Wie gesagt, es macht nichts, wenn doch.«

Sie nahm Alex bei den Händen. »Sei schön brav und ärgere deinen Onkel nicht, okay?«

»Okay, Mom. Viel Spaß.«

»Danke, mein Schatz. Den werde ich haben.«

Kurz nachdem sie gegangen war, fuhr ich mit Alex zu Iggy. Er ging mit mir hinein, um die bereitstehenden Tüten mit Brathähnchen, Pommes und den unverzichtbaren Buttermilchbrötchen abzuholen. Ich erzählte ihm von dem Wettessen draußen vor dem Diner, das Tanner einmal gewonnen hatte, und dass wir freitagabends, wenn Dad von der Arbeit kam, oft mit der ganzen Familie dort gegessen hatten. Wir waren nur an Freitagen zum Essen ausgegangen. Meine Mutter hatte immer gesagt, sie habe einmal pro Woche einen freien Abend verdient, und wir hatten reihum verschiedene Lokale in der Stadt besucht. Damals hatte ich nicht gewusst, dass die Ehe meiner Eltern bereits kaputt gewesen war. Sie hatten sich erst scheiden lassen, als wir älter waren. Aber immerhin hatte ich meine Eltern eine Zeit lang als Paar erlebt – im Gegensatz zu meinem Neffen, der sich dank Tanner nicht einmal daran erinnern konnte, dass seine jemals miteinander ausgekommen waren.

Wieder zu Hause deckten Alex und ich den Tisch draußen im Garten. Ich freute mich darüber, wie er sich über das Essen von Iggy hermachte. Es war herrlich, der nächsten Generation zuzusehen, wie sie an den gleichen Dingen Spaß hatte wie man selbst in dem Alter. Ich wusste nicht, ob es fair war, dass ich derjenige war, der diesen Moment genießen durfte und nicht sein Vater. Aber das war Tanners Pech.

Ich nahm einen Bissen und beschloss, Alex ein wenig auf den Zahn zu fühlen. »Bist du eigentlich glücklich hier in Beaufort?«

Er nickte. »Ich finde es super hier. Ich wünschte nur, wir wären nicht so weit weg von Dad.«

Seine Antwort ging mir zu Herzen.

»Ja. Ich weiß. Ich kann mir vorstellen, wie schwer das ist.«

»In New York haben wir ihn nicht oft gesehen, aber wenn er mich jetzt besuchen will, ist es noch viel schwieriger.«

»Es tut mir leid, Alex. Du hast etwas Besseres verdient. Aber weißt du, ich bin mit deinem Dad aufgewachsen und kenne ihn besser als viele andere. Ich weiß, wie er wirklich ist. Und ich bin davon überzeugt, dass er eines Tages wach wird und erkennt, dass er dir ein besserer Vater sein müsste. Und dann wird er es wieder gutmachen.«

Habe ich gerade im Namen meines Bruders ein Versprechen gegeben, das ich womöglich gar nicht halten kann? Es gab keinen Beweis dafür, dass Tanner die Sache wieder ins Lot bringen würde, aber ich wollte seinem Sohn wenigstens etwas Hoffnung schenken.

»Eines kann ich dir auf jeden Fall versprechen: Ich werde dir ein besserer Onkel sein. Ich möchte, dass du dich auf mich verlassen kannst. Es gibt nicht mehr viele Miller-Männer – nur noch uns drei. Wir müssen zusammenhalten. In Ordnung?«

»In Ordnung«, sagte er und biss herzhaft in ein Stück Hühnchen.

»Weißt du, was wir früher gemacht haben, wenn wir freitagabends vom Essen nach Hause gekommen sind?«

»Was?«, fragte er mit vollem Mund.

»Wir haben zum Nachtisch ein Eis gegessen. Ich habe heute Morgen welches besorgt. Willst du eins?«

Er sprang begeistert auf. »Au ja!«

Und da es ohnehin ein wenig kühl geworden war, verlegten wir unser Schlemmerfest in die Küche.

Dort begegneten wir Fern, die neuerdings überall zu sein schien, wo ich war.

»Möchtest du vielleicht auch etwas?«, fragte ich sie, während ich Schokoladeneis mit Nüssen und Marshmallows in zwei Schüsseln verteilte.

Sie lächelte. »Gern. Wenn es euch recht ist. Wir werden wohl nicht mehr oft Gelegenheit haben, gemeinsam zu essen, wenn ein gewisser Jemand weiter darauf drängt, das Haus zu verkaufen.«

»Sehr lustig.«

Wir setzten uns alle drei an den Tisch und genossen das Eis und einige friedliche Minuten, bis mein Telefon piepte, das vor mir auf dem Tisch lag.

Fern streckte augenblicklich die Hand aus. »Eine Nachricht von Presley!«

Ich griff so hastig danach, dass ich mir mein verletztes Knie am Tischbein anstieß.

»Scheiße.« Ich sah Alex an. »Das hast du nicht gehört.«

Er kicherte.

»Alles okay?«, fragte Fern. »Warum so aufgeregt plötzlich?«

Ich sah sie grimmig an und las die Nachricht.

Presley: Wir gehen nun doch essen. Ich hoffe, das ist okay.

Mir drehte sich der Magen um. Warum brachte es mich dermaßen aus der Fassung, dass es bei ihr gut zu laufen schien? Ich hätte mich für sie freuen sollen, aber das konnte ich nicht.

Ich tat allerdings so als ob.

Levi: Cool. Wir kommen hier klar.

Presley: Was macht ihr denn?

Levi: Wir haben uns was bei Iggy geholt und zu Hause gegessen. Hab Alex alte Geschichten erzählt. Und jetzt gibt's Eis. Schönen Abend noch.

Nach etwa einer Minute schrieb sie zurück.

Presley: Oh, klasse. Okay. Danke nochmals.

Levi: Immer gerne.

Ich wandte mich Alex zu. »Das war deine Mom. Sie amüsiert sich gut und möchte noch essen gehen. Ich habe ihr geschrieben, dass bei uns alles okay ist.«

»Hoffentlich bekommt sie auch einen leckeren Nachtisch«, stichelte Fern.

Sie genoss es viel zu sehr. Aber da sie meinen sonderbaren Beschützerinstinkt für Presley anscheinend gewittert hatte, durfte ich nicht auf ihren Kommentar eingehen. Sonst sagte sie am Ende noch etwas, das Alex aufhorchen ließ. Er war schlauer, als sie dachte.

Nachdem ich unsere Schüsseln gespült hatte, sah ich mir im Wohnzimmer einen Film mit Alex an. Er schlief vor dem Ende ein, und als der Nachspann kam, trug ich ihn in sein Zimmer und legte ihn ins Bett.

Ich ließ mir einen Moment Zeit, um sein Gesicht zu betrachten, und wunderte mich einmal mehr darüber, wie sehr er mir ähnelte. Es hatte mich berührt, dass er sich Essen von Iggy gewünscht hatte, und unsere Unterhaltung hatte dieses Gefühl noch verstärkt. Es war ein emotionaler Abend gewesen. Ich wünschte nur, ich würde mir bei all dem nicht auch noch solche Sorgen machen, weil Presley noch nicht zu Hause war.

Gegen zweiundzwanzig Uhr ging endlich die Tür auf.

Ich saß vor dem Fernseher, als Presley hereinkam. Am liebsten hätte ich sie zur Schnecke gemacht, weil sie so lange aus gewesen war, aber das verkniff ich mir. »Wie war's?«, fragte ich stattdessen.

Sie warf ihre Tasche auf einen Stuhl. »Es war … nett.«

Ich biss die Zähne zusammen. »Nur nett?«

»Ja, wie erwartet.«

Als sie sich auf den Sessel mir gegenüber setzte, verspürte ich einen stechenden Schmerz in meinem lädierten Bein und rieb mir das Knie.

»Tut dir dein Knie immer noch weh?«, fragte sie.

»Ich habe es mir heute noch mal verletzt.«

Sie sah mich mit offenem Mund an. »Wie?«

»Ich bin gegen das verdammte Tischbein geknallt.«

»Im Ernst? Ist ja irre. Wenigstens bin ich diesmal nicht schuld.«

»Also, eigentlich schon.«

Presley zog die Nase kraus. »Was soll das heißen?«

»Als deine Nachricht kam, wollte Fern dreist nach meinem Telefon greifen. Ich bin aufgesprungen, um es zu verhindern, und dabei habe ich mir das Knie angestoßen.«

»Und daran bin *ich* schuld?«

»Nein, war nur ein Scherz. Natürlich ist es meine eigene Schuld. Ich war irgendwie nervös, weil du aus warst, und habe überreagiert.« *Musste ich ihr das unbedingt auf die Nase binden?* »Aber erzähl mal von deinem Abend.«

Sie sah mich leicht verdutzt an, bevor sie antwortete. »Jeremy ist wirklich nett. *Sehr* nett. Und intelligent und witzig …«

Ich schluckte den Kloß hinunter, den ich plötzlich im Hals hatte. »Okay …«

»Aber ehrlich gesagt war ich nicht mehr ganz bei der Sache, nachdem du mir geschrieben hast, was ihr gemacht habt – dass ihr bei Iggy wart und du Alex alte Geschichten erzählt hast. Da wollte ich nur noch nach Hause. Das ist doch komisch, oder? Wie konnte das passieren?«

Mein Herz schlug schneller. »Ich habe mir auch gewünscht, du wärst bei uns«, gestand ich.

Sie rieb die Hände aneinander. »Und du warst irgendwie nervös? Meinetwegen?«

Ich nickte, doch es dauerte einen Moment, bis ich antworten konnte. »Ich kann es nicht richtig erklären. Aber ja, es stimmt.« Ich schüttelte den Kopf, weil ich es nicht näher ausführen wollte. »Jedenfalls möchte ich mich dafür entschuldigen, dass ich heute Morgen versucht habe, dir ein schlechtes Gewissen zu machen.«

Presley lächelte mich an. »Es gibt Schlimmeres im Leben, als wenn ein gut aussehender Footballstar sich als dein Beschützer aufspielt. Ich finde es gut, dass du auf mich aufpasst.«

»So nobel waren meine Gedanken nicht. Aber von jetzt an werde ich auf dich aufpassen, Presley. Wir haben uns früher nicht besonders gut gekannt. Aber ich denke, das wird anders aussehen, wenn ich in ein paar Monaten wegmuss. Ich habe nicht vor, den Kontakt zu euch zu verlieren.«

»Mittlerweile habe ich mich irgendwie an dich gewöhnt, Levi. Ohne dich wird es hier ziemlich öde.«

Mir wurde erst bewusst, dass ich mir immer noch das Knie rieb, als Presley aufstand und sich neben mich setzte. Sie schob meine Hand weg und massierte es behutsam. Mein Körper reagierte eindeutig auf sie.

»Fühlt sich das gut an?«, fragte sie leise.

»Sehr gut.«

Ich legte den Kopf zurück und verfluchte mich dafür, dass ich ihre Berührung mehr genoss als … ja, verdammt, mehr als den letzten Sex, den ich gehabt hatte. Was zum Teufel stimmte nicht mit mir? Wie konnte ich nur auf Alex' Mutter abfahren?

Doch inzwischen war sie für mich so viel mehr. Und das wurde allmählich zum Problem.

8. KAPITEL

Presley

»Tust du mir einen Gefallen, mein Schatz, und fragst Onkel Levi, ob er Bananen-Nuss-Pancakes haben möchte?« Der Stapel neben dem Herd war sicherlich schon fast einen halben Meter hoch.

Alex stand vom Tisch auf, doch statt zum Zimmer seines Onkels zu gehen, kam er zu mir und legte mir die Hand in den Rücken. »Alles okay, Mom?«

Ich runzelte die Stirn. »Na klar, was sollte denn nicht okay sein?«

Mein Sohn zuckte mit den Schultern. »Ich weiß nicht. Aber wenn du aufgeregt bist, kochst du immer viel Essen. Als Dad letztes Mal seinen Besuch verschwitzt hat, hast du bestimmt hundert Cupcakes gemacht.«

Hundert war zwar etwas übertrieben, doch ich neigte zum exzessiven Kochen und Backen, wenn ich nicht wusste, wo mir der Kopf stand. Mir war nicht klar gewesen, dass es Alex aufgefallen war. An diesem Morgen war ich um sechs aufgestanden und hatte ein komplettes Huhn gebraten und zerlegt, um Hühnersalat zu machen. Meine wachsenden Gefühle für Levi versetzten mich in Unruhe.

Aber weil ich nicht wollte, dass Alex sich Sorgen machte, lächelte ich ihn an. »Mir geht's gut, Süßer. Ich habe extra mehr Pancakes gemacht, um sie einzufrieren, falls du nach dem

Training Hunger hast. Du kannst sie später einfach im Backofen aufwärmen.«

Alex zuckte mit den Schultern. »Okay, Mom.« Dann ging er wieder an den Tisch und setzte sich.

Ich drehte mich mit dem Pfannenwender in der Hand zu ihm um. »Äh ... Hast du vergessen, dass du Onkel Levi wegen der Pancakes fragen solltest?«

»Nein, habe ich nicht vergessen. Onkel Levi ist nicht da. Er ist schon weg.«

»Er ist weg?«

Alex nickte.

»Wann ist er losgefahren?«

»Als du unter der Dusche warst. Ich habe mich in meinem Zimmer angezogen, und er kam mit seinem Koffer rein, um sich von mir zu verabschieden.«

»Mit seinem Koffer?«

»Ja. Er hat gesagt, er muss ein paar Tage weg.«

»Hat er gesagt, wohin er will?«

»Nein.«

Alex stopfte sich ungerührt einen Pancake in den Mund. Ich hingegen war irritiert. Levi verreiste für ein paar Tage und erwähnte es mir gegenüber nicht einmal? Obwohl er mir keine Rechenschaft schuldig war, ging es mir doch gegen den Strich, dass er mir weder Bescheid gesagt noch sich von mir verabschiedet hatte.

»Hat er gesagt, wann er wiederkommt?«

»Nein. Er hat mir nur gesagt, ich soll beim Training die rechte Schulter nicht nach unten bringen, wenn ich nach rechts ausweiche. Coach Brick hat es mir so beigebracht, aber Onkel Levi sagt, es muss genau andersherum sein. Ich muss die linke nach unten bringen, um den Verteidiger zu täuschen.«

»Hmm ... Nun, dein Onkel wird wissen, wovon er redet.

Aber ich denke, du solltest die Anweisungen deines Trainers nicht ignorieren, ohne mit ihm darüber zu sprechen.«

»Was ist eine Nulpe, Mom?«

»Eine Nulpe?«

»Ja. Als ich Onkel Levi gezeigt habe, wie ich es vom Coach gelernt habe, meinte er, der ist eine Nulpe und hat keine Ahnung.«

Au weia. »Äh … eine Nulpe ist … Ich glaube, dein Onkel hat gemeint, dass er nicht mit ihm einer Meinung ist. Aber du solltest nicht wiederholen, was er gesagt hat, wenn du mit dem Trainer sprichst, weil es nicht besonders nett ist. Am besten sagst du nur, dein Onkel habe dir empfohlen, ihn noch mal auf dieses Täuschungsmanöver anzusprechen.«

Alex zuckte mit den Schultern. »Okay.«

Ich seufzte. »Wir müssen in ein paar Minuten los, sonst kommst du zu spät zum Training. Also iss auf, wasch dir die Hände und hol deine Sachen.«

Nachdem ich Alex abgesetzt hatte, entschied ich, dass ich keine Zeit dafür hatte, mich in meinen albernen verletzten Gefühlen zu suhlen und alles, was in meinem Kopf vorging, bis ins Kleinste zu analysieren. Ich hatte eine Menge Arbeit vor mir, um die Pension wieder ans Laufen zu bekommen, und das musste meine oberste Priorität sein. Deshalb hielt ich beim Baumarkt an und kaufte mehrere Liter Grundierfarbe, dann machte ich mich daran, alle Zimmer zum Anstreichen vorzubereiten. Ich brauchte fast fünf Stunden, aber ich schaffte es, die drei Zimmer auszuräumen, die ich als Erstes in Angriff nehmen wollte. Ich nahm Bilder und Regale von den Wänden, verspachtelte alle kleinen Löcher und klebte die Leisten und Kanten ab. Als ich fertig war und wieder losfahren musste, um Alex abzuholen, war meine Laune sehr viel besser als am Morgen, und ich fühlte mich nicht mehr so mutlos.

Nach Trainingsende kam Jeremy zu mir, als ich Alex' Sachen im Kofferraum verstaute.

»Hallo Presley.« Er wirkte etwas zurückhaltend, und ich hoffte, dass Alex nicht ausgeplaudert hatte, wie Levi ihn genannt hatte.

Ich lächelte. »Hallo.«

Er steckte die Hände in die Hosentaschen und sah sich auf dem Parkplatz um. Mein Sohn quatschte am Zaun mit ein paar Jungen und beachtete uns nicht. Jeremy rieb sich den Nacken. »Also, ich habe mich gefragt, ob du vielleicht noch mal mit mir ausgehen würdest.«

Ich war zwar erleichtert, weil Alex Levis Bemerkung offenbar nicht erwähnt hatte, doch was ein zweites Date anging, war ich mir nicht sicher. Jeremy war ein netter Kerl und sah auch gut aus, nur hatte es bei mir leider nicht gefunkt. Allerdings ging ich inzwischen auf die dreißig zu, daher fragte ich mich, ob ein zündender Funke wirklich nötig war. Meiner Erfahrung nach führte allzu viel Funkenflug in der Regel zu einem Brand. Vielleicht brauchte ich eher jemanden, für den ich nicht gleich Feuer und Flamme war.

»Äh … klar, warum nicht?«

»Super.« Er grinste. »Magst du Countrymusik?«

»Oh ja.«

»Ich habe Tickets für ein Countryfestival, das übernächstes Wochenende in Charleston stattfindet, wenn du Lust hast. Es geht von morgens bis tief in die Nacht, aber wir können hin- und zurückfahren, wann du willst.«

»Kann ich … darüber nachdenken? Ich muss einen Babysitter für Alex organisieren und so.«

»Sicher.« Er nickte. »Selbstverständlich.«

Ich schloss den Kofferraum. »Ich sage dir in ein paar Tagen Bescheid, okay?«

»Klingt perfekt.«

Alex kam angelaufen. »Mom, kann ich nach dem Essen noch zu Timmy?«

Ich strich ihm lächelnd durch die Haare. »Wir sind noch nicht mal zu Hause, und du hast schon wieder etwas anderes im Sinn.«

Jeremy lächelte. »Früher hatte ich auch so viel Energie. Heute will ich nach einem langen Trainingstag in der Sonne nur noch die Füße hochlegen und einen leckeren Eistee trinken. Ich wünsche euch einen schönen Abend. Bis morgen, Alex.«

»Dir auch einen schönen Abend, Jeremy«, entgegnete ich mit einem Lächeln.

Als ich Alex abends ins Bett gebracht hatte und es mir im Wohnzimmer vor dem Fernseher gemütlich machen wollte, klopfte jemand an die Tür. Ich erwartete niemanden, aber hin und wieder fragten Leute nach einem Zimmer, obwohl draußen auf dem Schild »belegt« stand. Und so schien es auch jetzt zu sein, denn als ich die Tür aufschloss, sah ich eine Frau mit dem Rücken zu mir auf der Veranda stehen, die einen Koffer bei sich hatte.

»Kann ich Ihnen helfen?«

Die Frau drehte sich um und hielt zwei Weinflaschen in die Höhe. »Überraschung!«

»Oh mein Gott!« Mir fiel die Kinnlade runter. »Harper! Was machst du denn hier?«

Meine beste Freundin schloss mich in die Arme. »Ich habe einen neuen Kunden in Charleston. Und da dachte ich, ich komme her und schaue, ob ihr ein Zimmer für mich habt.«

»Aber natürlich!«, rief ich. »Ich kann gar nicht glauben, dass du wirklich hier bist. Komm rein!«

Harper rollte ihren Louis-Vuitton-Koffer ins Haus. Sie war immer wie eine Millionärin gekleidet, und nach ein paar

Wochen in Beaufort ging mir auf, wie sehr sich das Aussehen der Leute hier von ihrem unterschied. Harper war groß und schlank wie ein Model und trug einen weißen Leinenanzug. Die elegante Hose hatte eine hohe Taille und weite Beine, und unter der dazu passenden doppelreihigen Jacke hatte sie ein hauchdünnes weißes Spitzentop an. Die einzigen Farbtupfer waren ihr schmaler blutroter Gürtel, ihre spitzen roten High Heels und ihre knallrot angemalten Lippen. Mir kam unwillkürlich der Gedanke in den Sinn, dass sie beim Einkaufen im hiesigen Supermarkt auffallen würde wie eine Außerirdische.

Ich schüttelte lächelnd den Kopf.

»Was?«, fragte sie.

»Nichts. Du siehst nur so … typisch New York aus. Wie eine PR-Powerfrau eben aussehen muss.«

Sie schaute an sich hinunter. »Ich habe extra Leinen angezogen, damit es legerer wirkt.«

»Wenn *das* leger ist, wie sehe ich dann bitte aus?«

Ich hatte eine graue Jogginghose mit einem Riss am Knie und ein weißes Rippenshirt an. Mein Haar hatte ich zu einem unordentlichen Knoten hochgesteckt, und das bisschen Make-up, das ich zurzeit auflegte, hatte ich mir gerade eben aus dem Gesicht gewaschen.

Harper musterte mich von oben bis unten und grinste. »Willst du wirklich eine Antwort?«

Ich lachte. »Nein, danke.«

Sie ließ ihren Blick durch das geräumige Erdgeschoss schweifen. »Wow … das ist ja der Wahnsinn. Ich fühle mich, als wäre ich in der Zeit zurückgereist.«

»Im Moment ist es noch das reinste Chaos, aber ich führe dich trotzdem herum.«

Ich zeigte Harper das Haus, und während wir von Zimmer zu Zimmer gingen, erzählte ich ihr die Geschichte der Pension. Als wir bei Levis Zimmer ankamen, zeigte ich auf die Tür. »Hier wohnt Levi. Er ist verreist.«

»Wie kommst du mit ihm klar? Als wir das letzte Mal telefoniert haben, hast du gesagt, er ist nicht sehr umgänglich.«

Ich hatte Harper noch nicht auf den neuesten Stand gebracht und von der seltsamen Stimmung zwischen uns erzählt, daher wählte ich meine Worte mit Bedacht. »Wir haben unsere Meinungsverschiedenheiten beigelegt. Es ist eine lange Geschichte, aber Tanner hat seiner Familie jahrelang Unsinn über mich erzählt – im Grunde hat er alle glauben gemacht, ich hätte ihn wegen seiner Verletzung verlassen.«

»Typisch! Ich muss sagen, das überrascht mich nicht.«

Ich seufzte. »Ja.«

»Also ist zwischen dir und seinem Bruder jetzt alles in Ordnung?«

Während ich mir eine Antwort zurechtlegte, rief jemand hinter mir: »Alles bestens, nur dass die zwei am liebsten rammeln würden wie die Kaninchen!«

Fern. Ich drehte mich kopfschüttelnd um.

»Was ist?« Sie zuckte mit den Schultern. »Sieh mich nicht so an, mein Fräulein. Es ist die Wahrheit, und das weißt du.«

»Levi will nicht mit mir … rammeln.«

»Tss«, machte Fern. »Seit der Kerl hier aufgetaucht ist, kriegt ihr euch ständig in die Haare. Bei so viel Wirbel kann zweierlei passieren: Entweder landet ihr gemeinsam im Bett, oder einer murkst den anderen ab.«

Harpers Gesicht war ein einziges Fragezeichen. »Ich bin verwirrt.«

Ich musste über ihre Miene lachen. »Harper, das ist Fern. Sie wohnt hier in der Pension. Fern, das ist meine allerbeste Freundin Harper Langley. Sie lebt in New York und stattet uns einen Überraschungsbesuch ab.«

Harper reichte ihr die Hand. »Freut mich, Fern. Also, wer landet hier mit wem im Bett oder wird abgemurkst?«

Fern ignorierte ihre Hand und nahm sie einfach in die Arme. »Freut mich auch, Darling. Presleys Freunde sind meine Freunde.« Als sie sich von Harper löste, legte sie die Hände auf ihre Schultern und musterte sie. »Ist das eine Uniform? Bist du Flugbegleiterin oder so was?«

Harper schaute völlig irritiert an sich hinunter. »Eine Uniform? Nein, ich bin keine Flugbegleiterin. Das ist *Christian Dior.*«

»Wer?«

»So heißt der Designer, Fern«, erklärte ich rasch.

Sie schüttelte den Kopf. »Eine Schande. Du solltest Geld dafür bekommen, dass du dermaßen schick aussiehst.«

Harper runzelte immer noch die Stirn, als Fern sich verabschiedete. »Ich würde gerne bleiben und mit euch plaudern, aber heute ist mein Mahjong-Abend, und ich muss mich zurechtmachen. Einen schönen Abend noch.«

Als Fern gegangen war, meinte Harper kopfschüttelnd: »Du musst mir erklären, was diese Frau gerade erzählt hat.«

Ich lachte. »Na, dann komm. Ich glaube, dafür brauchen wir den Wein, den du mitgebracht hast.«

»Wieso hast du mich nicht angerufen und mir erzählt, dass du auf den Bruder deines Ex stehst?« Harper war bei ihrem zweiten Glas Wein. »Willst du dich eventuell unbewusst an Tanner rächen?«

Ich schüttelte den Kopf. »Ich habe kein Interesse daran, es Tanner heimzuzahlen. Das wollte ich vielleicht vor sechs Jahren, als ich ihn zum zweiten Mal beim Fremdgehen erwischt habe und er mich mit einem kleinen Kind sitzen gelassen hat, aber damit habe ich längst abgeschlossen. Inzwischen tut er mir leid. Er scheint nicht darüber hinwegzukommen, dass er dieses eine Leben verloren hat, und kann deshalb keinen Neuanfang machen. Das ist schade, weil er jung und gesund ist und einen tollen Sohn hat. Er verpasst nicht nur die besten Jahre seines Lebens, sondern auch die von Alex.«

»Okay ... Trotzdem klingt es irgendwie verkorkst, sich mit dem Bruder des Ex einzulassen. Ich meine, wie würde Tanner reagieren, wenn es tatsächlich passiert und er davon erfährt?«

Bei diesem Gedanken setzte ich das Weinglas an und trank den Rest in einem Zug aus. »Oh, ich weiß genau, wie er reagieren würde – ganz furchtbar. Tanner hat immer in Levis Schatten gestanden. Levi war ein Erstrunden-Pick beim NFL Draft, Tanner ein Zweitrunden-Pick. Tanner ist eins vierundachtzig groß, Levi eins neunzig. Und nach Tanners Verletzung wurde es noch schlimmer. Er missgönnt Levi seinen Erfolg. Letztes Jahr ist die ganze Familie der beiden zum Super Bowl nach Arizona gereist, um Levi spielen zu sehen, aber Tanner wollte nicht. Er ist zu Hause geblieben und hat *gegen* den Sieg der Mannschaft seines Bruders gewettet. Am Ende hatte Levi einen Super-Bowl-Ring und Tanner fünftausend Dollar Schulden mehr.«

Ich schüttelte den Kopf. »In Tanners Augen führt Levi das Leben, das eigentlich seins sein müsste. Und wenn er mich und Levi zusammen sehen würde, ginge das bestimmt nicht gut. Es wäre mit Sicherheit eine Katastrophe.«

Harper zog die Nase kraus. »Das klingt unangenehm. Wir müssen dir wohl einen anderen Mann zum – wie hat Fern es genannt? – zum *Rammeln* suchen. Sollte nicht allzu schwer sein. Ich habe im Flieger einen Artikel gelesen, in dem stand, dass es einhundertsechzig Millionen Männer in den Vereinigten Staaten gibt. Da wird es doch möglich sein, einen zu finden, der dich Levi vergessen lässt.«

Ich nickte lächelnd, dachte jedoch bei mir: *Einhundertsechzig Millionen Männer und der Einzige, der mich nach vielen Jahren reizt, ist ausgerechnet der, den ich nicht haben kann. Großartig. Einfach großartig.*

9. KAPITEL

Presley

»Unfassbar, wie viel wir diese Woche geschafft haben.« Ich sah mich begeistert um, als ich aus dem Badezimmer kam.

Ein Besuch von Harper war offenbar genau das, was ich gebraucht hatte. In den vergangenen vier Tagen hatten wir sechs der vierzehn Zimmer und das Wohnzimmer gestrichen, neue Vorhänge für die Fenster bestellt und alle verrotteten Rohre im zweiten Stock von einem preisgünstigen Klempner ersetzen lassen, den mir Jeremy empfohlen hatte.

Harper hatte mir außerdem angeboten, bei der Werbung für die Neueröffnung zu helfen. Irgendwie hatte sie die örtliche Zeitung und den Regionalsender dazu überredet, dass sie über das große Fest berichten würden, das ich im kommenden Monat ausrichten wollte. Die Zeit war wie im Flug vergangen, und ich war erschöpft, aber zugleich machte es mich traurig, dass Harper morgen wieder nach Hause fliegen würde.

Wir hatten in einem Restaurant in der Stadt zu Abend gegessen, und nun saßen wir zusammen und tranken Wodka Lemon. Mein Drink stieg mir sofort zu Kopf. Ich hatte einige alte Fotoalben ausgegraben, um Harper zu zeigen, wie die Pension früher ausgesehen hatte, und sie blätterte neugierig darin.

»Wow, im College sah Tanner echt scharf aus.«

Ich schaute ihr über die Schulter. »Das ist nicht Tanner. Das ist Levi. Ich glaube, du hast da eins von den Alben, die ihr Großvater angelegt hat. Er hat für beide Enkel welche gemacht, aber Levi hat ein paar mehr, weil Tanners Karriere schneller zu Ende war.«

Sie blätterte weiter und hielt bei einem Foto von Levi mit nacktem Oberkörper inne. Er stand völlig verschmutzt vor der Pension, hatte Arbeitshandschuhe an und stützte den Ellbogen auf eine Schaufel. Seine schweißnasse Brust glänzte in der Sonne.

Harper studierte das Bild genauer. »Verdammt, ich glaube, ich muss anfangen Football zu gucken. So verschwitzt sieht er einfach umwerfend aus.«

»Dieses Foto muss in den letzten Jahren entstanden sein, wahrscheinlich bei der Pflanzaktion im Frühling«, erklärte ich. »Soweit ich mich zurückerinnern kann, sind die beiden jedes Jahr hergekommen, um Blumen im Vorgarten zu pflanzen. Sie waren, glaube ich, erst sechs und acht Jahre alt, als diese Tradition begann. Ich weiß von Thatcher, dass Levi es sogar letztes Jahr noch gemacht hat. Er wurde als wertvollster Spieler des Super Bowls ausgezeichnet und kam dennoch jeden April zur Pflanzsaison für ein Wochenende nach Hause, um seinem Großvater zu helfen. Er hätte es sich leisten können, einen Gärtner zu beauftragen, aber das hat er nie gemacht. Weißt du, wegen solcher Dinge wundert es mich, dass Levi die Pension so leicht verkaufen kann. Das *Palm Inn* hat seinem Großvater und der ganzen Familie sehr viel bedeutet.«

Harper blätterte um. »Ist Tanner auch jedes Jahr zum Helfen hergekommen?«

Ich schüttelte den Kopf. »Er hat damit aufgehört, als er am College war.«

Auf der nächsten Seite war eine Zeitungsanzeige aus der Zeit, als Levi eine Werbekampagne für eine Unterwäschemarke gemacht hatte. Harper zeigte auf die beachtliche Beule in seinen grauen Retropants. »Die Hosen werden manchmal ausgestopft, wusstest du das?«

»Ich habe diesen Mann höchstpersönlich und aus der Nähe in Unterwäsche gesehen. Da ist nichts ausgestopft.«

»Wow.« Harper nahm ihr Glas und trank es aus. »Warum ist es hier auf einmal so warm?«

Ich seufzte. »Davon kann ich ein Lied singen.«

Harper blätterte noch eine Weile, dann klappte sie das Album zu. »Ich würde sagen, wir brauchen einen Plan B.«

»Für die Pension?«

»Nein, für die Inhaberin der Pension. Ich ziehe meinen Rat zurück, Levi zu vergessen. Ich denke, du musst ihn dir aus deinem System vögeln.«

Ich lachte. »Und ich denke, du hast zu viel getrunken.«

»Oh, ganz bestimmt. Aber lass mich ausreden.« Sie wandte sich mir zu. »Es muss ja niemand erfahren, weder Tanner noch sonst jemand. Du und Levi, ihr seid beide erwachsen. Du hast eindeutig Lust auf ihn und nach dem, was du mir erzählt hast, scheint das Gefühl auf Gegenseitigkeit zu beruhen. Er ist nicht mehr lange hier, es kann also nicht zu ernst werden. Geh einfach mit ihm ins Bett, dann kannst du ihn abhaken.«

»Für dieses Gespräch brauchen wir Nachschub. Warte einen Moment.« Ich stand auf und ging in die Küche, um die Flaschen aus dem Kühlschrank zu holen.

»Hey!«, rief Harper aus dem Wohnzimmer. »Bring das Notizbuch mit deiner To-do-Liste mit, wo du gerade da bist!«

»Okay.«

Ich mixte uns zwei neue Gläser und legte das Notizbuch auf den Tisch.

»Ich denke, ich hatte Anfang der Woche noch nicht richtig den Durchblick«, sagte Harper.

Ich lachte. »Und ich denke, deine Sehkraft hat sich auf wundersame Weise verbessert, als dir in die Augen gesprungen ist, was Levi in der Hose hat.«

Sie zeigte auf mich. »Gut möglich, aber hör mir mal kurz zu. Du bist scharf auf den Kerl, oder?«

Nachdem ich vergangene Nacht erneut von Levi geträumt hatte, hielt ich mich nicht damit auf, die Wahrheit zu leugnen. »Ich fühle mich auf jeden Fall zu ihm hingezogen.«

»Und meinst du, das ändert sich, wenn du weiter auf Distanz bleibst?«

Ich schüttelte den Kopf. »Ich weiß nicht.«

Sie beugte sich vor und schlug das Fotoalbum wahllos auf. Natürlich erwischte sie ausgerechnet wieder die Seite mit der Unterwäschereklame. Sie tippte darauf. »Die Antwort auf meine Frage ist ein dickes, fettes Nein. Es wird sich nicht ändern. Wie sollte es auch? Anziehungskraft ist und bleibt Anziehungskraft. Und wenn es sich nicht ändert, warum solltest du die nächsten Monate leiden – oder wie lange auch immer er bleibt? Vögel ihn dir aus dem Kopf. Gönn dir eine kleine Affäre ohne weitere Verpflichtungen, von der niemand wissen muss.«

Ich kaute an meinem Daumennagel. »Ich weiß nicht. Es klingt einfach, aber in der Realität ist es sicher ganz anders.«

»Wieso? Weil es schwer wird, wenn er wegmuss und es vorbei ist?«

Ich zuckte mit den Schultern. »Das ist ein Grund.«

»Du hast dich doch sowieso schon in ihn verguckt. Dann wird es auch nicht leichter sein, wenn er wegmuss und du bis dahin jeden Abend mit den Händen im Slip im Bett liegst und an ihn denkst, oder?«

Sie hatte den Nagel auf den Kopf getroffen. »Stimmt.«

»Warum solltet ihr die Zeit also nicht genießen? Es wird so oder so blöd, wenn er geht.«

»Und wenn wir erwischt werden?«

»Von wem? Etwa von Fern? Ich bin ziemlich sicher, dass sie euch beide abklatschen und den Mund halten würde. Außer ihr gibt es nur noch Alex in diesem Haus, und das Problem lässt sich leicht lösen: Tür abschließen und das Gesicht im Kissen vergraben, um deine Schreie zu dämpfen, wenn du multiple Orgasmen hast.«

»Ich weiß nicht …« Gott, ich musste betrunkener sein, als ich dachte, denn obwohl ich zögerte, leuchtete mir allmählich ein, was Harper meinte. Vielleicht lag es auch an der Erwähnung multipler Orgasmen. Es war schon eine Weile her …

Sie nahm das Notizbuch vom Tisch, das meine Aufgabenliste enthielt, und schlug eine neue Seite auf. Darauf schrieb sie »Levi-Liste«.

Ich kicherte. »Wird das eine schmutzige Aufgabenliste?«

Harper wackelte mit den Augenbrauen. »Worauf du dich verlassen kannst.« Sie sah mich gespannt an. »Nenn mir eine Sache, die du gern mit ihm machen würdest.«

Okay, ich war eindeutig betrunken, denn nüchtern hätte ich niemals mitgemacht. Allerdings wurde ich trotz meines Zustands rot. »Also … Er geht jeden Tag raus und macht Klimmzüge an der großen Eiche. Manchmal stelle ich mir vor, dass er dabei nackt ist und ich nackt zu ihm in den Garten gehe. Ich umschlinge ihn wie ein Koala einen Baumstamm, während er sich mit mir hochzieht und seine Klimmzüge macht.«

Harper grinste. »Nicht schlecht für den Anfang«, sagte sie und notierte »Koala-Klimmzüge«. »Was hast du sonst noch auf Lager?«

»Nun, manchmal male ich mir auch aus, dass ich ihn von meinem Zimmerfenster aus mit einem Fernglas bei seinen Klimmzügen beobachte und mich dann aufs Bett lege und … du weißt schon … es mir besorge. Und kurz bevor ich komme, schaue ich zum Fenster und sehe, dass Levi davorsteht und mir von draußen zuschaut.«

»Oh … das gefällt mir.« Harper schrieb »Selbstbefriedigung mit Zuschauer« auf.

In der nächsten halben Stunde tranken wir unsere Gläser aus, lachten eine Menge und ergänzten meine Liste um mehr als ein Dutzend Sexaufgaben. Ich hatte mich lange nicht mehr so gut amüsiert. Doch am nächsten Morgen würde Harper heimfliegen, und ich wollte nicht, dass sie es mit einem schweren Kopf tun musste. Deshalb mixte ich uns keinen neuen Wodka Lemon mehr, sondern gab ihr eine Ibuprofen und eine Flasche Wasser mit der Anweisung, sie vor dem Zubettgehen zu trinken.

Aber als ich das Licht ausmachte, kam mir noch eine Fantasie in den Sinn. »Der Pfirsich-Cobbler, den wir als Nachtisch hatten, der war orgasmisch, oder?«

»Aber wirklich.«

Ich zeigte auf das Notizbuch. »Auf Levis Gesicht sitzen und Cobbler essen.«

Harper hatte gerade einen Schluck Wasser getrunken und spuckte es im hohen Bogen wieder aus. »Oh mein Gott. Das muss unbedingt auf die Liste!« Sie nahm rasch den Stift und sprach beim Schreiben mit: »Doppelorgasmus mit Pfirsich-Cobbler.«

Wir bekamen einen Lachanfall, doch plötzlich klopfte es, und zumindest mir verging das Lachen, weil ich Levi in der Wohnzimmertür stehen sah.

»Levi … Was machst du denn hier?«, fragte ich erschrocken.

Er zog die Augenbrauen hoch. »Mir gehört die Hälfte des Hauses.«

»Nein, ich habe gemeint, ich wusste nicht, dass du wieder da bist.«

Er schaute grinsend von Harper zu mir. »Ja, ich bin wieder da.«

Ich bekam feuchte Hände. »Ich habe dich nicht hereinkommen gehört. Wie lange … stehst du schon da?«

Levi legte den Kopf schräg und feixte ganz unverhohlen. »Nicht so lange.«

Oh mein Gott. Ich hätte mich am liebsten in ein Loch verkrochen, um nie wieder herauszukommen. Wie viel hatte er mitbekommen? Ich war schlagartig wieder nüchtern. »Äh … also, das ist meine Freundin Harper. Sie reist morgen früh ab, und wir wollten gerade schlafen gehen.«

Er nickte. »Freut mich, dich kennenzulernen, Harper.«

Harper stand grinsend auf, hickste und hielt sich die Hand vor den Mund. »Freut mich auch. Die Pension ist echt wunderschön.«

»Danke.«

Sie schaute zu mir. »Obwohl es noch eine Menge zu tun gibt. Presley und ich haben eine Liste gemacht. Vielleicht willst du sie dir ansehen und ein paar von den Aufgaben, die wir hinzugefügt haben, in Angriff nehmen.«

Ich riss entsetzt die Augen auf, stürzte zum Tisch und schnappte mir mein Notizbuch.

Levi sah mich schräg an. »Alles okay, Presley? Du machst einen gestressten Eindruck.«

»Alles bestens!«

Er nickte langsam. »Na dann.«

»So …« Ich nahm Harper am Arm und zog sie hinter mir her. »Wir gehen ins Bett. Willkommen zu Hause.«

Levi blieb an der Tür stehen und sah mir und meiner Freundin nach.

Harper winkte über ihre Schulter. »Nacht, Levi. Viel Spaß bei deinen neuen Aufgaben!«

Irgendwie gelang es mir, Harper in ihr Zimmer zu schaffen, bevor sie noch irgendetwas ausplaudern konnte. Aber danach lag ich eine halbe Stunde lang mit Herzklopfen im Bett. Hatte er uns etwa gehört? Hatte er uns womöglich die ganze Zeit belauscht? *Oh mein Gott.* Ich schlug die Hände vors Gesicht. *Was ich alles gesagt habe, was ich gern mit ihm anstellen würde.* Ich bekam Kopfschmerzen, und dabei erwartete mich der richtige Kater erst am kommenden Morgen.

Nachdem ich weitere zwanzig Minuten von Panik erfüllt im Dunkeln dagelegen hatte, war mein Mund so trocken, dass ich unbedingt etwas trinken musste. Aber ich wollte Levi nicht noch einmal begegnen. Ich öffnete leise meine Zimmertür und lauschte auf Geräusche. Als nichts zu hören war, schlich ich den Flur hinunter und spähte um die Ecke, um festzustellen, ob irgendwo noch Licht brannte. Da das nicht der Fall war, ging ich erleichtert in die Küche.

Ich trank eine halbe Flasche Wasser, und als ich kehrtmachte, um wieder ins Bett zu gehen, erstarrte ich. Levi stand in der Tür. Ich griff mir an den Hals. »Oh mein Gott. Du hast mich erschreckt.«

»Entschuldige, ich wollte noch einen Happen essen.«

»Im Kühlschrank sind noch Reste vom Lunch, wenn du willst. Ich habe heute Morgen Hähnchenpastete gemacht.«

Levi sah mir einen Moment lang in die Augen. »Danke, aber mir steht der Sinn nach etwas anderem.« Er kam zu mir und raunte mir ins Ohr: »Ich habe unheimlich Lust auf Pfirsich-Cobbler.«

Oh.

Mein.

Gott.

Ich hatte keine Ahnung, was ich tun oder sagen sollte, und sah ihn nur mit offenem Mund an.

»Leg dich wieder hin«, sagte Levi mit einem Augenzwinkern und wandte sich zum Gehen. »Ich will nicht, dass du zu müde bist, um an deiner Aufgabenliste zu arbeiten.«

Am folgenden Nachmittag war ich froh, dass Alex bei einem Freund war, und setzte mich auf die Veranda, um die kühle Brise zu genießen.

Harper war morgens nach New York abgereist, und ich hatte den ganzen Tag Angst davor gehabt, Levi zu begegnen und womöglich mit ihm über die Dinge reden zu müssen, die er am vergangenen Abend ganz offensichtlich mitbekommen hatte.

Ich hatte ein Buch mit nach draußen gebracht, doch kurz nachdem ich es aufgeschlagen hatte, tauchte Levi wie aus dem Nichts mit einem Bier in der Hand auf. Er sah fantastisch aus mit seinen zerrissenen Jeans und dem karierten Hemd, dessen Ärmel er hochgekrempelt hatte, sodass ich seine kräftigen Unterarme bewundern konnte.

Mein Herz schlug schneller, als er sich auf den Gartenstuhl neben mir setzte.

»Deine Freundin ist weg?«, fragte er.

»Ja. Ich habe sie in aller Frühe zum Flughafen gefahren.«

»Schön, dass sie dich besuchen konnte.«

Dann trat eine peinliche Stille ein. Er trank einen großen Schluck Bier, und ich wusste nicht, ob es Einbildung war, aber seine Zunge verweilte einen Moment lang in der Flaschenöffnung, bevor er sie langsam herauszog. Es sah fast aus, als …

Will er mich verarschen?

Er sah mich direkt an und lächelte. Weil mir plötzlich wahnsinnig warm wurde, wandte ich rasch den Blick ab.

Dann reichte mir Levi sein Bier. Ich nahm einen großen Schluck, einen wirklich großen Schluck. Vielleicht spürte er, dass ich Alkohol für das Gespräch brauchte, das nun möglicherweise folgte. Es verunsicherte mich jedoch, dass ich meinen Mund an der Stelle hatte, an der er gerade Oralsex simuliert hatte. Vielleicht war ich aber auch so durch den Wind, dass ich es einfach falsch gedeutet hatte.

Seine nächsten Worte ließen mich innerlich ausflippen.

»Ziemlich heiß …«

»Hm?«

»Im Haus«, schob er erklärend nach.

Jetzt begriff ich, dass er die Klimaanlage meinte, die tatsächlich nicht funktionierte. Ich hatte es ihm noch nicht sagen können, weil ich es selbst erst nach der Rückkehr vom Flughafen gemerkt hatte.

»Ja, die Klimaanlage ist wieder kaputt.« Ich gab ihm seine Bierflasche zurück und rieb mir die Augen. »Ich weiß nicht. Vielleicht hast du recht. Vielleicht sollten wir das Haus verkaufen.« Ich ließ deprimiert die Schultern hängen.

Levi sah mich überraschend mitfühlend an. »Darüber reden wir ein andermal, okay? Ich lasse das Ding morgen reparieren. Ich kenne da jemanden.« Er seufzte und trank noch einen Schluck Bier.

Wenn die Pension kein Thema war, blieb nur noch eine Sache zu bereden. Ich musste es hinter mich bringen. Ich musste sagen, was ich zu sagen hatte.

Ich räusperte mich. »Was du da gestern gehört hast …«

»Ja.« Er grinste. »Das war total verrückt.«

Mein Herz setzte einen Schlag aus.

»Ich meine, *Pfirsich-Cobbler?* Schokoladenkuchen würde viel besser in dieses Szenario passen, findest du nicht?«

Dass er sich über mich lustig machte, fand ich für einen Moment erleichternd.

»Ist okay, Presley. Du musst nichts dazu sagen. Ich weiß, du warst angetrunken.«

»Ja, aber das entschuldigt nicht, dass ich dich hineingezogen habe in meine irren, betrunkenen …« Ich hielt abrupt inne.

Leider beendete er den Satz für mich.

»Fantasien?«

»Eher Wahnvorstellungen.«

»Dann war also nichts Wahres daran?« Er sah mich durchdringend an.

Ich wich seiner Frage aus. »Wenn man betrunken ist, weiß man nicht, was man redet.«

»So betrunken hast du gar nicht gewirkt, als wir uns danach in der Küche begegnet sind.«

Richtig. Natürlich. Weil ich nicht so *betrunken war.*

»Es war unangebracht, ganz egal wie viel ich intus hatte.«

»Weißt du, im Rausch hat schon so mancher die Wahrheit gesagt …«

Er versuchte tatsächlich, mich zu einer Art Geständnis zu bringen. Diese Bemühungen musste ich im Keim ersticken.

»Hör mal, Levi, du bist ein attraktiver Mann – und das weißt du auch. Wir waren in letzter Zeit viel zusammen. Du bist neu in meinem Kopf. Deshalb ist mein benebeltes Hirn auf dich gekommen, als Harper und ich dieses Listenspiel gespielt haben. Mehr war es nicht.« Ich hielt inne. »Wie du weißt, ist es ziemlich lange her, dass ich etwas mit einem Mann hatte, und da bin ich leicht übers Ziel hinausgeschossen. Tut mir leid, dass du es abbekommen hast.«

Levi kniff die Augen zusammen. »Warum entschuldigst du dich? Du hast nichts Böses getan. Betrunkene Fantasien sind kein Verbrechen.«

Ich wehrte mich nicht noch einmal dagegen, dass er von Fantasien sprach. »Ein Verbrechen vielleicht nicht, aber wenn der Bruder des Ex darin eine Rolle spielt, sind sie unangebracht.«

In diesem Moment hätte man eine Stecknadel fallen hören können.

»Nun ja, Tanner hat es nicht mitbekommen, oder? Es ist also nichts passiert. Was er nicht weiß, macht ihn nicht heiß.«

Soll das eine Botschaft sein?

»Wie lange ist es denn genau her?«, fragte er nach einer Weile.

Ich schnippte einen Fussel von meiner Shorts. »Ist *was* her?«

»Du hast doch gesagt, du hast nach Tanner nur mit einem Mann geschlafen. Wie lange ist das her?«

Ich schluckte. »Ungefähr ... anderthalb Jahre.«

»Verdammt.« Levi nickte. »Verstehe.« Dann schmunzelte er. »Du siehst total verlegen aus.«

»Bin ich auch. Es ist mir wahnsinnig peinlich, dass du das gestern mitangehört hast.«

»Peinlich? Warum? Du hast dich doch bloß mit deiner Freundin amüsiert.«

»Ja, aber auf deine Kosten.«

»Du denkst, ich fühle mich beleidigt?« Er schüttelte den Kopf und gab mir die beinahe leere Bierflasche. »Nein, Presley. Du bist nicht die Einzige, die sexuell frustriert ist. Und ich war schließlich auch nicht unschuldig. Ich habe meine Gedanken nur nicht laut ausgesprochen. Noch dazu habe ich mich dir gegenüber aus Eifersucht wie ein Arschloch benommen, als du neulich mit dem Trainer ausgegangen bist. Das ist schlimmer als deine betrunkenen Sprüche, denn ich habe keine Ausrede für mein Verhalten. Ich war komplett nüchtern und habe mich aufgeführt wie ein eifersüchtiger Idiot.«

Mir lief ein Schauder über den Rücken, als ich das Bier austrank. »Du warst wirklich eifersüchtig?«

»Ja. Wer von uns hat sich also unangemessen verhalten?« Er atmete geräuschvoll aus. »Apropos Jeremy, gibt es da etwas Neues?«

»Er möchte sich noch mal mit mir verabreden. Ich soll nächstes Wochenende mit ihm zu einem Konzert fahren.«

Er nickte langsam. »Wie findest du ihn?«

»Ich weiß nicht. Er ist wirklich nett, aber ich bin unentschlossen.«

»Was ihn angeht, bist du unentschlossen, und für mich hast du eine ganze Aufgabenliste. Ich glaube, ich gewinne.«

Ich brach in Gelächter aus. »Du bist gemein.«

»Aber du lachst.«

»Ja, das stimmt.«

»Ich muss dir etwas beichten«, sagte er, nahm mir die leere Bierflasche ab und stellte sie neben sich auf den Boden.

Ich wischte mir über die Augen. »Was?«

»Eigentlich hatte ich in den letzten Tagen keine Termine. Ich musste nur mal fort, um nachzudenken. Ich habe mir praktisch selbst eine Auszeit verpasst nach meinem übertriebenen Verhalten an dem Abend, als du mein Knie massiert hast … Das war im Übrigen auch nicht so hilfreich.«

»Konntest du denn deine Gedanken ordnen?«, fragte ich und klimperte mit den Wimpern.

»Falls in meinem Kopf auch nur für einen Moment Klarheit geherrscht hatte, so brach sofort wieder verdammtes Chaos aus, nachdem ich zurückgekommen bin und euer Gespräch mitangehört habe.« Er stand auf. »Apropos … ich bin sofort wieder da.«

Oh-oh. Was hat er vor?

Wenig später kehrte er mit einer Auflaufform und zwei Gabeln zurück.

Ich sah ihn mit offenem Mund an. »Das ist nicht, was ich denke, was es ist …«

»Von meiner Mutter selbst gemacht. Ich habe sie darum gebeten und ihn vorhin abgeholt.«

Ich hielt mir die Hände vors Gesicht. »Oh nein. Unfassbar, dass du Shelby gefragt hast.«

»Entspann dich. Sie kennt den Zusammenhang doch nicht.«

»Ich weiß, aber es kommt mir einfach falsch vor. Was um alles in der Welt hast du ihr erzählt? Welchen Grund hast du ihr für dein plötzliches Verlangen nach Pfirsich-Cobbler genannt?«

Er hielt mir die eine Gabel hin. »Ich habe ihr gesagt, du *lechzt* förmlich danach.«

»Du hast einen Knall.«

»Mag sein, aber ich habe auf jeden Fall auch Fantasien, weißt du? Manchmal stelle ich mir sogar vor …«

»Stopp!«

Wir fingen beide wieder an zu lachen. Und als wir uns nach einer Weile beruhigt hatten, stürzten wir uns auf den Pfirsich-Cobbler. Er war sehr lecker, aber ich bekam die schmutzigen Gedanken nicht mehr aus meinem Kopf. Wahrscheinlich würde ich dieses Dessert nie wieder essen können, ohne an Levi zu denken.

Am darauffolgenden Morgen wurde ich von einem lauten Klopfen geweckt.

Ich ging verschlafen zur Tür und öffnete sie. »Kann ich Ihnen helfen?«

Ein korpulenter Mann mit Clipboard stand mir gegenüber. »Ja, Mr Miller hat mich damit beauftragt, die Klimaanlage auszutauschen, und ich habe meine Leute für die Installation mitgebracht.«

»Sie wollen sie reparieren, meinen Sie wohl?«

Er schaute zu seinem Lastwagen. »Nein, ich meine austauschen. Wir installieren eine komplett neue Anlage. Normalerweise könnte ich das so kurzfristig gar nicht machen, aber Mr Miller hat dafür gesorgt, dass es sich für uns lohnt.«

Levi hatte mir gesagt, es sei Unsinn, die Klimaanlage zu erneuern, wenn wir das Haus verkaufen wollten, daran erinnerte ich mich ganz genau. Er hatte gemeint, es würde genügen, sie zu reparieren, und alles andere sei dann das Problem des neuen Besitzers.

Es war eine große Investition. Mein Herz war mit einem Mal von Hoffnung erfüllt.

Ich nickte dem Mann zu, er rief seine Leute, und sie machten sich an die Arbeit.

Während die Männer mit ihren Gerätschaften ins Haus einfielen, ging ich in die Küche, um Kaffee zu kochen. Während er durchlief, schrieb ich an Levi.

Presley: Du lässt die Klimaanlage austauschen?

Mein Handy meldete umgehend eine neue Nachricht. Aber sie beantwortete meine Frage nicht.

Levi: Ich besorge gerade Material für ein paar andere Dinge, die gemacht werden müssen. Als du geschlafen hast, habe ich dir übrigens etwas in die Nachttischschublade gelegt.

Ich ging in mein Zimmer und fand einen braunen Umschlag in meiner Schublade. Darin waren mehrere Blätter gelbes Notizpapier und eine DVD. Auf dem obersten Blatt klebte ein großer Haftzettel:

Presley,
ich habe eine Aufgabenliste erstellt, damit wir die Übersicht darüber behalten, was in der Pension gemacht werden muss. Ich kümmere mich um Nummer eins, den Austausch der Klimaanlage.

Außerdem habe ich die Punkte vier, sechs und zehn für heute geplant und bin zum Baumarkt gefahren, um Material dafür zu kaufen.
Vielleicht könntest du dir Punkt sechs auf Blatt zwei vorknöpfen?

Als ich mir das zweite Blatt vornahm, stellte ich fest, dass die Punkte darauf nicht zu Levis Liste gehörten, sondern vielmehr von der Liste stammten, die Harper am vergangenen Abend geschrieben hatte. Wie um Himmels willen hatte er sie in die Finger bekommen? Er musste sie aus meinem Zimmer stibitzt haben. *Verdammt!*

Punkt sechs lautete: *Masturbieren zu Fantasien mit Levi.*

Mein Herz begann zu rasen. *Was ist wohl auf dieser DVD drauf?*

Ich schob sie mit zitternden Händen in den Player. Auf dem Bildschirm erschien eine Zusammenstellung von Videoausschnitten. Im Grunde waren es Levi-Highlights: wie er den Football beim Training mit nacktem Oberkörper über das Feld schleuderte oder wie er sich eine Flasche Wasser auf die blanke Brust schüttete … Bei jedem Clip konnte ich jeden Muskel seines traumhaften gebräunten Oberkörpers bewundern.

Er hatte mich mit *Material* versorgt, um mir meine Aufgabe zu erleichtern.

Und ich stand in Flammen.

Oh mein Gott.

10. KAPITEL

Levi

»Wie kommst du mit deiner Aufgabenliste voran?«, fragte ich Presley am folgenden Morgen beim Frühstück.

Sie nippte an ihrem Kaffee und lief knallrot an. »Was meinst du denn bloß damit?«

Grinsend beschloss ich, das Thema auf sich beruhen zu lassen. Ich wollte sie nicht aus der Küche verjagen, denn ich genoss das Frühstück mit ihr. Alex hatte bei meiner Mutter übernachtet, und ich hatte mich nach der Geschichte mit der DVD rargemacht und mich so gut es ging von Presley ferngehalten.

Vielleicht hatte ich die Grenze überschritten, aber ich hatte Spaß daran zu beobachten, wie ihre Gesichtsfarbe auf meine Frage hin wechselte. Der Elefant hatte gestern den ganzen Tag im Raum gestanden. Keiner von uns hatte die DVD erwähnt. Ich hatte keine Ahnung, ob Presley sie tatsächlich angeschaut hatte. Allerdings hatte ich bei dem Gedanken daran am Abend zuvor eine ganze Weile mit einem Ständer im Bett gelegen.

Nachdem ihr Gesicht wieder seine normale Farbe angenommen hatte, plauderten wir ganz entspannt bei Kaffee und Rührei. Es gelang uns, weder über die sexuelle Spannung zwischen uns noch das *Palm Inn* zu reden. Und je länger wir uns unterhielten, desto intensiver und zugleich beunruhigender wurden die Gefühle in meiner Brust.

Dann kam Presley auf die Idee, Smoothies zu machen. Sie nahm den Mixer aus dem Schrank und fragte mich, ob sie eine Zutat in meinen Smoothie geben dürfe, ohne mir zu sagen welche, weil ich sie wahrscheinlich nicht mochte. Sie wettete mit mir, dass ich sie nicht herausschmecken würde. Und da ich für jede Herausforderung zu haben war, willigte ich ein.

Ich musste weggucken, während sie alles in den Mixer warf, und als ich mich wieder umdrehen durfte, gab sie mir ein großes Glas mit einem grünen Getränk.

Ich schnupperte daran. »Wehe, es schmeckt nicht.«

»Trink einfach.« Sie lachte.

Als ich vorsichtig probierte, schmeckte ich nur Erdnussbutter und Bananen. Der Smoothie war richtig lecker und auch schön kalt.

»Okay, sag mir, was du reingetan hast«, sagte ich nach ein paar Schlucken.

Sie warf mir ein schelmisches Grinsen zu. »Hühnerleber.«

Ich musste fast würgen. »Im Ernst?«

Presley kicherte. »Japp.«

Ich wollte nicht wie ein Feigling erscheinen und trank weiter, obwohl ich den Smoothie jetzt eklig fand.

»Offensichtlich lässt sich der Geschmack von praktisch allem mit reifen Bananen, süßer Vanillemilch und Erdnussbutter überdecken«, erklärte sie. »Außer Leber habe ich noch Spinat und Eis hineingegeben.« Sie lächelte. »So bekomme ich Alex dazu, Gemüse zu essen. Ich verstecke es in Shakes.«

»Warum bekommt er nur Gemüse und ich die Leber?«, fragte ich und leerte mein Glas.

»Das war ein Test. Es soll gut für das Immunsystem sein, ab und zu Innereien zu essen. Ich habe gestern etwas Leber gebraten und wollte sie für meinen Smoothie verwenden, aber dann dachte ich, ich lasse dich zuerst probieren, um herauszufinden, ob der Geschmack nicht zu dominant ist.« Sie zwinkerte mir zu. »Ich hatte keine Ahnung, ob du die Leber herausschmeckst.«

»Na toll, ich war dein Versuchskaninchen.«

»Genau.«

Als wir nach dem Frühstück den Tisch abräumten, gab ich einen besserwisserischen Kommentar ab, und sie rächte sich an mir, indem sie die Handbrause am Waschbecken herauszog und sie auf mich richtete. Ich versuchte natürlich, sie ihr wegzunehmen, und wir rangelten lachend miteinander.

Nach einer Weile bekam ich die Brause zu fassen und bespritzte Presley mit Wasser. »Das ist die Strafe, weil du mich dazu gebracht hast, Leber zu essen!«

Ich hatte meine Aktion allerdings nicht ausreichend durchdacht, und nun hatte sie ein nasses T-Shirt. Mit einem schlechten Gewissen und gleichzeitig ein bisschen angeturnt lockerte ich meinen Griff und ließ sie gewinnen. Kaum hatte sie die Gewalt über die Brause, spritzte sie mein Shirt nass.

Wir lachten immer noch, als meine Mutter mit Alex hereinkam.

»Was ist denn hier los?«, fragte sie.

Presley hängte die Handbrause rasch wieder ein.

»Wir haben rumgealbert«, sagte ich. »Ist etwas aus dem Ruder gelaufen.«

Alex bekam leuchtende Augen. »Cool! Eine Wasserschlacht!«

In dem Moment merkte Presley, dass ihr Shirt völlig durchnässt war, und bedeckte ihre Brust. »Dein Onkel und ich haben nur Spaß gemacht. Aber jetzt ist Schluss.«

»Nächstes Mal will ich auch mitmachen!«, sagte Alex und lief an uns vorbei in sein Zimmer.

Meine Mutter schaute zwischen mir und Presley hin und

her, die immer noch mit vor der Brust verschränkten Armen dastand.

»Ich … ziehe mich schnell um«, sagte sie und verließ abrupt die Küche.

So ein verdammter Blödsinn! Presley und ich waren verdammt noch mal erwachsen, aber in diesem Moment kam es mir vor, als wären wir Kinder, die bei etwas Verbotenem erwischt worden waren. Mir gefiel absolut nicht, wie meine Mutter mich ansah.

Kaum war Presley weg, ging sie auf mich los. »Ich frage noch einmal. Was zur Hölle läuft hier?«

»Nicht so laut«, raunte ich ihr zu.

»Gehen wir nach draußen«, sagte meine Mutter und marschierte in Richtung Tür. Zu allem Übel stand Fern im Flur und kicherte, als wir in den Garten gingen.

Ich hoffte nur, dass Presley nicht aus dem Fenster schaute und den Eindruck bekam, wir würden uns ihretwegen streiten.

Draußen nahm ich mir meine Mutter vor. »Wovon redest du?«

»Das weißt du ganz genau.« Sie verschränkte die Arme vor der Brust. »Ist doch offensichtlich, was hier los ist.«

»Hier ist *nichts* los, Mutter. Es war nur Spaß. Du solltest dich freuen, dass wir uns gut verstehen – um Alex' willen.«

»Dein Neffe ist kein Dummkopf. Wenn etwas zwischen euch beiden läuft, kommt er dahinter. Er hat gestern den ganzen Abend davon erzählt, wie gut ihr euch inzwischen versteht, nachdem ihr euch anfangs nur gestritten habt.«

»Es wäre dir also lieber, wenn wir uns streiten?«

»Es wäre mir lieber, wenn du nicht mit der einzigen Frau ins Bett gehst, mit der du nicht ins Bett gehen darfst.«

Mich packte die kalte Wut. Ich atmete tief durch und nahm mich zusammen. »Bei allem Respekt, es würde dich absolut nichts angehen, wenn es so wäre, aber es ist einfach nicht so. Mit Presley ist *nichts* gelaufen. Wir sind nur zwei total gestresste Menschen, die endlich miteinander übereingekommen sind. Wir respektieren einander. Und ich sage es noch einmal: Es war nur Spaß.«

Sie drehte den Kopf skeptisch von einer Seite zur anderen. »Ich hatte schon so einen Verdacht, als du mich gebeten hast, den Pfirsich-Cobbler zu machen.«

»Das war nur eine nette Geste und hatte nichts zu bedeuten.«

Ihre Augen weiteten sich. »Du willst mir erzählen, dass du sie nicht attraktiv findest?«

Ich sah nach oben, um mich zu vergewissern, dass Presley wirklich nicht aus dem Fenster schaute. »Was spielt das für eine Rolle, wenn doch gar nichts zwischen uns läuft«, entgegnete ich leise.

»Dein Bruder würde ausrasten.«

Ich hob die Stimme. »Tatsächlich? Denn er vermittelt in letzter Zeit nicht gerade den Eindruck, dass ihn irgendetwas oder irgendjemand überhaupt interessiert.«

»Glaub mir. Das würde ihn auf jeden Fall wachrütteln. Sie hat ihn verlassen, und dann findet er heraus, dass sie ausgerechnet etwas mit dir angefangen hat? Meinst du nicht, das würde ihn verletzen?«

Meine Mutter kannte die wahre Geschichte hinter der Trennung von Presley und Tanner nicht. Sie hatte keine Ahnung davon, dass mein Bruder fremdgegangen war. Aber ich fand, es stand mir nicht zu, mich in Presleys Angelegenheiten einzumischen. Da meine Mutter also immer noch dachte, Presley hätte Tanner Unrecht getan, war ihre Reaktion im Grunde keine große Überraschung.

»Und was habe ich da von Harry gehört, dem Makler?«, fuhr

sie fort. »Du hast deinen Plan, die Pension zu verkaufen, auf Eis gelegt?«

»Wie hast du das schon wieder erfahren?«

»Ich habe ihn gestern mit Alex auf dem Markt getroffen.«

»Er hätte besser die Klappe gehalten. Wahrscheinlich ärgert es ihn, dass er möglicherweise einen Auftrag verliert.« Ich schnaufte. »Und meine Pläne sind noch nicht vom Tisch. Sie … ruhen nur.«

»Ich halte es für keine gute Idee, den Verkauf aufzuschieben. Woher kommt dein Meinungsumschwung?«

»Mir geht es nicht um das Finanzielle. Ich habe darüber nachgedacht, welche Folgen der Verkauf für Presley und Alex hätte. Ihnen gefällt es hier, und Presley möchte die Pension wieder zum Leben erwecken. Das ist … ihre Leidenschaft. Ich sollte ihr wenigstens eine Chance geben.«

Mom sah mich mit zusammengekniffenen Augen an. »Und das hat nichts mit deinen Gefühlen für sie zu tun?«

Ich hatte zwei Möglichkeiten: Ich konnte lügen oder schweigen, und ich entschied mich für Letzteres.

Bevor meine Mutter ging, ließ sie noch einen Kommentar vom Stapel, der mich ehrlich sauer machte.

»Ich muss zu einem Termin, aber vorher möchte ich dich bitten, gründlich über die Konsequenzen nachzudenken, falls du Presley zu nahekommst. Das ist nicht irgendeine Affäre, die du vermasseln kannst wie alle anderen. Sie gehört für immer zur Familie. Wenn das schiefgeht, verdirbst du es dir nicht nur mit deinem Bruder, sondern auch mit Alex. Tu mir den Gefallen, und denk gut darüber nach.«

»Ich habe verstanden, Mutter«, sagte ich mit zusammengebissenen Zähnen.

Nachdem ich sie zur Tür gebracht hatte, beschloss ich, einen Spaziergang zu machen, um Dampf abzulassen. Meine Nerven waren ziemlich strapaziert, da nun schon zwei Personen – meine Mutter und Fern – mitbekommen hatten, dass es zwischen mir und Presley knisterte. Es war nur eine Frage der Zeit, bis auch Alex dahinterkam. Und dann Tanner. Es war eine Sache, insgeheim Presleys Nähe zu genießen und sich zu ihr hingezogen zu fühlen. Aber jetzt hatten uns unsere Mitmenschen auf dem Schirm.

Ich war nach Beaufort gekommen, um den Verkauf der Pension abzuwickeln. Doch wenn vorläufig nichts daraus wurde, warum war ich dann noch hier? Ich blieb, weil ich es *wollte*. Und wenn ich den Dingen ihren Lauf ließ, würde irgendwann jemand verletzt werden – entweder Presley oder Tanner.

Und das durfte ich nicht zulassen.

11. KAPITEL

Presley

Allmählich ging es mit der Pension ordentlich vorwärts. Nachdem die neue Klimaanlage fast vollständig installiert worden war und sogar schon jemand ein Zimmer für ein Wochenende im Juli gebucht hatte, war ich zuversichtlicher denn je.

Levi hatte heute nicht mit uns zu Abend gegessen und Alex und ich machten den Abwasch allein. Als mein Sohn mir einen Teller vom Tisch reichte, stellte er mir eine Frage, auf die ich nicht gefasst war.

»Warum sagen die Leute *Titten* zu Brüsten?«

Ich runzelte die Stirn. »Wo hast du das denn aufgeschnappt?«

»Auf dem Schulhof haben neulich ein paar Jungs über Onkel Levi geredet. Sie meinten, sie hätten im Internet ein Foto von ihm und einer Frau gesehen, die richtig große Titten hatte. Ich musste nachfragen, was das bedeutet, und sie haben mir gesagt, Titten sind Brüste.«

»Diese Frage kann ich dir ehrlich gesagt nicht beantworten«, entgegnete ich. »Es ist ein Begriff, der zur Bezeichnung von Frauenbrüsten verwendet wird und der manchmal auch abwertend gemeint ist.«

»Was bedeutet abwertend?«

»Also, das bedeutet …«

»Warum mögen die Leute eigentlich Brüste?«, fiel er mir ins Wort. »Die Jungs haben gesagt, sie stehen drauf.«

Ich schmunzelte. »Vielleicht mögen sie sie nur, weil sie selbst keine haben? Also, Männer haben zwar auch Brüste, aber keine großen … meistens jedenfalls.«

»Die haben gesagt, die Freundin von Onkel Levi hat *künstliche* Brüste! Wo kriegt man die? Kann ich auch welche haben? Ich will sie nicht für mich. Ich will nur wissen, ob ich sie zum Beispiel Onkel Levi zu Weihnachten schenken könnte.«

Ich musste so lachen, dass ich ihm nicht auf der Stelle antworten konnte, bevor er mit der nächsten Frage herausplatzte.

»Wo kommen Babys her?«

Ich stellte den Wasserhahn ab und fuhr mir mit dem Handrücken über die Stirn. »Wie kommst du jetzt darauf?«

»Als die Jungs über Brüste geredet haben, haben sie mir auch erklärt, wo Babys herkommen, und ich will wissen, ob sie recht haben.«

Mist. Ich schluckte. »Was haben sie denn gesagt?«

»Erklär du es mir zuerst.«

»Warum?«

»Weil es komisch ist und ich es nicht aussprechen will, wenn es nicht stimmt.«

Während ich noch mit offenem Mund dastand und nicht wusste, was ich sagen sollte, kam Levi herein.

Er warf seinen Schlüsselbund auf die Küchentheke und sah von mir zu Alex. »Was gibt's?«

»Ich habe Mom gerade gefragt, wo Babys herkommen, und warte darauf, dass sie es mir erklärt.«

Levis Augen weiteten sich, und wir sahen uns entsetzt an.

Ich hatte immer gehofft, Tanner würde dieses Gespräch mit Alex führen, und war nicht im Geringsten darauf vorbereitet, es jetzt anzugehen.

Levi räusperte sich. »Wie seid ihr darauf gekommen?«

»Es hat mit der Frau mit den großen Titten angefangen, mit der du zusammen warst.«

»Jetzt mal langsam.« Levi schüttelte den Kopf. »Wovon redest du überhaupt? Und von wem hast du dieses Wort?«

»Von den Jungs auf dem Schulhof. Sie haben über eine Frau geredet, mit der sie dich im Internet gesehen haben.«

Levi fuhr sich seufzend mit den Fingern durch die Haare. »Ich hatte dieses Gespräch zwar nicht für heute geplant, aber wenn du möchtest, setzen wir drei uns gemeinsam hin und reden darüber.« Er wandte sich mir zu. »Wenn deine Mom damit einverstanden ist.«

Ich nickte.

Wir setzten uns also an den Küchentisch. Ich hatte keine Ahnung, was jetzt auf mich zukommen würde.

Levi spielte mit seinen Fingern, während ich nervös mit den Beinen wippte. Alex schaute gespannt zwischen ihm und mir hin und her und wartete darauf, dass ihm endlich jemand seine Frage beantwortete.

»Okay, Onkel Levi wird dir alles erklären«, sagte ich schließlich und wandte mich ihm zu. »Nicht wahr?«

Levi sah mich mit großen Augen an. »Ich?«

»Ja, ich finde es besser, wenn es von dir kommt. Du weißt schon, von Mann zu Mann.«

Levi bekam rote Ohren. Dann griff er zu seinem Handy und scrollte.

»Was machst du?«

»Ich suche was zu Bienchen und Blümchen.«

Nach kurzer Zeit drehte er sein Handy um und hielt es Alex hin.

Ich geriet sofort in Panik. »Was zeigst du ihm da?«

»Entspann dich. Es ist ein E-Book für Kinder, das beschreibt, wo Babys herkommen. Wir lesen es gemeinsam.«

Ich atmete erleichtert auf. Das war eine fantastische Idee. Ich zog mit meinem Stuhl zu ihnen auf die andere Seite des Tischs um, und Alex bekam von seinem Onkel das komplette Buch vorgelesen, das die anatomischen Unterschiede zwischen Mann und Frau veranschaulichte und mit einfachen, kindgerechten Worten erläuterte, wie Babys entstehen.

Levi hielt jedes Mal inne, wenn Alex eine Frage hatte, und beantwortete sie ihm. Für jemanden, der keine Kinder hatte, ging er sehr souverän mit der Situation um. Ich hingegen war wie erstarrt.

»Wie alt warst du, als du erfahren hast, wo Babys herkommen?«, fragte Alex.

»Ich glaube, ich war acht, als mein Dad es mir erklärt hat. Nur ein bisschen älter als du.«

»Danke, Onkel Levi, dass du es mir gesagt hast.« Er stand auf. »Jetzt gehe ich kotzen, weil es irgendwie eklig ist, sich vorzustellen, dass Dad das mit Mom gemacht hat.«

Levi klopfte ihm auf die Schulter. »Tu, was du tun musst, Kumpel.«

»Du hast die Situation gerettet«, sagte ich, als Alex hinausgelaufen war. »Vielen Dank dafür. Ich weiß auch nicht, warum ich so geschockt war. Ich habe oft überlegt, wann er mich wohl danach fragt, aber ich war überhaupt nicht vorbereitet.«

Levi zuckte mit den Schultern. »Ich habe improvisiert.«

»Das hast du super gemacht.«

»Nun … für ihn würde ich alles tun.«

»Eigentlich hätte er dieses Gespräch mit seinem Vater führen sollen. Aber ich bin sehr froh, dass du das übernommen hast.«

»Das ist doch das Mindeste.« Er hielt inne. »Apropos Tanner. Hast du was von ihm gehört?«

»Nein, in letzter Zeit nicht. Aber ich rechne damit, dass

er sich bald meldet. Normalerweise tut er das alle paar Wochen.«

Levi schüttelte den Kopf. »Ich kann absolut nicht verstehen, dass er sich nicht mehr darum bemüht, ein besserer Vater zu sein. Ich habe das Gefühl, er ist schlimmer dran, als ich dachte. So verhält sich doch nur jemand, der vollkommen mit sich selbst beschäftigt ist.« Er stützte den Kopf in die Hände. »Ich mache mir Sorgen um ihn.«

Ich fasste Levi am Arm. »Geht mir genauso. Deshalb habe ich immer versucht, geduldig mit ihm zu sein. Ich schließe ihn nie aus Alex' Leben aus, wenn er mal daran teilhaben will.«

»Du bist eine Heilige, so wie du mit alldem umgehst. Und falls ich es noch nicht gesagt habe, du bist eine großartige Mutter. Du gibst dir jeden Tag die größte Mühe. Du hast immer ein Lächeln für Alex und bist sehr fürsorglich, selbst wenn du einen schlechten Tag hast.«

»Einen schlechten Tag wie heute, als du reingekommen bist und ich zu keiner Antwort fähig war, als mich mein armes Kind zum Thema Sex befragt hat.«

»Ach, niemand ist perfekt. Und du hättest es allein hingekriegt, wenn ich nicht dazugekommen wäre.« Er lächelte. »Alex hat wirklich großes Glück, dich als Mutter zu haben.«

Ich bekam eine Gänsehaut. »Danke für das Kompliment. Lieb von dir, das zu sagen.«

»Es ist die Wahrheit.«

Mich überkam ein überwältigendes Gefühl. Ich wusste nicht, ob Levi Pläne für den Abend hatte, aber ich wollte unbedingt mehr Zeit mit ihm verbringen. Ich ging auf Risiko.

»Hey, wenn Alex im Bett ist, würdest du … Hättest du Lust, einen Film mit mir zu schauen?«

Er sah mich überrascht an. Gefühlt vergingen mehrere Minuten, in denen er nichts sagte, obwohl es nur Sekunden waren.

Levi spielte an seinem Telefon herum. »Eigentlich bin ich mit Patrick McGibbons auf ein Bier verabredet.«

Mir wurde flau. *Hätte ich doch bloß nicht gefragt.* »Oh, okay. Na, dann viel Spaß«, sagte ich mit einem aufgesetzten Lächeln.

Am Abend, als ich allein vor dem Fernseher saß, ging mir Levi nicht aus dem Kopf. Ich dachte die ganze Zeit daran, wie toll er mit Alex umgegangen war.

Aus diesem Grund hätte ich auch nicht an die DVD denken dürfen, die in meiner Schublade lag. Aber als ich in mein Zimmer ging, war die Versuchung groß, sie mir anzusehen. Aus irgendeinem Grund fühlte es sich jedoch nicht richtig an. Es kam mir vor, als würde ich ihn ausnutzen, obwohl er sie mir selbst gegeben hatte. Nachdem er sich so lieb um Alex gekümmert und mir so freundliche Komplimente gemacht hatte, fand ich es falsch, zu Bildern von ihm zu masturbieren. Ich ließ es also bleiben – für heute.

Morgen ist auch noch ein Tag.

Den Rest der Woche war ich beschäftigt und hatte keine Zeit, um über meine Schwärmerei für Levi nachzudenken. Die Klimaanlage wurde fertig installiert, während ich zwei weitere Zimmer strich und die hübschen Blumenkästen an den Fenstern auf der Vorderseite des Hauses bepflanzte. Doch leider folgten auf jeden Schritt vorwärts immer zwei zurück – so war es von Anfang an gewesen.

Am Abend zuvor hatte ich beim Ausräumen des Zimmers, das ich als Nächstes streichen wollte, Schimmel an einer Wand entdeckt. Die alte Klimaanlage hatte nur drei Viertel des Hauses gekühlt: die Gemeinschaftsräume und acht der vierzehn Zimmer. Die anderen vier auf der Südseite des Hauses waren nachträglich angebaut worden und jeweils mit einem Klimagerät im Fenster ausgestattet. Und aus einem dieser Geräte war offensichtlich über einen längeren Zeitraum Wasser gelaufen. Durch die Feuchtigkeit hatte sich Schimmel gebildet, der sich Stück für Stück auf der Wand ausgebreitet hatte.

Deshalb hatten gestern zwei Männer mit Schutzanzügen die komplette Wand heruntergerissen, und heute hämmerten sie schon den ganzen Tag herum und bauten neue Rigipsplatten ein.

»Hallo, Miss Sullivan.« Ned, der Zimmermann, kam in die Küche. »Entschuldigen Sie, dass es so lange gedauert hat, aber wir haben die Wand aufgestellt und einmal verspachtelt. Das muss über Nacht trocknen, und wir kommen morgen früh wieder, um die Wand zu schleifen und noch mal drüberzuspachteln. Um die Mittagszeit sind Sie uns los.«

Ich nickte. »Das ist prima, Ned. Ich bin Ihnen wirklich dankbar. Am Freitag habe ich sechs Jungs zu einer Übernachtungsparty hier, weil mein Sohn Geburtstag hat, und ich hatte schon befürchtet, ich müsste ihnen diese Weltraumanzüge besorgen, die Sie gestern anhatten.«

Ned schmunzelte. »Keine Sorge, das wird schon. Bis morgen dann.«

Nachdem ich die Männer zur Tür begleitet hatte, schaltete ich das Licht in der Küche aus und hielt einen Moment inne, um den Geräuschen im Haus zu lauschen – besser gesagt der Stille. In der vergangenen Woche war alles von Handwerkerlärm erfüllt gewesen, und die zurückgekehrte Ruhe war Balsam für meine Ohren. Nicht einmal Stimmen waren zu hören, denn Alex war über Nacht bei seinem Freund, dem Sohn meiner Freundin Katrina, und Levi war zum Abendessen zu seiner Mutter gefahren. Nicht einmal Fern war da. Sie war früh am Morgen mit ein paar Freunden losgefahren, um eine Flussfahrt auf einem Casinoschiff zu unternehmen.

Und so dachte ich mir, ich könnte den seltenen Moment der

Ruhe nutzen und mir ein Bad gönnen. Nach der ganzen Arbeit taten mir sämtliche Muskeln weh, und die Wärme würde mir hoffentlich Linderung verschaffen.

Während ich die Wanne volllaufen ließ, erstellte ich mir eine kurze Bade-Playlist auf meinem Handy und holte mir frische Klamotten. Dann stieg ich in das dampfende Wasser. Schon nach kürzester Zeit begann sich meine verspannte Muskulatur zu lockern. Ich setzte meine Ohrhörer ein, drehte die Lautstärke hoch und rutschte mit geschlossenen Augen tiefer ins Wasser, um einem alten Jazzsong zu lauschen, den ich sehr mochte, aber ewig nicht mehr gehört hatte. Mein Körper tat einen tiefen Seufzer. *Genau das habe ich gebraucht.*

Eine halbe Stunde später, als ich endlich aus der Wanne stieg, war meine Haut völlig schrumpelig. Hätte sich das Wasser nicht abgekühlt, hätte ich wahrscheinlich die ganze Nacht darin verbracht. Während ich mich abtrocknete, rollte ich den Kopf von einer Schulter zur anderen und war überrascht, wie sehr sich meine Muskeln gelockert hatten. Nur eine Tiefengewebsmassage oder ein guter Orgasmus hätten mich mehr entspannen können. Doch das wunderbare Zen-Gefühl war schlagartig dahin, als plötzlich ein schrilles Alarmsignal ertönte.

Piep! Piep! Piep!

Was zur Hölle?

Ich zog mir meinen Pyjama über und riss die Badezimmertür auf, um herauszufinden, was los war. Schon beim nächsten Atemzug bemerkte ich einen beißenden Geruch.

Feuer! Es brennt irgendwo!

Im Flur war kein Rauch, und ich rannte in die Küche, um nachzusehen, ob ich den Herd vielleicht angelassen hatte, aber der war aus. Alle anderen Geräte auch. Das ohrenbetäubende Piepen hörte nicht auf, während ich durchs Haus lief. Der

Brandgeruch wurde stärker, als ich den Südflügel erreichte und mich dem Zimmer näherte, das die neue Rigipswand bekommen hatte. Unter der Tür quoll Rauch hervor.

Scheiße! Ich eilte zurück ins Bad, schnappte mir mein Handy und wählte den Notruf.

»Ich brauche die Feuerwehr!«, rief ich, sobald sich jemand meldete. »Es brennt in meinem Haus!«

»Wie lautet Ihre Adresse?«

»Palm Court sechshundertachtundreißig. Das *Palm Inn.*«

»Okay.« Ich hörte, wie die Telefonistin auf ihrer Tastatur tippte, dann sagte sie: »Die Feuerwehr ist unterwegs. Sind Sie noch im Haus?«

»Ja. Aus einem der Zimmer kommt Rauch. Die Tür ist geschlossen, und ich weiß nicht, was da los ist. Soll ich mal nachsehen?«

»Auf keinen Fall. Gehen Sie nach draußen, und überlassen Sie das den Experten. Ist außer Ihnen noch jemand im Haus?«

»Nein, ich bin allein.«

»Okay, gut.«

Ich lief zur Tür hinaus und blieb auf der Rasenfläche stehen, um mir das Haus von außen anzusehen. Das Zimmer, in dem es brannte, lag auf der Vorderseite, und ich hielt es für ein gutes Zeichen, dass keine Flammen durch das Fenster zu sehen waren. Zwei Minuten später hörte ich in der Ferne die Feuerwehrsirenen.

Ich hatte einen Augenblick lang vergessen, dass ich telefonierte, obwohl ich mein Handy noch am Ohr hatte. »Ich kann sie schon hören«, sagte ich zu der Frau.

»Ja, sie sind jeden Moment bei Ihnen. Bleiben Sie am Telefon, bis sie da sind.«

»Okay, vielen Dank.«

Als zwei große rote Löschfahrzeuge und ein schwarzer SUV vor dem Haus hielten, verabschiedete ich mich von der Telefonistin, um mit den Feuerwehrleuten zu reden.

Einer der Männer kam mir entgegen, als ich auf sie zuging. »Ich bin Captain Morales. Uns wurde gesagt, das Haus ist leer. Sind Sie absolut sicher?«

»Ja, ganz sicher. Ich war heute Abend allein im Haus.«

Er nickte. »Gut. Okay. Sagen Sie mir, was da drin los ist.«

»Das weiß ich nicht. Ich war im Bad, und als ich herauskam, ging der Rauchmelder an.« Ich zeigte auf das Zimmer ganz rechts. »Unter der Tür von diesem Zimmer kam Rauch durch. Da wurde heute eine neue Rigipswand eingebaut.«

Der Captain winkte seine Leute zum Haus. »Die Pension gehört Levi Miller, richtig? Dem Quarterback?«

»Ja, sie gehört uns beiden.«

»Okay. Warten Sie bitte drüben am Wagen, während wir uns ein Bild von der Lage machen.«

Ich beobachtete, wie mindestens zehn Feuerwehrleute in voller Ausrüstung in die Pension liefen, einige mit Wasserschläuchen, andere mit Äxten und weiteren Werkzeugen. Die Nachbarn kamen aus ihren Häusern, um sich zu erkundigen, was passiert war, und schnell versammelte sich eine größere Menschenmenge auf der Straße.

Irgendwann rief ein Feuerwehrmann: »Wasser marsch!«, und die Schläuche wurden vollgepumpt. Mir wurde etwas übel beim Anblick des ganzen Tumults, aber gleichzeitig war ich heilfroh, dass außer mir niemand im Haus gewesen war – vor allem Alex nicht.

Es kam mir vor wie eine halbe Ewigkeit, bis Captain Morales wieder aus dem Haus kam. Er hielt schnurstracks auf mich zu. »Also, Sie haben einen kleinen Brand in der Wand. Was genau passiert ist, weiß ich erst, wenn wir uns das genauer ansehen konnten, aber normalerweise haben solche Vorfälle oft mit alten Leitungen zu tun. Sie sagten, Sie hatten heute Handwerker da?«

»Ja, aber nicht wegen Elektroarbeiten, sondern wegen der Rigipswand.«

Er nickte. »Möglicherweise haben sie ein ausgefranstes Kabel bewegt oder einen Kabelbruch verursacht. Es ist ein altes Gebäude. Ich kann Ihnen mehr sagen, wenn wir alle Glutnester beseitigt haben.«

Ich nickte. »Vielen Dank.«

Ein Pick-up kam mit quietschenden Reifen hinter uns zum Stehen. Wir drehten uns beide um. Levi war bereits ausgestiegen und rannte auf mich zu.

»Was ist passiert?« Er sah sich hektisch um. »Geht es dir gut?«

Der Captain nickte mir zu. »Erklären Sie Mr Miller die Lage, ich gehe wieder rein.« Dann sah er Levi an. »Wenn ich zurückkomme, beantworte ich Ihnen alle noch offenen Fragen, die Sie eventuell noch haben.«

Bevor ich Levi die ganze Geschichte erzählen konnte, fuhren zwei weitere Vans vor. Kameraleute und Reporter stiegen aus und sahen sich neugierig um.

»Scheiße«, brummte Levi, legte den Arm um meine Schultern und führte mich weg. »Die Geier sind auch schon da. Lass uns da rüber gehen.«

Er ging mit mir zu der großen Eiche, hinter der wir so gut es ging Schutz suchten. Doch als wir uns gerade in Sicherheit wähnten, wurde ein riesiger Scheinwerfer eingeschaltet. Zwei Feuerwehrmänner richteten ihn auf das Haus, aber wir standen genau in der Schusslinie und wurden voll angestrahlt.

Levis Blick fiel auf meine Brust. »Äh …« Er schluckte. »Dein Oberteil ist durchsichtig.«

Ich sah an mir hinunter, und mir fielen fast die Augen aus dem Kopf. Das dünne Pyjamahemdchen, das ich trug, verhüllte rein gar nichts. Ich hätte genauso gut splitternackt im Garten stehen können.

»Oh mein Gott.« Ich verschränkte die Arme vor der Brust, aber dann fiel mir ein, dass zu meinem hauchdünnen Oberteil ein ebensolches Unterteil gehörte – und ich hatte keine Unterhose an. Ich kniff die Augen zu. »Levi, bitte sag mir, dass meine Shorts nicht so durchsichtig sind wie mein Oberteil.«

Ein paar Sekunden lang sagte er gar nichts, dann plötzlich: »Arme hoch!«

Ich öffnete verwirrt die Augen und war drauf und dran, ihn daran zu erinnern, dass ich die Arme nicht bewegen konnte, weil ich meine Brust bedecken musste, doch da wurde mir klar, was er meinte. Levi hatte sein Shirt ausgezogen und hielt es mir über den Kopf, sodass ich einfach hineinschlüpfen konnte.

»Mach schon«, knurrte er.

Das Shirt reichte mir bis zu den Knien und bedeckte alle wichtigen Stellen. Dafür war Levi jetzt oben ohne.

»Danke«, sagte ich. »Aber so bist du doch ein gefundenes Fressen für die Presse. Deine nackte Brust zieht bestimmt mehr Blicke auf sich als meine.«

Levis Mundwinkel zuckten. »Bleib hier. Ich komme sofort wieder. Ich glaube, ich habe eine Jacke im Auto.«

Er lief los und ignorierte zwei Reporter, die ihn befragen wollten, und die zahlreichen Nachbarn, die ihre Handys hervorholten, um Videos aufzunehmen. Ich konnte es ihnen nicht verdenken. Die Muskeln von Levi Miller waren weitaus interessanter als ein Kabelbrand. Als er wieder zu mir kam, hatte er eine Decke von den Broncos in der Hand.

»Keine Jacke, aber das dürfte genügen.« Er legte sie mir um die Schultern.

»Dann gebe ich dir dein Shirt zurück. Halt mal kurz die Decke hoch, damit ich es dahinter ausziehen kann.«

»Lass es an. Mit zwei Schichten bist du sicherer.«

»Ich glaube nicht, dass Kameras durch eine Wolldecke hindurch filmen können.«

Levi hielt meinen Blick fest. »Die Kameras sind nicht meine Sorge.«

Ich runzelte verwundert die Stirn, doch dann las ich in seinen Augen die Erklärung, die ich brauchte. Mein Bauch kribbelte vor Aufregung, weil Levi offenbar der Ansicht war, ich müsste vor *ihm* geschützt werden – dabei *brannte* es gerade im Haus. Ich sollte wirklich unbedingt mal meinen Kopf untersuchen lassen.

Zum Glück kam Captain Morales zu uns zurück, und ich musste mich wieder auf das Wesentliche konzentrieren. Er stemmte die Hände in die Hüften. »Wie es aussieht, sind tatsächlich die alten Leitungen schuld. Gut, dass Sie im Haus waren und es gleich bemerkt haben. Marode Kabel können regelrecht zu einer Zündschnur werden und den Brand hinter den Wänden verteilen, und plötzlich steht das ganze Haus in Flammen. Wir haben die neue Wand abreißen müssen, und das Zimmer ist ziemlich nass, aber zumindest konnten wir den Schaden in Grenzen halten.«

Ich atmete tief durch. »Haben Sie vielen Dank.«

»Ist es in Ordnung, wenn wir kurz reingehen und uns umsehen?«, fragte Levi.

»Wenn wir fertig sind – aber wirklich nur kurz. Übernachten würde ich an Ihrer Stelle irgendwo anders. Der Ruß rieselt noch die ganze Nacht herunter. Die kleinen Partikel segeln durch die Luft und setzen sich in den nächsten Stunden überall ab. Morgen werden Sie den Ruß in fast allen Zimmern haben. Manchmal dringt er sogar in geschlossene Schränke ein.«

Levi reichte ihm die Hand. »Danke, Captain. Ich bin Ihnen wirklich dankbar.«

Captain Morales schüttelte ihm lächelnd die Hand. »Keine Ursache. Aber würden Sie mir einen Gefallen tun?«

»Jeden.«

Der Captain klopfte Levi auf die Schulter. »Seien Sie bitte nächstes Jahr nett zu meinen Panthers. Sie zerstören das Selbstvertrauen unserer Defense.«

Levi schmunzelte. »Jeden Gefallen – *außer diesem*.«

Es dauerte noch eine gute Stunde, bis die Feuerwehr abzog und die Menschenmenge vor dem Haus sich auflöste, sodass Levi und ich uns den Schaden ansehen konnten. Weil in dem betroffenen Teil des Hauses der Strom abgestellt war, nahmen wir eine Taschenlampe mit, um zu begutachten, wie schlimm die Lage war. Mir wurde schwer ums Herz, als der Lichtstrahl die halb heruntergerissene, gerade erst renovierte Wand erfasste. Die noch stehenden Reste waren schwarz verkohlt. Von der Decke tropfte Wasser herunter, und der schöne Eichenboden war mit einem Matsch aus Wasser und Asche bedeckt.

Ich seufzte. »Gott. Ist das ein Zeichen, Levi? Es kommt mir vor, als wollte uns das Universum etwas sagen.«

Er wandte sich mir zu. »Es ist nur ein kleiner Rückschlag, nichts weiter.«

Ich schüttelte den Kopf. »Ich weiß nicht.«

»Du erinnerst dich wahrscheinlich nicht daran, weil du ein paar Jahre jünger bist als ich, aber als ich sieben war, bin ich mit dem Skateboard gestürzt und habe mir das Sprunggelenk gebrochen. Es war am Anfang meines zweiten Jahrs in der Kinderliga.«

»Das wusste ich nicht.«

Er nickte. »Eddie Andrews bekam die Position des Stammquarterbacks, weil ich nicht spielen konnte. Ich hatte acht Wochen lang einen Gips, und danach konnte ich nur ganz langsam mit dem Belastungstraining anfangen. Zu Beginn der folgenden Saison war ich wieder der Alte. Aber der Coach behielt Eddie als Stammspieler. Er meinte, Eddie habe es sich verdient, und ich müsse mir die Position zurückverdienen. Das gelang mir schließlich auch, aber nach nur zwei Spielen hatte ich einen Fahrradunfall und habe mir ausgerechnet an meinem Wurfarm das Ellenbogengelenk ausgekugelt. Und schon war Eddie wieder die Nummer eins. Nach meiner Genesung ließ der Coach Eddie bis zum Saisonende spielen, egal wie sehr ich mich anstrengte. Also habe ich im nächsten Jahr angefangen, früh aufzustehen und mich von meiner Mutter um fünf Uhr früh zur Schule fahren zu lassen, um vor dem Unterricht noch ein paar Runden zu laufen. Ich bin nicht mehr Fahrrad oder Skateboard gefahren und habe jeden Abend mit meinem Vater Bälle geworfen, bis es dunkel wurde.«

Mir entfuhr erneut ein Seufzer. »Ich verstehe, was du sagen willst. Aber das hier ist nicht Football, und ich bin nicht du, Levi.«

Er zuckte mit den Schultern. »Okay, aber es ist immer das gleiche Prinzip. Wenn du etwas wirklich willst, lässt du dich durch nichts davon abbringen.«

Ich nickte. »Okay. Es war ein langer Tag. Hoffentlich sieht die Welt morgen wieder ein bisschen freundlicher aus.«

»Ganz bestimmt.«

»Komm, lass uns hier verschwinden.«

Ich hatte meine Mutter inzwischen angerufen und ihr erzählt, was passiert war, und sie hatte mich eingeladen, bei ihr zu übernachten. Levi hatte gesagt, er wolle sich ein Hotelzimmer nehmen.

»Es ist schon spät. Soll ich dich bei deiner Mutter absetzen?«, fragte er. »Ich kann dich morgen früh abholen, und dann fahren wir als Erstes zur Versicherung. Die brauchen wahrscheinlich deine Aussage und so weiter.«

»Oh ... okay, ja. An die Versicherung habe ich noch gar nicht gedacht. Aber es klingt nach einer guten Idee. Ehrlich gesagt möchte ich jetzt nicht selbst ans Steuer. Ich wäre froh, wenn du mich fährst.«

Als wir bei meiner Mutter ankamen, stand sie am Fenster. Noch bevor Levi eingeparkt hatte, trat sie aus der Tür. »Ich bin so froh, dass dir nichts fehlt«, rief sie und schloss mich in die Arme.

Levi stieg aus und begrüßte sie. »Hey, Mrs Sullivan. Wie geht es Ihnen?«

Sie umarmte auch ihn. »Besser, wo ich sehe, dass ihr beide gesund und munter seid.«

Nachdem wir uns ein paar Minuten unterhalten hatten, sagte meine Mutter: »Warum gehen wir nicht ins Haus? Hier draußen sind zu viele Mücken.«

Levi lächelte. »Gehen Sie nur, ich muss sowieso weiter.«

»Übernachtest du bei Shelby?«, fragte meine Mutter.

»Nein.« Levi schüttelte den Kopf. »Ich war zum Dinner bei ihr, und sie hatte Kopfschmerzen. Als ich gegangen bin, hat sie sich hingelegt. Sie bekommt noch immer diese Migräneattacken. Deshalb will ich sie nicht wecken. Ich erzähle ihr morgen, was passiert ist.«

»Wo willst du dann schlafen?«

Er wies mit dem Daumen nach hinten. »Ich gehe ins *Best Western*.«

Meine Mutter runzelte die Stirn. »Unsinn. Du bleibst hier.«

Wenn Levi dachte, er könnte einfach höflich ablehnen und verschwinden, hatte er vergessen, wie meine Mutter gestrickt war. »Alles okay, ich habe das Zimmer schon gebucht. Aber vielen Dank für das Angebot.«

Mom drohte ihm mit dem Finger. »Das war kein Angebot, junger Mann. Wenn du nicht hier übernachten willst, musst du dich wenigstens von mir füttern lassen, darauf bestehe ich.«

»Ich … äh … Das ist wirklich nicht …«

Mom nahm ihn an die Hand. »Komm mit. Ich muss die süßen Sachen loswerden. Wenn ich nervös bin, backe ich. Als Presley mich angerufen und mir von dem Brand erzählt hat, habe ich drei verschiedene Kuchen gemacht. Du kennst doch sicher das ungeschriebene Gesetz, dass ein echter Südstaatler nichts Süßes umkommen lässt.«

Levi schmunzelte und sah mich Hilfe suchend an, aber ich zuckte nur mit den Schultern und schüttelte den Kopf.

Mom zog den armen Kerl zur Tür. »Was magst du denn am liebsten? Ich habe einen Pekannuss- und einen Apfelkuchen gemacht und einen Pfirsich-Cobbler.«

Levi warf mir einen verschmitzten Blick zu. »Hast du Pfirsich-Cobbler gesagt? Ich *liebe* Pfirsich-Cobbler – fast so sehr wie deine Tochter. Presley mag ihn sogar so sehr, dass sie manchmal davon träumt.«

»Als sie klein war, hat sie vom Reiten geträumt.«

Levi grinste. »Was du nicht sagst …« Er öffnete die Tür und ließ meiner Mutter den Vortritt. Als ich an ihm vorbeiging, raunte er mir zu: »Reiten und Cobbler. Rate mal, woran ich denke, wenn du gleich den Cobbler auf dem Teller hast.«

Ich wurde rot und sah ihn mit zusammengekniffenen Augen an. »Ich nehme den Apfelkuchen.«

»Schade. Aber hey, du hast auf ein Zeichen gehofft, das dir sagt, was zu tun ist«, entgegnete er augenzwinkernd. »Vielleicht ist es das.«

12. KAPITEL

Levi

Als ich am folgenden Morgen unterwegs war, um Presley bei ihrer Mutter abzuholen, klingelte mein Telefon. Auf dem Display erschien Tanners Name. Mein Bruder hatte mich schon lange nicht mehr angerufen, und ich war neugierig, was er wollte. Ich mochte latente Schuldgefühle haben, weil ich beim Onanieren an Presley und den verdammten Cobbler gedacht hatte, doch was mich mehr beschäftigte, war die Befürchtung, meine Mutter könnte ihm gegenüber etwas in der Richtung erwähnt haben, dass Presley und ich uns zu nahekamen.

Ich atmete tief durch, bevor ich das Gespräch annahm. »Hey. Was gibt's?«

»Ah, der Superstar geruht ans Telefon zu gehen …«

Tanner und ich sprachen nicht viel miteinander, aber so einen Blödsinn zog er jedes Mal ab. Soweit ich mich erinnern konnte, hatte ich noch nie einen Anruf von ihm ignoriert. Trotzdem stellte er es auf passiv-aggressive Weise immer so dar, als wäre ich mir zu fein, mit ihm zu reden. »Hast du kürzlich versucht, mich zu erreichen, und ich habe deine Anrufe verpasst?«

»Nein. Ich weiß nur, wie beschäftigt du bist. Deshalb versuche ich, dich nicht zu belästigen.«

Ich biss die Zähne zusammen. »Für die Familie habe ich immer Zeit, Bruder.«

»Ja, apropos Familie. Was zur Hölle war da gestern bei euch im *Palm Inn* los? Ich habe gerade in den Nachrichten von dem Brand gehört.«

»Wir hatten Handwerker im Haus, die laut Feuerwehr wahrscheinlich einen Kabelbrand in einem der Zimmer verursacht haben.«

»Ich habe Presley ja gesagt, dass die Bude abbruchreif ist. Vielleicht nimmt sie jetzt Vernunft an und kommt wieder nach New York.«

Ich hatte das Gefühl, sie verteidigen zu müssen. »Die Pension ist ganz und gar nicht abbruchreif. Sie hat viel Arbeit hineingesteckt, und es sieht schon wieder ziemlich gut aus hier.«

»Tja, wenn du meinst.«

Mir wurde bewusst, dass er sich im Zusammenhang mit dem Brand nicht nach Presley und Alex erkundigt hatte. »Hast du heute schon mit Presley gesprochen?«

»Nein. Ich habe ihr eine Nachricht hinterlassen, aber sie hat sich noch nicht gemeldet. Daher rufe ich dich an, um herauszufinden, was da los war.«

»Hast du mit Mom geredet?«

»Nein, warum?«

»Woher weißt du dann, dass es Presley und Alex gut geht?«

»In den Nachrichten hieß es, niemand wurde verletzt.«

Ich schüttelte den Kopf. Unfassbar. Selbst wenn es okay wäre, sich auf die Nachrichten zu verlassen, hätte er wenigstens nach dem emotionalen Befinden der beiden fragen müssen. Ein Feuer war eine traumatische Erfahrung, besonders für ein Kind. Dieser Idiot wusste wahrscheinlich nicht mal, dass Alex nicht zu Hause gewesen war.

»Schöne Beine, übrigens«, sagte Tanner. »Hat vielleicht das, was du mit ihr getrieben hast, das Feuer entzündet?«

Ich verzog das Gesicht. »Wovon redest du?«

»In den Nachrichten war ein Bild von dir mit einer Frau im Arm. Hattest du dein Hemd schon vor dem Feuer ausgezogen oder erst, als die Reporter aufgetaucht sind?« Er lachte leise.

Scheiße. Ich hatte keine Ahnung, von welchem Bild er redete, aber ich hatte kein gutes Gefühl. Ich hielt am Straßenrand an und nahm mein Handy aus der Halterung. »Hör mal, ich bin in Eile, weil ich einen Termin bei der Versicherung habe. Ich muss Schluss machen.«

»Okay, alles klar. Ich werde mit …«

Ich wischte ihn weg, bevor er den Satz beenden konnte, und gab »Beaufort Feuer« in die Internetsuchmaschine ein.

Und prompt tauchte das Bild auf, von dem Tanner gesprochen hatte.

Um Gottes willen. Ich raufte mir die Haare. Das sah *nicht* gut aus. Zum Glück hatte mein beschränkter Bruder die Beine seiner Exverlobten nicht wiedererkannt. Das Foto zeigte Presley von hinten. Sie war komplett in meine Broncos-Decke eingewickelt, und nur die Rückseite ihrer nackten Beine war zu sehen. Jeder, der das Bild betrachtete, vermutete wahrscheinlich, dass sie unter der Decke splitternackt war. Ich stand dicht neben ihr und schaute auf sie hinunter. Und natürlich hatte ich einen blanken Oberkörper, weil ich ihr mein Shirt gegeben hatte. Auf dem Foto wirkte die Szene wie ein sehr intimer Moment. Ich überflog die Textzeile unter dem Foto: *Levi Miller kommt geheimnisvoller Frau näher, während die familieneigene Pension in Flammen steht.*

Ich schloss die Augen. *Großartig. Einfach großartig.*

Nachdem ich Presley abgeholt hatte, zeigte ich ihr die Zeitungsmeldung mit dem Foto, und während wir zur Versicherung fuhren, um den Brandschaden zu melden, erzählte ich ihr von Tanners Anruf. Danach fuhr ich sie nach Hause. Ihre

Freundin würde Alex vorbeibringen, und Presley wollte ihm von dem Feuer erzählen, bevor er es von jemand anderem erfuhr. Ich hatte noch ein paar Dinge zu erledigen und versprach ihr, schnell wieder da zu sein und beim Saubermachen zu helfen.

Frühmorgens hatte ich Ned angerufen, um ihn über den Brand zu informieren. Er brauchte natürlich nicht vorbeikommen, weil sich die Spachtelarbeiten erübrigt hatten. Ich hatte ihn gebeten, den Schaden zu prüfen und mir zu sagen, was er für uns tun könne, doch er hatte eine Menge Aufträge zu erledigen, wie er sagte, sodass es eine Weile dauern würde, bis er wieder Zeit für die Pension hatte. Für mich war es okay gewesen, aber als ich mit Presley ins Haus ging, fiel mir auf, wie niedergeschlagen sie aussah.

Deshalb fasste ich den Entschluss, noch einmal persönlich mit Ned zu reden. Weil ich wusste, dass er an diesem Tag mit einem großen Auftrag im Baumarkt begonnen hatte, fuhr ich direkt dorthin.

»Hey, Mr Connor!«, rief ich am Eingang. »Ist Ned hier? Ich habe seinen Wagen draußen stehen sehen.«

»Hey, Levi. Ich habe von dem Feuer gehört. Tut mir leid, Junge. Ich weiß, wie sehr dein Großvater die Pension geliebt hat. Ich hoffe, der Schaden hält sich in Grenzen.«

»Wir hatten Glück, es ist nicht viel passiert.«

»Gut. Gut.« Er zeigte ans andere Ende des Ladens. »Ned ist hinten im Lager. Da wollen wir anbauen. Geh einfach durch.«

Ich nickte. »Danke.«

Ned grübelte über einem Bauplan, als ich ihn fand. »Hey, Ned.«

Er gab mir die Hand. »Levi. Wie steht's um die Pension?«

Ich schüttelte den Kopf. »Darüber wollte ich mit dir reden. Kannst du nicht irgendwie ein bisschen Zeit freischaufeln und das Zimmer wieder auf Vordermann bringen? Es muss einschließlich der Decke komplett neu gemacht werden.«

Ned rieb sich den Nacken. »Ich wünschte, ich könnte, aber ich bin in den nächsten Monaten komplett ausgebucht.«

»Könntet ihr vielleicht Überstunden machen? Ich bezahle dafür, sodass es sich für euch lohnt.«

»Das würde schon eine Menge kosten, Levi. Meine Leute bekommen einen anständigen Lohn, und Überstunden kosten das Doppelte.«

»Ich kann es mir leisten.«

Er lächelte. »Ich weiß. Aber ich will es nicht ausnutzen.«

»Das hat nichts mit Ausnutzen zu tun. Ich habe es ja selbst vorgeschlagen. Vielleicht könntet ihr abends kommen, wenn ihr hier fertig seid.«

Ned machte einen unschlüssigen Eindruck, und ich beschloss, ihm die Sache noch ein wenig zu versüßen.

»Und ich besorge euch Logenplätze, wenn die Broncos nächstes Jahr gegen die Panthers spielen.«

Neds Augenbrauen schossen in die Höhe. »Wow. Logenplätze. Ich muss das mit meinen Leuten besprechen, aber ich schätze, einen zweifachen Lohn und die besten Sitzplätze lassen sie sich nicht entgehen. Vielleicht hätten sie es sogar nur für die Plätze und ein paar signierte Bälle gemacht.«

»Das sagst du mir *jetzt*.« Ich lachte. »War nur ein Scherz. Ich bezahle die Überstunden gern. Dann ist es abgemacht?«

»Ich muss mit den Jungs reden. Die sind gerade an einer anderen Baustelle. Aber ich bin sicher, bei diesem Angebot können sie nicht ablehnen.«

»Gut. Sagst du mir Bescheid?«

»Gib mir eine Stunde. Ich rufe dich an.«

»Das ist nett von dir.«

Ned lächelte. »Es freut mich, dass du dich entschieden hast, die Pension zu behalten. Mir ist zu Ohren gekommen, du hättest mit dem Gedanken gespielt, sie zu verkaufen.«

Hatte ich mich entschieden, das Haus zu behalten? Ich hatte keine Ahnung. Aber ich wollte nicht, dass Presley aufgab. Ich schüttelte Ned die Hand, ohne auf seine Bemerkung einzugehen. »Danke noch mal, Ned.«

Auf der Rückfahrt zum *Palm Inn* erledigte ich einige Anrufe und beauftragte eine Firma für Brandschadensanierung, die bereits am Nachmittag anfangen konnte. Als ich ins Haus kam, saß Presley gedankenverloren am Küchentisch. Sie sah aus wie ein Häufchen Elend.

»Hat Alex die Nachricht von dem Feuer gut verkraftet?«

Sie nickte. »Er wollte sich das Zimmer angucken, weil er so etwas noch nie gesehen hat. Ich war unsicher, ob ich es ihm erlauben sollte, weil die verkohlten Wände gruselig aussehen und ich nicht wusste, ob ihm der Anblick Angst machen würde. Aber er fand es cool und hat gefragt, ob er es auch ein paar Freunden zeigen dürfe.«

Ich lächelte. »Klingt ziemlich normal für sein Alter. Man muss seinen Kumpels alles zeigen, was eklig, gruselig oder demoliert ist. Das ist eine Art ungeschriebenes Gesetz.«

Presley lächelte matt. Ich zog mir einen Stuhl heraus und setzte mich ihr gegenüber rittlings darauf. »Alex geht es gut, aber seiner Mutter anscheinend nicht. Rede mit mir. Was geht in deinem Kopf vor?«

Sie seufzte. »Ich weiß nicht. Wahrscheinlich … zweifle ich gerade an allem.«

»Du meinst, an den Plänen für die Pension?«

Sie nickte. »Und an unserem Umzug ganz allgemein. Ich glaube, ich habe mich übernommen, Levi.«

Heute wäre es ein Leichtes gewesen, sie dazu zu bewegen, dem Verkauf des Hauses zuzustimmen. Wahrscheinlich wäre der Brandschaden dem Bauunternehmer, der mir ein Angebot gemacht hatte, sogar egal, weil er das Haus ohnehin abreißen wollte. Aber ich wollte nicht, dass Presley sich wie eine Versagerin fühlte. Sie brauchte die Pension – und zwar nicht nur, weil ihr Sohn hier ein besseres Leben hatte.

»Du hast dich nicht übernommen, es war nur ein kleiner Rückschlag. Ich habe mit Ned geredet, und seine Leute fangen heute Abend noch an, das Zimmer von Grund auf zu renovieren. In einigen Tagen sind wir wieder auf Kurs.«

»Aber er hat doch gesagt, er hätte jede Menge Jobs zu erledigen?«

»Stimmt, aber seine Männer werden abends hier arbeiten. Deshalb ist es wahrscheinlich das Beste, wenn wir noch ein paar Tage woanders wohnen. Sie werden sicher bis in die Nacht hier hämmern. Oh, und ich habe einen Brandschadensanierer beauftragt, der schon heute Nachmittag anrücken wird, um das Haus vom Ruß zu befreien und solche Dinge.«

Sie sah mir prüfend ins Gesicht. »Warum hilfst du mir, obwohl du die Pension lieber verkaufen würdest?«

Ich schüttelte den Kopf. »Ich weiß es nicht. Vielleicht, weil ich einen guten Kampf zu schätzen weiß. Nur wenn beide Teams ihr Bestes geben, ist es ein echter Sieg. Wenn du jetzt einen Rückzieher machst, kann ich dich nicht mehr anständig und ehrlich schlagen.«

Presley lächelte. »Ich glaube dir nicht.«

»Was soll das heißen, du glaubst mir nicht?«

»Ich habe dich schon Mannschaften niedermachen sehen, die wegen Verletzungen ihren dritten Quarterback auf dem Spielfeld hatten. Du schonst niemanden. Weißt du, was ich glaube?«

»Was?«

Presley stand auf, kam zu mir herüber und gab mir einen

Kuss auf die Wange. »Ich glaube, du hilfst mir, weil du ein guter Kerl bist.« Danach atmete sie tief durch. »Ich bin gleich wieder da. Ich hole schnell meine Aufgabenliste.«

Ich sah ihr nach und beobachtete, wie ihr schöner Hintern hin- und herschwang. Als sie außer Sichtweite war, richtete ich den Blick an die Decke. *Ob sie mich auch für einen guten Kerl halten würde, wenn sie wüsste, was ich gerade gedacht habe?*

13. KAPITEL

Presley

»Mom? Können wir morgen an meinem Geburtstag zelten?«

Ich wollte mir gerade ein Stück Pancake in den Mund schieben und hielt überrascht inne. »Du meinst draußen übernachten?«

»Ja. Im Garten.«

»Oh, da bin ich mir nicht sicher, Alex. Wir haben keine Zelte, und ich kenne mich überhaupt nicht mit Camping aus. Abgesehen davon weiß ich nicht, was die Mütter deiner Freunde davon halten, wenn ihr draußen schlaft.«

»Freddie hat das an seinem Geburtstag auch gemacht.« Mein Sohn zuckte mit den Schultern. »Den Müttern war es egal, und er hat gesagt, es war die beste Geburtstagsparty aller Zeiten.«

Levi kam in die Küche. »Morgen.«

Ich lächelte. »Guten Morgen.«

Er hielt direkt auf die Kaffeekanne zu, und Alex versuchte gleich, ihn auf seine Seite zu ziehen.

»Onkel Levi, kannst du Mom bitte sagen, dass es total einfach ist, ein Zelt aufzubauen?«

Levi schenkte sich einen Kaffee ein und sah mich an. »Wo bin ich denn hier reingeraten?«

»Alex möchte morgen an seinem Geburtstag mit seinen Freunden im Garten zelten.«

»Hört sich gut an«, sagte Levi schulterzuckend.

Ich zog die Nase kraus. »Was ist denn gut daran, mit Ungeziefer zu schlafen?«

Er führte grinsend seine Tasse zum Mund. »Angst vor ein paar Weberknechten?«

»Oh mein Gott. Ich hatte eher an Ameisen gedacht. Weberknechte kommen auch ins Zelt?«

Levi schmunzelte. »Man bemerkt sie gar nicht. Sie krabbeln eigentlich nur über einen drüber, wenn man schläft und sich nicht bewegt.«

Ich verzog bei dieser Vorstellung das Gesicht, aber mein Sohn lachte. »Komm schon, Mom. Sei nicht so ein Angsthase.«

»Ich bin kein Angsthase. Ich würde ja campen, aber … wir haben keine Zelte.« Ich lächelte. »Zu schade.«

»Ich habe Zelte«, erklärte Levi mit einem Grinsen. »Ich bin ziemlich sicher, dass meine Mutter unsere alte Campingausrüstung aufbewahrt hat. Wir hatten früher solche Grillhalter, sodass man Sandwiches über dem Lagerfeuer rösten kann. Das sind die besten. Ich muss nachsehen, ob sie die auch noch hat.«

»Aber …«

»Danke, Mom!« Alex stand auf. »Kann ich zu Billy gehen und ihm erzählen, dass ich eine Campingparty mache?«

Ich hatte das Gefühl, überlistet worden zu sein, und drohte Levi mit dem Finger. »Du hilfst ihnen beim Aufbauen!«

Er lachte. »Kein Problem.«

Am nächsten Tag sah ich von der Hintertür aus zu, wie Levi und Alex die Zelte im Garten aufbauten. Levis Mutter hatte die alte Campingausrüstung kürzlich entsorgt, wie sich herausgestellt hatte, aber Levi war trotzdem mit einem voll beladenen Wagen zurückgekehrt. Alles nagelneue Sachen, die er Alex zum Geburtstag schenkte: drei Zelte, Schlafsäcke, Laternen,

Planen, Material zum Feuermachen, Kopflampen und Outdoor-Kochgeschirr. Er hatte sogar die Grillhalter besorgt, die er als Kind so geliebt hatte. Und für mich hatte er Insektenspray gekauft. Ich wusste nicht, wer sich mehr über unser Zeltlager freute – Alex oder sein Onkel.

Levi zeigte auf die Stelle, wo der nächste Hering in den Boden eingeschlagen werden musste, und gab Alex einen Holzhammer. Ich fand es toll, dass er die Zelte nicht einfach aufstellte, sondern meinem Sohn in aller Ruhe zeigte, wie man es machte.

Die Klingel riss mich aus meinen Gedanken, und als ich die Tür öffnete, rannten mich zwei aufgeregte Jungen fast über den Haufen. Anscheinend hatten sie es eilig, in den Garten zu kommen. Levi gesellte sich zu mir auf die Terrasse, damit die Jungs eine Weile unter sich sein konnten.

»Vielen Dank für deine Hilfe«, sagte ich.

»Kein Problem. Hat Spaß gemacht. Ist schon eine Weile her, seit ich zum letzten Mal gezeltet habe. Auf Komfort verzichten bedeutet heute für mich, dass ich in einem Vier-Sterne-Hotel übernachten muss statt in einem mit fünf, wenn wir mit der Mannschaft unterwegs sind.«

Ich lächelte. »Diese Art von Komfortverzicht wäre mir wesentlich lieber als Camping.«

Levi steckte die Hände in die Hosentaschen. »Hast du etwas dagegen, wenn ich noch bleibe?«

»Etwas dagegen? Ganz im Gegenteil, ich wäre sehr erleichtert. Ich habe nämlich vorhin die kleinen faltbaren Campingbecher in der Hand gehabt, die du gekauft hast, und es ist mir nicht mal gelungen, sie auseinanderzuziehen.«

Er lachte. »Man *dreht* sie eigentlich auseinander.«

Es klingelte wieder, und die nächsten Jungen kamen zur Party. In den folgenden Stunden waren Levi und ich ziemlich beschäftigt. Wir machten ein Feuer, brieten Würstchen am Spieß und hielten Käsesandwiches in den Haltern, die Levi besorgt hatte, über die Flammen, und als es dunkel wurde, erzählten wir ihnen Spukgeschichten.

Mir hatte die Campingparty zuerst widerstrebt, aber wie sich zeigte, war es einer der lustigsten Abende seit Langem. Um elf schickte ich die Jungen zum Zähneputzen ins Haus und sorgte dafür, dass sie in ihre Schlafsäcke krabbelten. Weil sie zu sechst waren, hatte Levi mehrere Zelte aufgebaut, aber sie quetschten sich alle in eins. Nachdem ich ihnen gute Nacht gesagt hatte, ging ich zurück zu Levi, der am Feuer saß und in die Flammen schaute.

»Stört es dich, wenn ich mich zu dir setze?«, fragte ich.

Er lächelte. »Natürlich nicht.«

»Hast du Lust auf ein Bier?«

»Oh ja, sehr gerne!«

Ich lachte. »Bin sofort wieder da.«

Ich ging zum Kühlschrank und holte zwei kalte Flaschen *Coors Light*. Zurück am Feuer gab ich Levi eine und setzte mich mit einem tiefen Seufzer neben ihn. »Also, ich kann dir gar nicht genug danken. Es war einfach ein fantastischer Abend.«

Levi nahm einen langen Schluck. »Ich muss mich bei dir bedanken. Ich hatte wirklich eine Menge Spaß.«

»Das freut mich.«

»Ich dachte gerade … was für eine tolle Mutter du bist, Presley.«

»Findest du? Na, das ist das schönste Kompliment, das ich jemals bekommen habe. Ich halte mich meistens für ziemlich unfähig, aber ich werde mir erlauben, mich als tolle Mutter zu fühlen – zumindest heute.«

Er schmunzelte. »Nur zu.«

Levi hatte sich als Naturtalent im Umgang mit den Jungen erwiesen. »Möchtest du eines Tages Kinder haben?«, fragte ich.

»Ja.« Er nickte. »Hättest du mich vor ein paar Tagen gefragt, hätte ich wahrscheinlich gesagt, ich will sechs. Aber nach heute denke ich, das ist vielleicht etwas zu ambitioniert.«

Ich kicherte. »Stimmt. Sechs sind wahrscheinlich zu viele.«

Er griff abermals zu seinem Bier. »Und du? Willst du noch mehr Kinder?«

»Ich hätte furchtbar gern noch eins, vielleicht sogar zwei. Eigentlich hätte ich sie vom Alter her gern dicht beieinandergehabt, aber das sollte offensichtlich nicht sein.«

Levi nickte stirnrunzelnd. »Mein Bruder ist ein Idiot.«

Ich verzog das Gesicht. »Alex hat mich schon dreimal gefragt, ob sein Dad angerufen hat, um ihm zu gratulieren. Ich habe Tanner sogar eine Nachricht geschickt, um ihn daran zu erinnern, aber keine Reaktion.«

Levi schüttelte den Kopf. »Er hat euch echt nicht verdient.«

Danach verfielen wir beide in Schweigen. Das Thema Tanner war ein Stimmungskiller, aber ich wollte mir den schönen Abend nicht verderben lassen, also hielt ich die Tüte mit den Marshmallows hoch. »Noch eine Runde, bevor wir schlafen gehen?«

Er nickte. »Unbedingt. Vielleicht schaffst du es ja diesmal, deinen nicht anbrennen zu lassen.«

Ich streckte ihm die Zunge raus.

Er lächelte, und seine Augen blieben für einen Moment an meinen Lippen hängen. Dann trank er einen Schluck, und als er meinen Blick wieder auffing, lag so viel Feuer darin, dass mein Magen einen kleinen Salto machte.

Er räusperte sich und stand auf. »Ich suche ein paar Stöcke.«

Als er zurückkehrte, grillten wir Marshmallows und unterhielten uns. Ich war zwar pappsatt und stand kurz vor einem

Zuckerkoma, aber ich willigte jedes Mal ein, wenn Levi fragte, ob ich noch einen wolle, einfach um länger mit ihm zusammen sein zu können. Als nach einer Stunde der letzte Holzscheit verbrannt war und Levi gähnte, wurde es schließlich Zeit, den Abend zu beenden.

»Ich gehe Zähne putzen«, sagte ich.

»Hast du etwas dagegen, wenn ich auch hier draußen schlafe? Weil die Jungs alle in einem Zelt sind, ist noch eins übrig.«

»Nein, gar nicht.«

»Okay. Geh du schon mal rein, und ich richte inzwischen mein Zelt ein. Du willst die Jungen bestimmt keine Minute unbeaufsichtigt lassen, deshalb gehe ich ins Bad, wenn du fertig bist.«

Ich lächelte. »Das wäre toll.«

Als ich wieder nach draußen kam, ging ich zu Levis Zelt. »Ich bin fertig. Jetzt bist du dran«, raunte ich ihm zu.

Levi öffnete den Reißverschluss und streckte den Kopf heraus. »Komm mal kurz rein. Das Zelt hat ein Dachfenster. Du musst dir die Sterne angucken.«

»Okay.« Ich krabbelte hinein. Levi lag auf dem Rücken und klopfte neben sich auf den Boden. »Leg dich hin.«

Ich folgte seiner Aufforderung und staunte. »Wow. Das gibt's ja nicht. Unglaublich, wie viele Sterne heute zu sehen sind.«

»Nicht wahr?« Wir lagen nebeneinander und schauten ehrfürchtig in den Himmel. Dabei waren wir uns so nah, dass sich unsere kleinen Finger berührten. Der leichte Kontakt sorgte dafür, dass mein gesamter Körper mit einem Mal unter Strom stand. Plötzlich konnte ich mich nicht mehr auf den Sternenhimmel konzentrieren. Ich hatte eins der schönsten Naturschauspiele vor Augen, aber ich sah und *spürte* nur Levi. Meine Atmung wurde schneller, und ich schloss die Augen, um alles ringsum auszublenden und mich wieder zu fassen.

Und dann … bewegte sich sein Finger.

Der unschuldige kleine Finger schloss sich auf einmal um meinen. Die Berührung war so behutsam, dass ich dachte, es wäre vielleicht Einbildung. Als ich die Augen öffnete und Levi ansah, lag er auf der Seite und schaute mich an. Auch er hatte offenbar das Interesse an den Sternen verloren.

Unsere Blicke trafen sich, und Levi schluckte. Dann legte er seine freie Hand an meine Wange. »Du bist viel schöner anzusehen als der Himmel, Presley.«

Mein Herz hämmerte geradezu.

Sein Blick wanderte zu meinem Mund, während er sacht mit dem Daumen über meine Haut strich. »Ich möchte dich küssen«, flüsterte er mir zu. »Ich *muss* dich küssen.«

Ich benetzte meine trockenen Lippen mit der Zungenspitze, bevor ich nickte und den Kopf nach hinten legte.

Levi ließ seine Hand lächelnd in meinen Nacken gleiten und presste seine Lippen auf meine. Obwohl ich darauf gefasst gewesen war, verschlug mir sein sanfter Kuss den Atem. Er zog mich fester an sich, und dann … stand ich lichterloh in Flammen. Unsere Zungen trafen aufeinander, und sein Geschmack überwältigte und erregte mich. Gerade hatte ich noch auf dem Rücken gelegen, und im nächsten Moment packte ich Levi, drückte ihn auf die Luftmatratze und legte mich auf ihn. Eng umschlungen küssten wir uns voller Leidenschaft. Ich konnte gar nicht genug bekommen, und Levi schien es ähnlich zu gehen. Als er stöhnte, schoss mir die Vibration direkt zwischen die Beine. Ich war so begierig, dass ich beinahe vergaß zu atmen. Den Moment zu leben, erschien mir wichtiger als Sauerstoff. Im Rausch der Gefühle dachte ich nicht mehr daran, wo ich war – in einem Zelt, fünf Meter von meinem Sohn und seinen Freunden entfernt –, bis uns die Realität einholte.

Ein verdammtes Handy begann zu klingeln.

Wir lösten uns voneinander und ließen uns keuchend auf den Rücken fallen.

Beim dritten Klingeln griff Levi zwischen uns, kramte das nervige Handy hervor und warf einen Blick darauf. »Es ist deins«, knurrte er.

Es war sicher schon nach Mitternacht. Wer um Himmels willen rief mich noch so spät an?

Ich las blinzelnd den Namen auf dem Display und kniff kurz die Augen zusammen. Dann sah ich Levi stirnrunzelnd an. »Es ist Tanner. Wahrscheinlich hat er sich endlich an den Geburtstag seines Sohnes erinnert …«

Am folgenden Morgen fuhr ich die Jungs nach Hause, die nicht abgeholt wurden. Weil Alex den Nachmittag bei einem von ihnen verbringen wollte, kam ich allein nach Hause, um ihn später wieder einzusammeln.

Nach Tanners Anruf war ich nicht mehr in Levis Zelt zurückgekehrt. Ich war in mein Zimmer gegangen und hatte mich im Bett herumgewälzt, an den Kuss gedacht und über etwas gegrübelt, das Tanner beiläufig erwähnt hatte.

Levi war noch in der Küche und beseitigte die Spuren des Pancake-Frühstücks der Jungs, als ich hereinkam. Nun waren wir zum ersten Mal seit unserem Kuss allein. Allein bis auf Fern, die wahrscheinlich irgendwo im Haus lauerte.

Levi wischte schweigend die Arbeitsflächen ab. Die Spannung in der Luft war deutlich spürbar.

Dann sprach er schließlich, ohne seine Arbeit zu unterbrechen. »Was hat Tanner denn gestern Abend gesagt?«

Es war ein komisches Gefühl gewesen, gleich nach diesem fantastischen Kuss mit meinem Ex zu sprechen. Ich hatte Gewissensbisse gehabt. Der Anruf war zu einem denkbar unglücklichen Zeitpunkt gekommen.

»Zum Glück nicht viel. Nach dem, was kurz zuvor zwischen dir und mir passiert war, hätte ich es auch nicht ertragen, länger mit ihm zu reden.«

Levi hörte auf zu wischen und nickte, dann hob er die Schultern und ließ sie wieder sinken.

»Aber bevor ich Alex geweckt habe, um ihm das Telefon zu geben, hat Tanner noch gesagt, er habe ein Foto von dir und *einer Frau* nach dem Brand gesehen. Er hatte keine Ahnung, dass ich es war.«

Levi seufzte. »Ich weiß. Er hat es bei unserem letzten Telefonat erwähnt.«

»Es hat mich ein bisschen erschreckt, Levi. Hätte er mich erkannt, hätte er womöglich eins und eins zusammengezählt. Und nach unserem Kuss …«

Er machte drei Schritte auf mich zu. »Hast du ein schlechtes Gewissen?«

»Du nicht?«, fragte ich zurück. Seine plötzliche Nähe machte mich nervös.

»Doch, ich habe Schuldgefühle, aber sie sind nicht so stark, dass ich es bereue.« Er sah mich durchdringend an. »Ich würde es jederzeit wieder tun.«

»Ich denke, wir sollten es *nicht* wieder tun«, sagte ich schweren Herzens.

Er sah mich prüfend an und kam mir noch etwas näher. »Ist das wirklich dein Wunsch?«

»Es hat nichts damit zu tun, was ich mir wünsche, sondern damit, dass ich die Beziehung zwischen dir und deinem Bruder nicht kaputtmachen will.«

»Welche Beziehung?«, brummelte er, warf den Lappen zur Seite und atmete tief durch. »Ich verstehe, was du meinst, okay? Und ich respektiere es. Im Grunde hast du ja recht. Es steht mir nicht zu, dich zu begehren. Tanner hat dir Unrecht getan, aber er ist und bleibt mein Bruder. Vielleicht bin ich also ein verdammt schlechter Mensch, weil ich dich geküsst habe. Vielleicht hasse ich mich sogar ein bisschen dafür. Aber trotzdem bereue ich es nicht. Überhaupt nicht.« Er legte seine große, starke Hand an meine Wange. »Du hast mir zwar gesagt, was du *nicht* willst, aber du hast meine Frage nicht beantwortet. Was *willst* du, Presley? Und sag nicht, das würde keine Rolle spielen. Denn so ist es nicht. Was *du* willst, ist wichtig. Dein Glück ist wichtig.«

Ich schloss die Augen und ließ seine Worte auf mich wirken. »Ich will dich«, wisperte ich und öffnete die Augen wieder. Es war die Wahrheit.

Seine Pupillen weiteten sich, während er mich anstarrte, aber er sagte keinen Ton.

»Ich weiß nicht, was hier gerade passiert, Levi. Ich kann nur sagen, dass ich mich wieder lebendig fühle. Wenn du in meiner Nähe bist, bin ich stark. Das alles fühlt sich sehr gefährlich an, aber gleichzeitig vermittelst du mir ein Gefühl der Sicherheit. Ich wäre nie auf die Idee gekommen, dass ausgerechnet *du* der erste Mann sein wirst, der mir nach langer Zeit dieses Gefühl gibt.« Ich atmete tief durch. »Ich hatte viele Vorurteile gegen dich. Aber du bist nicht der knallharte Footballspieler, für den ich dich immer gehalten habe. Du bist fürsorglich und aufmerksam. Ich … ich bin einfach gern mit dir zusammen. Ich finde es auch schön, wenn wir mit Alex zu dritt zusammen sind. Aber ich habe sowohl Angst davor, dass du bald weg bist, als auch davor, dass mehr zwischen uns passiert.«

Levi zog mich in seine Arme. Ich spürte, wie sein Herz an meinem schlug, und was er dann sagte, haute mich fast um.

»Ich habe in den vergangenen Jahren ein sehr einsames Leben geführt. Selbst wenn ich zu Besuch nach Hause kam, fühlte es sich nicht mehr wie früher an. Aber diesmal ist es anders.

Seit du da bist, fühle ich mich hier wieder ein bisschen heimischer. Und das liegt nicht an dem Haus oder an Beaufort, sondern an dir – an deiner Leidenschaft, an deiner Tatkraft. Ich weiß, das ist verdammt ironisch, wenn man bedenkt, wie oft wir am Anfang aneinandergeraten sind.« Er wich einen Schritt zurück, um mich anzusehen. »Ich habe großen Respekt vor dir – vor dir als Mutter und vor allem als Frau. Aber ich fühle mich auch unglaublich zu dir hingezogen, wie ich es noch bei keiner anderen Frau erlebt habe. Ich glaube nicht, dass ich einfach so tun kann, als wären diese Gefühle nicht da. Aber ich werde tun, was du von mir verlangst. Wenn du willst, dass ich das Ganze vergesse … dann werde ich es versuchen. Ich werde dich nicht bedrängen. Mir ist klar, was hier auf dem Spiel steht.«

Vielleicht war es mein Mutterinstinkt, aber ich neigte dazu, stets alles zu tun, um die Menschen, an denen mir lag, davor zu bewahren, verletzt zu werden.

»Ich meine, wir sollten wenigstens versuchen, uns zu beherrschen«, sagte ich. »Bald bist du wieder unterwegs, und das ist nun mal eine Tatsache, ganz egal, wie stark diese Gefühle im Augenblick sind.«

Er reagierte nicht. Wir standen nur da und schauten uns in die Augen. Meinen Worten zum Trotz drohte die Energie im Raum zu explodieren. Es war, als würden *wir* jeden Moment explodieren.

Als ich an ihm vorbei zur Tür gehen wollte, fasste er mich am Arm und zog mich an sich. Dann küsste er mich so leidenschaftlich, dass ich das Gefühl hatte, meine Lippen würden verbrennen. Der Geschmack seiner Zunge erinnerte mich auf der Stelle wieder an unseren Kuss von letzter Nacht. Mir schlug das Herz bis zum Hals, und irgendwie wusste ich, dass es nun kein Zurück mehr gab.

Levi hob mich hoch, und ich schlang die Beine um seinen muskulösen Körper. Ich spürte die Beule in seiner Hose, während er mich aus der Küche trug, als wäre ich leicht wie eine Feder. Ich *fühlte* mich auf jeden Fall schwerelos.

»Du musst nur sagen, dass ich aufhören soll, dann tue ich es sofort«, murmelte er.

Seine Worte führten nur dazu, dass ich ihn noch leidenschaftlicher küsste, um ihm wortlos zu versichern, dass Aufhören das Letzte war, was ich wollte. Mir wurde erst in diesem Moment bewusst, wie sehr ich ihn tatsächlich begehrte. Ich hätte gar nicht aufhören *können*, selbst wenn ich es gewollt hätte.

In meinem Zimmer angekommen legte er mich aufs Bett, während er an meiner Unterlippe saugte und sie langsam freigab. »Ich habe noch nie eine Frau so gewollt, wie ich dich will. Ich sage es ein letztes Mal: Du musst mir sagen, dass ich aufhören soll, sonst mache ich weiter.« Er legte sich auf mich und gab mir einen zärtlichen Kuss. »Letzte Chance«, flüsterte er mir zu. »Willst du das hier wirklich?«

Ich hob die Hüften und drückte meinen Schritt gegen seine Erektion. »Ja«, stieß ich hervor, zog ihn an mich und küsste ihn hingebungsvoll, während ich ihm mit den Fingern durch die Haare fuhr.

»Verdammt, Presley. Es ist mir sogar egal, wenn wir dafür in die Hölle kommen.«

Im nächsten Moment rannte er aus dem Zimmer. Zuerst war ich beunruhigt, aber nach etwa dreißig Sekunden kehrte er mit einer Packung Kondome zurück.

Während er meinen Hals mit Küssen bedeckte, wuchs meine Erregung, und ich spürte, wie ich feucht wurde. Es war schon lange her, dass ein Mann mir so nah gekommen war, und ich war noch nie in meinem Leben so erregt und bereit für jemanden gewesen.

Levi schob mein Shirt hoch und beugte sich über meine Brüste, um erst den einen Nippel, dann den anderen mit den Lippen zu umschließen und kräftig daran zu saugen.

»Du schmeckst köstlich, Presley. Noch besser als du duftest, und das will etwas heißen. Ich möchte dich von Kopf bis Fuß verschlingen.«

»Bitte«, wisperte ich.

Levi leckte noch einmal an meinen Nippeln, dann strich er mit der Zungenspitze langsam meinen Bauch bis zum Hosenbund hinunter, bevor er mir Shorts und Slip auszog. Als ich ganz nackt war, hielt er einen Moment inne, um mich zu betrachten.

»Verdammt«, murmelte er. »Bei Gott, du bist wunderschön.« Er schüttelte den Kopf. »Spreiz deine Beine für mich.«

Ich tat es und sah zu, wie er seinen Gürtel öffnete und ihn zur Seite warf, die Hose abstreifte und sie mit einem Tritt in die Ecke beförderte.

Seine Retropants zog er noch nicht aus. Stattdessen beugte er sich über mich und ging ohne Umschweife mit dem Kopf zwischen meine Beine, um an meiner Klitoris zu lecken. Ich legte den Kopf in den Nacken und stöhnte vor Lust.

»Levi …« Ich zerrte an seinen Haaren.

»Ich bin noch nicht fertig«, sagte er und brachte mich mit schnellen Zungenbewegungen an den Rand des Höhepunkts.

»Stopp!« Ich zog seinen Kopf hoch. »Ich wäre fast gekommen.«

»Jetzt muss ich dich haben.« Levi riss die Verpackung eines Kondoms auf und nahm es heraus. »Ich hoffe, du bist bereit«, sagte er mit einem anzüglichen Grinsen.

Ich richtete mich etwas auf, um zuzusehen, wie er das Kondom über seinen wunderschönen Schwanz streifte. Er war lang und dick und einfach perfekt.

Er drückte noch die Spitze zusammen, dann kehrte er zu mir zurück. »Wenn ich dir zu grob werde, sagst du es, ja?«

In dem Moment hätte er weiß Gott was mit mir anstellen können, und es wäre mir nicht zu viel gewesen. Ich wollte es wild und rau. Ungeduldig packte ich ihn an den Hüften und zog ihn an mich.

Levi warf den Kopf in den Nacken und stöhnte etwas Unverständliches, während er mit einem kräftigen Stoß tief in mich eindrang.

Dann begann er, sich in mir zu bewegen, erst langsam, dann immer schneller. Ich hatte mich noch nie so danach gesehnt, von einem Mann gevögelt zu werden. Ich war zu allem bereit. Das Bett wackelte, und ich hoffte, dass Fern uns nicht hören konnte, aber ehrlich gesagt hätte ich nicht aufhören können, selbst wenn ich sicher gewesen wäre, dass sie lauschte.

Ich legte die Hände um Levis Hintern und lenkte seine Bewegungen. Die ganze Zeit über blieben unsere Lippen vereint, und mir war klar, dass es nach heute zwischen uns nie wieder so sein würde, wie es einmal war. *Ich* würde nicht mehr dieselbe sein. Vielleicht hätte ich die Konsequenzen bedenken sollen, aber sie kümmerten mich gerade herzlich wenig. *Was für ein Mann. Was für ein Körper.* In diesem Moment gab es für mich nichts anderes auf der Welt.

Ich bewegte meine Hüften im Einklang mit seinen und genoss das Gefühl, ihn so tief in mir zu haben. Schreiend vor Glück umklammerte ich seinen festen, runden Hintern und spürte, wie sich die Muskeln zwischen meinen Beinen zusammenzogen.

»Komm, Baby«, sagte er leise.

Es verblüffte mich, wie gut er meinen Körper kannte, denn ich war tatsächlich kurz davor. In dem Moment, da ich mich gehen ließ, entfuhr Levi ein langes, lustvolles Stöhnen.

Ich konnte mir nicht vorstellen, dass ich die Geräusche, die er während seines Höhepunkts von sich gab, jemals vergessen würde. Das Wissen, dass er das alles genauso intensiv empfand wie ich, verstärkte meinen Orgasmus zusätzlich.

Er sank auf mir zusammen und begann augenblicklich, meinen Hals zu küssen. Dann löste er sich für einen kurzen Moment von mir, um das Kondom zu entsorgen. Während er meinen Körper mit zärtlichen Küssen bedeckte, kam es mir vor, als würde er mich anbeten. Niemand hatte jemals so mit mir Liebe gemacht, wie er es getan hatte – zärtlich und rau zugleich. Schließlich versanken wir erneut in leidenschaftlichen Küssen, während wir uns in den Laken wälzten.

Man hätte meinen sollen, dass wir nach dem fantastischen Sex, den wir gehabt hatten, selig einschlafen würden – auch wenn es helllichter Nachmittag war. Doch nachdem wir eine Weile geknutscht hatten, wurde Levi wieder steinhart. Im nächsten Moment streifte er sich bereits ein neues Kondom über und drang erneut in mich ein.

Wir hatten innerhalb von zwei Stunden mehrmals Sex und verließen nicht das Zimmer.

Irgendwann ging Levi ins Bad. Sein Handy meldete piepsend den Eingang einer neuen Nachricht, und ich musste einfach einen Blick auf das Display werfen.

Sie kam ausgerechnet von Fern.

Fern: Ich kann es kaum erwarten, die Zehntausend einzukassieren. Ich gebe dir später meine Kontodaten. Aus Sicherheitsgründen will ich sie dir nicht aufs Handy schicken.

Was um alles in der Welt hat das zu bedeuten?

14. KAPITEL

Levi

Beim Abendessen konnte ich die Augen nicht von Presley lassen. Sie trug ihr langes blondes Haar offen, um den Knutschfleck an ihrem Hals zu verdecken, den ich ihr verpasst hatte. Wir hatten den ganzen Nachmittag in ihrem Zimmer verbracht, und ich konnte nicht genug bekommen. Ich überlegte schon, wie ich mich später zu ihr schleichen konnte, ohne dass Alex es mitbekam. *Wenn ich nicht sowieso schon in die Hölle komme, dann auf jeden Fall dafür.* Jedes Mal, wenn mir Tanner in den Sinn kam, sagte ich mir, dass er Presley betrogen hatte und es nicht anders verdiente. Es war jedoch nur eine armselige Ausrede für mein Verhalten, und dessen war ich mir bewusst.

Alex saß mir gegenüber und erzählte mir von dem Spiel, das er heute mit seinem Freund gespielt hatte, und während ich immer wieder nickte und vorgab, ihm zuzuhören, dachte ich nur daran, wann ich seine Mutter das nächste Mal vögeln konnte.

Japp, direkt in die Hölle.

Normalerweise ging ich nach dem Sex sofort duschen und wollte meine Ruhe haben. Aber bei Presley war es anders. Ich konnte es nicht erwarten, wieder hart zu werden, um für die nächste Runde bereit zu sein. Und nachdem wir uns körperlich verausgabt hatten, genoss ich es, noch mit ihr im Bett zu liegen und zu reden. Über alles Mögliche. Es war ganz egal. Ich wollte einfach ihrer Stimme lauschen. Ich, Levi Miller, wollte nach dem Sex *reden*. Dahinter konnte nur der Teufel stecken.

Was zur Hölle ist mit mir los? So etwas hatte ich sicher nicht auf dem Plan gehabt, als ich hergekommen war, und wenn ich Beaufort verlassen musste, war ich aufgeschmissen.

Doch es gab noch viel größere Probleme als meinen Weggang. Wie sollte ich es Alex erklären, wenn er es herausfand? Er hatte eben erst erfahren, was Sex ist – und als Nächstes sollte er damit klarkommen, dass sein Onkel mit seiner Mutter ins Bett ging? Und natürlich konnte auch Tanner es herausfinden, was zwar schrecklich wäre, mir aber weniger Sorgen bereitete als die Sache mit Alex.

Und von alldem einmal abgesehen: Wie in drei Teufels Namen konnte ich mit meinem irren Football-Terminplan für Presley da sein? Ich verbrachte schließlich die Hälfte des Jahres in Colorado. Es gab so viele Gründe, warum es nicht funktionieren konnte, so viele Dinge, die mich hätten abschrecken müssen. Trotzdem war Presley im Augenblick alles, was ich wollte.

Alex' Stimme riss mich aus meinen Gedanken. »Hast du mir zugehört, Onkel Levi?«

»Hmm?« Ich schüttelte den Kopf. »Entschuldige, sag es bitte noch mal.«

»Ich habe Caden erzählt, Alex wäre die Abkürzung von ›Alejandro‹ – wie der Song von Lady Gaga –, und er hat mir geglaubt! Und jetzt nennen mich alle Alejandro.«

Ich schmunzelte. »Ich finde, das passt zu dir.«

Er wandte sich seiner Mutter zu. »Kann ich Nachtisch haben?«

»Natürlich, mein Schatz.« Presley stand auf und nahm eine Packung Eis aus dem Gefrierschrank. Sie gab ein paar Löffel davon in eine Schale und reichte sie ihm. Dann sah sie mich an. »Möchtest du was?«

Im nächsten Moment errötete sie. Vermutlich ahnte sie, welche Gedanken ihre Frage bei mir auslöste.

»Und ob.« Ich fuhr mir mit der Zunge über die Unterlippe. »Wahrscheinlich mit Nachschlag.«

»Zwei Portionen?«, sagte Alex mit vollem Mund. »Ganz schön viel Eis. Das ist nicht gut für den Magen.«

Ich sah unverwandt seine Mutter an. »Es gibt Dinge, von denen man gar nicht genug bekommen kann.«

Ich liebte es, dass sie noch röter wurde. Mittlerweile hatte ich wirklich einen gewaltigen Appetit.

Nach dem Dessert stellte Alex seine Schale in die Spüle und ging in sein Zimmer. Als Presley den Abwasch machte, schlich ich mich von hinten an sie heran. Sie spürte die Wärme meines Körpers, stellte das Wasser ab und drehte sich zu mir um.

»Kann ich dir helfen?«, fragte sie herausfordernd.

»Allerdings.« Ich beugte mich zu ihr vor und küsste ihren Hals.

Sie wies mit dem Kopf zur Treppe. »Wir müssen vorsichtig sein.«

»Das kriege ich hin. Und wenn es sein muss, kann ich auch ziemlich leise sein. Ich würde meine Begabung gern später unter Beweis stellen.«

»Nicht leise genug …«, bemerkte Fern, die in diesem Moment in die Küche kam.

Scheiße.

Verdammt.

Presley löste sich abrupt von mir. Inzwischen hatte ich ihr erklären müssen, was Fern mit ihrer Nachricht gemeint hatte. Ich hatte Fern die zehntausend Dollar kurz vor dem Essen überwiesen – nicht weil ich fand, dass sie es verdient hatte, sondern weil ich grundsätzlich meine Wettschulden beglich. Außerdem musste ich mit aller Macht dafür sorgen, dass Fern die Klappe hielt. Presley war natürlich *nicht* begeistert gewesen, als ich ihr davon erzählt hatte.

Sie ging sofort auf Fern los. »Fern, wir sind in Bezug auf das, was du mitangehört hast, auf deine absolute Diskretion angewiesen, nur damit das klar ist. Du darfst mit niemanden darüber reden, auch nicht mit Leuten, die du für vertrauenswürdig hältst. Du weißt, wie schnell sich alles in dieser Stadt herumspricht. Wir dürfen nicht das Risiko eingehen, dass es Alex oder sonst jemand herausfindet.«

Fern grinste. »Ihr habt mein Wort. Ich will euch doch keine Probleme machen. Das würde mir Thatcher niemals verzeihen. Übrigens, damit ihr es wisst, ich drücke euch die Daumen. Es ist zwar unglaublich skandalös, aber es war vorprogrammiert«, sagte sie mit einem Augenzwinkern. »Und was dein Bruder nicht weiß, macht ihn nicht heiß. Von mir wird er ganz sicher nichts erfahren.«

Allein bei Tanners Erwähnung drehte sich mir der Magen um.

»Vielen Dank, Fern, das weiß ich zu schätzen«, sagte Presley.

»Es gibt nichts Besseres, als einer jungen Liebe zuzusehen.« Fern zwinkerte uns abermals zu.

Liebe? Ich hatte noch nicht darüber nachgedacht, ob ich Presley tatsächlich liebte, aber da ich nie zuvor solche Gefühle gehabt hatte, war es gut möglich, dass sich die Sache in diese Richtung entwickelte.

Bevor ich mich dazu äußern konnte, hörte ich Schritte, und Alex kam in die Küche gelaufen. Er hielt etwas in die Höhe, um es uns zu zeigen. Es war mein Gürtel. *Mein verdammter Gürtel.* Ich hatte ihn in Presleys Zimmer aus meiner Hose gezogen und konnte nun nicht einmal leugnen, dass er mir gehörte, denn die Schnalle war mit meinen Initialen verziert.

Scheiße.

Scheiße.

Scheiße.

»Ich habe deinen Gürtel in Moms Zimmer auf dem Boden gefunden, Onkel Levi. Ich hatte mein iPad gesucht und gedacht, Mom hätte es sich mal wieder ausgeliehen.«

Presley wurde rot wie eine Tomate. Sie machte sich wahrscheinlich vor Schreck in die Hosen.

Ich schnippte mit den Fingern. »Da war er also! Danke. Ich habe ihn schon gesucht.« Ich nahm ihm den Gürtel ab. »Ich habe heute Mittag zu viel gegessen, und als ich die Lampe bei deiner Mom im Zimmer repariert habe, musste ich ihn ablegen. Das hatte ich total vergessen.«

»Vielleicht zu viel Eis?« Alex lachte.

Er schien es mir abzukaufen.

»Ja, wahrscheinlich hast du recht. Ich darf nicht mehr so viel essen, das ist tatsächlich ungesund.«

Alex zuckte mit den Achseln und verschwand wieder.

Presley und ich stießen gleichzeitig einen erleichterten Seufzer aus.

»Ich wüsste zu gern, was du wirklich mit dem Gürtel gemacht hast«, frotzelte Fern.

15. KAPITEL

Presley

Ich stand an der Spüle und spürte auf einmal warme Lippen auf meiner nackten Schulter. Als ich mich umdrehte, leckte sich Levi die Lippen. »Warum schmeckst du so salzig?«

»Äh … das ist der getrocknete Schweiß auf meiner Haut. Während du bis zehn geschlafen hast, habe ich die letzten Zierleisten im Wohnzimmer gestrichen, die Böden geschrubbt und mehrere schwarz angelaufene Kerzenständer poliert, bis sie wieder silbern waren.«

Er zupfte an einer widerspenstigen Haarsträhne, die mir ins Gesicht hing. »Ich habe tatsächlich lange geschlafen. Muss an der körperlichen Anstrengung von gestern liegen. Aber sag mal, wo du sowieso schon verschwitzt bist …«

Obwohl mir ganz warm im Bauch wurde, schubste ich Levi lachend von mir. Im Lauf der vergangenen Woche wären wir mehrmals um ein Haar erwischt worden, und wir mussten vorsichtiger sein. »Alex ist draußen mit seinem Rad unterwegs. Er kann jede Sekunde hereinplatzen.«

Levi zog eine Schnute. Es sah hinreißend aus. »Na gut. Dann fahre ich zum Baumarkt und besorge Dübel, damit ich die Bilder im Wohnzimmer für dich aufhängen kann.«

»Gute Idee. Danke.«

»Brauchst du sonst noch etwas?«

Ich schüttelte den Kopf. »Ich glaube nicht.«

»Bin gleich wieder da«, sagte er, blieb jedoch in der Küchentür stehen und schaute ins Wohnzimmer. Dann streckte er die Hand nach mir aus. »Komm her.«

Ich ging zu ihm. »Was ist?«

»Weißt du noch, wie es hier aussah, als du hergekommen bist?«

»Oh ja.«

»Und sieh es dir jetzt an.«

Ich ließ meinen Blick durch das Wohnzimmer schweifen. Es sah großartig aus, wenn ich das so sagen durfte. Die Wände, an denen der Putz abgeblättert war, waren frisch gestrichen, die alten verkratzten Holzböden waren abgeschliffen und neu lackiert worden, und ich hatte sie spiegelblank poliert. Außerdem erhellten neue bunte Vorhänge und dazu passende Dekokissen den Raum.

Ich seufzte. »Es sieht umwerfend aus, oder?«

Levi nickte. »Ja, und das hast du geschafft. Ich glaube, ich war zehn, als es zuletzt so schön hier ausgesehen hat. Es riecht sogar gut hier. Du leistest echt großartige Arbeit, Presley.«

Ich lächelte. »Danke. Das bedeutet mir viel.«

Levi sah mir in die Augen. Ich dachte, er wollte noch etwas sagen, aber stattdessen steckte er die Hände in die Hosentaschen und nickte. »Bis später.«

Wenige Minuten darauf klingelte mein Handy. Als ich Harpers Gesicht auf dem Display sah, ließ ich mich auf die Couch plumpsen und legte die Beine hoch.

»Hey, ich wollte dich nachher anrufen«, sagte ich mit einem Lächeln.

»Ich wünschte, du hättest mich vor einer halben Stunde angerufen. Dann hätte ich meinen Müll wahrscheinlich nicht über der neuen Praktikantin ausgekippt.«

»Du hast *was?*«

»Es war ein Versehen. Ich bin an einer Arbeitsnische vorbeigegangen, deren Platz meist leer ist, während ich am Telefon mit jemandem diskutiert habe, und da habe ich sie mit dem Papierkorb verwechselt.«

»Du hast einen *Menschen* mit einem Papierkorb verwechselt?«

»Sie ist total dünn und hat völlig regungslos dagesessen.«

Ich lachte. »Es fehlt mir, von deinen täglichen Missgeschicken zu hören.«

»Tja, da könntest du leicht Abhilfe schaffen. Ruf mich einfach öfter an.«

»Ja, ich weiß. Es tut mir leid. Ich war einfach … beschäftigt.«

»Heißt das, die Pension ist praktisch bereit für die Wiedereröffnung?«

Ich sah mich noch einmal um. »Wir kommen der Sache näher. Vor zwei Tagen habe ich ein Inserat mit dem Hinweis auf unsere neue Website aufgegeben, und einige Buchungen für den nächsten Monat sind noch hinzugekommen.«

»Gut. Ich bin froh, dass du bereit bist. Wir werden es nämlich schaffen, dass du im Nu ausgebucht bist.«

Ich zog die Augenbrauen hoch. »Wie willst du das denn hinkriegen?«

»Ich habe dir eine Doppelseite in der Zeitschrift *Southern Living* besorgt.«

»Soll das ein Witz sein?«

»Nein. Ein ehemaliger Kollege von mir ist dort als Redakteur tätig. Wir sind in Kontakt geblieben, und als ich von meinem Besuch bei dir nach Hause gekommen bin, habe ich ihm mehrere Fotos vom *Palm Inn* geschickt und ihn gebeten, bei passender Gelegenheit an uns zu denken. Er hat es mir versprochen, aber ich wusste nicht, ob wirklich etwas daraus wird.

Und heute Morgen hat er angerufen und mir gesagt, dass sie einen Artikel über geschichtsträchtige Bed & Breakfasts vorbereiten. Eins davon mussten sie in letzter Minute rausnehmen, und jetzt kann er das *Palm Inn* auf zwei Fotoseiten präsentieren!«

Ich richtete mich auf. »Wow!«

»Es gibt allerdings zwei Haken. Erstens ist die Zeit knapp, und sie brauchen eine komplette Fotoserie innerhalb von vierundzwanzig Stunden.«

»Darum kann ich mich selbst kümmern, wenn sie einverstanden sind.«

»Ich wusste, dass du das sagen würdest, und habe ihnen den Link zu deinem Onlineportfolio geschickt. Ich werde sicher ziemlich schnell von ihnen hören.«

»Okay. Was ist der andere Haken?«

»Sie wollen mindestens ein Foto mit Levi Miller.«

»Ich glaube nicht, dass er damit ein Problem hat.«

»Aber würde er dich dann nicht unterstützen und seine Chancen schmälern, die Wette zu gewinnen, die ihr laufen habt?«

Ich hatte unsere Wette völlig vergessen. »Also … zwischen mir und Levi hat sich etwas verändert. Deshalb wollte ich dich ja anrufen. Er drängt nicht mehr auf den Verkauf.«

»Sehr gut.« Ich hörte, wie jemand bei ihr an die Tür klopfte. »Warte bitte kurz, ja?«, sagte Harper.

»Natürlich.«

Ich lauschte der gedämpften Frauenstimme im Hintergrund. »Entschuldigen Sie die Störung, Harper, aber Ihre Halb-Elf-Verabredung ist da. Und Lyle Druker von der *Chicago Tribune* ist auf Leitung zwei.«

»Danke, Liz. Geben Sie mir noch eine Minute Zeit.« Harper kam wieder ans Telefon. »Entschuldige bitte. Ich habe noch andere Sachen für die Pension angeleiert, aber jetzt muss ich Schluss machen. Reden wir heute Abend weiter?«

»Ja, klar.«

»Wie schnell kannst du das mit Levi klären, damit ich *Southern Living* Bescheid sagen, dass es klappt?«

»Er müsste in einer halben Stunde wieder hier sein. Aber ich glaube wirklich, dass er einverstanden sein wird.«

»Klingt, als hätte sich euer Verhältnis verbessert.«

»Ja ... ich ... äh, wir haben miteinander geschlafen.«

»*Was?!*«, schrie meine beste Freundin so laut, dass ich das Telefon weit von mir weghalten musste. »Warte mal.« Ich hörte, wie sie ihr Telefon wieder mit der Hand abdeckte, dann rief sie: »*Liz!*«

»Ja?«

»Sagen Sie Lyle Druker, dass ich ihn in einer Stunde zurückrufe. Und der Termin um halb elf, das ist ein potenzieller neuer Kunde. Würden Sie ihm bitte sagen, dass ich einen Notfall habe und er schon mal das Formular für Neukunden ausfüllen soll – damit er nicht einfach nur rumsitzt?«

»Mache ich.«

»Geben Sie mir eine Viertelstunde, und unterbrechen Sie mich bitte nur, wenn es brennt. Aber es muss schon ein großes Feuer sein, kein durchgeglühter Toaster.«

»Äh ... okay.«

»Danke. Und machen Sie bitte die Tür hinter sich zu.« Harper kam wieder ans Telefon. »Erzähl!«

Und so nutzte ich die nächsten fünfzehn Minuten, um ihr alles zu erzählen, was seit Alex' Campingparty zwischen mir und Levi passiert war.

»Und was willst du wegen Tanner machen?«

»Ich werde gar nichts machen, weil er es nie erfahren wird. In weniger als einem Monat ist Levi wieder in Colorado, und das war's dann. Es war nur ... Wir verspüren beide eine starke körperliche Anziehung und konnten uns nicht mehr bremsen.«

»Es ist also nur körperlich? Du hast keine Gefühle für ihn?«

Ich schüttelte den Kopf. »Das spielt keine Rolle. Es kann aus vielen Gründen nicht mehr daraus werden.«

»Du meinst Tanner?«

»Ja, aber er ist nicht der einzige Grund. Levi hat einen ganz anderen Lebenswandel als ich. Er ist ein Profisportler, der das halbe Jahr unterwegs ist – während ich einen Sohn habe, der hier zur Schule geht und ein festes Zuhause braucht. Er ist meine oberste Priorität, und ich will ihn nicht durcheinanderbringen.«

»Ich weiß nicht, Presley. Das klingt alles logisch, aber das Herz hält sich nicht immer an das, was logisch ist. Ich möchte nicht, dass du verletzt wirst.«

»Mir passiert schon nichts«, sagte ich, aber weil ich es mir nicht mal selbst glaubte, war mir klar, dass Harper es mir ebenfalls nicht abnehmen würde.

»Ich muss jetzt aufhören, aber wir reden später weiter.«

Ich lächelte halbherzig. »Okay.«

»Sag mir Bescheid, was dein Lover zu der Fotoaktion sagt.«

Ich lachte. »Mache ich. Und danke für alles, Harp.«

»Ist es nicht besser, wenn ich Alex abhole? Dann kannst du hier weitermachen. Ich würde dich ja ablösen, aber meine Dekoideen beschränken sich auf ein paar im Raum verteilte Bälle und signierte Trikots an der Wand.«

Ich lächelte. Levi hatte sich nicht nur zu dem Fotoshooting bereit erklärt, er hatte mir auch den ganzen Nachmittag geholfen, Bücherregale und Kaminsimse für die Fotos herzurichten. Wir hatten Einweckgläser bemalt und mit frischen Blumen gefüllt, im Antiquariat farblich abgestimmte Bücher für die Regale gekauft und nun versuchte ich, sämtliche Ecken und Winkel mit den schönsten Stücken aus dem ganzen Haus zu dekorieren.

Ich stellte eine blassblaue Vase auf den Kaminsims, schüttelte den Kopf und nahm sie wieder herunter. »Danke, das wäre großartig. Ich werde noch ein Weilchen brauchen.«

»Kein Problem.«

»Darf ich auch Dinge in deinem Zimmer verändern, wenn ich hier fertig bin?«

»Mach, was du möchtest«, entgegnete er. »Und warte mit den schweren Sachen, bis ich wieder da bin.«

»Okay.«

Das Fotoshooting war für morgen früh geplant. Harper und ich hatten hin- und herüberlegt und uns schließlich auf das Wohnzimmer, die Frontseite der Pension und die Zimmer von mir und Levi als beste Fotospots geeinigt. Nachdem ich entschieden hatte, was im Wohnzimmer an welchen Platz sollte, brachte ich die übrigen Dekogegenstände in Levis Zimmer, um es ebenfalls ein wenig zu verschönern. Auf der Kommode stand eine Broncos-Sporttasche, die ich herunternahm, um sie im Schrank zu verstauen. Als ich den Reißverschluss zumachen wollte, blieb er an einer Ecke hängen, weil eine Schachtel aus der Tasche herausragte. Bei dem Versuch, sie vernünftig zu verstauen, stellte ich fest, dass es sich um *eine Großpackung Kondome* handelte. Und darunter befand sich noch eine weitere ebenso große Schachtel. Beide ungeöffnet.

Mir wurde schwer ums Herz. *Eine* dieser Packungen hätte mir in den vergangenen fünf Jahren genügt, und das bei sehr großzügiger Schätzung. Wahrscheinlich wäre ich das letzte Jahr mit Tanner *und* die nachfolgenden Jahre damit ausgekommen. Der Fund rief mir einmal mehr Erinnerung, wie sehr sich Levis Leben von meinem unterschied. Wahrscheinlich verbrauchte er diese Menge innerhalb eines Monats, wenn er mit der Mannschaft unterwegs war. Mir wurde flau bei dieser Vorstellung, und ich stand einfach wie angewurzelt da und starrte die Kondome an.

Ich war so in Gedanken versunken, dass ich Levi erst hörte, als er in der Tür stand.

»Hey, Alex wollte bei seinem Freund Kyle essen. Ich habe dir geschrieben, aber weil du nicht reagiert hast, habe ich für dich entschieden und ihn da abgesetzt.«

Ich drehte mich mit der Kondompackung in der Hand um. »Wie lange hält so ein Vorrat bei dir? Nur über die Vorsaison oder noch ein paar Wochen länger?«

Levi sah, was ich in der Hand hielt, und zog die Augenbrauen hoch. »Denkst du etwa, ich hätte Vorräte für die Spielzeit angelegt?«

Ich schüttelte den Kopf. »Es geht mich nichts an. Ich will gar nicht wissen, was du unterwegs machst.« Die Situation war mir wahnsinnig unangenehm, daher wollte ich die Schachtel rasch wieder in die Tasche stecken, aber sie passte immer noch nicht richtig hinein. »Ich habe nicht herumgeschnüffelt. Ich wollte die Tasche zumachen und in den Schrank stellen, und das hier hat herausgeschaut.«

Levi kam zu mir herüber. Ich hatte mich noch nicht getraut, ihn anzusehen, spürte aber seinen Blick.

»Was denn?«, fragte ich schließlich.

Er nahm mir sanft die Schachtel aus der Hand und warf sie aufs Bett. »Die habe ich heute gekauft, und nicht als Vorrat für meine Zeit beim Job. Ich dachte, ich verstecke sie besser, nachdem Alex schon meinen Gürtel gefunden und Fragen gestellt hat.«

Ich zuckte mit den Schultern. »Wie auch immer … Es geht mich nichts an.«

Er sah mich aus schmalen Augen an. »Was soll das heißen, es geht dich nichts an?«

»Wann du sie gekauft hast und was du damit machen willst, ist allein deine Sache.«

Levi sah mich unverwandt an, während er seine Brieftasche aus der Gesäßtasche zog. Er kramte darin, bis er fand, was er gesucht hatte, faltete den Zettel auseinander und zeigte ihn mir. »Die Apothekenquittung von heute. Das Datum steht oben. Und sonst hast du nichts gesehen? Nur die Kondome?«

»Ja.«

Er griff in die Tasche und hielt eine kleine Flasche hoch. »Ich glaube, das hier verrät dir ganz genau, was ich im Sinn hatte, als ich eingekauft habe.«

Ich schaute von der Flasche zu ihm. »Gleitmittel?«

»Schau genauer hin.«

Ich kniff die Augen zusammen. *Mit Pfirsichgeschmack.*

»Ich fand es lustig«, sagte er. »Aber ich konnte ja nicht ahnen, dass ich es dir in einem Moment zeigen werde, wenn du mich beschuldigst, die Sachen gekauft zu haben, *um andere Frauen zu vögeln.*«

Die Entrüstung in seiner Stimme ließ mich aufsehen. »Ich habe dich nicht … Ich meine … Ich wusste nicht, ob …« Ich schüttelte den Kopf. »Wahrscheinlich sollten wir sowieso aufhören.«

»Willst du aufhören?«

»Es ist das einzig Richtige.«

»Nach richtig oder falsch habe ich nicht gefragt. Meine Frage war, ob du aufhören *willst.* Denn an der Größe der beiden Packungen erkennst du zweifelsohne, dass mir nichts ferner liegt als Aufhören.«

»Aber … wir sind Geschäftspartner.«

Er machte einen Schritt auf mich zu. »Egal.«

»Du bist ziemlich bald weg.«

Er machte noch einen Schritt. »Im Moment bin ich hier.«

»Alex …«

Sein Blick fiel auf meinen Mund, während er mir noch näher kam. »Ist nicht zu Hause.«

Mein ganzer Körper begann zu kribbeln. »Beaufort ist ein winziger Ort. Irgendjemand wird es herausfinden.«

Levi leckte sich die Lippen und starrte unverhohlen meine Brüste an. »Die können von mir aus alle zugucken.« Nun standen wir uns unmittelbar gegenüber. Er fing meinen Blick ein, eine Augenbraue gehoben. »Hast du mir jetzt alle Gründe genannt, warum es falsch ist, dass wir Sex miteinander haben?«

Ich wollte Nein sagen und weitere Erklärungen hinzufügen, warum wir auf Distanz gehen sollten. Aber er roch so gut, und ich fühlte mich wie magnetisch von ihm angezogen.

Mein Atem ging schneller, und ich seufzte. »Gut, ein einziges Mal noch, und das war's. Es ist mir ernst.«

Ein verruchtes Lächeln breitete sich auf seinem Gesicht aus. »Alles klar …« Er legte mir die Hand in den Nacken und zog mich an sich. »Und jetzt sei still und küss mich, damit ich dir zeigen kann, warum es vollkommen richtig ist.«

16. KAPITEL

Presley

Eine Woche darauf waren meine ständigen Ermahnungen zum Running Gag geworden. Levi kam in die Küche, als ich auf meinen Kaffee wartete. Ich sah ihn mit gerunzelter Stirn an, weil er kein Shirt trug – auch wenn der Anblick natürlich nicht unangenehm war. Ganz im Gegenteil. Ich merkte, dass meine Entschlossenheit, keinen Sex mehr mit ihm zu haben, augenblicklich nachließ.

»Hast du verschlafen?«, fragte er.

Ich nickte. »Und ich habe gestern vor dem Zubettgehen vergessen, die Kaffeemaschine vorzubereiten, und musste Alex ohne Koffeinzufuhr zum Training fahren.«

»Er ist also schon aus dem Haus?«, fragte er mit gesenkter Stimme. Mehr brauchte er nicht zu sagen. Ich wusste sofort, woran er dachte.

Ich drohte ihm mit dem Zeigefinger. »Nein. Gestern war das letzte Mal.«

Er rückte grinsend näher an mich heran. »Wirklich?«

»Ohne Scheiß, Levi.« Ich bohrte meinen Finger in seine Brust. »Halt bitte zwei Meter Abstand zu mir.«

Er hielt meinen Finger fest, saugte daran und nickte.

»Es ist mir ernst. Nie mehr Sex, Levi«, sagte ich, doch meiner Stimme fehlte jede Überzeugungskraft.

Er zog meinen Finger aus dem Mund, doch bevor er ihn losließ, nahm er ihn spielerisch zwischen die Zähne. »Okay. Nie wieder Sex.«

Doch im nächsten Moment hob er mich hoch und warf mich über seine Schulter.

»Levi, was haben wir gerade beschlossen?«, protestierte ich.

Er gab mir einen Klaps auf den Hintern, während er unbeirrt auf sein Zimmer zumarschierte. »Nie wieder Sex. Aber von Blowjobs war nicht die Rede.«

»Levi ...« Ich musste lachen und zappelte herum, doch als er mich in seinem Zimmer absetzte und die Tür abschloss, verriet mir seine Miene, dass er nicht zum Scherzen aufgelegt war.

Er zeigte auf den Boden. »Auf die Knie!«

»Aber ...« Ich vergaß, was ich sagen wollte, denn er zog seine Jogginghose herunter und schloss die Hand um seinen bereits harten Schwanz.

»Auf die Knie, Süße!«

Als ich mir unwillkürlich die Lippen leckte, wusste ich, dass die Schlacht verloren war, und spielte mit. »Na schön, aber wirklich zum letzten Mal ...«

Mit einem breiten Lächeln im Gesicht zog er mich an sich. »Natürlich.«

Eine Stunde später hatten wir uns gegenseitig oral befriedigt *und* miteinander geschlafen. Ich stand neben dem Bett, und Levi sah mir beim Anziehen zu.

»Ich bin verrückt nach dir ...«, sagte er leise.

»Du bist verrückt nach Sex. Hast du schon mal deinen Hormonspiegel prüfen lassen? Vielleicht bist du deshalb so ein guter Sportler.«

»Im Ernst, Presley.«

Mein Herz zog sich zusammen. »Dieses Gespräch sollten wir nicht führen.«

»Warum nicht?«

»Das weißt du.«

»Willst du wissen, woran ich gerade gedacht habe?«

Ich knöpfte meine Shorts zu. »Nein.«

»Ich habe mir dich schwanger vorgestellt, mit einem dicken Babybauch. Du würdest fantastisch aussehen.«

Mir klappte die Kinnlade runter. Es war zwar das Süßeste, was ein Mann jemals zu mir gesagt hatte, aber ich hatte keine Ahnung, wie ich darauf reagieren sollte. Also ließ ich es bleiben. »Ich muss zum Lampenladen, um die Sachen abzuholen, die ich bestellt habe. Der Elektriker kommt morgen zum Installieren vorbei.«

»Und ich würde dich auch gern in meinem alten Zimmer bei meiner Mutter vögeln.«

Ich rümpfte die Nase. »Echt?«

»Letzte Nacht kam mir der Gedanke, dass es zwei Arten von Frauen gibt: Die einen bringt man mit nach Hause zu seiner Mom, und die anderen vögelt man. Aber dich möchte ich zum Essen zu meiner Mutter mitnehmen und dann heimlich in meinem alten Zimmer mit dir vögeln, während sie die Spülmaschine einräumt.«

Ich runzelte die Stirn. »Ich muss noch mal los. Wir waren vorhin so in Eile, dass ich vergessen habe, Alex etwas zu essen mitzugeben.«

Levi schwieg, als ich mein Telefon einpackte und mich umsah, ob ich vielleicht sonst noch etwas vergessen hatte. Aber als ich zur Tür hinauswollte, hielt er mich auf.

»Morgen Nachmittag muss ich zur Highschool. Es ist der erste Tag der Tryouts für das Team der kommenden Saison. Der Trainer hat mich gebeten vorbeizuschauen, um ein paar Worte zu sagen und hinterher Autogramme zu schreiben.«

»Oh, eine nette Idee.«

»Ja, im Prinzip schon. Ich habe nur den Fehler gemacht, es meinem Agenten gegenüber zu erwähnen, als ich gestern Abend mit ihm telefoniert habe, und jetzt will er eine PR-Geschichte daraus machen. Er hat mich gefragt, ob ich einen Fotografen bestellen kann, der ein paar Bilder schießt, und ich habe ihm gesagt, dass ich vielleicht jemanden habe. Hättest du Zeit? Die bezahlen dich dafür.«

»Das mache ich gern. Auch ohne Bezahlung. Ich schulde dir weiß Gott mehr als einen Gefallen.«

Levi lächelte und schaute hinunter auf meine Knie. Eins war ziemlich rot. »Ich würde sagen, vor einer Stunde hast du all deine Schulden beglichen. Mehr als reichlich. Das aufgeschürfte Knie tut mir leid. Ich habe es wohl etwas übertrieben.«

Ich musste lachen. »Um wie viel Uhr morgen Nachmittag?«

»Um drei. Vielleicht nehmen wir Alex mit? Er wird wahrscheinlich eines Tages auf diesem Platz spielen.«

»Das wird ihm bestimmt gefallen. Danke.« Ich lächelte und legte die Hand auf den Türgriff. »Bis später.«

»Warte. Kann ich dich etwas fragen?«

»Was denn?«

»Du küsst mich nur, wenn wir zusammen im Bett sind. Kommt es dir nicht komisch vor, jetzt einfach so zu gehen, ohne mir zum Abschied einen Kuss zu geben?«

Es war in der Tat merkwürdig. Und bei jedem Abschied fand ich es schwieriger und unnatürlicher, einfach so zur Tür hinauszugehen. Aber ich zwang mich dazu, weil es mir nötig erschien, mein Herz zu schützen. Wenn ich dies Levi jedoch erklären würde, käme das einem Eingeständnis meiner Gefühle für ihn gleich, und das hätte alles nur noch schlimmer gemacht. Deshalb überging ich seine Frage und winkte ihm nur zu. »Bis später!«

Während die Jungen auf dem Platz eine Trinkpause machten, löste sich Jeremy von der Gruppe und kam zu mir herüber.

Er hatte mich entdeckt, obwohl ich mich im Schatten eines Baumes versteckt hielt. Unsere letzte Verabredung hatte ich schlussendlich abgesagt und war ihm seitdem aus dem Weg gegangen.

»Hey, Presley. Lange nicht gesehen.«

Ich räusperte mich. »Ja, wie geht's dir, Jeremy?«

Er legte den Kopf schräg. »Alles bestens. Ich habe kürzlich an dich gedacht und mich gefragt, ob du vielleicht noch mal mit mir essen gehst. Es ist eine Weile her, seit wir zuletzt gesprochen haben.«

Ich hatte gedacht, Jeremy hätte verstanden, dass ich nicht interessiert war, nachdem ich mich davor gedrückt hatte, mit ihm zu dem Musikfestival zu fahren. Aber hatte ich wirklich generell kein Interesse an ihm oder nur jetzt, wo ich so berauscht von Levi war?

»Im *Palm Inn* geht es zurzeit ein bisschen hektisch zu. Deshalb halte ich es für das Beste, mich bis auf Weiteres nicht zu verabreden.«

Er sah sich nach den Kindern um. »Ich bin allmählich zu alt, um lange drumherum zu reden, weißt du? Und ich mag dich sehr. Wenn du nicht noch mal mit mir ausgehen möchtest, wäre es nett von dir, es einfach zu sagen, damit ich mich nicht lächerlich mache, indem ich immer wieder nachfrage. Ich verspreche, ich nehme es dir nicht übel.«

Ich beschloss, so ehrlich zu sein, wie ich eben konnte. »Du bist wirklich ein großartiger Kerl, und ich habe die Zeit mit dir genossen, aber mich beschäftigt im Moment etwas … Persönliches, worüber ich lieber nicht sprechen möchte. Und das bedeutet, dass ich vorläufig nicht mit dir ausgehen kann.«

»Ich fand es auch schön mit dir«, entgegnete er niedergeschlagen und nickte. »Aber gut. Ich werde dich nicht bedrängen. Du sollst nur wissen, dass das Angebot bestehen bleibt.« Er schaute an dem Baum vorbei, an den ich mich angelehnt hatte. »Oh, ich hab dich gar nicht gesehen.«

Ich drehte mich um.

Levi.

Er hielt zwei Becher Kaffee in den Händen. Mir wurde flau im Magen. Eigentlich hätte er zu Hause die Arbeiten der Handwerker beaufsichtigen sollen. Offenbar waren sie früher fertig geworden.

Die Spannung in der Luft war nahezu greifbar. »Na ja, ich muss mal wieder zu den Jungs. Bis dann, Presley.« Er nickte Levi zu und ging davon.

Levi reichte mir wortlos einen Kaffee, wobei mir sein kalter Blick durch und durch ging. Er öffnete seinen Becher und blies hinein, dann nahm er einen Schluck und schwieg beharrlich weiter.

»Wie lange hast du schon dagestanden?«, fragte ich.

»Lange genug, um mitzukriegen, dass du dem Trainer ein Date in naher Zukunft versprochen hast.«

Verdammt. »Das habe ich nicht gesagt!«

»Oh, entschuldige, du hast es anders ausgedrückt: Dich beschäftigt etwas Persönliches, und du kannst *vorläufig* nicht mit ihm ausgehen.« Er knibbelte an dem Deckel seines Kaffeebechers. »Hat diese persönliche Angelegenheit auch einen Namen? Lass mich raten. Ist es der Kerl, dem du wirklich wichtig bist, der für dich aber nur ein Fickfreund zu sein scheint?«

»Levi …«

»Du hältst dir alle Möglichkeiten offen, ich verstehe schon.« Er schaute auf den Platz. »Ich dachte, ich komme vorbei und überrasche dich, aber jetzt habe ich eine Überraschung erlebt.«

»Ich bin nicht an Jeremy interessiert«, erwiderte ich.

»*Zurzeit* nicht. So viel habe ich begriffen. Aber vielleicht, wenn ich weg bin. Die Andeutung, dass sich die Lage in Zukunft ändern könnte, sagt im Grunde alles. Mir ist klar, was du gemeint hast: ›Wenn Levi weg ist und ich keinen mehr zum Vögeln habe, dann könnte ich daran interessiert sein, mit dir zu vögeln, Jeremy.‹«

Er war zu Recht wütend auf mich. Hätte ich zufällig mitbekommen, wie er ein ähnliches Gespräch mit einer anderen Frau geführt hätte, wäre ich auch sauer gewesen. Aber nun bot sich mir die Gelegenheit, reinen Tisch zu machen.

»Ich versuche nur, realistisch zu sein, Levi. Du verlässt bald die Stadt und kehrst in dein Leben als Footballstar zurück. Vater-Mutter-Kind mit mir zu spielen … das ist für dich nur eine Phase.«

Der Zorn sprang ihm förmlich aus den Augen. »Was habe ich getan, um dir diesen Eindruck zu vermitteln? Und verwende weder meine Vergangenheit noch Tanner gegen mich, wenn du antwortest. Es geht allein um dich und mich, Presley. Um *uns*. Wann habe ich dir jemals den Eindruck vermittelt, dass ich es nicht ernst mit dir meine?«

Ich konnte seine Frage nicht beantworten, und das beunruhigte mich. Ich fragte mich, ob meine Angst die Wahrheit verzerrte. Er war immer fürsorglich, aufmerksam und ja, auch *liebevoll* mir gegenüber gewesen. Doch ich schien zu viele Hindernisse zu sehen, die wir zu überwinden hätten, um wirklich ein Paar zu werden. Es war einfach unrealistisch für mich.

»Du machst mir Angst, Levi, aus mehreren Gründen.«

»Also lässt du es nicht zu, dass ich dir zu nahe komme. Deshalb erlaubst du mir zwar, dich von hinten zu vögeln, aber außerhalb des Schlafzimmers darf ich dich nicht mal küssen …«

Ich zuckte zusammen.

»Scheiße.« Er schloss die Augen. »Tut mir leid. Das war unangebracht. Ich bin einfach frustriert. Es ist weder die richtige Zeit noch der richtige Ort für dieses Gespräch.« Er wandte sich zum Gehen.

Als ich ihm folgte und ihn am Arm fasste, fuhr er zu mir herum. »Worum geht es hier, Presley? Ist es nur wegen Tanner, oder vertraust du mir wirklich nicht?«

Ich blieb stumm, weil ich nicht zugeben wollte, dass ich mich tatsächlich fragte, ob er treu sein konnte, obwohl er nichts getan hatte, um mein Misstrauen zu verdienen. Ich dachte nur daran, dass alte Gewohnheiten sich schwer ablegen ließen, und konnte nicht anerkennen, dass er sich womöglich geändert hatte.

Er interpretierte mein Schweigen als Bestätigung seiner Vermutung. »Tja, dann kämpfe ich auf verlorenem Posten. Wenn du mir nicht vertraust, ist das wesentlich schlimmer als die Sorge, wie Tanner reagieren würde. Ohne Vertrauen haben wir uns nichts mehr zu sagen.« Er schüttete den Rest seines Kaffees auf die Wiese und zerknüllte den Becher. »Und mir macht das alles genauso viel Angst wie dir. Aber ich werde nicht so tun, als wäre nichts zwischen uns, um zu verdrängen, dass da etwas ist.«

Er hielt inne, als Alex plötzlich auf uns zugelaufen kam.

»Onkel Levi! Ich wusste gar nicht, dass du kommen wolltest«, rief er.

»Hey, Kumpel. Ich dachte, ich gucke mir wenigstens das Ende an.«

»Warum hast du Mom angebrüllt?«

Levi stutzte. »Hat es ausgesehen, als hätte ich sie angebrüllt?«

»Ja. Es kam mir vor, als würdet ihr euch streiten.«

»Nein, ich habe mich bei ihr nur über meinen Tag beschwert.« Levi hob den zerknüllten Becher auf. »Und dieser Kaffee war furchtbar schlecht. Das hat mir die Laune verdorben. Ekelhafte Brühe.«

»Oh, und ich dachte schon, ihr zankt euch wieder wie am Anfang, als du nach Beaufort gekommen bist.«

»Nein, Alex«, sagte ich.

»Es ist alles in Ordnung, Kumpel. Hier zankt sich keiner.« Levi zerzauste ihm die Haare.

»Du hast eine Menge verpasst«, sagte Alex.

»Schade. Aber nächstes Mal bin ich von Anfang an dabei, okay?«

Alex drehte sich zu seinen Freunden um. »Ich muss wieder zurück!«, sagte er und rannte los.

Ich schaute ihm nach. »Du siehst ja, wie feinfühlig er auf alles reagiert – allein der Gedanke, dass wir streiten, beunruhigt ihn. Wenn wir es zu weit treiben und es geht schief, wird er leiden.«

»Dem kann ich nicht widersprechen.« Levi biss sich auf die Unterlippe und senkte den Blick. Seine Ohren wurden rot.

Ich konnte sein Gefühlschaos beinahe körperlich spüren.

Mit einem Mal sah er auf. »Du hast recht.«

»Womit?«

»Mit uns. Ich denke, wir sollten es beenden. Diesmal aber richtig. Wenn du nicht an mich glaubst, will ich nicht auf etwas drängen, das unerreichbar ist.«

Er bestätigte, was ich für richtig hielt, aber es ihn sagen zu hören, warf mich völlig aus der Bahn. Wir starrten uns wortlos an. Ich wusste nicht, was ich sagen sollte. Im Grunde tat er, worum ich ihn gebeten hatte, oder? Warum zerriss es mir dann das Herz, dass er mir schließlich doch zustimmte?

Als er sich von mir entfernte, rief ich ihm nach. »Levi?«

Doch er drehte sich nicht um. Er ging mit großen Schritten zu der Tribüne auf der anderen Seite des Spielfelds. Von dort beobachtete er Alex bis zum Ende des Trainings, während ich auf meiner Seite unter dem Baum blieb.

17. KAPITEL

Levi

In dem Bemühen, mich von Presley fernzuhalten, besuchte ich meine Mutter zum Abendessen, statt zur Pension zurückzufahren.

Ich spielte sogar mit dem Gedanken, dort zu übernachten, um für Abstand zwischen Presley und mir zu sorgen. Mir war klar, dass wir uns heute besser nicht noch einmal begegnen sollten. Nach unserem Zusammenstoß bei Alex' Training mussten wir uns beide erst einmal beruhigen.

Meine Mutter hatte Maiskolben und Wolfsbarsche gegrillt. Wir aßen draußen auf der Veranda mit Aussicht auf das kleine Sumpfgebiet hinter ihrem Haus.

Als die Sonne fast untergegangen war, sah sie mich prüfend an.

»Rede mit mir. Was ist los mit dir?«

»Du hast es gemerkt, hm?«

»Wenn dich früher als kleiner Junge etwas beschäftigt hat, hast du deinen Teller nicht leergegessen. So auch heute. Eigentlich ist man anderes von dir gewöhnt. Ich weiß, dass dir etwas zu schaffen macht.«

»Ich glaube nicht, dass du es hören willst.«

»Sagen wir mal so«, entgegnete sie. »Ich bin ziemlich sicher, dass ich weiß, worum es geht. Beziehungsweise um *wen*. Und meine Fantasie geht ohnehin schon mit mir durch, du hast also nichts zu verlieren, wenn du mir die Wahrheit sagst.« Sie trank einen großen Schluck Wein. »Und jetzt erzähl mir, was zwischen dir und Presley läuft.«

»Nach heute wahrscheinlich gar nichts mehr. Ich habe Schluss gemacht. Besser gesagt habe ich endlich eingewilligt, sie Schluss machen zu lassen.«

»Ich vermute, du hast meinen Rat in den Wind geschlagen, dich nicht mit ihr einzulassen. Wie weit ist es gegangen?«

Ich zog die Augenbraue hoch. »Muss ich es wirklich aussprechen?«

»Herrgott. Wie habt ihr es mit Alex im Haus überhaupt geschafft, euch nicht erwischen zu lassen?«

»Wo ein Wille ist, ist auch ein Weg.«

Meine Mutter griff abermals zu ihrem Weinglas. »Okay, du hast es also beendet. Das ist gut, oder? Ich bete, dass dein Bruder es niemals herausfindet.« Sie seufzte. »Sie wollte wohl mehr, als du ihr geben kannst?«

»Eigentlich war es genau andersherum. Sie scheint zu glauben, ich würde jetzt nur Vater-Mutter-Kind spielen und meine alten Gewohnheiten wieder aufnehmen, sobald ich in Colorado bin. Sie glaubt mir nicht, wie ernst es mir mit ihr geworden ist.«

Meine Mutter schaute über das Sumpfland und schüttelte den Kopf. »Ich verstehe nicht, wie du es zulassen konntest, Levi. Wie konntest du das deinem Bruder antun, und vor allem, warum willst du ausgerechnet mit einer Frau zusammen sein, die ihn dermaßen im Stich gelassen hat? Es will mir einfach nicht in den Kopf.«

Ich war immer der Ansicht gewesen, dass es mir nicht zustand, meiner Mutter zu erklären, was wirklich zwischen Tanner und Presley vorgefallen war, aber ich sah mich genötigt, Presley zu verteidigen, und das konnte ich nicht, ohne die Wahrheit zu sagen.

»Es ist anders gelaufen, als du meinst«, sagte ich. »Wir haben die ganze Zeit gedacht, sie hätte ihn wegen der Verletzung sitzen gelassen und weil es danach mit ihm bergab ging, aber das war gar nicht der Fall.« Ich biss die Zähne aufeinander. »Tanner hat sie betrogen. Mehr als einmal. Sie hat ihm nie Unrecht getan. Presley hat bis jetzt nichts dazu gesagt, weil sie Alex zuliebe den Frieden wahren will.«

Meine Mutter sah mich skeptisch an. »Er hat uns aber etwas anderes erzählt.«

»Natürlich hat er das. Aber es ist nun mal die Wahrheit. Deshalb kann ich auch kein rechtes Mitleid mit ihm empfinden. Ganz zu schweigen davon, wie er sie und Alex behandelt. Abgesehen von seltenen Anrufen ist er als Vater praktisch abwesend. Trotzdem fühle ich mich schuldig, auch wenn er es mir manchmal schwer macht.«

Meine Mutter verzog das Gesicht. »Tja, das höre ich alles zum ersten Mal.«

»Ich weiß. Ich bin erst dahintergekommen, als ich sie besser kennengelernt habe. Von Tanner hätten wir die Wahrheit nie erfahren.«

»Also, jetzt habe ich ein schlechtes Gewissen, weil ich immer so schroff zu ihr war. Aber ich konnte nicht anders. Schließlich habe ich gedacht, sie hätte meinen Sohn verlassen, als er sie am dringendsten gebraucht hat. Insgeheim habe ich sie teilweise für seine Spielsucht verantwortlich gemacht.«

»Sie ist ein guter Mensch, Mom, ein *wirklich* guter Mensch. Und deinem Enkel eine verdammt gute Mutter.« Ich atmete tief durch. »Ich habe heute nicht mit ihr Schluss gemacht – oder es wenigstens versucht –, weil es mein Wunsch war, sondern weil das mit uns sie extrem stresst. Es verkompliziert ihr Leben, was ich natürlich nie gewollt habe. Ich zweifle nicht daran, dass sie unter anderen Umständen mit mir zusammen sein wollen würde, aber ich kann nicht darauf drängen, wenn ihre Angst so stark ist.«

»Ich habe dich noch nie so erlebt, wenn es um eine Frau geht, und hatte schon befürchtet, du wärest nicht der Typ für eine feste Beziehung. Ich wünschte nur, es wäre nicht ausgerechnet Presley Sullivan.«

»Ja, nun, wir haben nicht immer die Wahl, in wen wir uns …« Ich stockte.

Bin ich wirklich bereit zuzugeben, dass ich mich in sie verliebt habe?

»Du bringst mich damit in eine schwierige Lage«, sagte meine Mutter und unterbrach damit meine Gedanken. »Wie soll ich bitte so tun, als wüsste ich es nicht, wenn mich dein Bruder das nächste Mal anruft? Ich wünschte fast, du hättest gelogen.«

»Tut mir leid.«

»Ich werde es ihm gewiss nicht sagen, auch wenn es mir schwerfallen wird, es vor ihm zu verheimlichen.«

»Danke.«

»Aber ich denke, dass *du* es ihm irgendwann sagen willst. Sonst fressen dich deine Schuldgefühle nämlich auf.«

Ich wusste, dass sie recht hatte. Wenn Presley und ich keinen Schlussstrich zogen, würden wir es unmöglich vor Tanner geheim halten können. »In einer perfekten Welt müsste er es nicht erfahren. Ich sage es ihm ganz gewiss nicht, ohne es vorher mit Presley zu besprechen. Es ist ihre Entscheidung. Ich für meinen Teil würde einfach mit meinem schlechten Gewissen leben. Meine Hauptsorge gilt ehrlich gesagt Alex.«

Mom nickte. »So sollte es auch sein.«

Ich starrte vor mich hin. »Er braucht mich in seinem Leben, vor allem wenn Tanner überwiegend durch Abwesenheit glänzt. Ich könnte es nicht ertragen, wenn es aus irgendeinem Grund dazu käme, dass er mich hasst.«

»Mit diesem Gedanken solltest du dich intensiver beschäftigen. Ich glaube nicht, dass es gut für deine Beziehung zu Alex ist, wenn er das mit dir und seiner Mom herausfinden würde. Das sollte Grund genug für dich sein, bei deiner Entscheidung zu bleiben. Beende die Sache endgültig, bevor der Junge dahinterkommt.«

»Ich verstehe, was du meinst. Aber es kommt mir einfach sehr unnatürlich vor, das zu tun. Ich weiß, was die *richtige* Entscheidung ist. Es ist aber leichter gesagt als getan.«

Ich schloss die Augen und dachte an unbeschwerte Momente mit Presley zurück. »Sie bringt mich dazu, Dinge zu wollen, die ich noch nie wollte. Wir reden miteinander und lachen über alberne Sachen, über Beaufort und so – alles Dinge, die ich früher nie zu schätzen gewusst habe. Vor einem Jahr hätte ich dir noch gesagt, dass ich zufrieden damit wäre, mein Leben mit One-Night-Stands und bedeutungslosen Affären zu verbringen. Die Verantwortung, die eine Beziehung mit sich bringt, habe ich nie gewollt. Aber bei ihr empfinde ich das nicht als Belastung. Sie ist eine Bereicherung für mein Leben. Sie versteht mich, und ich verstehe sie. Sie ... macht mich einfach glücklich. Ich weiß nicht, wie ich es anders ausdrücken soll.«

»Du meine Güte, Junge.« Meine Mutter atmete tief durch. »Das Traurige ist, ich habe mir immer gewünscht, dass du mit einer Frau glücklich wirst und eine Familie gründest. Es tut mir leid, dass du diese Erfahrung nicht einfach genießen kannst und dass dein Glück so getrübt ist. Denn es wird einen Skandal geben, wenn es jemals herauskommt, da kannst du dir sicher sein.« Plötzlich riss sie erschrocken die Augen auf. »Bitte sag mir, dass die alte Frau, die in der Pension wohnt, noch keinen Wind davon bekommen hat.«

Ach herrje. Meine Antwort wird ihr nicht gefallen.

»Fern weiß es. Ich habe ihr im Prinzip Schweigegeld gegeben. Die Geschichte erzähle ich dir ein andermal. Aber ich vertraue darauf, dass sie nichts sagt.«

»Großartig.« Meine Mutter verdrehte die Augen. »Das klingt sehr verlässlich.«

Letzten Endes entschied ich mich, kein Feigling zu sein, und fuhr doch zurück zum *Palm Inn*.

Zu meiner Überraschung stand Presley an der Tür, als ich kurz nach zweiundzwanzig Uhr ankam.

Sie wirkte besorgt. »Wo warst du?«

»Spielt das eine Rolle?«

»Ja, nach deinem Abgang vorhin schon. Ich dachte, du kommst wenigstens zum Essen nach Hause. Normalerweise sagst du Bescheid, wenn du nicht mitisst.«

Ich fühlte mich beschissen, weil sie auf mich gewartet hatte. »Ich war bei meiner Mutter, um mir Luft zu machen.«

Sie sah mich voller Panik an. »Hast du ihr von uns erzählt?«

»Dass es vorbei ist? Ja.« Ich seufzte und senkte die Stimme, denn Alex schlief bereits. »Sie hat geahnt, dass ich deinetwegen durch den Wind war. Und sie wusste über uns Bescheid, auch darauf ist sie von allein gekommen. Ich habe ihr nie etwas gesagt. Sie hat versprochen, es Tanner nicht zu verraten, obwohl es ihr schwerfällt.«

Presley legte die Hand auf ihren Bauch. »Ich habe den ganzen Tag einen Knoten im Bauch, Levi. Ich wollte dich nicht verletzen, und du hattest jedes Recht, sauer zu sein wegen der Antwort, die ich Jeremy gegeben habe. Es war ein jämmerlicher Versuch, ihn hinzuhalten – eine Art Selbstschutzmechanismus. In Wahrheit habe ich immer nur dich im Kopf. Es ist fast zum Lachen, dass du denkst, ich würde mich für Jeremy interessieren, obwohl ich dir inzwischen total verfallen bin.«

»Sexuell, meinst du«, warf ich ein.

»Nein. Nicht nur sexuell. Das ist das Problem.«

Wir verfielen beide in Schweigen, bis ich brummelte: »Warum konnte ich dich nicht als Erster finden?«

Sie streckte die Hand aus und verhakte ihren kleinen Finger mit meinem. Allem Anschein nach war mein Gelöbnis, mich von ihr fernzuhalten, ein einziger Blödsinn, denn ich spürte, wie meine Willenskraft schwand.

»Ich hatte mir vorgenommen, kein Wort zu dir zu sagen, wenn ich nach Hause komme. Aber mir wird einmal mehr bewusst, wie schwach ich bin. Am liebsten würde ich dich nämlich jetzt vögeln, bis dir Hören und Sehen vergeht, weil du mich heute so verdammt eifersüchtig gemacht hast.«

Ihre Augen funkelten. »Tu es.«

»Fordere mich nicht heraus, Frau.« Ich bekam prompt eine Erektion.

Wenn ich unter Stress stand, verlor ich den Appetit, hatte aber umso mehr Lust auf Sex. Nach diesem Tag sehnte ich mich nur noch danach, mich in Presley zu verlieren. Seit unserer Auseinandersetzung hatte sich nichts verändert, und unsere Beziehung war verkorkster denn je. Doch mein Schwanz überzeugte mich irgendwie davon, dass Sex die Lösung war – als würden damit alle Probleme wie von Zauberhand verschwinden.

Sie leckte sich die Lippen. »Welcher Ort in diesem Haus ist am weitesten von Alex' Zimmer entfernt?«

»Die Vorratskammer in der Küche«, sagte ich.

Sie ging darauf zu, und ich blieb wie erstarrt stehen, betrachtete ihren knackigen Hintern und fragte mich, wie es sein konnte, dass ich schon wieder an diesem Punkt angelangt war.

Presley drehte sich zu mir um. »Kommst du?«

Noch nicht, aber gleich.

»Das mit deinem Schwur, keinen Sex mehr mit mir zu haben, klappt ja hervorragend«, wisperte ich, während ich ihr folgte.

Wir schlüpften in die Vorratskammer und schlossen die Tür. Umgeben von Konservendosen und Knabberzeug ging Presley im Dunkeln auf die Knie.

Ich konnte meine Hose nicht schnell genug öffnen, um meinen steinharten Penis hervorzuholen. Presley widmete sich ihm ohne Umschweife und legte sich ins Zeug, als wäre es ihr Job, mir einen zu blasen, und den machte sie verdammt gut.

Während ich ihren Kopf hielt, drang ich tiefer in sie, zog mich jedoch rasch wieder zurück, um nicht in ihrem Mund zu kommen, denn das Gefühl war überwältigend.

Ich zog sanft an ihren Haaren, damit sie sich erhob, und drehte sie mit dem Rücken zu mir. Sie machte ihre Hose auf und ließ sie an ihren Beinen hinunterrutschen. Gottlob hatte ich ein Kondom in der Tasche. Weil man nie wusste, hatte ich immer eins bei mir.

Ich riss die Packung mit fliegenden Fingern auf, zog mir das Kondom über und schob meinen Schwanz zwischen ihre Beine. Als ich in sie eindrang, musste ich mich im Zaum halten, um nicht laut zu stöhnen.

Sie stemmte die Hände gegen die Wand, während ich sie von hinten nahm. Leider konnte ich ihren prächtigen Hintern nicht dabei bewundern, weil es zu dunkel war.

Als sie ein Geräusch von sich gab, das ein wenig zu laut war, hielt ich ihr den Mund zu.

Mit den Lippen nah an ihrem Hals sagte ich: »Du liebst es, mich derart in den Wahnsinn zu treiben, nicht wahr, Presley?«

Ihr entfuhr ein dumpfer Laut hinter meiner Hand.

»Mir ist ganz egal, was du dir vorgenommen hast. Diese Pussy gehört mir, hast du verstanden?«

Sie nickte und stieß abermals einen unverständlichen Laut aus.

Innerhalb von Sekunden kam ich zum Orgasmus und füllte das Kondom mit meinem Samen. Eigentlich versuchte ich immer zu warten, bis sie auch kam, aber diesmal war es einfach zu schnell gegangen.

Zu meinem Glück spürte ich jedoch, wie sie den Höhepunkt erreichte, während ich mich noch langsam in ihr bewegte. Ihre Atmung beschleunigte sich, und ihre Muskeln zogen sich um meinen Schwanz zusammen.

Ich blieb in ihr, während wir beide Atem schöpften.

Irgendwann zog ich mich zurück, obwohl ich ihre Wärme genossen hatte und locker in die zweite Runde hätte gehen können, wenn ich noch ein Kondom dabeigehabt hätte.

Als sie sich zu mir umdrehte, sagte ich leise: »Ich will einen Kuss.«

Sie ging auf die Zehenspitzen, um meiner Aufforderung zu folgen, doch plötzlich hörte ich ein Rascheln in der Küche.

Wir erstarrten.

»Scheiße«, formte ich lautlos mit den Lippen.

Ich schaute durch die schmalen Holzlamellen der Speisekammertür und erkannte, dass wir kurz vor einer Katastrophe standen, wie wir sie uns nicht schlimmer hätten ausmalen können.

Alex war in der Küche. Wahrscheinlich war er nach unten gekommen, um etwas zu trinken – oder sich womöglich einen Snack zu holen.

Oh Gott, bloß keinen Snack. Das Knabberzeug war größtenteils hier in dieser Kammer verstaut.

Wir konnten nicht einmal verbal auf das reagieren, was vor sich ging, denn sonst hätte er uns womöglich gehört. Wir konnten nur regungslos dastehen – uns nicht mal die Hosen hochziehen – und beten, dass er nicht in die Nähe der Kammer kam. Nötigenfalls würde ich die Tür zuhalten, mit aller Kraft. Auf keinen Fall würde ich zulassen, dass der Junge mich zusammen mit seiner halbnackten Mutter in der Vorratskammer sah – mit einem vollen Kondom am Schwanz. Eher würde ich sterben.

Die Kühlschranktür ging auf. Ich konnte es zwar nicht genau sehen, aber nach den Geräuschen zu urteilen holte Alex sich keinen Becher aus dem Schrank, sondern trank direkt aus einem Saftkarton. Dann hörte ich die Tür wieder zuklappen, gefolgt von Schritten, die sich entfernten.

So knapp war ich noch nie in meinem Leben an einem Desaster vorbeigeschrammt.

Presley und ich atmeten erleichtert auf. Ich zog sie vorsichtig an mich und spürte, wie ihr Herz raste. Meins hämmerte sogar noch schneller.

Ich legte meine Stirn an ihre. »Alles okay.«

»Wir müssen damit aufhören«, raunte sie mir zu.

Ja, für heute.

18. KAPITEL

Presley

Als ich dachte, mein Gefühlschaos könnte nicht noch größer werden, setzte der Besuch meiner alten Highschool in Beaufort dem noch eins drauf.

Hinter mir befand sich die Tribüne. Ich zählte vier Reihen nach unten zu den Plätzen ab, auf denen meine Freundinnen und ich vier Jahre lang bei jedem Footballspiel gesessen hatten. Ich hatte Tanner unheimlich gern beim Spielen zugeschaut. Hätte ich die Augen geschlossen, hätte ich wahrscheinlich noch immer die jubelnde Zuschauermenge vor mir gesehen. Und hätte ich nur tief genug eingeatmet, hätte ich vielleicht sogar Hotdogs und Brezeln gerochen. Wir hatten damals eine tolle Zeit gehabt, und bei der Erinnerung daran verspürte ich einen dumpfen Schmerz in der Brust.

Als ich auf das Spielfeld hinausschaute, das vor mir lag, wurde ich noch emotionaler. Die Tryouts waren vorbei, aber viele Jungs waren noch geblieben, um ein paar Bälle mit Levi zu werfen. Er befand sich gerade mitten in einem Spiel nach Kinderregeln, mit meinem Sohn als Runningback. Levi ließ sich zurückfallen, um den Ball zu werfen, und Alex lief voraus. Das Lächeln meines Sohnes erhellte das Spielfeld mehr als die Scheinwerfer bei einem Freitagabendspiel. Obwohl ich die Fotos für Levis Agenten schon gemacht hatte, fotografierte ich weiter – nicht für PR-Zwecke, sondern für mich.

Das schnelle Klicken meiner Kamera klang wie Schreibmaschinengeklapper.

Alex beim Fangen des Balls.

Alex beim High-Five mit Levi nach dem Punktgewinn.

Levi, der meinem Sohn das Haar zauste, nachdem er ihm aufgeholfen hatte.

Levi, der Alex ansah wie ein …

Oh mein Gott.

Mir stockte der Atem, als mir bewusst wurde, was ich gedacht hatte …

Levi sah meinen Sohn an wie ein stolzer Vater.

Gott, ich war wahrscheinlich der schlechteste Mensch auf Erden, aber in diesem Moment wünschte ich, Levi wäre Alex' Vater und nicht Tanner. In den wenigen Monaten seit unserer Rückkehr nach Beaufort hatte Levi mehr Zeit mit Alex verbracht als Tanner insgesamt. Eine traurige Erkenntnis.

Ich ließ die Kamera sinken und beobachtete die beiden. Levi gab Alex Erklärungen und hatte ihn stets im Auge, selbst wenn er einem anderen Spieler den Ball zuwarf oder hinter der Offensive Line stand. Er war wachsam und fürsorglich, wahrlich der geborene Vater.

Trotzdem benutzte ich Alex weiterhin als Vorwand, um Abstand zu Levi zu halten, obwohl er in seiner Gegenwart aufblühte. Natürlich würde es schwer für Alex sein, wenn wir unsere Beziehung fortsetzten und sie irgendwann womöglich in die Brüche ging. Aber dieses Risiko bestand bei jedem Mann, oder? Und anders als bei irgendeinem Unbekannten konnte ich mich bei Levi darauf verlassen, dass er auf Dauer ein Teil des Lebens meines Sohnes bleiben würde – unabhängig davon, was zwischen uns beiden passierte.

Etwas später tauschte Alex mit Levi und übernahm die Position des Quarterback. Er sah sich nach einem Passempfänger um, und als er Anstalten machte, den Ball zu werfen, lief einer der Highschooljungs des anderen Teams auf ihn zu und ging ihn ein bisschen zu heftig an. Alex stürzte, und Levi war innerhalb von Sekunden bei ihm und vergewisserte sich, dass er sich nicht verletzt hatte.

Eine halbe Stunde darauf beendete Levi das Spiel, blieb aber weitere zwanzig Minuten auf dem Platz, um Autogramme zu geben, denn nachdem sich herumgesprochen hatte, dass er da war, waren zahlreiche Kinder aufgetaucht. Alex blieb die ganze Zeit pflichtbewusst an seiner Seite. Als sich die Menge schließlich zerstreute, hatte ich wohl mehr als fünfhundert Bilder gemacht.

Mein Sohn strahlte immer noch, als er mit Levi zu mir herüberkam.

»Komm, Mom, wir machen einen Wettlauf! Die Tribüne rauf und wieder runter!«

Ich lachte. »Bist du nicht kaputt von der ganzen Lauferei heute? Ich bin schon vom Zusehen erschöpft.«

Alex sah Levi schulterzuckend an und deutete mit dem Daumen in meine Richtung. »Sie hat Angst zu verlieren.«

Levi nickte und verschränkte die Arme vor der Brust. »Ganz genau. Klassische Angsthasenausreden.«

Sie feixten beide. Was blieb mir also anderes übrig, als meine Kamera beiseitezulegen und die Herausforderung anzunehmen? »Na gut. Aber der Verlierer muss nach dem Abendessen die Spülmaschine einräumen.«

»Die Wette gilt.«

Levi schmunzelte. »Gib mir deine Kamera. Ich will festhalten, wie mein kleiner Kumpel dich besiegt.«

Ich schnitt eine Grimasse und streckte ihm die Zunge heraus, dann gab ich ihm jedoch die Kamera und erklärte ihm die Bedienung.

Als wir bereit waren, markierte Levi mit ausgestrecktem Arm eine gedachte Startlinie. »Auf Drei: Eins. Zwei. Drei!«

Ich rannte los und nahm den ersten Treppenabschnitt in Angriff. Mein Sohn war zwar schnell, aber ich hatte längere Beine, weshalb ich bis zur Mitte der Strecke vorne lag. Oben angekommen ging mir ein bisschen die Puste aus, während Alex erst richtig in Fahrt zu kommen schien, bis er mich schließlich überholte und mit einem Vorsprung von fünf Metern durchs Ziel ging. Und ich hatte ihn *nicht* gewinnen lassen.

Levi klatschte mit ihm ab, und die beiden freuten sich diebisch.

»Mom räumt das Geschirr ab …«, sang mein Sohn. »Mom räumt das Geschirr ab …«

Ich beugte mich atemlos vor, um Luft zu schöpfen. Allem Anschein nach war es dringend nötig, dass ich meinen Hintern häufiger ins Fitnessstudio bewegte. »Gut, ich habe gesagt, der Verlierer räumt die Spülmaschine ein. Aber ich habe nicht gesagt, dass ich koche und dass überhaupt schmutziges Geschirr anfällt. Ich schlage vor, wir holen uns etwas zu essen und Onkel Levi bezahlt.«

Levi lachte. »Ich setze noch einen drauf. Wie wär's, wenn ich euch zum Essen ausführe?«

»Na schön«, brummelte ich. »Aber ich suche mir das teuerste Gericht auf der Speisekarte aus. Ich habe nämlich das Gefühl, dass ihr euch gegen mich verbündet habt.«

Das Dinner, das Levi uns spendierte, bestand aus einem kompletten Menü mit Vorspeise, Hauptgericht und Nachtisch. Nach dem Verlassen des Lokals musste er abermals Autogramme geben, weil ihn mehrere Leute erkannten. Als wir endlich nach Hause kamen, war es ziemlich spät. Alex hatte Levi gebeten, einige Spielzüge aufzuschreiben, die sie am Nachmittag gemacht hatten, und Levi hatte versprochen, sie mit ihm durchzugehen, während er ihn zu Bett brachte.

Deshalb saß ich allein in der Küche, trank ein Glas Wein und lud die Fotos des Tages von der Kamera auf meinen Laptop. Ich hatte eine Menge großartige Bilder von Levi und den Kids der Highschool gemacht. Als jedoch die Fotos auf dem Bildschirm erschienen, die er von mir und Alex beim Treppenlauf geschossen hatte, staunte ich. Levi hatte einige Nahaufnahmen von mir gemacht, auf denen ich lachte. Ich betrachtete mein Gesicht. Normalerweise hatte ich auf Fotos immer das gleiche Lächeln – gestellt und einstudiert, ohne Zähne und Lachfalten. Aber auf diesen Fotos war nichts gekünstelt. Ich strahlte über das ganze Gesicht und sah unglaublich glücklich aus. Während ich sie anschaute, wurde mir bewusst, dass ich nicht nur glücklich *aussah*. Ich *war* glücklich – zum ersten Mal seit sehr langer Zeit. Und das lag vor allem an dem Mann hinter der Kamera.

Ich war noch ganz in die Bilder vertieft, als Levi in die Küche kam. Er trat hinter mich und begann, mir die Schultern zu kneten. »Ich glaube, er ist in fünf Minuten im Tiefschlaf. Er hat schon gegähnt, während wir über die Spielzüge gesprochen haben.«

Ich klappte meinen Laptop zu. »Er hatte einen großartigen Tag. Danke, dass er dabei sein durfte.«

»Ist doch selbstverständlich. Er ist ein toller Junge.«

»Danke.« Ich ließ den Kopf sinken, als Levi die Daumen in die Muskeln in meiner Halsbeuge bohrte. »Mir sind heute wirklich gute Bilder gelungen. Ich denke, dein Agent und dein PR-Manager werden zufrieden sein. Wenn ich Alex morgen früh beim Training abgesetzt habe, lasse ich sie in der Drogerie ausdrucken, damit du entscheiden kannst, welche ich schicken soll.«

»Danke.«

Ich stöhnte, als er den Druck verstärkte. »Gott, das fühlt sich so gut an.«

Levi beugte sich zu mir vor. »Kann ich sonst noch etwas tun, das sich für dich gut anfühlt?«

Gott, ein äußerst verlockendes Angebot, aber Alex war gerade erst zu Bett gegangen, und ich musste noch zu ihm nach oben gehen, um ihm gute Nacht zu sagen. Und das tat ich am besten sofort, bevor mir das letzte bisschen Willenskraft, das ich noch hatte, abhandenkam.

Ich stand ruckartig auf. »Ich muss Alex eine gute Nacht wünschen.«

Levi nickte.

Nach ein paar Schritten blieb ich in der Tür stehen und drehte mich zu ihm um. »Levi?«

»Ja?«

»Alex ist nicht der Einzige, der heute einen großartigen Tag hatte.«

Er lächelte. »Ach ja?«

Ich nickte. »Ich bin froh, dass ich mitgekommen bin. Gute Nacht, Levi.«

»Gute Nacht, Liebes.«

Am folgenden Morgen bekam ich einen Anruf von meinem neuen Vorgesetzten, der mich bat, möglichst heute noch in die Schule zu kommen und mich für meinen Dienstausweis fotografieren zu lassen. Ich hatte eigentlich in der nächsten Woche dort erscheinen sollen, aber offenbar war etwas bei der Terminplanung durcheinandergeraten. Nachdem ich wegen der Fotos in der Drogerie gewesen war, musste ich also rasch unter die Dusche springen, um mich halbwegs vorzeigbar herzurichten.

Levi war in der Küche, als ich nach Hause kam.

»Guten Morgen, du Schlafmütze.« Ich lächelte. »Hier sind die Fotos von gestern. Ich wollte sie noch durchsehen und die besten aussuchen, aber ich muss schnell duschen und zu meinem neuen Arbeitgeber fahren, um mir meinen Dienstausweis ausstellen zu lassen. Darf ich sie dir alle zur Auswahl hierlassen? Dein Agent braucht sie bis heute Nachmittag, hast du gesagt. Kannst du mir einfach deine Favoriten herauslegen, und ich maile sie ihm, sobald ich wieder da bin?«

»Ja, natürlich. Kein Problem.«

»Danke. Entschuldige, dass ich keine Zeit zum Quatschen habe. Ich bin in Eile.«

»Tu, was du tun musst.«

Nach einer kurzen Dusche trocknete ich mir die Haare und legte Make-up auf. Als ich zur Haustür lief, war Levi noch immer mit den Fotos beschäftigt.

»Die sind wirklich unglaublich«, sagte er. »Es ist schwer, eine Auswahl zu treffen.«

»Danke.«

»Darf ich vielleicht ein paar davon behalten?«

»Na klar.« Ich nahm meinen Autoschlüssel vom Haken. »Nimm dir so viele, wie du willst.«

»Hast du heute Abend Zeit?«

»Ich muss noch Besorgungen machen, und danach hole ich Alex und seinen Freund vom Training ab. Alex übernachtet heute bei Kyle, aber weil seine Mutter lange arbeiten muss, mache ich den Jungs erst hier Abendessen, bevor ich sie rüberfahre.«

»Und danach hast du frei? Ich wollte mir mit ein paar Freunden die neue Kneipe ansehen, die in der Main Street aufgemacht hat. Heute steht Line Dance auf dem Programm. Willst du nicht auch kommen? Du kennst die meisten Leute, die da auftauchen werden.«

Ein Abend mit Line Dance klang wirklich gut. So einen Spaß gönnte ich mir weiß Gott nicht oft. »Okay, warum nicht?«, entgegnete ich.

Levi lächelte. »Ausgezeichnet. Ich habe nachmittags noch ein paar Termine und gegen acht fahre ich wahrscheinlich los.«

»Perfekt. Ich werde rechtzeitig wieder hier sein.«

Nachdem ich die Jungen zu Kyle nach Hause gebracht hatte, kehrte ich zurück und räumte den Eingangsbereich und die Küche der Pension auf, während ich auf Levi wartete. Seine Windjacke lag in der Küche auf einem Stuhl, und als ich sie in der Garderobe aufhängen wollte, fiel etwas aus der Tasche – ein kleiner Stapel Fotos. Ich bückte mich, um sie aufzusammeln. Vermutlich waren es die, die er für sich ausgesucht hatte. Zuoberst lag eine Nahaufnahme von mir, die mich auf der Tribüne zeigte. Als er mich gefragt hatte, ob er welche behalten könne, war ich davon ausgegangen, dass er Actionfotos von sich gemeint hatte. Aber als ich die Bilder durchsah, fand ich insgesamt sogar fünf von mir – mit einem Lachen im Gesicht, beim Treppenlauf oder mit direktem Blick in die Kamera lächelnd.

Und dazu fünf Fotos von Alex beim Football – beim Jubeln in der Endzone, bei der Vorbereitung zum Wurf, mit einem Grinsen im Gesicht am Spielfeldrand.

Und zwei Bilder von Levi und Alex zusammen. Auf dem einen klatschten sie sich ab, und auf dem anderen hob Levi Alex hoch und wirbelte ihn im Kreis. Es war kein einziges Foto dabei, auf dem Levi allein zu sehen war.

In den vergangenen Wochen hatte Levi versucht, mich davon zu überzeugen, dass seine Gefühle für mich nicht oberflächlich und flüchtig waren. Er hatte sich bemüht, mir zu versichern, dass mehr dahintersteckte als nur sexuelle Anziehung.

Aber ich hatte ihm nicht geglaubt – *bis jetzt*. Ich hatte alles getan, um meine Gefühle tief in meinem Inneren verborgen zu halten. Ich hatte befürchtet, er würde sie nicht erwidern, doch das erschien inzwischen lächerlich.

Ich kauerte noch auf dem Boden, als die Tür aufging und Levi hereinkam. Sein Blick fiel zuerst auf die Bilder, dann sah er mir vorsichtig in die Augen, schwieg jedoch.

Ich richtete mich auf und schüttelte den Kopf. »Du hast wirklich Gefühle für mich, oder?«

Levi machte einen Schritt auf mich zu, ohne den Blick abzuwenden. »Das stimmt. Starke Gefühle.«

Ich starrte die Fotos an und sagte mit zitternder Stimme: »Die habe ich auch.«

Er lächelte. »Das weiß ich, Baby. Du hast nur ein bisschen Zeit gebraucht, um sie zuzulassen.«

»Was machen wir jetzt, Levi?«

Er kam näher, ergriff meine Hand und führte sie an seinen Mund. »Wir sehen, wohin es führt.«

»Aber … in ein paar Wochen bist du weg, und deine Mutter hasst mich, und dann sind da noch Alex und Tanner, und …«

Levi legte den Zeigefinger auf meine Lippen. »Jetzt mal langsam. Immer eins nach dem anderen, okay?«

Als ich nickte, nahm er den Finger wieder weg.

»Erstens hasst dich meine Mutter nicht. Zweitens muss es nicht das Ende sein, wenn ich nach Colorado gehe. Wenn ich verreise, nehme ich meine Gefühle mit. Eine Menge Kollegen haben zu Hause eine Freundin, und viele haben sogar Frau und Kinder. Sie kriegen es irgendwie hin.«

Ich konnte nicht glauben, dass wir überhaupt darüber reden. Levi sah die Sorge in meinem Gesicht und lächelte. »Ich habe dir noch mehr zu sagen, aber allmählich befürchte ich, du könntest hyperventilieren, wenn ich weitermache.«

Ich stieß einen tiefen Seufzer aus und schüttelte den Kopf. »Ich habe Angst, Levi.«

»Vor vielen Jahren, als ich mir überlegt habe, an welches College ich will, habe ich viele Angebote bekommen. Eines hatte mich von Anfang an interessiert, weil es akademisch betrachtet einen guten Ruf hatte und zudem ein solides Footballprogramm. Ich bin hingefahren, um mir alles anzusehen, und als ich wieder zu Hause war, haben sie mich dazu gedrängt, mich schnell zu entscheiden, was ich nicht konnte, weil ich mir die anderen Colleges noch nicht angesehen hatte. Da hat mein Großvater zu mir gesagt: ›Wenn du keine Angst hast, etwas zu verlieren, dann taugt es nichts.‹ Aus irgendeinem Grund sind mir seine Worte im Gedächtnis geblieben und haben mir mehr als einmal bei wichtigen Entscheidungen geholfen. Wenn du keine Angst hättest, würde ich mich fragen, ob ich dir genug bedeute.« Er hielt inne und drückte meine Hand. »Wenn die Zeit reif ist und du bereit bist, werde ich mich um Tanner und meine Familie kümmern. Und was Alex angeht … das können wir so handhaben, wie du es für richtig hältst.«

Ich biss mir auf die Unterlippe. »Gott, Levi.«

»Ich habe immer gedacht, Beziehungen wären nicht der Mühe wert. Eine Beziehung ist nicht so einfach, wenn man ein Leben führt wie ich. Da gibt es nichts schönzureden. Wir werden darum kämpfen müssen, aber du weckst die Bereitschaft in mir, mehr zu tun, als um uns zu kämpfen. Für dich würde ich in den Krieg ziehen, Presley.«

Seine Worte berührten mich tief. Ich wollte so viel sagen, doch ich fand keinen Ausdruck für das, was in meinem Herzen vorging. Deshalb tat ich, was sich für mich richtig anfühlte, und presste meine Lippen auf seine. Unser Kuss wurde schnell leidenschaftlich. Levi legte den Arm um mich und zog mich an sich, während ich mich an ihn schmiegte, so eng ich konnte.

Seine freie Hand legte er in meinen Nacken und schob die Finger in meine Haare. Unsere Zungen umspielten einander, und ich war mir nicht sicher, ob wir nicht beide das Atmen vergaßen. Als wir uns voneinander lösten, rangen wir jedenfalls beide nach Luft.

Levi rieb seine Nase an meiner. »Du hast mich geküsst. Außerhalb des Schlafzimmers.«

Ich lächelte. »Ja, stimmt.«

Er sah mir tief in die Augen. »Lauf nicht mehr davor weg. Lass dir von mir zeigen, wie es zwischen uns sein könnte. Nimm einfach jeden Tag, wie er kommt.«

Ich nickte. Ich konnte nicht fassen, was für einen Unterschied ein paar Fotos machten. Es war, als wäre in den letzten Monaten eine Tür in meinem Inneren verschlossen gewesen, und nun hatte ich durch die Fotos erkannt, was Levi wichtig war, und damit den Schlüssel gefunden, um sie zu öffnen. Ich wollte nicht mehr davonlaufen und konnte es kaum erwarten, ihm zu zeigen, was ich für ihn empfand.

»Meinst du, deine Freunde nehmen es dir krumm, wenn wir in letzter Minute absagen?«, fragte ich. »Außer uns ist niemand da. Sogar Fern ist weg.«

Auf Levis attraktivem Gesicht breitete sich ein verruchtes Lächeln aus. Ohne Vorwarnung hob er mich hoch und trug mich aus der Küche. »Und wenn schon. Ist mir völlig egal. Denn heute Abend vögeln wir nicht, Liebste. Wir machen Liebe, und das dauert die ganze Nacht.«

Ich zog die Augenbrauen hoch. »Die ganze Nacht?«

»Aber ja.«

19. KAPITEL

Presley

Die nächsten Tage waren traumhaft.

Levi und ich waren unzertrennlich. Wir arbeiteten zusammen in der Pension, aßen gemeinsam und besuchten uns abwechselnd in unseren Zimmern, wenn Alex schlief. In der vergangenen Nacht waren wir bis zwei oder drei Uhr wach geblieben und hatten im Bett geredet. Levi hatte mir gesagt, was er nach seiner Football-Karriere machen wollte, und ich hatte ihm von meinem Traum erzählt, eines Tages eine eigene Galerie zu besitzen wie die, in der ich in New York gearbeitet hatte.

Weil wir nicht viel geschlafen hatten, war ich überrascht, als Levi in die Küche kam, kurz bevor ich Alex zum Training fahren wollte. Er lächelte mich an, und ich hatte augenblicklich Schmetterlinge im Bauch.

»Guten Morgen«, sagte er mit seiner morgendlichen Reibeisenstimme, die ich so liebte. Sie war tief, rau und ein wenig verschlafen.

Ich lächelte. »Du bist schon früh auf.«

»Ein Traum hat mich geweckt.«

»Oh? Wovon hast du geträumt?«

Levi warf einen Blick auf Alex, der die Rückseite der Cheerios-Schachtel las, während er sein Frühstück löffelte, und sagte leise: »Ich habe ein Bad genommen.«

Die Vorstellung, dass Levi davon träumte, in der Wanne zu sitzen, amüsierte mich irgendwie. »Ein Schaumbad?«

Er schüttelte bedächtig den Kopf. »Nicht ganz. Haben wir noch etwas von dem Seil übrig, mit dem ich gestern die Reifenschaukel im Garten aufgehängt habe?«

»Ich glaube, ja. Warum?«

Levi schaute abermals über seine Schulter. Alex schlürfte gedankenverloren die Milch aus seiner Schüssel, ohne uns zu beachten.

»Was meinst du, wie viel Gewicht der Duschkopf tragen kann?«, flüsterte Levi mir ins Ohr. »Komm bitte gleich wieder zurück, wenn du Alex abgesetzt hast. Ich hole das Seil aus der Garage.«

Oh. Oh mein Gott. Ich schluckte und räusperte mich. »Alex, können wir los? Ich muss mich beeilen, weil ich hier noch einiges zu erledigen habe.«

Levi führte grinsend seine Kaffeetasse zum Mund. Es war ein schmutziges Grinsen, von dem ich Herzflattern bekam. »Ja, wir haben ziemlich viel zu tun. Deine Mom wird total *eingespannt* sein.«

Auf der Rückfahrt ignorierte ich mit ziemlicher Sicherheit jede Geschwindigkeitsbegrenzung, und vor einer gelben Ampel ein paar Blocks von der Pension entfernt gab ich ordentlich Gas. Trotzdem schaltete sie bereits auf Rot, bevor ich sie überfuhr. Ich konnte nicht schnell genug zu Levi zurückkommen.

Zu Hause eingetroffen öffnete ich die Tür und sah Levi in der Küche sitzen. Ich dachte kurz daran, mich auszuziehen und nackt hineinzugehen, aber ich wusste nicht, ob Fern vielleicht da war. Also blieb ich lieber angezogen – noch ein paar Minuten jedenfalls.

»Ich glaube, ich bin auf der Heimfahrt an einer roten Ampel

geblitzt worden«, sagte ich, als ich in die Küche kam. »Und ich finde, du musst das bezahlen, weil …«

Ich erstarrte. Levi war nicht allein.

Ein Mann saß ihm gegenüber am Tisch.

Ich blinzelte mehrmals, denn ich war sicher, dass mir meine Fantasie einen Streich spielte. Aber das lächelnde Gesicht war unglücklicherweise ganz real.

Der Mann stand auf. »Da ist ja mein Mädchen.«

Mir schlug das Herz bis zum Hals. »Tanner, was machst du denn hier?«

Er warf mir ein schiefes Lächeln zu. »Überrascht?«

Ich wischte meine feuchten Hände an meiner Shorts ab. »Ja, allerdings.«

Ich schaute kurz zu Levi hinüber, der mit verschränkten Armen sitzen geblieben war. Er sah mich betroffen an – als wollte er mir zu verstehen geben, wie sehr es ihm leidtat.

Mir tut es auch leid.

Wir hatten uns den Vormittag beide anders vorgestellt.

»Ich dachte, es ist an der Zeit, nach Hause zu kommen«, sagte Tanner.

»Warum jetzt?«, fragte ich in bitterem Ton.

Er nickte. »Um ehrlich zu sein, war es längst überfällig. Seit ich erfahren habe, dass du mit Alex hierherziehst, hatte ich das Gefühl, etwas zu verpassen. Ich habe schon vor Langem beschlossen herzukommen, aber ich habe es nicht angekündigt, weil ich nicht sicher war, ob ich es auch durchziehe. Ich habe schon so oft Mist gebaut, was meinen Sohn angeht, und wollte nichts versprechen, was ich nicht halten kann.«

»Ich muss sagen, ich bin verwirrt, Tanner. Als wir noch in New York waren, hast du Alex so gut wie nie besucht.«

Er kam auf mich zu. »Ich weiß. Es geht auch weniger um Beaufort als vielmehr darum, wo ich momentan in meinem

Leben stehe, Presley. Und ihr seid jetzt nun mal hier. Es wäre auch passiert, wenn ihr in New York wärt. Ich musste einfach erst mal an diesen Punkt kommen.« Er seufzte. »Ich weiß, dass ich dir eine Menge zu erklären habe, okay? Dir und Alex. Ich hoffe, du gibst mir eine Chance.«

Ich schaute abermals in Levis Richtung. Die Freude, die er in den vergangenen Tagen ausgestrahlt hatte, war verschwunden und von der gleichen Angst, Wut und Verwirrung verdrängt worden, die auch ich in diesem Moment empfand.

Ich wandte mich Tanner zu. »Warum hast du nicht angerufen, um deinen Besuch anzukündigen?«

»Wäre das so wichtig gewesen? Ich habe daran gedacht, aber letzten Endes fand ich es besser, Alex zu überraschen.«

»Und wo willst du wohnen?«, fragte ich.

Er sah sich um. »Angesichts der Tatsache, dass es im *Palm Inn* einige Zimmer gibt, habe ich gehofft, du lässt mich hier einziehen.«

Levis Stuhl schrammte über den Boden, als er aufsprang. Er ging zum Kühlschrank, machte sich ein Root Beer auf und feuerte den Flaschenverschluss wütend zur Seite. Tanner dachte sich wahrscheinlich nichts dabei, aber ich konnte sehen, dass aus Levis Ohren Dampf kam.

»Wie lange willst du in Beaufort bleiben?«, fragte ich.

»Weiß ich ehrlich gesagt nicht.«

»Wie kannst du das nicht wissen?«

Er lachte. »Wenn ich es nicht besser wüsste, würde ich denken, du freust dich gar nicht, mich zu sehen, Presley. Ich kann es dir nicht verdenken, okay? Aber du sollst wissen, dass ich nicht hergekommen bin, um Probleme zu machen. Ich möchte Zeit mit meinem Sohn verbringen.« Er sah Levi an, bevor er sich mir wieder zuwandte. »Mein großer Bruder hat mir gerade erzählt, was du hier schon alles geschafft hast und welche Pläne du für Gramps' Pension hast. Weißt du, als ich erfahren habe, dass er Alex die Hälfte vererbt hat, war ich zuerst in Sorge. Ich habe dich für verrückt gehalten, weil du nicht verkaufen wolltest. Aber Levi hat mir gesagt, wie gut du vorangekommen bist. Wo ein Wille ist, ist auch ein Weg, hm? Und ich bin wirklich stolz auf dich.«

»Danke«, brummelte ich und beschwor meinen Magen, endlich Ruhe zu geben.

»Ich kann dir nicht genug für deine Mithilfe danken«, sagte Tanner zu Levi.

Levi nickte.

»Richtig«, sagte ich. »Ohne Levis Hilfe wäre das alles nicht möglich gewesen. Er hat unter anderem den Einbau der neuen Klimaanlage bezahlt.«

Tanner legte den Kopf schräg. »Ich dachte, du wollest möglichst schnell verkaufen. Warum hast du deine Meinung geändert, Levi?«

Levi sah mich an. »Ich würde sagen, Presleys *Leidenschaft* hat auf mich abgefärbt.«

Meine Wangen begannen zu glühen, während die Spannung im Raum wuchs.

»Gut, dass ihr euch einigen konntet. Sonst hätten wir ein Problem gehabt.« Er schaute von Levi zu mir. »Also … äh, du hast meine Frage noch nicht beantwortet. Ist es okay, wenn ich hier wohne?«

»Du hast *meine* Frage noch nicht beantwortet, wie lange du bleiben willst«, gab ich zurück.

»Wie du weißt, habe ich vor ein paar Monaten als Vermittler für Nachwuchsspieler angefangen. Das kann ich von überall aus tun. Ich muss nur reisen, um neue Klienten zu treffen, und die meiste Arbeit erledige ich von zu Hause. Ich hoffe, ich kann mindestens den restlichen Sommer hierbleiben. Levi geht ja bald wieder nach Colorado, und ich dachte, ich könnte die Lücke füllen, wenn er weg ist.«

Levi knallte seine Flasche auf den Tisch.

Alex hätte sich natürlich gewünscht, sein Vater würde bei uns wohnen, und ich hätte ihm den Gefallen gern getan, aber mein Bauchgefühl sagte mir, dass ich Tanner Einhalt gebieten musste. »Okay, also … ich bin mir nicht sicher, ob es eine gute Idee ist, wenn du hier einziehst.«

Tanner senkte den Blick. »Weißt du was? Ich hätte dich nicht so überrumpeln sollen. Ich richte mich fürs Erste bei meiner Mutter ein. Es wäre toll, wenn du deine Meinung änderst. Aber ich verstehe, dass du dich erst mal daran gewöhnen musst, dass ich hier bin.«

Mehrere Sekunden lang herrschte Schweigen, bevor Tanner erneut sprach.

»Hört mal … ich weiß, ich war ein beschissener Vater, ein beschissener Bruder und ein beschissener Ex.« Er schaute zwischen uns hin und her. »Aber ihr zwei seid trotz allem die Menschen, die mir am nächsten stehen. Deshalb habe ich das Gefühl, dass ich offen zu euch sein kann, auch wenn unser Verhältnis momentan nicht das beste ist.« Er atmete tief durch. »Ich habe eine Weile gebraucht, um dahin zu kommen, wo ich heute stehe. Es war ein ziemlicher Kampf. Ihr wisst ja von meiner Spielsucht. Ich gehe mittlerweile zu einem Therapeuten, was ich schon viel früher hätte tun sollen. Er behandelt mich nicht nur wegen der Spielsucht, sondern auch ganz allgemein wegen meines autodestruktiven Verhaltens, das mich in diese Lage gebracht hat.«

Levi schluckte, und seine gesamte Haltung schien weicher zu werden. »Freut mich zu hören, dass du dir Hilfe geholt hast.«

Tanner nickte. »Wenn ich mein Leben jetzt ansehe, begreife ich nicht, wie es so weit kommen konnte. Ich will meine Verletzung nicht mehr als Ausrede benutzen. Diesen Fehler habe ich viel zu lange gemacht. Sicher, mit der Verletzung hat mein Untergang begonnen, aber ich muss Verantwortung für mein Tun übernehmen.« Er wandte sich mir zu. »All meine Handlungen beruhten auf meinen Entscheidungen – dass ich dich verletzt habe, Presley, dass ich mit dem Wetten angefangen habe und auch dass ich nicht für Alex da war. Und es tut mir verdammt leid.«

Ich kannte Tanner lange genug, um zu wissen, wann er log und wann er die Wahrheit sagte, und ich glaubte, dass er in diesem Moment ehrlich war. Allerdings vertraute ich nicht unbedingt darauf, dass sein neu entdecktes Pflichtgefühl ewig anhielt.

Fern kam in die Küche spaziert und unterbrach damit unser Gespräch. Sie machte große Augen. »Sieh an, sieh an, eine Dreierparty.«

Tanner lächelte. »Hey, Fern. Schön, dich wiederzusehen. Ist lange her.«

»Sehr lange. Was führt dich nach Hause, Junge?«

»Mir hat einfach meine Familie gefehlt.«

Sie zog eine Augenbraue hoch. »Bleibst du hier bei uns?«

»Ich habe vor, erst mal bei meiner Mutter zu übernachten.« Tanner schaute zu mir. »Aber ich hoffe, Presley überlegt es sich anders und lässt mich irgendwann doch hier schlafen, wenn sie Platz für mich hat. Ich will keinen Druck machen, ich weiß ja, sie hat viel um die Ohren.«

»Tja …« Fern kicherte. »Zurzeit ist es hier wahrhaftig ein bisschen *eng*. Wenn du auch noch hier einziehst, springt Presley womöglich im *Dreieck*.«

Gott, halt den Mund. Ich funkelte sie böse an, und die Nachricht schien anzukommen.

»Na ja, genieß die Zeit hier, egal wo du übernachtest«, sagte

Fern augenzwinkernd. »Ich wollte nur kurz Hallo sagen und sehen, was hier los ist.«

Levi biss die Zähne zusammen. Er sah aus, als würde er jeden Moment platzen.

Ich war sehr erleichtert, als Fern sich in ihr Zimmer trollte.

Levi verließ die Küche wenig später und machte sich den Rest des Tages rar. Er sagte Tanner zwar, er habe einen Termin, aber meiner Vermutung nach zog er sich zurück, um Dampf abzulassen. In Tanners Anwesenheit konnten wir unserem Ärger natürlich schlecht gemeinsam Luft machen.

Tanner wollte mit mir fahren, um Alex abzuholen. Es war der letzte Tag des Ferientrainings, und mir war klar, dass es eine riesige Überraschung für ihn sein würde, seinen Vater zu sehen. Obwohl mir Tanners unangekündigtes Erscheinen nicht passte, freute ich mich für meinen Sohn – solange es nicht auf eine weitere Enttäuschung hinauslief.

Als wir in mein Auto stiegen, nahm ich mir vor, unter allen Umständen bei meiner Entscheidung zu bleiben, ihn nicht in der Pension wohnen zu lassen. Er konnte so lange bei seiner Mutter bleiben, wie es ihr passte. Alex würde wahrscheinlich darauf drängen, dass er bei uns wohnte, aber ich musste standhaft bleiben.

Auf der Fahrt legte Tanner irgendwann die Hand auf meinen Oberschenkel.

»Es ist so schön, dich zu sehen«, sagte er.

Ich zog mein Bein weg.

»Tut mir leid«, entschuldigte er sich. »Es kommt mir total unnatürlich vor, dich nicht anzufassen. Aber ich bin zu weit gegangen.«

»In der Tat«, entgegnete ich.

»Ich habe keine Erwartungen an dich, aber schließ mich bitte nicht aus, Presley. Du musst nicht mit mir reden, und du musst auch nicht so tun, als würdest du dich freuen, mich zu sehen. Nur sag mir bitte nicht, dass ich verschwinden soll, auch wenn ich es verdient hätte.«

Ich hielt den Blick auf die Straße gerichtet. »Das würde ich niemals tun, und das weißt du auch.«

»Ja, das weiß ich, weil du ein Schatz bist und immer viel zu gut zu mir warst.« Er lehnte sich zurück. »Weißt du, als ich heute Morgen aus dem Flugzeug gestiegen bin und mir die milde Luft um die Nase wehte, war es, als wäre ich aus einem Albtraum erwacht. Ich war so lange gefangen, dass ich vergessen hatte, wer ich wirklich bin. Und in diesem Moment – als ich die Luft hier gerochen habe – fühlte ich mich ein bisschen wie früher. Hier sind meine Wurzeln. Ich habe nicht lange gebraucht, um zu begreifen, warum du nach Beaufort zurückwolltest.«

»Freut mich, dass du es jetzt verstehst. Als ich es angekündigt habe, warst du nicht so verständnisvoll.«

»Ich weiß. Und ich entschuldige mich – dafür und für vieles andere.«

Ich umklammerte das Steuer fester. »Wie oft willst du dich noch bei mir entschuldigen, Tanner?«

»So oft ich muss, verdammt«, rief er, dann senkte er die Stimme. »Weißt du, wie schmerzlich es ist, die Enttäuschung in deinen Augen zu sehen, wenn du mich anschaust? Und zu wissen, dass ich es nicht anders verdient habe? Wenn ich *dich* ansehe, Presley, sehe ich alles, was ich mir immer gewünscht habe und gleichzeitig alle Fehler, die ich gemacht habe.«

Als ich kurz zu ihm hinüberschaute, hatte er feuchte Augen. Es bestand kein Zweifel daran, dass er ehrlich war. Vielleicht hätte er mir nicht leidgetan, wenn ich keine Affäre mit seinem Bruder gehabt hätte. Aber irgendwie empfand ich Mitleid mit ihm.

Und Levi tat mir auch leid. Er hatte sich noch viel weniger als ich mit den Konsequenzen unseres Zusammenseins befassen wollen – damit, wie schwer es sein würde, Tanner gegenüberzutreten. Dass er heute durch Abwesenheit glänzte, bewies, wie kompliziert die Realität war. Darauf war keiner von uns vorbereitet.

Nach unserer Ankunft traten meine Sorgen erst einmal in den Hintergrund, denn ich war gespannt auf die Reaktion meines Sohnes. Als er seinen Vater mit mir auf den Platz kommen sah, weiteten sich seine Augen. Es war unbeschreiblich, den Moment der Erkenntnis mitanzusehen.

»*Dad?*«, las ich ihm von den Lippen ab, bevor er auf uns zugelaufen kam.

Tanner breitete die Arme aus. »Ich bin's, Kumpel.«

»Dad!« Alex rannte noch schneller und stürzte sich in die Arme seines Vaters.

Tanner kniff die Augen zu, als er Alex in die Arme schloss. Als er sie wieder öffnete, lief ihm eine Träne über die Wange.

Ach herrje! Ich konnte mich nicht daran erinnern, wann ich Tanner zum letzten Mal hatte weinen sehen. Er hatte zwar im Auto einen emotionalen Eindruck auf mich gemacht, aber mit Tränen hatte ich gewiss nicht gerechnet. Und er war nicht der Einzige, denn Alex weinte auch.

Mein Sohn war verständlicherweise verwirrt. »Was machst du hier?«

»Was glaubst du denn? Ich bin hergekommen, um dich zu besuchen.«

Er wischte sich über die Augen. »Wirklich?«

»Wirklich.« Tanner gab Alex einen Kuss auf die Stirn. »Und ich haue auch nicht so schnell wieder ab, okay?«

Alex brauchte ein paar Sekunden, um die Nachricht zu verarbeiten, dann breitete sich ein Lächeln auf seinem Gesicht aus. »Das ist der beste Tag aller Zeiten!«

»Für mich auch, das kannst du mir glauben.«

»Du wohnst doch bei uns im *Palm Inn*, oder? Bei mir und Mom und Onkel Levi?«

Tanner öffnete den Mund und schien nicht recht zu wissen, was er sagen sollte.

Nein, ich werde meine Meinung nicht ändern. »Also, eigentlich wohnt dein Dad bei Grandma«, erklärte ich ihm.

Er runzelte die Stirn. »Warum?«

Tanner sah mich an. »Deine Mom hat gerade viel zu tun, mein Junge, mit dem Haus und allem. Sie will alle Räume wieder herrichten, und da bin ich nur im Weg. Aber keine Sorge, wir werden trotzdem viel Zeit miteinander verbringen.«

Alex schaute zu mir auf. »Mom, kann Dad *bitte* bei uns wohnen? Er wird nicht im Weg sein, er kann in meinem Zimmer schlafen.«

»Ich denke nicht, Alex.«

Er begann zu betteln. »Bitte!«

Der Anblick seiner traurigen Miene traf mich mitten ins Herz. Mein Sohn bat mich nicht oft um etwas. Angesichts der verkorksten Beziehung seiner Eltern hatte er einiges mitmachen müssen. *Bin ich ihm gegenüber wirklich fair?*

»Ich schätze ... wir finden noch ein Plätzchen für ihn«, sagte ich und schluckte die Angst hinunter, die diese Worte in mir auslösten.

»Bist du sicher?«, fragte Tanner. Als ich nickte, formte er ein lautloses »Danke« mit den Lippen.

Ich war ziemlich sicher, dass ich gerade einen gewaltigen Fehler gemacht hatte. Aber für Alex würde ich alles tun, und das war ein Beweis dafür.

Levi war zu Hause, als wir zurückkamen.

Alex konnte es nicht erwarten, ihm zu erzählen, dass Tanner nun bei uns wohnte.

»Onkel Levi, Dad wohnt hier bei uns. Ist das nicht die beste Nachricht aller Zeiten?«

Levi schaute kurz in meine Richtung. Ich runzelte die Stirn und bat ihn mit einem stummen Blick um Entschuldigung.

Und er tat so, als würde er sich freuen, und setzte ein Lächeln auf. »Das ist ja großartig, Kumpel.«

Tanner strich Alex über den Kopf. »Dein Lieblingsessen war immer Pizza. Jetzt auch noch?«

»Also, jetzt ist es Pizza *und* Iggys Brathähnchen.«

»Ah, bei Iggy warst du auch schon?«

»Onkel Levi ist mit mir hingefahren. Wir haben da mal gegessen, als Mom weg war. Er hat mir eine Menge alte Geschichten von euch erzählt.«

Tanner sah seinen Bruder lächelnd an. »Danke, dass du ihm alles gezeigt hast.«

»War mir ein Vergnügen.« Levi lächelte. »An dem Abend hatten wir ziemlich viel Spaß, nicht wahr, Alex?«

Alex nickte. »Wir haben immer viel Spaß zusammen.«

Ein trauriger Ausdruck huschte über Tanners Gesicht, als wäre ihm eben erst klar geworden, dass sich Levi nicht nur um die Pension gekümmert hatte.

Wenn er wüsste …

Tanner schaute zu Alex hinunter und klatschte in die Hände. »Was würdest du sagen, wenn wir deiner Mutter mal eine Pause gönnen und ich Pizza für uns alle bestelle?«

»Das musst du nicht«, sagte ich.

»Ich möchte es aber.«

Alex sprang auf und ab. »Mom, bitte! Pizza ist klasse!«

Er ahnte natürlich nicht, dass mein Zögern nichts mit der

Pizza, sondern vielmehr mit Tanner zu tun hatte, der sich mit Warpgeschwindigkeit in unser Leben drängte. Doch was konnte ich schon tun? Ich seufzte nur.

Tanner bestellt schließlich drei große Pizzen. Levi und ich waren beim Essen schweigsam, während Tanner und Alex ein bisschen verlorene Zeit aufholten. Alex erzählte seinem Dad vom Ferientraining und der kommenden Kinder-Footballsaison.

Nach dem Essen ging Alex duschen. Tanner fragte Levi, ob er ein Bier mit ihm im Garten trinken wolle. Levi willigte ein, und ich sah den beiden nervös nach. Worüber würden sie von Mann zu Mann sprechen? Ich konnte mir ungefähr vorstellen, was in Levis Kopf vorging. Seit Tanners Ankunft war er gezwungen, seine Gefühle zu verbergen, und es machte mich fertig, dass wir noch keine Gelegenheit zum Reden gehabt hatten.

Nachdem ich Alex ins Bett gebracht hatte, ging ich früher in mein Zimmer als sonst. Kaum hatte ich die Tür hinter mir geschlossen, bekam ich eine Nachricht von Levi.

Levi: Geht es dir gut?

Presley: Ja. Und dir?

Levi: Gut ist relativ.

Presley: Tut mir leid, dass ich nachgegeben und zugestimmt habe, dass er hier wohnt.

Levi: Es war richtig.

Presley: Aber du sollst dich nicht unbehaglich fühlen.

Levi: Mir bereitet momentan nur der Gedanke Unbehagen, dass er dich aus dem Gleichgewicht bringt.

Presley: Du fehlst mir. Es hätte unser gemeinsamer Tag werden sollen, und jetzt steht die Welt plötzlich Kopf.

Bevor Levi antwortete, kam eine Nachricht von Tanner.

Tanner: Ich weiß es wirklich sehr zu schätzen, dass du mich hier wohnen lässt.

Als ich Tanner zurückschreiben wollte, erschien die nächste Nachricht von Levi auf meinem Display.

Levi: Ich wünschte, ich könnte zu dir kommen. Das ist doch alles Scheiße.

Und dann wieder eine von Tanner.

Tanner: Du hast heute Abend wunderschön ausgesehen.

Und eine von Levi.

Levi: Ich brauche dich noch heute, Presley. Ich weiß nicht, was in mich gefahren ist. Er ist mein Bruder, und ich liebe ihn, und du hast zuerst ihm gehört und so weiter … aber ich fühle mich gerade so verdammt besitzergreifend.

Mist.

Tanner: Ich weiß, Presley, es ist nicht leicht für dich, dass ich hier bin.

In meinem Kopf drehte sich alles.

Levi: Bist du noch da?

Ich schüttelte den Kopf und antwortete ihm.

Presley: Ja, ich bin da.

Und schon kam wieder eine Nachricht von Tanner.

Tanner: Ich habe gehofft, du könntest dir morgen vielleicht ein bisschen Zeit nehmen, um mit mir zu reden. Ich habe dir eine Menge zu sagen.

Ich schrieb ihm zurück.

Presley: Ich weiß nicht, was wir noch zu bereden hätten.

Doch es war Levi, der mir antwortete.

Levi: Was zum Teufel soll das bedeuten?

Ich schaute auf das Display und stellte fest, dass ich meine letzte Nachricht an den falschen Bruder geschickt hatte.

Presley: Tut mir leid. Das war für Tanner bestimmt.

Levi reagierte umgehend.

Levi: Hat er dir etwa gerade geschrieben?

Ich spürte seine Verärgerung durch das Telefon.

Tanner: Bist du noch da, oder ignorierst du meine Nachrichten jetzt? Ich kriege Komplexe.

Ich hatte tatsächlich vergessen, ihm zu antworten. Doch bevor ich etwas tippen konnte, meldete sich Levi noch einmal.

Levi: Das überrascht mich nicht. Als wir allein im Garten waren, hat er mir ständig Fragen über dich gestellt. Er wollte wissen, ob du dich mit jemandem triffst. Mir war danach, ihm auf der Stelle von uns zu erzählen. Aber verdammt, ich konnte es nicht.

Mein Herz begann zu rasen.

Levi: Bist du da?

Presley: Ja. Ich bin nur gerade ein bisschen überfordert.

Nach etwa einer Minute schrieb er zurück.

Levi: Okay, Baby. Schlaf jetzt. Hoffentlich haut er morgen irgendwann ab, damit wir eine Weile für uns sein können, um das Ganze gemeinsam zu verarbeiten.

Presley: Ja, hoffentlich.

Levi: Träum schön.

Presley: Du auch.

Ich drückte auf Tanners Namen, um ihm endlich zu antworten.

Presley: Wir reden morgen.

Die Punkte tanzten, während er schrieb.

Tanner: Cool. Danke.

Ich hatte das Bedürfnis, die Kommunikation mit Tanner für heute einzustellen.

Presley: Ich gehe jetzt schlafen.

Tanner: Träum schön.

Mir entging nicht, dass er mir das Gleiche gewünscht hatte wie sein Bruder kurz zuvor. Aber heute Nacht würde es keine Träume geben, höchstens Albträume über die missliche Lage, in die ich mich gebracht hatte. Allerdings war es noch viel wahrscheinlicher, dass ich überhaupt nicht würde schlafen können.

20. KAPITEL

Levi

Am nächsten Morgen schaute ich bei Alex herein. Er nahm heute zum ersten Mal am Training der Kindermannschaft teil, und es war abgemacht, dass ich ihn hinfuhr.

»Wollen wir los?«

»Dad will mich hinbringen«, entgegnete er.

Mir wurde ehrlich gesagt ein bisschen schwer ums Herz. »Will er das?«

»Jawohl.« Tanner tauchte hinter mir auf. »Ich dachte, du bist lange genug eingesprungen. Ich habe so viel nachzuholen.«

Das konnte ich verstehen, trotzdem fühlte ich mich mies. Alex und ich hatten in Tanners Abwesenheit eine Beziehung aufgebaut. Und jetzt, wo sein Vater da war, sah es so aus, als bräuchte er mich nicht mehr. Und das wäre auch vollkommen in Ordnung gewesen, wenn mich nicht die Sorge umgetrieben hätte, dass Tanner ihn erneut im Stich lassen und ihm das Herz brechen könnte.

Ein paar Minuten später waren die beiden aus der Tür, und im Haus war es zum ersten Mal nach einer gefühlten Ewigkeit wieder still, obwohl nur ein Tag vergangen war. Etwas Gutes hatte es immerhin, dass Tanner sich um Alex kümmerte: Ich hatte endlich Gelegenheit, mit Presley allein zu sein.

Sobald Tanner losgefahren war, ging ich zu ihr in die Küche.

Sie lehnte gedankenverloren mit ihrem Kaffee in der Hand an der Küchentheke und sah wunderschön aus.

»Hey«, sagte ich.

Sie sah auf und lächelte. »Hey.«

Ich schloss sie in die Arme. »Es kommt mir vor, als hätte ich dich ewig nicht mehr in den Armen gehalten«, murmelte ich in ihre Halsbeuge.

Presley seufzte. »Was um alles in der Welt sollen wir jetzt tun, Levi?«

Ich küsste sie sanft auf den Scheitel. »Ich dachte, ich hätte einen Plan parat, bevor wir ihm gegenübertreten müssen. Aber das hat offensichtlich nicht geklappt.«

»Ja. *Alles* war einfacher, als er nicht hier war.«

Ich löste mich von ihr, um sie anzusehen. »Gestern Abend, als wir draußen Bier getrunken haben, hat er immer wieder gesagt, wie gut du aussiehst. Die Mischung aus Schuldgefühlen und Eifersucht, die in mir hochgekommen ist, hat mich total umgehauen. Und ich wusste nicht, wen ich in diesem Moment mehr hasse – ihn oder mich selbst.«

»Du hast keinen Grund zur Eifersucht«, sagte Presley und fuhr mir mit den Fingern durch die Haare. Ich schloss die Augen. Ich hätte sie wahnsinnig gern in mein Zimmer getragen, um mich in ihr zu verlieren. Doch offenbar war sie nicht in Stimmung. Sie machte einen viel zu nachdenklichen Eindruck.

Ich musste es wissen. »Was hat er dir gestern sonst noch geschrieben?«

»Er meinte, ich hätte gestern gut ausgesehen und dass er heute mit mir reden will.«

»Verdammt. Er will dich zurückhaben, Presley.«

»Das weißt du nicht.«

»Oh doch, ich weiß es. Er hat es zwar nicht direkt gesagt, aber es ist offensichtlich.« Der Gedanke versetzte mich in

Panik, und ich verspürte den Drang, meinen Anspruch geltend zu machen. »Du bist mit den Nerven am Ende«, sagte ich, »und ich habe das Gefühl, den Verstand zu verlieren. Ich weiß nicht, wie lange wir das noch ertragen können. Vielleicht sollte ich ihm heute Abend die Wahrheit über uns sagen.«

Sie schüttelte den Kopf. »Nein. Auf keinen Fall.«

Ihr vehementer Widerspruch verwirrte mich. »Nein?«

»Ich will nicht, dass er erfährt, was hier gelaufen ist.«

Ich fand ihre Wortwahl irritierend.

»*Gelaufen ist?* Ist dir klar, dass du in der Vergangenheit gesprochen hast?«

»Das ... habe ich nicht so gemeint«, stammelte sie. »Der Zeitpunkt ist nur ... ungünstig.«

»Meinst du, es kommt jemals ein besserer, Presley? Im Ernst. Denkst du, es wird mit der Zeit einfacher?«

»Nein. Ich denke nur, jetzt ist nicht der richtige Zeitpunkt, um ihn damit zu konfrontieren.«

Ich rückte von ihr ab. »Du scheinst ja sehr besorgt um Tanners Gefühle zu sein.«

Presley schüttelte den Kopf. »Ich brauche Zeit. Ich fühle mich, als wäre uns der Boden unter den Füßen weggezogen worden, und muss mich erst wieder fangen. Warten wir lieber noch ein bisschen.«

In mir tobten viele Emotionen, aber am schlimmsten war für mich die Angst, sie zu verlieren. Dummerweise überspielte ich sie mit Verärgerung. »Schön, nimm dir so viel Zeit, wie du brauchst. Sag mir nur, ob es ewig dauern wird.«

»Levi ...« Sie streckte den Arm nach mir aus, aber ich hob abwehrend die Hände und wich einen Schritt zurück.

»*Nicht!* Ich muss an die frische Luft«, sagte ich und ging zur Tür.

Levi: Tut mir leid, dass ich mich vorhin wie ein Idiot aufgeführt habe.

Drei Stunden später hatte ich mich endlich wieder so weit im Griff, dass ich mich entschuldigen konnte. Ich war in den Wagen gestiegen und einfach losgefahren, bis ich irgendwie am Folly Beach südlich von Charleston gelandet war. An die Fahrt dorthin konnte ich mich nicht einmal erinnern.

Ich hatte in der Nähe der Pier geparkt, war bis ans Ende gelaufen und hatte aufs Wasser hinausgestarrt. Leider hatte es mir nicht geholfen, einen klaren Kopf zu bekommen – ich war immer noch wütend und verwirrt, ängstlich und eifersüchtig. Allerdings war ich zu der Erkenntnis gelangt, dass es für uns beide nicht gut war, wenn ich diese Gefühle an Presley ausließ.

Mein Telefon piepte, und ich atmete tief durch, weil ich unsicher war, wie sie reagieren würde, nachdem ich mich dermaßen danebenbenommen hatte.

Presley: Ist okay. Ich kann dich verstehen. Tanners Auftauchen hat uns beide aus der Bahn geworfen.

Ich lächelte. Typisch, dass Presley so reagierte. Ihre verständnisvolle Art gehörte zu den Eigenschaften, die ich am meisten an ihr liebte.

Liebte? Ich stutzte. *Verdammt, ich liebe sie, oder?* Ich verspürte das Gefühl bereits eine ganze Weile, war aber noch nicht imstande gewesen, es zu akzeptieren. Erst wenn man Gefahr lief, jemanden zu verlieren, erkannte man, was man hatte.

Levi: Danke für dein Verständnis.

Presley: Ich möchte nur dafür sorgen, dass nichts von dem, was sich zwischen dir und mir und Tanner abspielt, Auswirkungen auf Alex hat. Er soll nicht zwischen den Fronten stehen. Tanner behauptet, sich verändert zu haben, aber ich weiß nicht, ob er seine verletzten Gefühle tatsächlich um unseres Sohnes willen zurückstellen könnte. Wir dürfen keine vorschnellen, emotionalen Entscheidungen treffen, weil wir nicht die Einzigen sind, die den Preis dafür zahlen.

Ich atmete tief durch. Ihre Worte schmerzten zwar, aber sie hatte ihre Prioritäten, und das bewunderte ich an ihr. Und das wollte ich ihr sagen.

Levi: Du bist eine großartige Mutter.

Sie antwortete mit einem Smiley. Einen Moment später piepte mein Telefon erneut.

Presley: Bist du zum Abendessen zu Hause? Ich weiß, es ist schwierig, wenn wir alle zusammen an einem Tisch sitzen, aber ich dachte, ich könnte dich zumindest mit meinen Kochkünsten trösten. Ich mache dein Lieblingsessen.

Levi: Brathähnchen?

Presley: Und frisch gebackene Buttermilchbrötchen nach dem Rezept deiner Großmutter.

Hätte sie mein Herz nicht schon erobert, wäre es wahrscheinlich in diesem Moment geschehen. Als Reaktion auf ihr Angebot knurrte prompt mein Magen.

Levi: Klingt wunderbar. Ich bin zum Abendessen wieder da und werde mich von meiner besten Seite zeigen.

Die positive Einstellung, die ich nach der langen Fahrt und der Zeit am Meer gewonnen hatte, war auf der Stelle wieder zum Teufel, als ich vor dem *Palm Inn* anhielt. Beim Anblick der Szene, die sich im Vorgarten auf dem Rasen abspielte, wurde mir schwer ums Herz. Presley spielte mit Alex und Tanner Football. Ich beobachtete, wie Alex seiner Mutter den Ball zuwarf. Presley fing ihn und versuchte, rechts anzutäuschen und an Tanner vorbeizulaufen, doch er packte sie von hinten, schlang die Arme um ihre Taille und zog sie mit sich zu Boden. Die beiden lachten, als sie hinfielen, und Alex rannte mit einem riesigen Lächeln im Gesicht zu ihnen.

Ich rieb mir das Brustbein und spielte mit dem Gedanken, wieder wegzufahren. Die glückliche Familie würde es wahrscheinlich nicht einmal bemerken. Doch bevor ich umkehren konnte, entdeckte Alex meinen Wagen. Er zeigte auf mich und winkte.

Verdammt.

Jetzt musste ich bleiben. Alle drei schauten in meine Richtung, während Alex etwas sagte. Es hätte ihn zu sehr verwirrt, wenn ich mich aus dem Staub gemacht hätte, und irgendwann hätte ich es auch Tanner erklären müssen. Also atmete ich tief durch und schaltete den Motor aus.

»Onkel Levi!« Alex kam auf mich zugelaufen, als ich ausstieg. »Du kannst mit Mom ein Team bilden. Dad und ich machen sie fertig. Sie hat keine Chance.«

Ich schaute zu Presley hinüber. Ihr heiteres Lächeln war verschwunden, und in ihren Augen lag ein reuevoller Ausdruck. Mir war nicht klar, ob sie es bedauerte, dass ich sie so fröhlich erlebt hatte oder dass ich sie in Tanners Armen erwischt hatte.

In diesem Moment war ich wirklich nicht in der Lage, mit ihnen zu spielen.

»Tut mir leid, Kumpel. Heute nicht. Mein Knie macht mir mal wieder Probleme.«

Tanner grinste Alex an. »Klingt, als hätte er Angst, dass wir ihn schlagen, oder?«

Alex steckte feixend die Hände unter die Achseln, wackelte mit den Ellbogen und gackerte wie ein Huhn. »Gack–gack-gack!«

Ich setzte ein Lächeln auf und verzog mich ins Haus.

In der Küche roch es nach Brathähnchen. Das köstliche Aroma munterte mich normalerweise auf, selbst an den schlimmsten Tagen. Heute allerdings nicht. Ich ging erst einmal in mein Zimmer und stellte mich unter die Dusche. Nach dem Anziehen war ich einen Moment lang versucht, Presley zu sagen, ich müsse doch noch mal weg. Aber es hätte mich verrückt gemacht, sie und Tanner allein zu lassen, weil ich mich die ganze Zeit gefragt hätte, was zu Hause ablief. Also blieb ich, um mir das Fiasko anzusehen.

Presley holte die Brötchen aus dem Ofen, als ich wieder in die Küche kam.

»Hey«, sagte sie leise und warf einen Blick über ihre Schulter, um zu prüfen, ob die Luft rein war. »Wie war dein Nachmittag?«

Ich ging zum Kühlschrank, nahm mir ein Bier und öffnete es achselzuckend. »Gut.«

Sie runzelte die Stirn. »Alex wollte spielen, und ich konnte nicht Nein sagen.«

Ich nickte und trank die Flasche in einem Zug zur Hälfte aus.

»Hier riecht es ja himmlisch.« Tanner kam herein. »Ich weiß nicht, wann ich das letzte Mal ein selbst gekochtes Essen bekommen habe.« Er ging zu Presley, nahm ein Brötchen von dem Blech, das sie aus dem Ofen genommen hatte, und biss hinein.

»Danke, dass du mein Lieblingsgericht gemacht hast. Deine Kochkünste fehlen mir, Presley.« Er zwinkerte mir zu. »Unter anderem.«

Presley schloss die Augen und holte tief Luft. »Wir können essen. Würde einer von euch bitte Alex Bescheid sagen? Aber er soll sich vorher die Hände waschen.«

»Klar«, entgegneten Tanner und ich gleichzeitig, doch ich brauchte dringend einen Moment für mich.

»Genieß dein Brötchen«, sagte ich zu meinem Bruder. »Ich hole Alex.«

Als wir alle am Tisch saßen, war Alex noch lebhafter als sonst. Er biss ein Stück von seiner Hähnchenkeule ab und sprach mit vollem Mund.

»Onkel Levi, wusstest du, dass mein Dad in seinem ersten Jahr bei den Profis wahrscheinlich die beste Abschlussquote gehabt hätte, wenn er sich nicht verletzt hätte?«

Ich sah Tanner an. Er hatte in seinem ersten Jahr ziemlich solide gespielt, aber auch wenn es nicht zu der Verletzung gekommen wäre, hätte er nicht die beste Passquote in der Liga gehabt. Das wusste ich, weil ich in jenem Jahr am besten abgeschnitten hatte. Doch als ich zu Alex hinübersah, der vor Stolz auf seinen Vater über das ganze Gesicht strahlte, brachte ich es nicht übers Herz, die Sache richtigzustellen. Ich nickte nur mit zusammengebissenen Zähnen.

»Ganz bestimmt.«

»Er hätte in dem Jahr sogar die All-Pro-Auszeichnung bekommen können.«

Ich verdrehte innerlich die Augen. »Keine Frage.«

Während Tanner ungerührt das Essen in sich hineinstopfte, obwohl er seinem Jungen nicht ganz die Wahrheit gesagt hatte, suchte Presley meinen Blick und lächelte mir dankbar zu. Sie kannte die Wahrheit.

»Weißt du«, sagte Tanner, »heute ist mir klargeworden, dass ich ungefähr in deinem Alter war, als ich deine Mom kennengelernt habe.«

»Echt?«

»Ja. Wir waren zusammen in der zweiten Klasse. Sie war Cheerleaderin für meine Football-Kindermannschaft und das hübscheste Mädchen in der Gruppe. Sie war sogar das hübscheste Mädchen der ganzen Schule. Ich habe den Jungs in meiner Mannschaft immer gesagt, dass ich sie eines Tages küssen werde.«

Alex zog die Nase kraus. »Ist ja krass, Dad.«

Tanner lachte. »Warum sagst du das?«

»Erstens ist es komisch, dass du in meinem Alter ein Mädchen küssen wolltest. Und zweitens … es geht um Mom.«

»Na, keine Sorge. Deine Mom ist ein anständiges Mädchen. Sie hat mich jahrelang auf den ersten Kuss warten lassen.« Tanner wandte sich Presley zu. »Erinnerst du dich daran? Ich habe damals im Redmond Park deine Initialen in einen Baumstamm geritzt.«

»Und dich dabei mit dem Taschenmesser geschnitten.«

Tanner lehnte sich zurück. »Das war es wert.«

Ich trank mein Bier aus und stellte die Flasche etwas zu fest auf den Tisch. »Ich brauche noch eins. Sonst noch jemand?«

»Ich nehme eins«, sagte mein Bruder.

Presley runzelte die Stirn. »Nein, danke.«

Tanner schwelgte noch eine halbe Stunde in Erinnerungen. Ich musste mir die Geschichten von ihrem Abschlussball anhören, vom Einzug in ihre erste gemeinsame Wohnung und wie mein Bruder ständig mit dem Kopf auf Presleys Babybauch eingeschlafen war, wenn er auf Alex' Herzschlag gelauscht hatte. Die Storys wurden immer unerträglicher, und ich musste sie mit mehr Bier hinunterspülen, als ich normalerweise trank. Doch was danach kam, veranlasste mich, zu etwas Härterem zu greifen.

»Dad und ich wollen heute im Garten zelten«, sagte Alex.

Ich wusste, es war albern. Wir hatten nur einmal gezeltet, und trotzdem betrachtete ich Camping egoistischerweise als *unser* Ding. Ich brachte nicht einmal ein »Ist ja toll« heraus. Stattdessen ging ich zu dem Schrank, in dem mein Großvater die Spirituosen aufbewahrt hatte, nahm eine ungeöffnete Flasche Scotch heraus und machte sie auf.

Presley beobachtete besorgt, wie ich mir einschenkte, sagte aber nichts.

»Mom, können wir noch schnell Marshmallows besorgen? Wir wollen auch ein Lagerfeuer machen.«

»Äh … natürlich, mein Schatz. Ich räume nur die Spülmaschine ein, dann fahren wir zum Laden. Wasch du dir schon mal die Hände.«

»Okay, Mom!«

Als Alex davonlief, stellte sich Tanner hinter Presley und brachte mich zur Weißglut, indem er die Hände auf ihre Schultern legte. »Levi und ich erledigen das hier, Baby. Du hattest mit der Kocherei schon genug Arbeit.«

Presley drehte sich um und befreite sich von seinen Händen. »Tanner, hör bitte auf, mich so zu nennen.«

»Entschuldige. Ich vergesse einfach immer wieder, dass wir einen langen Weg vor uns haben, weil es sich so gut anfühlt, wieder mit dir zusammenzuwohnen.«

Presley schüttelte den Kopf. »Wir wohnen nicht zusammen. Du übernachtest in der Pension – wie ein Gast, wenn wir bald wieder öffnen.« Sie senkte die Stimme. »Du darfst Alex keinen falschen Eindruck vermitteln, Tanner.«

Er runzelte die Stirn. »Du meinst, dass ich seine Mutter liebe? Das ist kein falscher Eindruck. Das ist eine Tatsache.«

»Du lässt ihn glauben, wir wären ein Paar.«

»Mache ich nicht.«

»Doch, das machst du.«

»Er ist ein kluger Junge. Vielleicht sieht er die Dinge einfach, wie sie sein sollten.«

Presley schüttelte abermals den Kopf. »Ich fahre jetzt mit Alex einkaufen. Braucht ihr sonst noch etwas, wenn ich schon unterwegs bin?«

»Nein.«

Sie schaute zu mir herüber, bevor sie sich ihren Schüsselbund nahm und nach Alex rief.

Als Tanner und ich allein waren, brauchte ich noch einen Scotch. Ich goss mein Glas randvoll, kippte ihn in mich hinein und genoss das Brennen, während er meine Speiseröhre hinunterlief.

Tanner spülte einen Teller ab und stellte ihn in die Spülmaschine. »Du trinkst mehr als früher …«

»In der Regel nicht.«

»Macht dir etwas zu schaffen?«

»Ich möchte nicht darüber reden.«

Tanner grinste. »Frauenprobleme, was?«

Ich reagierte nicht, weshalb mein Bruder vermutete, er habe den Nagel auf den Kopf getroffen.

»Es war einfacher, als wir achtzehn waren, oder? Heute hat ein Hexenbrett mehr Antworten darauf, was Frauen wollen, als ich.«

Ich schenkte mir noch einen ein. »So kompliziert ist es nicht.«

»Für dich vielleicht nicht. Wie viel verdienst du? Zwanzig, dreißig Millionen im Jahr? Du musst bloß deinen Super-Bowl-Ring zeigen, und schon fallen die Höschen. Wir Malocher müssen richtig dafür arbeiten.«

Ein Muskel in meiner Wange zuckte. »Vielleicht solltest du mal dein Hexenbrett rausholen und ein vertrauliches Gespräch mit ihm führen, wenn du denkst, dass alle Frauen nur aufs Geld aus sind.«

Tanner stellte das Wasser ab, drehte sich zu mir um und verschränkte die Arme vor der Brust. »Na schön, großer Bruder. Wenn du dich so gut mit Frauen auskennst, dann sag mir, was Presley will.«

Ich starrte meinem Bruder in die Augen. »Vertrauen, Treue und Stabilität sind Presley wichtig.«

Tanner zuckte die Achseln. »Das kann ich ihr alles bieten.«

Jetzt *kannst du es ihr bieten? Wo zur Hölle warst du vor sieben Jahren?*, hätte ich am liebsten gesagt, behielt es aber für mich und deutete mit den Augen auf die Spüle. »Kommst du allein klar? Ich habe noch was zu tun.«

»Sicher. Tu, was du tun musst.« Tanner grinste. »Mit wem du es tun musst.«

Ich hätte wahrscheinlich in die Kneipe um die Ecke gehen und mich komplett betrinken sollen, aber ich verdrückte mich in mein Zimmer, weil ich mich nicht dazu überwinden konnte, die Pension zu verlassen. Da sich mein Zimmer am Ende des Flurs befand und damit auf der entgegengesetzten Seite vom Eingangsbereich, konnte ich nicht hören, wann Presley zurückkam. Und das war vermutlich auch gut so.

Etwa eine Stunde später klopfte es jedoch leise an meiner Tür. Als ich aufmachte, stand Presley vor mir.

Sie warf einen Blick über ihre Schulter. »Kann ich reinkommen?«

Ich überlegte zwei Sekunden lang, ob ich Nein sagen sollte, aber wem zum Teufel wollte ich etwas vormachen? Ich war nicht imstande, diese Frau abzuweisen.

Also trat ich zur Seite und bat sie herein.

Sie folgte meiner Aufforderung und blieb mit gesenktem Blick vor mir stehen. »Das ist so ein Schlamassel. Ich weiß nicht, was ich tun soll.«

»Ich aber. Wir müssen es ihm sagen.«

Presley sah mit loderndem Blick zu mir auf. »Nein, das geht nicht!«

Ich fuhr mir mit der Hand durch die Haare. »Wenn ich weiter zusehen muss, wie er dich befummelt, oder noch ein einziges Mal höre, wie er dich Baby nennt, drehe ich durch.«

»Tut mir leid«, sagte sie kopfschüttelnd. »Aber ich weiß nicht, wie ich ihn davon abbringen kann. Du warst ja dabei. Ich habe ihm gesagt, er soll damit aufhören. Ich ermutige ihn nicht im Geringsten dazu.«

»Nein? Es ist also keine Ermutigung, wenn du mit dem Mann Football spielst, der kundgetan hat, dass er dich überall anfassen will? Oder wenn du ihm sein Lieblingsessen kochst – in dem Haus, in das du ihn eingeladen hast?«

»Ich habe *dir* dein Lieblingsessen gemacht.«

Ich schnaubte. »Er denkt aber etwas anderes.«

»Ist mir egal, was er denkt.«

»Gut.« Ich stemmte die Hände in die Hüften. »Dann sind wir uns ja einig. Wenn dir egal ist, was er denkt, werden wir es ihm sagen.«

»Dreh mir nicht das Wort im Mund herum, Levi. Das ist unfair.«

Ich kniff die Augen zusammen. »Unfair? Weißt du, was unfair ist? Wenn mich mein Bruder um Rat bittet, wie er dich zurückkriegen kann, und ich irgendwas antworten muss.«

Presley schloss die Augen und atmete tief durch. »Gott, das tut mir leid.«

»Wirklich? Weil ich allmählich denke, dass du dir vielleicht nur alle Möglichkeiten offenhalten willst.«

Sie sah mich böse an. »Du weißt, dass das nicht wahr ist. Werd' jetzt nicht fies.«

»Sag mal, *Baby*, wenn ich dich lecke, stöhnst du dann wie immer meinen Namen oder rutscht dir womöglich Tanners heraus?«

Wenn Blicke töten könnten, hätte ich in diesem Moment das Zeitliche gesegnet. Ihr Gesichtsausdruck vermittelte mir den Eindruck, dass mich Presleys Zorn gleich mit voller Wucht treffen würde, doch sie stürzte schweigend zur Tür. Ich hielt sie am Arm fest, um sie zu stoppen, obwohl ich nicht wusste, was ich sagen sollte.

Sie wirbelte zu mir herum, und wir sahen uns in die Augen. Die unterschiedlichsten Emotionen wallten in mir auf: Ärger, Traurigkeit, Verwirrung, Angst. Presley war allem Anschein nach ebenso aufgewühlt wie ich. Ich atmete tief durch, um mich zu beruhigen und mir überlegen zu können, wie ich die Situation noch retten konnte. Doch dabei stieg mir ein Hauch ihres Parfüms in die Nase.

Verdammt.

Sie roch so gut. Plötzlich mischte sich meine Wut mit etwas anderem, und meine Selbstbeherrschung ging zum Teufel. Ich zog Presley an mich und eroberte stürmisch ihren Mund.

Verdammt.

Ihr Geschmack war wie eine lindernde Medizin für meinen Schmerz. Ich wurde gierig und wollte alles von ihr, um sämtliche Bedenken in meinem Kopf auszuradieren. Ich schob sie gegen die Wand, legte die Hände um ihre Wangen und küsste sie voller Leidenschaft. Die letzten zwei Tage wurden bedeutungslos, als sie in meinen Mund stöhnte und die Beine um meine Taille schlang. Die Brüste an meinen Brustkorb gedrückt griff sie nach meinem Hosenbund. *Ja.* Genau das brauchte ich, um den Rest der Welt zu vergessen. Als sie die

Finger in meine Hose schob und um meinen Schwanz legte, rauschte mir das Blut so laut in den Ohren, dass ich nicht einmal einen Feuermelder gehört hätte.

Aber es gab auch gar keinen Feueralarm.

Vielmehr klopfte jemand an meine Tür.

21. KAPITEL

Levi

»Was jetzt?« Presley sah mich mit großen Augen an.

Ich legte den Zeigefinger an meine Lippen und betete, dass Fern vor meiner Tür stand.

»Wer ist da?«

»Tanner. Kann ich reinkommen?«

Scheiße. Ich schloss die Augen. Ich wollte ihm zwar die Wahrheit über Presley und mich sagen, aber so hatte ich es mir nicht vorgestellt. Ich zeigte auf das Badezimmer und forderte sie stumm auf, sich zu verstecken.

Presley nickte, eilte hinein und schloss leise die Tür hinter sich. Mein Herz hämmerte wie verrückt, doch selbst mit einem tiefen Atemzug konnte ich es nicht beruhigen. Aber wenn ich ihn zu lange warten ließ, erregte ich garantiert Verdacht. Also öffnete ich die Tür, hielt sie fest und verstellte Tanner den Weg, in der Hoffnung, er würde den Wink verstehen.

Er spähte über meine Schulter. »Na endlich. Ich dachte schon, du hast eine Frau bei dir und ich komme ungelegen.«

Ich schluckte. »Quatsch. Ich wollte gerade unter die Dusche.«

»Schon wieder? Du hast doch erst vor ein, zwei Stunden geduscht.«

Scheiße. Ich zuckte die Achseln. »Sommer in South Carolina.«

»Ja, ich bin die Hitze auch nicht mehr gewohnt. Aber was ich dich fragen wollte: Weißt du, wo die Grillhalter fürs Lagerfeuer sind? Alex meinte, ihr habt sie benutzt, als ihr an seinem Geburtstag gezeltet habt.«

»Sie sind in dem Schrank in der Garage.«

»Super, danke.«

Als Tanner sich zum Gehen wandte, wäre mir vor Erleichterung fast ein Seufzer rausgerutscht. *Fast.* Aber er drehte sich noch einmal um.

»Weißt du zufällig, wo Presley ist? Ich habe bei ihr geklopft, aber sie ist nicht da.«

Ich sah meinem Bruder in die Augen. Wusste er, dass sie bei mir war? Oder war es eine ernsthafte Frage? Ich war mit den Nerven am Ende und konnte es nicht beurteilen. Deshalb antwortete ich so ehrlich, wie ich konnte, war aber unsicher, ob mich vielleicht mein Gesicht verriet.

»Ich bin hier in meinem Zimmer, seit sie einkaufen gefahren ist.«

Mein Bruder nickte. »Sie hat erwähnt, dass sie eventuell bei ihrer Freundin Katrina vorbeischaut. Aber ich frage mich, ob sie sich womöglich mit jemandem trifft.«

»Wie kommst du darauf?«

Er schüttelte den Kopf. »Ich weiß nicht. Ich habe einfach das Gefühl, als ob mir etwas im Weg steht.«

Ich schluckte.

»Du würdest es mir doch sagen, wenn du wüsstest, dass sie mit jemandem zusammen ist, oder? Selbst wenn sie dich gebeten hätte, nichts zu sagen? Ich meine, Bruder vor Luder und so.«

Ich studierte sein Gesicht. *Weiß er es?* Die Chancen standen fünfzig zu fünfzig, aber ich hatte verdammt noch mal keine Ahnung. Ich steckte jedoch schon zu tief drin, um von dem Weg abzuweichen, den ich eingeschlagen hatte. Also nickte ich.

»Selbstverständlich.«

Er klopfte mir auf die Schulter. »Ich bin froh, dass du hier bist. Ich hatte die ganze Zeit niemanden zum Reden.«

Vielen Dank für den letzten Nagel zum Sarg meiner Prinzipien. Nun konnte ich sie getrost begraben.

»Ja, geht mir ähnlich.«

Er hob die Hand. »Ich muss zurück zu Alex. Dir eine gute Nacht.«

Als seine Schritte im Flur verklungen waren, schloss ich ab. Man kann nicht vorsichtig genug sein. Es hätte mich nicht gewundert, wenn er noch einmal wiedergekommen und die Tür ohne Anklopfen geöffnet hätte. Dann drückte ich vorsichtig die Badezimmertür auf.

»Er ist weg.«

Presley nickte. Ihre Hände zitterten.

»Hast du mitgehört?«

Sie nickte erneut. »Ich weiß nicht, was ich schlimmer finde – dass ich die Finger nicht von dir lassen kann und wir fast beim Rummachen erwischt worden wären oder dass du meinetwegen deinen Bruder belogen hast.«

Ich fuhr mir durch die Haare. »Echt eine beschissene Situation.«

Sie runzelte die Stirn. »In der Tat. Und es tut mir leid, dass du mittendrin steckst, zwischen Tanner und mir.«

»Du hast mich nicht in diese Lage gebracht. Es gehören immer zwei dazu, und ich wollte es ebenso sehr wie du, wenn nicht noch mehr.«

Sie schüttelte den Kopf. »Ich verschwinde wohl besser, bevor er noch mal nach mir sucht.«

Wenn sie Zweifel hegte, ließ ich sie normalerweise nicht gehen, ohne sie davon zu überzeugen, dass alles gut werden würde. Doch dafür fehlte mir in diesem Augenblick die Energie.

Vielleicht sah ich die Sache aber auch zum ersten Mal nicht mehr ganz so optimistisch …

Am nächsten Tag erschien mein Bruder in meiner Zimmertür, als ich Wäsche faltete.

»Hey, Mann. Passt der Schlips zu dem Hemd?«, fragte er.

Tanner trug ein blaues Anzughemd und hatte eine weinrote Krawatte über der Schulter.

»Ja, sieht gut aus.« Ich musterte ihn. »Wo willst du denn in diesem Aufzug hin?«

»Ich habe ein Vorstellungsgespräch.«

»Ein Vorstellungsgespräch? Wo?«

»Pinehurst hat eine freie Stelle als Footballtrainer. Ich habe meinen Hut in den Ring geworfen, und sie haben mich angerufen.«

Pinehurst war ein kleines College in der übernächsten Stadt. Ich war noch gar nicht auf den Gedanken gekommen, dass Tanner daran denken könnte, dauerhaft in der Gegend zu bleiben, obwohl ich es wahrscheinlich an seinem Verhalten in den letzten Tagen hätte erkennen müssen.

»Warum interessierst du dich für den Job? Ich dachte, dein Vermittlerjob gefällt dir.«

»Ich habe momentan nur wenige Klienten. Eine Zeit lang kann ich beides parallel machen. Falls sich herausstellt, dass es auf Dauer nicht klappt, konzentriere ich mich einfach auf den Trainerjob. Ich bin nicht gerade versessen aufs Reisen. Und wenn ich ernsthaft für Alex da sein will, muss ich sowieso etwas Beständigeres finden.« Er band sich die Krawatte um. »Das ist doch eine gute Idee, oder?«

Ich dachte darüber nach, was jemand, der keine Hintergedanken hatte, meinem Bruder raten würde. Die Trainerstelle klang nach dem perfekten Job für seine Situation. Es wäre egoistisch von mir gewesen, ihn davon abzubringen, weil ich ihn nicht in Presleys Nähe haben wollte. Außerdem wäre es ihm und Alex gegenüber unfair.

»Klar, der Trainerjob ist eine gute Sache für dich, wenn du hier sesshaft werden willst«, zwang ich mich zu sagen.

»Das meine ich auch. Ich hoffe wirklich, ich bekomme die Stelle. Ich brenne auch richtig darauf, wieder aufs Spielfeld zu kommen. Ich habe den Football immer noch im Blut, und auf diese Art kann ich den Sport leben, ohne selbst zu spielen, was ich nun mal nicht kann. Es ist *die* Gelegenheit für mich.«

»Dann drücke ich dir die Daumen«, entgegnete ich knapp.

Tanner sah mir prüfend ins Gesicht. »Alles okay mit dir?«

Nein, eigentlich nicht. Gar nicht. Offenbar war es mir nicht gelungen, so zu tun, als würde ich mich für ihn freuen. »Warum fragst du?«

Er lehnte sich gegen die Wand und verschränkte die Arme. »Seit ich hergekommen bin, kriege ich irgendwie komische Schwingungen von dir. Und neulich hast du ziemlich viel getrunken … Also, ich kenne mich aus mit Abhängigkeit.«

Ich hatte tatsächlich in den letzten Tagen ein bisschen zu viel getrunken, aber das hatte allein mit Tanners Anwesenheit zu tun, was ich aber schlecht zugeben konnte.

»Mach dir um das Trinken keinen Kopf. Ich … habe nur meine eigenen Probleme, verstehst du? Du bist nicht der Einzige, der zurzeit sein Leben überdenkt.«

Er schüttelte den Kopf. »Gott, ich bin echt ein beschissener Bruder. Seit meiner Ankunft lade ich meinen Kram bei dir ab und checke es nicht, dass es dir nicht gut geht.«

Logo. Er *ist der schlechte Bruder.*

Ich war innerlich hin- und hergerissen. Einerseits wollte ich ihm von Presley und mir erzählen, um meine Ansprüche geltend zu machen, und andererseits wollte ich meinen kleinen

Bruder beschützen und dafür sorgen, dass er es niemals erfuhr. In diesem Augenblick neigte ich eher zu Letzterem.

Tanner machte es noch schlimmer, als er meinte: »Weißt du, ich muss mich bei dir entschuldigen, Levi.«

Ich hob abwehrend die Hand. »Nein, musst du nicht.«

»Doch, doch.« Er seufzte. »Ich habe mich über die Jahre absichtlich von dir entfernt, weil ich nicht mit deinem Erfolg klargekommen bin. Aber ich bin dein Bruder, verdammt. So etwas tut man Geschwistern nicht an – man streicht sie nicht aus seinem Leben, weil man sich nicht für sie freuen kann. Mein Therapeut hat mir geholfen zu lernen, dass dein Erfolg nichts mit meinem Mangel an Erfolg zu tun hat. Du hast dir das alles verdient. Es tut mir leid, dass ich wegen meiner Unsicherheit so viel kostbare Zeit verschwendet habe, die ich besser damit verbracht hätte, dich vom Spielfeldrand aus anzufeuern. Da hätte ich die ganze Zeit sein sollen und nicht in meiner eigenen Welt mit dem Kopf im Arsch. Ich …«

»Hör auf, Tanner.« Mein schlechtes Gewissen drohte mich zu ersticken. »Ich hatte immer Verständnis dafür, dass du weggeblieben bist. Ich nehme es dir nicht übel und kann nicht behaupten, dass ich mich an deiner Stelle anders verhalten hätte.«

»Weißt du«, sagte er, »es ist mir erst im Flugzeug bewusst geworden. Dad und Gramps sind von uns gegangen. Du und ich sind von den Millers als Einzige noch übrig – abgesehen von Alex. Das ist eine große Verantwortung. Wir sollten ein Beispiel dafür setzen, dass eine Familie um jeden Preis zusammenhält. Es ist noch nicht zu spät.«

»Ja, nun, wir sind beide dafür verantwortlich. Ich war auch nicht für dich da.«

»Nein, aber in letzter Zeit warst du für meinen Sohn da. Dafür möchte ich mich bei dir bedanken. Und du hast dich in den letzten Jahren immer wieder bemüht, mir eine helfende

Hand zu reichen, während ich dich abgewiesen habe. Ich trage die Verantwortung dafür, dass unsere Beziehung abgekühlt ist. Aber ich verstecke mich nicht mehr, und ich möchte mich bessern.«

Um Worte verlegen nickte ich nur und biss mir auf die Unterlippe.

»Du willst mir also nicht sagen, was mit dir los ist?«, hakte er nach.

Tanners anscheinend aufrichtiges Interesse daran, mir bei meinem »Problem« zu helfen, verstärkte mein schlechtes Gewissen. Was mir gestern noch so klar gewesen war, erschien mir heute unmöglich. Wie war ich nur auf die Idee gekommen, ich könnte ohne ernste Konsequenzen ein neues Leben mit Presley anfangen?

»Ich bin gerade ein bisschen durcheinander«, erklärte ich schließlich. »Ich dachte, ich liebe mein Leben, bis ich hierher zurückkam und gemerkt habe, was mir alles fehlt. Man könnte sagen, dass ich mir genau wie du Gedanken um meine Zukunft mache.«

Mein Bruder nickte. »Vielleicht hat das alles damit zu tun, dass wir älter werden«, sagte er. »Man sieht die Dinge mit einem Mal klarer – auch die Fehler, die man gemacht hat. Ich begreife jetzt erst, welchen Preis ich dafür gezahlt habe, dass ich nur um mich selbst gekreist bin. Aber ich bin entschlossen, alles zurückzugewinnen, Levi. Nicht nur das Vertrauen meines Sohnes, sondern auch das von Presley. Ich liebe diese Frau. Ich habe sie immer geliebt. Ich habe es nur nicht verstanden, der Mann zu sein, den sie verdient hat. Aber ich bin ehrlich davon überzeugt, dass ich mich verändert habe und dass ich es jetzt kann.«

Ein stechender Schmerz durchschoss mich, und ich rieb mir den Nacken. Da war sie – die Bestätigung meiner schlimmsten Befürchtungen. Mir brummte der Schädel. Weil ich nicht in der Lage war, eine Antwort zu finden, wechselte ich das Thema.

»Um wie viel Uhr hast du das Bewerbungsgespräch?«

Er schaute auf sein Telefon. »Mist, gut, dass du fragst. Jetzt muss ich mich beeilen.« Er lief zur Tür, wo er sich noch ein letztes Mal umdrehte. »Wir sind noch nicht fertig mit dem Gespräch, okay?« Er zeigte auf mich. »Wir beide, wir unterhalten uns heute Abend und lösen unsere Probleme – gemeinsam.« Er klopfte sich auf die Brust und zwinkerte mir zu. »Go Miller!«

Ich lächelte gezwungen, bevor er den Flur hinuntereilte. Dann schnappte ich mir mein Kissen, drückte mein Gesicht hinein und ließ mich aufs Bett fallen. Mein Herz hämmerte, während ich in den Stoff atmete.

Presley hatte recht. Es wäre ein großer Fehler, ihm von uns zu erzählen. Mein Bruder hatte zwar schon viel Mist gebaut, aber er verdiente es nicht zu hören, dass ich mich während seiner Abwesenheit in seine Familie hineingedrängt hatte. Das verdiente er wirklich nicht.

Ich wusste nicht, was ich tun sollte. Ich war offenbar aus meinem Rausch aufgewacht und schien zum ersten Mal in Zweifel zu ziehen, ob ich Verrat an Tanner begehen konnte, ganz egal wie sehr ich Presley liebte. Gleichzeitig war es undenkbar für mich, sie zu verlieren.

Ich hatte noch nie in meinem Leben etwas so sehr gewollt wie sie – und nicht nur sie, sondern *ein Leben* mit ihr. Doch es ging nicht nur um mich oder um das, was ich wollte, nicht wahr? Wir mussten an Alex denken – und ehrlicherweise auch an Tanner. Er hatte sie vielleicht nicht verdient, aber er war mein Bruder, und ich schuldete ihm Loyalität. Als ich noch gedacht hatte, das alles würde ihn nicht kümmern, war es mir leichter gefallen, diese Tatsache außer Acht zu lassen. Aber da ich nun wusste, dass Presley und Alex ihm offenbar nicht egal waren und er sich bessern wollte, war die Situation eine völlig andere.

Das Piepen meines Telefons riss mich aus meinen Gedanken. Auf dem Display sah ich eine Nachricht von Presley. Mein Herz zog sich zusammen.

Presley: Tanner ist aus dem Haus. Kannst du in mein Zimmer kommen?

Ich wusste nicht, ob sie nur reden wollte oder auf *etwas anderes* aus war. Und wie gern ich in diesem Moment auch bei ihr gewesen wäre, ich wollte ihr erst gegenübertreten, wenn ich mehr Klarheit darüber gewonnen hatte, was meine heutige Erkenntnis für uns bedeutete. Ich durfte nicht riskieren, tiefer in die Sache hineinzugeraten, weil ich letzten Endes weggehen würde – auch wenn es das Letzte war, was ich wollte.

Es bereitete mir geradezu körperliche Schmerzen, meine Antwort zu tippen.

Levi: Ich habe noch eine Menge zu tun. Ich kann nicht. Tut mir leid.

22. KAPITEL

Presley

Ich hatte Levis Nachricht unzählige Male gelesen und zu entschlüsseln versucht, was genau sie bedeutete.

Er hatte viel zu tun? Was für ein Blödsinn! Außerdem hatte sich Levi noch nie vor einem Gespräch gedrückt, weshalb ich nicht verstehen konnte, warum er mir eine Abfuhr erteilt hatte. Eine leise Panik kam in mir auf. Es kümmerte mich nicht, wie viel er angeblich zu tun hatte, denn für wichtige Dinge konnte man sich immer Zeit nehmen.

Alex war bei einem Freund, und ich war abgesehen von Fern allein im Haus. Nachdem ich mich entschieden hatte, eine Akzentwand in einem der Zimmer farbig zu streichen, fuhr ich geistesabwesend mit der Rolle immer wieder über die gleichen Stellen – ich war einfach nicht bei der Sache.

Irgendwann tauchte Tanner wie aus dem Ei gepellt in der Tür auf. Ich wusste von seinem Bewerbungsgespräch, hatte aber am Morgen, bevor er losgefahren war, nicht mit ihm gesprochen.

Ich setzte die Malerrolle ab. »Hey.«

»Hallo.«

»Wie ist es gelaufen?«

»Gut.« Er lächelte. »Sie geben mir Ende der Woche Bescheid. Wahrscheinlich haben sie noch andere Kandidaten.«

Ich wusste nicht, was ich davon halten sollte, dass Tanner

sich um diesen Trainerjob bewarb. Ich war zwar dafür, dass er näher bei seinem Sohn wohnte, aber seit er in der Pension aufgetaucht war, hatte ich gefühlt kaum noch Luft zum Atmen.

»Freut mich«, sagte ich und brachte nur mit Mühe ein Lächeln zustande.

Er legte den Kopf schräg. »Besonders begeistert klingst du nicht.«

»Ich bin im Endspurt mit den Renovierungsarbeiten«, log ich. »Ich stehe unter Druck.«

»Dann ist es dir also recht, wenn ich hier in Beaufort bleibe?«

»Mir ist alles recht, was gut für Alex ist. Er verdient es, seinen Vater in seinem Leben zu haben.«

»Hoffentlich klappt es. Ich habe ein gutes Gefühl.« Er hielt inne. »Hör mal, ich habe den restlichen Nachmittag nichts vor und kann dir beim Anstreichen helfen.«

»Nein, das ist wirklich nicht nötig.«

»Ich bestehe darauf. Ich ziehe mich nur schnell um.« Er ging den Flur hinunter.

Mist.

Wenige Minuten später kehrte er in Jeans und T-Shirt zurück. Seine Arme waren wesentlich muskulöser, als ich sie in Erinnerung hatte.

Er verbrachte den Rest des Nachmittags mit dem Pinsel in der Hand an meiner Seite. Als wir mit dem Anstreichen fertig waren, zeigte ich ihm einige von den alten Fotos, die ich im Haus gefunden hatte, und wir tauschten Erinnerungen aus.

Irgendwann schaute Fern im Vorbeigehen zur Tür herein und grinste. Sie hatte für meinen Geschmack viel zu viel Spaß an dieser Seifenoper.

Tanner folgte mir in die Küche und nahm eine Flasche Wein aus dem Regal.

»Wie wär's, wenn wir die mit nach draußen nehmen und die geschaffte Arbeit feiern? Es ist eh schon kurz vor fünf.«

Bevor ich antwortete, checkte ich zum x-ten Mal mein Telefon. Immer noch keine Nachricht von Levi.

Zur Hölle! Einen Schluck Wein konnte ich jetzt wirklich gebrauchen, um meine Ängste zu betäuben.

Ich zuckte mit den Schultern. »Warum nicht? Ich hätte Lust auf ein Glas.«

Tanner nahm die Rotweinflasche und zwei Gläser mit. Wir setzten uns auf die Veranda, und er schenkte uns beiden ein.

Als er mir mein Glas reichte, sagte er: »Ich überlege, ob jetzt ein guter Zeitpunkt für das Gespräch ist, das ich bereits seit Längerem mit dir führen will.«

Ich hätte wissen müssen, dass die Sache einen Haken hatte. Ich nahm einen großen Schluck. »Ich gehe nirgendwohin. Der Zeitpunkt ist also genauso gut oder schlecht wie jeder andere.«

»Okay.« Er stellte sein Glas ab und wischte sich die Hände an der Hose ab. »Ich weiß nicht, warum ich so nervös bin.«

In seinen Augen lag ein Ausdruck der Verwundbarkeit, den ich nur aus der Anfangszeit unserer Beziehung kannte, bevor ihn die Verletzung verändert hatte.

Ich schwieg und überließ ihm das Reden.

»Ich rechne nicht damit, dein Vertrauen so schnell wieder zurückzugewinnen, Presley. Ich weiß, ich muss es mir verdienen. Aber ich möchte darauf hinarbeiten.«

»Du musst dir nur Gedanken darüber machen, wie du Alex' Vertrauen wiedergewinnst«, sagte ich.

»Das habe ich vor. Aber ich bin nicht nur wegen einer besseren Beziehung zu Alex hergekommen.« Er sah mich eindringlich an. »Meine Hoffnung ist, dass wir das, was wir verloren haben, wiederherstellen können.«

Mir trat der Schweiß auf die Stirn. »Tanner …«

»Lass mich bitte ausreden.« Er trank einen großen Schluck Wein. »Ich weiß, dass ich mehr als einmal Mist gebaut habe, und du bist mir keine zweite Chance schuldig. Aber ich bemühe mich sehr, mich zu ändern und der Mann zu sein, den du verdienst. Ich habe auch meinem Bruder heute schon gesagt, dass ich älter geworden bin und meine Prioritäten nun klarer sehe denn je.«

Mir rutschte das Herz in die Hose. »Du hast mit Levi darüber geredet?«

»Ja. Wir haben uns kurz unterhalten, bevor ich zu meinem Vorstellungsgespräch gefahren bin. Er meinte, er habe auch seine Probleme.«

Ich blinzelte verwirrt. »Was für Probleme?«

»Er hat es nicht näher ausgeführt, aber es klang nach einer Lebenskrise, die meiner nicht unähnlich ist. Weißt du, so unterschiedlich sind wir gar nicht. Wir werden beide älter und klüger und erkennen, dass das Leben, das wir gerade führen, vielleicht nicht so ist, wie wir es uns langfristig wünschen.« Er atmete tief durch. »Ich habe ihm von meinem Wunsch erzählt, meine Familie zurückzubekommen.«

Ich sagte keinen Ton und vergaß fast das Atmen.

»Ich will nicht mehr allein sein, Presley. Ich will eine Familie – und nicht irgendeine, sondern *meine*. Dich und Alex. Außer euch habe ich niemanden, und ich will auch niemand anderen außer euch.«

Mir schwirrte der Kopf. Mir war bewusst gewesen, dass Tanner um meine Gunst kämpfte und mich sogar angeflirtet hatte, aber eigentlich hatte ich nicht erwartet, dass er wieder ernsthaft mit mir zusammen sein wollte.

Er hatte keine Ahnung, wie kompliziert die Lage war.

»Ich weiß nicht, was ich sagen soll«, brachte ich mühsam heraus.

»Triffst du dich mit jemandem?«, fragte er.

Ich wich seiner Frage aus. »Tanner, ich kann mir nicht vorstellen, dass wir jemals wieder zueinanderfinden.«

»Warum schließt du es so kategorisch aus?«

»Ich bin erwachsen geworden. Ich bin nicht mehr dieselbe Frau wie früher. Ich weiß jetzt mehr über mich, und ich weiß, was ich will. Ganz abgesehen davon, dass es mit uns einfach nicht funktioniert hat.«

»Es *hat* funktioniert, bevor ich es versaut habe. Bitte versuche, dich daran zu erinnern. Es gab eine Zeit, in der du mich geliebt hast, und ich habe nie aufgehört, *dich* zu lieben.«

Ich sagte nichts und trank als Antwort lediglich meinen Wein aus. Ich hätte lügen und behaupten können, ich wolle keine Beziehung – mit niemandem. Es war unmöglich, ihm die Wahrheit zu sagen: dass ich einzig an einer Beziehung mit dem anderen Miller-Bruder interessiert war. Und dass Tanner mit Levi über mich gesprochen hatte, erklärte, warum Levi abgetaucht war. Nun machte ich mir noch mehr Sorgen darüber, was in seinem Kopf vorging.

»Weißt du was?«, sagte Tanner einen Moment später. »Ich werde geduldig sein. Es ging mir in erster Linie darum, dir meine Absichten zu erklären. Ich erwarte nicht, dass du mich sofort zurücknimmst oder auf meine Erklärung reagierst. Aber du sollst wissen, wie ernst es mir ist. Ich bin wegen Alex *und* dir hier, Presley. Ich habe nicht vor, mich mit einer anderen Frau zu treffen, selbst wenn du mir keine Chance gibst. Lieber halte ich an meiner Hoffnung fest und warte auf dich.«

Das ist verrückt. »Dann musst du dich auf eine Enttäuschung gefasst machen, Tanner.«

Ich fragte mich, wie meine Reaktion ausgefallen wäre, wenn Levi und ich nicht zusammengekommen wären. Obwohl Tanner mir viele Gründe geliefert hatte, ihm nicht zu vertrauen, hatte ich das Gefühl, dass er im Augenblick aufrichtig war. Konnte es sein, dass er sich wahrhaftig geändert und den Entschluss gefasst hatte, mich zurückzugewinnen, wie er behauptete? Vielleicht. Wäre ich bereit gewesen, ihm noch eine Chance zu geben, wenn die Dinge anders lägen? Diese Möglichkeit konnte ich nicht völlig ausschließen. Doch Tatsache war nun einmal, dass *ich* mich verändert hatte. Ich konnte nicht aus meinem Gedächtnis streichen, was ich in den vergangenen Monaten mit Levi, der mich ungeahnte Dinge empfinden ließ, über meine Wünsche und Bedürfnisse gelernt hatte. Nach diesem Feuer sehnte ich mich jetzt. Selbst wenn aus Levi und mir nichts wurde, würde ich seinetwegen immer wissen, wie sich diese Art von Leidenschaft anfühlte. Ich verdiente genau das, und es war ganz bestimmt mehr, als Tanner zu bieten hatte.

»Wie gesagt …« Er nahm mein Glas und schenkte mir nach. »Ich erwarte nicht, dass du jetzt schon offen bist für all das. Du sollst nur wissen, dass ich diesmal nicht weglaufen werde.«

Ich schüttelte den Kopf. »Bitte kümmere dich weiterhin um Alex und nicht um mich. Ich bin lediglich daran interessiert, unser Verhältnis als Eltern zu verbessern. Dafür bin ich absolut offen.«

»Damit fangen wir an«, sagte er augenzwinkernd. »Aber ich gebe die Hoffnung nicht auf.«

Wir blieben noch auf der Veranda sitzen, doch die Atmosphäre blieb angespannt, während wir unverbindlich plauderten.

Schließlich bot Tanner an, Alex bei seinem Freund abzuholen, damit ich noch ein bisschen relaxen konnte, und schlug ein Abendessen zu dritt vor. Stattdessen bat ich ihn unter dem Vorwand, Besorgungen machen zu müssen, allein mit seinem Sohn zu essen. Er willigte ein, und sobald er losgefahren war, griff ich zu meinem Schlüsselbund.

Im Auto schrieb ich sofort eine Nachricht an Levi.

Presley: Sag mir, wo du bist. Ich komme jetzt zu dir.

23. KAPITEL

Levi

Der Tisch neben meinem Bett war mit verschiedenen Schokoriegelverpackungen übersät. Wenn ich gestresst war, neigte ich dazu, mich mit Süßigkeiten aus dem Hotelautomaten vollzustopfen. Ich hatte keine Ahnung, wie lange ich hierbleiben wollte, aber im *Palm Inn* hielt ich es im Moment einfach nicht aus. Und weil ich mich nicht mit unangenehmen Fragen zu der verkorksten Situation befassen wollte, konnte ich auch nicht zu meiner Mutter.

In der Antwort auf Presleys Nachricht hatte ich ihr geschrieben, wo ich untergekommen war, und nun war sie hierher unterwegs. Und obwohl mir vor dem graute, worüber wir unweigerlich reden würden, sehnte ich mich danach, sie zu sehen. Ich war aufgeregt wie immer, wenn ich wusste, dass wir allein sein konnten, nur war es diesmal ein bittersüßes Gefühl.

Der Fernseher lief, aber ich ging unruhig auf und ab und bekam das Geschehen auf dem Bildschirm gar nicht mit. Ich wusste nicht, was schlimmer war: mein schlechtes Gewissen oder meine Eifersucht.

Eigentlich hätte es ganz anders laufen sollen. Mein mir fremd gewordener Bruder hätte mir nicht so wichtig sein sollen. Aber irgendwie schien Tanner sich tatsächlich geändert zu haben, und das konnte ich nicht ignorieren. Das Wissen, dass er sein früheres Verhalten aufrichtig bedauerte, machte es mir viel schwerer, seine Gefühle wie geplant zu übergehen. Und nun hinterfragte ich alles. Hatte er mit seinem abrupten Karriereende nicht schon genug verloren? Hatte er nicht die Chance verdient, seine Familie zurückzubekommen? Das Problem war nur, dass seine Familie sich inzwischen auch wie *meine* Familie anfühlte, und ich wollte Presley und Alex nicht aufgeben. Wie soll man sich zwischen seiner Traumfrau und seinem Bruder entscheiden? Ist Blut tatsächlich dicker als Wasser? Ich hatte keine Antwort darauf, aber ich wollte sie alle drei nicht verlieren.

Presley war absolut dagegen, dass Tanner jemals etwas von uns erfuhr, und allmählich musste ich ihr beipflichten, obwohl ich noch vor einem Tag fest entschlossen gewesen war, ihm die Wahrheit zu sagen. Wenn er es nicht wissen durfte, wie zur Hölle sollten Presley und ich dann eine Chance haben? Wir konnten uns nicht ewig verstecken. Mein Magen verkrampfte sich. Es sah immer mehr danach aus, als würde die Entscheidung für uns getroffen werden. Ich konnte sie nur nicht akzeptieren.

Es klopfte an der Tür.

Als ich öffnete, stand Presley in einem kurzen Blümchenkleid und Jeansjacke vor mir. Ihre Augen waren voller Sorge, und allen Schuldgefühlen zum Trotz wollte ich in diesem Moment nichts anderes als mit ihr in dieses verdammte Hotelbett steigen, damit wir unsere Probleme für eine Weile vergessen konnten.

»Warum bist du mir den ganzen Tag aus dem Weg gegangen?«, fragte sie beim Hereinkommen.

»Tut mir leid.«

Sie holte tief Luft. »Ich weiß, dass Tanner heute Morgen mit dir geredet hat.«

»Ja. Deshalb bin ich abgehauen. Es hat mich ziemlich aus der Bahn geworfen.«

Sie nickte und senkte den Blick. »Offensichtlich hat er dir erzählt, dass er mich wieder zurückgewinnen will.«

Ich blies die Wangen auf. »Ich bin froh, dass du mir ausgeredet hast, ihm von uns zu erzählen. Ich weiß nicht, was ich mir dabei gedacht habe. Inzwischen ist mir klar, dass es ihn fertigmachen würde.« Ich musterte sie von oben bis unten und kämpfte gegen den Drang an, sie in die Arme zu nehmen. »Was hat er dir sonst noch gesagt?«

»Er hat gesagt, dass er sich mein Vertrauen verdienen will, weil er ernsthaft denkt, dass wir dann wieder ein Paar sein können. Er hat keine Ahnung, wie kompliziert die Situation in Wirklichkeit ist.«

Meine Eifersucht brachte mich fast um. Ich richtete den Blick an die Decke und schüttelte den Kopf. »Kann ich dich etwas fragen?«

»Natürlich.«

»Würdest du eurer Beziehung eine neue Chance geben, wenn das mit uns nicht passiert wäre?«

Sie überlegte. »Das glaube ich ehrlich gesagt nicht. Aber es ist schwer zu sagen, wenn man bedenkt, dass ich jetzt wahrscheinlich ein ganz anderer Mensch wäre, wenn wir nicht zusammengekommen wären. Aber es ist passiert, und jetzt weiß ich, dass ich Besseres verdient habe. Die Art, wie du mich behandelst, ist die Art, wie ich behandelt werden möchte. Ich wollte noch nie jemanden so sehr wie dich, Levi. Das kann ich nicht einfach so vergessen. Gleichzeitig will ich nicht, dass er es erfährt.« Ihre Stimme brach. »Es ist so eine verdammt verfahrene Situation.«

Ich spürte, dass Presley für wahr hielt, was sie gerade gesagt hatte, aber dennoch klang sie völlig durcheinander.

»Woher weißt du, dass du echte Gefühle für mich hast?«, fragte ich.

Sie kniff die Augen zusammen. »Wie meinst du das? Irgendwann weiß man es eben.«

»Es lässt sich nicht bestreiten, dass sexuell gesehen die Chemie zwischen uns stimmt, aber was ist, wenn diese intensive körperliche Anziehung dein Urteilsvermögen trübt?«

Sie wurde lauter. »Ich weiß, dass ich echte Gefühle für dich habe, weil ich immerzu an dich denke, auch wenn du nicht bei mir bist, und weil du mich glücklich machst. Ich will nicht leugnen, dass ich mich körperlich extrem zu dir hingezogen fühle. Das ist sicher ein wichtiger Aspekt. Aber was wir haben, ist so viel mehr als Sex.«

»Es bedeutet mir auch viel mehr«, sagte ich leise.

»Du gibst mir ein Gefühl der Sicherheit, wie es mir noch nie jemand gegeben hat, und Tanner ganz gewiss nicht.«

In diesem Moment musste ich sie einfach an mich ziehen und festhalten. Doch je länger ich sie in meinen Armen hielt, desto größer wurden meine Bedenken.

»Selbst wenn es uns gelingen *sollte*, unsere Beziehung geheim zu halten«, sagte ich und sah sie an, »ist Tanner nicht das einzige Problem. Bisher hat es zwischen uns funktioniert, weil ich jeden Tag für dich da sein konnte, aber das wird sich bald ändern. Wir würden einen Großteil des Jahres getrennt leben, und das ist das genaue Gegenteil von dem, was du brauchst, um dich bei mir sicher zu fühlen. Das ist ein unbeständiges Leben, und ich bezweifle allmählich, ob ich wirklich das Beste für dich und Alex bin.«

Presley schloss die Augen, als schmerzten sie meine Worte. Dann sah sie mich an und sagte: »Du hast mir alle Gründe genannt, warum wir kein Paar sein sollten, und trotzdem stehe ich hier vor dir, Levi, und will dich mehr als alles andere. Das wird sich nicht ändern.« Sie legte die Hände um mein Gesicht. »Ich habe Angst, dich zu verlieren.«

Die Angst war deutlich in ihren Augen zu erkennen. Ich wusste nicht, was ich sagen sollte. Ich konnte ihr nur körperlichen Trost anbieten, denn mir fehlten die Worte. Und verdammt, ich brauchte Presley genauso sehr.

Deshalb küsste ich sie, obwohl es das Letzte war, was ich hätte tun sollen. Presley schmiegte sich seufzend an mich, und ich wusste genau, was sie empfand. Den ganzen Tag hatte ich die Hände zu Fäusten geballt und den Kiefer angespannt, und meine Stirn hatte einige Falten mehr bekommen. Doch in dem Moment, in dem wir einander in den Armen lagen, schien alles in den Hintergrund zu treten, als gäbe es nichts Wichtigeres auf der Welt als diesen Kuss. Ich hob sie hoch und trug sie ins Schlafzimmer.

Es kam mir vor wie ein Traum, als ich sie auf das Bett legte. Noch nie in meinem Leben hatte ich solche Gefühle für eine Frau gehabt. Presley lag in der Bettmitte, ihr goldenes Haar fächerförmig auf dem Kopfkissen ausgebreitet, und ich beugte mich über sie und strich mit dem Daumen über ihre Wange.

»Das mit uns ist zwar eine komplizierte Geschichte, aber mich in dich zu verlieben war die einfachste Sache der Welt. Was auch immer passiert, du sollst wissen, dass ich es *nie* bereuen werde. Du hast mich verändert, Presley.« Ich musste schlucken, weil meine Stimme zu brechen drohte.

Sie lächelte traurig. »Liebe mich, Levi.«

Als ich sie diesmal küsste, fühlte es sich anders an als all die Male zuvor – viel leidenschaftlicher und inniger. Ich wusste nicht, was die Zukunft bringen würde, aber in diesem Moment war ich bis über beide Ohren verliebt, und das wollte ich ihr mit meinem Körper zeigen.

Nachdem ich erst sie, dann mich ausgezogen hatte, griff ich nach meiner Brieftasche, die auf dem Beistelltisch lag, um ein Kondom herauszufischen. Doch Presley hielt meine Hand fest.

»Ich nehme die Pille und war seit langer Zeit mit niemandem außer dir zusammen, wenn du vielleicht lieber ... ohne willst.«

»Nichts lieber als das«, stieß ich hervor. »Ich hoffe nur, ich blamiere mich nicht, wenn ich dich spüre, ohne dass etwas zwischen uns ist.«

Sie nahm mir lächelnd die Brieftasche aus der Hand und ließ sie auf den Boden fallen. »Dann kannst du es mit einer zweiten Runde wiedergutmachen. Und jetzt komm und küss mich noch mal.«

Ich lächelte. »Dein Wunsch ist mir Befehl.«

Wir küssten uns eine gefühlte Ewigkeit und genauso hingebungsvoll, wie ich sie nehmen wollte, wenn die Zeit reif war. Aber zuerst konzentrierte ich mich darauf, Presley mit all der Aufmerksamkeit zu überschütten, die ich ihr in den letzten Tagen nicht hatte schenken können. Ich bedeckte ihren zarten Hals mit Küssen und wanderte zuerst bis zum Schlüsselbein, dann hinauf zu ihrem Ohr. »Ich habe davon geträumt, in dir zu kommen«, flüsterte ich ihr zu. »Ich werde deine schöne, enge Pussy so ausfüllen, dass mein Sperma an deinen Schenkeln runterläuft.«

Presley stöhnte. Ich drohte, jeden Moment zu platzen, wenn ich nicht auf der Stelle in sie hineinkam. Also packte ich meinen Schwanz, umspielte mit der Spitze ihre Klitoris und brachte mich in Stellung. Ohne Latex zwischen uns war bereits ihre feuchte Wärme besser als alles, was ich jemals gespürt hatte, und ich drang langsam in sie ein. Ich hoffte, wenigstens ein paar Minuten durchzuhalten, aber sie war so eng und erregt, dass ich schon hätte kommen können, obwohl ich nicht einmal halb in ihr war. Der Drang, sie auszufüllen, war übermächtig, fast animalisch, als wäre ich ein Löwe, der sein Territorium markieren musste, um Konkurrenten abzuwehren. Ich kniff die Augen zusammen und wollte an irgendetwas denken, das mich bremsen konnte, doch das überwältigende Gefühl, ohne Kondom in ihr zu sein, erlaubte keine Ablenkung.

Als Presley meine Wange berührte, öffnete ich die Augen.

»Halt dich bitte nicht zurück. Lass es einfach geschehen. Das ist alles, was ich will.«

Ich schluckte und nickte, bevor ich noch einmal tief Luft holte und ganz in sie eindrang. Als meine Hoden ihren Po berührten, begann ich am ganzen Körper zu zittern.

Presley sah mir in die Augen. Sie brauchte es ebenso verzweifelt wie ich. »Komm, Levi. *Bitte.*«

In dem Moment war es um mich geschehen. Presley schlang die Beine um meinen Rücken, und mein Plan, sie zärtlich zu lieben, war zum Teufel. Ich wollte sie bis zur Besinnungslosigkeit vögeln. Wir bewegten uns immer schneller, stöhnten, schrien, umklammerten und küssten einander fieberhaft, und ich merkte, dass ich so tief in ihr war wie noch nie zuvor in einer Frau.

»Levi … schneller … mehr.« Sie keuchte. »Oh Gott … Ich … gleich …«

Mein Körper bebte von Kopf bis Fuß. Die Geräusche unseres Liebesspiels waren das Einzige, was ich noch mitbekam. Selbst wenn es unter dem Bett gebrannt hätte, hätte ich nicht aufhören können. Presley bäumte sich auf und ließ den Kopf nach hinten sinken. Dann spürte ich, wie sich ihre Muskeln um meinen Schwanz zusammenzogen, und kam ebenfalls.

»Verdammt … Presley … verdammt!« Mein Schwanz pulsierte, als ich mich gehen ließ. Ich sah vor mir, was ich geträumt hatte – nur war es jetzt kein Traum mehr. Es passierte tatsächlich, und so konnte ich mir viel besser ausmalen, wie ich ihre Vagina mit meinem Sperma füllte, bis es schließlich aus ihr heraus und über ihre Schenkel lief. Es sich vorzustellen, während es passierte, war die absolute Krönung.

Danach bewegte ich mich weiter langsam in ihr, und wir rangen beide nach Atem.

»Wow …«, keuchte Presley lächelnd. »Das war …«

»Ja, wirklich.« Ich erwiderte ihr Lächeln und hauchte ihr einen Kuss auf die Lippen. »Du bist unglaublich.«

»Ich bin froh, dass wir es zum ersten Mal ohne Kondom hier gemacht haben und nicht zu Hause. Das hätte Alex garantiert gehört.«

Ich grinste. »Fern hätte wahrscheinlich ihren Spaß daran gehabt.«

Wir mussten lachen, doch Sekunden später verschwand der euphorische Ausdruck aus Presleys Gesicht, und wir sahen uns in die Augen. Wir hatten beide den gleichen Gedanken, und es war unnötig, ihn auszusprechen, aber er brachte uns zurück auf den Boden der Tatsachen.

Tanner wäre ausgerastet.

24. KAPITEL

Levi

Ich behielt das Hotelzimmer.

Was mich dazu veranlasst hatte, wusste ich nicht genau, aber als ich den Schlüssel beim Auschecken abgeben wollte, hatte ich ihn spontan wieder eingesteckt und den Empfangsmitarbeiter gefragt, ob ich meinen Aufenthalt verlängern könne.

Im Lauf der letzten Tage hatte ich gegrübelt, warum ich es getan hatte. Brauchte ich einen Ort, an den ich fliehen konnte, wenn ich es im *Palm Inn* nicht mehr aushielt oder hoffte ich darauf, mich irgendwann noch einmal mit Presley dort treffen zu können? Wäre Letzteres der Fall, hätte ich ihr wohl inzwischen einen Schlüssel gegeben oder ihr zumindest davon erzählt, aber das hatte ich nicht getan. Stattdessen war ich in die Pension zurückgekehrt.

Ich stand in der dunklen Küche und trank gedankenverloren meinen Morgenkaffee, als Presley hereinkam. Sie ging zum Kühlschrank und nahm die Milch heraus. Dann drehte sie sich um und ging ohne aufzusehen zur Kaffeemaschine.

»Guten Morgen«, sagte ich.

Presley zuckte zusammen und fasste sich ans Herz. »Oh mein Gott. Hast du schon da gestanden, als ich reingekommen bin?«

Ich nickte. »Ich stehe seit einer Viertelstunde hier.«

»Ich habe dich nicht gesehen.«

Ich nippte an meinem Kaffee. »Du warst ziemlich in Gedanken.«

Sie seufzte und stellte die Milch ab. »Es kommt mir vor, als würde ich den ganzen Tag nichts anderes machen als nachdenken.«

»Das kenne ich.«

Sie schenkte sich Kaffee ein und lehnte sich neben mir an die Küchentheke. »Noch fünfzehn Tage bis zu deiner Abreise.«

Ich nickte. »Fünfzehn Tage und vier Stunden. Mein Flug geht um halb elf.«

Presley senkte die Stimme. »Kommst du zwischendurch mal zurück?«

»Die meisten Spiele sind sonntags. Montags haben wir Mannschaftsbesprechung und Physio, und von Dienstag bis Freitag Training. Samstags fahren wir zu Auswärtsspielen oder haben Besprechungen für Heimspiele.«

»Und was ist mit den spielfreien Wochen? Es gibt doch jede Saison eine oder zwei, nicht wahr?«

»In dieser Saison gibt es nur eine, und den Spieltag ersetzen wir normalerweise einfach durch eine zusätzliche Trainingseinheit.«

Sie runzelte die Stirn. »Wie … machen die Leute das?«

»Die meisten Kollegen ziehen mit ihren Familien in den Bundesstaat, in dem ihre Mannschaft beheimatet ist – dann können sie zumindest abends nach Hause. Die anderen lassen ihre Freundinnen ab und zu einfliegen.«

Presley schwieg eine Zeit lang. Ich hatte keine Ahnung, was in ihrem Kopf vorging, was sie erwartete oder vorhatte, wenn ich wegmusste. Schließlich wandte sie sich mir zu.

»Ein paar Tage nach deiner Abreise fängt für Alex die Schule wieder an.« Sie schüttelte den Kopf. »Er hat gerade angefangen, Wurzeln zu schlagen …«

Ich wusste nicht, warum sie plötzlich verstummte. Aber dann ging das Licht an, und mir wurde klar, dass sie Tanner hatte kommen sehen.

»Warum steht ihr hier im Dunkeln?«, fragte er.

Presley öffnete den Mund und stockte, daher schaltete ich mich rasch ein. »Ich bin mit Kopfschmerzen aufgewacht, und das Licht war mir zu hell.«

Tanner schaute mit zusammengekniffenen Augen zwischen uns hin und her, als würde er uns nicht glauben. Doch schließlich nickte er und schaltete das Licht wieder aus. Als er herüberkam, um sich einen Kaffee einzuschenken, drängte er sich zwischen uns. Ich musste ein paar Schritte zurücktreten, sonst hätten wir uns gegenseitig auf den Füßen gestanden.

Er hob das Kinn in meine Richtung. »Ich habe heute ein zweites Gespräch wegen des Trainerjobs.«

»Wirklich?«, sagte Presley.

Tanner nickte. »Ja. Ich und ein anderer Typ sind in der engeren Wahl. Bis Ende der Woche wollen sie sich entscheiden.«

Presley runzelte die Stirn. »Na, dann drücke ich die Daumen.«

»Ja, viel Glück.« Ich prostete ihm mit meinem Kaffeebecher zu und löste mich von der Theke. »Ich gehe duschen. Ich hab heute ziemlich viel zu tun.«

Presley suchte meinen Blick, und ich nickte ihr zu, bevor ich den Raum verließ. Es machte mich wahnsinnig, die beiden in der Küche allein zu lassen. Wie zur Hölle sollte ich es dann in zwei Wochen schaffen, ganz wegzugehen?

Seit dem kurzen Gespräch mit Presley in der Küche hatte ich den ganzen Morgen ein ungutes Gefühl im Bauch gehabt. Deshalb beschloss ich, nach meinem Termin beim Augenarzt und dem Work-out mit meinem Heimtrainer bei Alex auf dem

Platz vorbeizuschauen. Presley saß mit mehreren Frauen auf der Tribüne, von denen ich keine kannte.

»Oh mein Gott«, sagte eine von ihnen. »Sie sind Levi Miller, der Quarterback.«

Ich schenkte ihr mein Standardlächeln und nickte. »Der bin ich. Freut mich, Sie kennenzulernen.«

»Sind Sie noch länger hier? Mein Sohn ist Ihr größter Fan. Das Training ist in ungefähr zwanzig Minuten zu Ende, und er würde sterben, wenn er wüsste, dass Sie hier waren und er Sie verpasst hat.«

Presley und ich tauschten einen Blick. »Das wollen wir natürlich nicht. Kein Problem, ich wollte noch eine Weile zuschauen. Welcher ist Ihr Sohn?«

»Der Runningback mit der Vierundvierzig.«

»Ich werde auf ihn achten. Vielleicht kann ich ihm nachher ein paar Tipps geben.« Ich sah Presley an und deutete mit dem Kopf ans andere Ende des Spielfelds. »Ich gehe runter auf die andere Seite, wo die Kids sind. Da sehe ich mehr.«

Sie stand auf. »Ich komme mit.«

Ich hörte die Frauen tuscheln, als wir uns entfernten. Eine gab einen Kommentar zu meinem Hintern ab.

Ich schüttelte den Kopf. »Und da heißt es immer, die Männer wären so schlimm.«

Presley lächelte. »Kannst du wirklich eine Walnuss mit deinen Pobacken knacken? Wenn ja, dann würde ich es gern sehen.«

Ich schmunzelte. »Das hat sie gesagt?«

»Hat sie.«

»Also, ich habe es noch nie ausprobiert. Aber wenn du auf solche Sachen stehst, bin ich bereit, einen Versuch zu wagen.«

Wir lachten beide, und die Anspannung, unter der ich seit dem Morgen gelitten hatte, fiel von mir ab. Doch der flüchtige

Moment der Unbeschwertheit fand durch einen markerschütternden Schrei von Alex ein abruptes Ende. Wenn man einen Sport betreibt, bei dem meistens die halbe Mannschaft an irgendeiner Verletzung herumlaboriert, wird man zum Experten, was Schmerzensschreie angeht. Und dieser … hatte gar nicht gut geklungen. Der Durchlass zum Spielfeld war zwanzig Meter entfernt, daher sprang ich kurzerhand über die Spielfeldumrandung und lief zu Alex hinüber, der auf dem Boden lag. Zwei Trainer beugten sich über ihn.

»Mein Knöchel. Mein Knöchel.« Er rollte sich auf die Seite.

Ich kniete mich neben ihn. »Versuch, das Bein nicht zu bewegen, Kumpel.«

»Es tut so weh, Onkel Levi!«

»Sag mir, wie sich der Schmerz anfühlt, Alex.«

»Es ist ein stechender Schmerz, und er geht mein Bein hoch.«

Sein Knöchel begann außerdem anzuschwellen. *Kein gutes Zeichen.*

Presley kam zu uns. »Bist du okay?«

»Ich denke, wir sollten ihn zur Sicherheit ins Krankenhaus bringen.«

Sie nickte. »Gut. Ja, machen wir das.«

Einer der Trainer richtete sich auf und wies mit dem Daumen in Richtung Parkplatz. »Soll ich einen Rollstuhl holen? Ich habe für alle Fälle immer einen in meinem Van.«

Ich hob Alex vom Boden auf und achtete darauf, seinen Knöchel nicht zu berühren. »Nicht nötig. Ich mache das.«

Weil mein Pick-up über mehr Fußraum verfügte als Presleys kleines Auto, fuhren wir damit zur Notaufnahme und ließen ihren Wagen am Sportplatz stehen. Sie kaute an den Nägeln, als wir auf den Highway fuhren.

»Ich habe vergessen, wie nervenaufreibend es sein kann, wenn jemand, den man liebt, Football spielt.«

»Das wird schon wieder.«

Sie atmete geräuschvoll aus und nickte.

Als wir am Krankenhaus eintrafen, wurden Alex und Presley zur Ersteinschätzung mitgenommen, und ich ging im Wartebereich auf und ab. Fünf Minuten später kam sie wieder.

»Gerade war nicht so viel los, und sie konnten ihn direkt zum Untersuchungsraum bringen«, sagte sie. »Es darf immer nur eine Person bei ihm sein, deshalb wollte ich dir kurz Bescheid geben. Ich melde mich, wenn ich etwas weiß.«

Ich nickte und gab ihr einen Kuss auf die Stirn. »Okay. Viel Glück.«

Etwa eine Stunde später – ich spielte mit meinem Handy herum, um mir die Zeit zu vertreiben – hörte ich eine vertraute Stimme.

»Ich suche Alex Miller.«

»Und Sie sind?«

»Sein Vater.«

»Er ist mit seiner Mutter bei der Untersuchung. Warten Sie kurz, dann sehe ich, ob ich Ihnen etwas zum Stand der Dinge sagen kann. Pro Patient ist nur eine Begleitperson gestattet.«

»Okay, vielen Dank.«

Mein Bruder kam in den Wartebereich und stutzte, als er mich sah. »Was machst du denn hier?«, fragte er mit gerunzelter Stirn.

»Auf dem Rückweg vom Augenarzt bin ich beim Platz vorbeigekommen und habe die Jungs trainieren sehen. Da habe ich Halt gemacht und zugeschaut.«

»Du warst dabei, als es passiert ist?«

»Ja. Es klang, als könnte es ein Bruch sein.«

Mein Bruder fuhr sich durch die Haare. »Scheiße.«

»Woher weißt du, dass er hier ist?«

»Presley hat mich angerufen.«

»Oh.«

Offenbar hatte ich unwillkürlich das Gesicht verzogen, denn mein Bruder sah mich prüfend an. »Ist das ein Problem? Sollte ich etwa nicht hier sein, wenn mein Kind verletzt ist?«

Ich schüttelte den Kopf. »Doch, natürlich. Ich meinte nur … daran habe ich gar nicht gedacht. Ich hätte dich anrufen sollen. Das ist alles.«

Mein Bruder nickte, aber ich war nicht sicher, ob er mir den Unsinn abkaufte, den ich von mir gab.

Einige Minuten später öffnete eine Krankenschwester die Tür, die zu den Untersuchungsräumen führte, und rief: »Miller?«

Ohne nachzudenken stand ich gleichzeitig mit Tanner auf. Er sah mich komisch an.

»Oh, entschuldige. Sie hat bestimmt dich gemeint.«

Ich setzte mich wieder hin, als die Schwester herüberkam. »Sie sind Alex' Vater?«

»Ja. Ich bin Tanner Miller.«

»Ihrem Sohn geht es gut. Er ist gerade vom Röntgen wiedergekommen, und wir warten auf den Befund des Orthopäden. Aber der Bereitschaftsarzt denkt, dass es kein Bruch ist, nur eine ziemlich üble Verstauchung.«

Tanner atmete tief durch. »Okay. Super. Kann ich ihn sehen?«

»Normalerweise lassen wir nur eine Begleitperson zu. Aber da es heute etwas ruhiger zugeht, kann ich wohl ein Auge zudrücken.« Sie wies mit dem Kopf zur Tür. »Kommen Sie. Folgen Sie mir.«

Mein Bruder ging ihr sofort nach, ohne sich noch einmal nach mir umzudrehen. Als ich wieder allein war, fühlte ich mich wie ein Eindringling, so als würde ich mich in eine

Familienangelegenheit einmischen. Ich wollte für Alex da sein, doch es war die Aufgabe seines Vaters – und nicht meine –, ihm zur Seite zu stehen. Und das schmerzte. Trotzdem konnte ich mich nicht dazu durchringen zu gehen. Ungefähr eine Viertelstunde verging, dann kam Presley in den Wartebereich.

Ich stand auf und wischte mir die feuchten Hände an der Hose ab. »Wie geht es ihm?«

»Der Orthopäde war gerade da. Zum Glück ist es nur eine schlimme Verstauchung. Er bekommt eine Aircast-Schiene und Krücken. Der Arzt meinte, es heilt innerhalb von ein paar Wochen von allein.«

Ich nickte und atmete erleichtert auf. »Gut. Und hat er Schmerzen?«

»Sie haben ihm Ibuprofen gegeben, und es scheint zu helfen. Aber er hat natürlich noch nicht versucht, das Bein zu belasten.«

»Verstehe. Es wird bestimmt noch wehtun, aber das ist normal.«

Presley sah zu Boden. »Tut mir leid, wenn es für dich unangenehm war, als Tanner hergekommen ist. Ich hatte ihn angerufen und informiert, konnte ihm aber nicht mehr sagen, dass du hier bist, weil Alex in dem Moment zum Röntgen musste.«

»Schon okay. Hauptsache, es geht Alex gut.«

Nach einigen unbehaglichen Sekunden räusperte ich mich. »Ich muss los. Ich … habe noch etwas zu erledigen.«

»Oh, okay.«

Ich verließ das Krankenhaus nur ungern, aber es stand mir nicht zu, länger zu bleiben. Ich steckte die Hände in die Hosentaschen und rang mir ein Lächeln ab. »Bis später dann.«

Presley nickte. »Okay.«

Auf dem Weg nach draußen wurden meine Schritte immer schwerer. Ich hatte es fast zu meinem Wagen geschafft, als

Presley von der Tür aus nach mir rief. Ich drehte mich um, und sie kam zu mir herübergelaufen.

»Es tut mir so leid. Du fühlst dich jetzt bestimmt ganz komisch. Ich wollte dir nur sagen, dass ich dich viel lieber da drin an meiner Seite hätte als Tanner.«

Sie hatte bereits genug Sorgen. Ich wollte es nicht noch schlimmer machen und Schuldgefühle bei ihr hervorrufen. Und obwohl ich sie gern unterstützt hätte, stand Tanner der Platz an ihrer Seite in diesem Moment zu. Um ihr zu versichern, dass es mir gutging, nahm ich sie in die Arme.

»Ist schon okay. Denk nicht weiter darüber nach. Mit uns ist alles gut.«

Sie sah mich zweifelnd an, und ich strich ihr lächelnd eine Haarsträhne aus dem Gesicht. »Wirklich.«

In ihrer besorgten Miene malte sich Erleichterung. »Okay. Danke.«

Ich gab ihr einen Kuss auf die Stirn und tippte ihr lächelnd mit dem Finger auf die Nasenspitze. »Jetzt atme mal tief durch. Wir sehen uns nachher zu Hause. Alles wird gut.«

Doch kaum hatte ich es gesagt, beschlichen mich Zweifel. Denn als ich aufschaute, sah ich einen Mann am Eingang stehen, der uns beobachtete.

Tanner.

25. KAPITEL

Levi

Tanner hatte keine Reaktion gezeigt und einfach kehrtgemacht, als er mitbekommen hatte, wie ich Presley tröstete. Ich behielt für mich, dass ich ihn gesehen hatte, denn noch mehr Sorgen konnte sie wahrhaftig nicht gebrauchen.

Wie viel er beobachtet hatte, wusste ich nicht. War er tatsächlich ahnungslos, oder verschloss er die Augen vor der Realität?

Ich atmete tief durch, als Presley wieder ins Krankenhaus ging, und stieg in meinen Wagen. Da fiel mir auf, dass ich meine Kappe auf dem Stuhl im Wartebereich liegen gelassen hatte.

Ich ging sie holen und sah, wie Presley, Tanner und Alex vor der Tür zu den Untersuchungsräumen standen. Sie sprachen mit einer Krankenschwester und kehrten mir glücklicherweise den Rücken zu, sodass sie mich nicht bemerkten.

Tanner strich Alex über den Rücken, während Presley der Krankenschwester Fragen stellte. Sie sahen haargenau so aus wie die Familie, die sie im Grunde immer noch waren, auch wenn ich es nicht wahrhaben wollte – die Familie, deren Aussichten auf eine gemeinsame Zukunft ich langsam hinter dem Rücken meines Bruders zunichtemachte.

Die Stimme meiner Mutter riss mich aus meinen Gedanken.

»Wie geht es meinem Jungen?«

Ich drehte mich um. »Es geht ihm gut. Es ist nur eine Verstauchung.«

»Ja, ich weiß. Der arme Kleine. Tanner hat mich angerufen, als ich schon auf dem Weg hierher war, und hat mir gesagt, dass es kein Bruch ist.« Sie legte die Hand auf meinen Arm. »Aber ich habe meinen *großen* Jungen gemeint. Wie hältst *du* dich?«

Ich atmete geräuschvoll aus. »Es ging mir schon mal besser.«

Sie nickte. »Ich kann mir vorstellen, dass die Situation nicht einfacher für dich wird.«

Ich drehte mich wieder um und betrachtete die drei. »Sieh dir an, wie glücklich Alex zu sein scheint, weil er seinen Dad an seiner Seite hat. Da kann ich nicht mithalten – und werde es auch niemals können.« Ich senkte den Blick. »Tanner hat vorhin gesehen, wie ich sie umarmt habe.«

Meine Mutter riss die Augen auf. »Meinst du, er ahnt, dass es mehr als platonisch war?«

»Nein.« Ich schüttelte den Kopf. »Das ist es ja. Meiner Meinung nach kann er sich gar nicht vorstellen, dass ich zu etwas Derartigem fähig bin. Er denkt, ich hätte mich in seiner Abwesenheit als braver, verlässlicher Bruder um sie gekümmert, und Presley und ich wären uns deshalb nähergekommen. Wahrscheinlicht hat es so ausgesehen, als hätte ich sie nur getröstet – das hoffe ich zumindest. Aber es war trotzdem nervenaufreibend.«

»Die ganze Geschichte ist nervenaufreibend.« Sie seufzte. »Du musst bald weg, aber du bist bestimmt noch nicht bereit dazu.«

»Nicht im Geringsten.«

Meine Mutter zeigte zum Ausgang. »Gehen wir eine Runde spazieren. Ich möchte dir etwas sagen, das ich dir bisher verschwiegen habe.«

Ich folgte ihr neugierig. »Worum geht es denn?«

»Um deinen Vater.«

»Ich weiß nicht, ob mir gefällt, wo das hinführt.«

Sie atmete tief durch, als wir durch die Automatiktür nach draußen traten. »Als wir uns getrennt haben, wart ihr Jungs schon aus dem Haus. Ihr habt einiges nicht mitbekommen – vor allem eine Sache, die ich euch bisher nicht anvertrauen wollte.«

Mein Puls beschleunigte sich. »Wovon redest du?«

»Ich rede von den genauen Umständen am Ende unserer Beziehung.«

»Okay …«

»Wir hatten offenbar unterschiedliche Vorstellungen von den Konsequenzen unserer Trennung. Als wir uns darauf geeinigt hatten, dachte ich, wir würden einander weiterhin treu bleiben, auch wenn wir nicht mehr zusammenleben.« Sie hielt inne. »Aber dein Vater hat in dieser Zeit eine andere Frau kennengelernt.«

Ich nickte schweigend. Mein Vater und eine andere Frau – der Gedanke bereitete mir Übelkeit. Ich hatte zwar vermutet, dass er nach der Trennung Verabredungen gehabt hatte, aber immer versucht, es zu verdrängen.

»Ich hatte angenommen, die Trennung wäre nur vorübergehend und dass wir irgendwie wieder zueinanderfinden würden«, fuhr meine Mutter fort. »Ich dachte, wir bräuchten einfach ein bisschen Abstand, um unsere Beziehung retten zu können, und habe gehofft, dass wir als Paar gestärkt aus dieser Krise hervorgehen würden. Dein Vater hingegen hat die Trennung als Möglichkeit genutzt, um seine Midlife-Crisis auszuleben.«

»Scheiße«, murmelte ich und begann mich zu fragen, warum meine Mutter mir das alles ausgerechnet jetzt erzählte.

»Jedenfalls …«, sagte sie, »konnte ich es nicht verwinden. Er hat die Frau eine Weile getroffen, und als es mit ihnen vorbei war, wollte er wieder zu mir zurück. Er hat sich immer wieder damit herausgeredet, dass wir zu der Zeit ja getrennt waren. Aber ich kam nicht darüber hinweg, weil ich mich betrogen fühlte. Und so habe ich ihm gesagt, dass ich die Scheidung will.«

Ich hatte mir das Ende der Ehe meiner Eltern ganz anders vorgestellt, als sie es beschrieben hatte. Ich war davon ausgegangen, sie hätten sich auseinandergelebt und in gegenseitigem Einvernehmen scheiden lassen – ohne Beteiligung anderer.

»Dann hast du die Scheidung eigentlich nicht gewollt …«, sagte ich. »Hätte er nicht eine andere gehabt, hättest du versucht, die Dinge wieder in Ordnung zu bringen?«

»Ich habe deinen Vater geliebt. Aber ich war … sehr verletzt.«

Verdammt. Das alles war mir neu. »Wow, Mom.«

Sie blieb stehen und wandte sich mir zu. »Nachdem er sich einige Zeit dagegen gesträubt hatte, ist er meinem Scheidungswunsch schließlich nachgekommen. In Wahrheit aber haben wir nie aufgehört, einander zu lieben.«

Ein Bild aus meiner Kindheit, wie sich meine Eltern in der Küche küssten, tauchte vor meinem geistigen Auge auf. Ich hatte es immer eklig gefunden und war davongerannt. Doch das Wissen, dass sie sich die ganze Zeit geliebt hatten, spendete mir Trost.

»Das ist ein tröstender Gedanke«, sagte ich. »Auch wenn er bittersüß ist.«

Sie lächelte traurig. »Als dein Dad im Sterben lag, hat er mir gesagt, es sei sein größter Fehler gewesen, sich von mir zu entfernen. Ich habe ihm geglaubt, dass er es bereut hat, sich auf eine Beziehung mit dieser Frau eingelassen zu haben. Obwohl ich immer an meiner Entscheidung festgehalten habe, ihn nicht zurückzunehmen, hatte er das Gefühl, nicht genug um uns gekämpft zu haben – dass er mehr hätte tun können, um die Scheidung zu verhindern. Es war immer unser Traum, uns irgendwann zur Ruhe zu setzen und gemeinsam in den Sonnenuntergang zu reiten. Das Ende unserer Beziehung hat keiner von uns vorhergesehen.«

»Es bricht mir das Herz, dass sich euer Traum nicht erfüllt hat.«

Mom bekam feuchte Augen. »Es bricht auch mir das Herz – dass dein Vater an seinem Lebensende so vieles bereut hat und ich dabei eine Rolle gespielt habe. Hätte ich gewusst, dass er ein Jahr später krank werden und an Krebs sterben würde, wäre ich vielleicht nachsichtiger gewesen. Man denkt, man hätte unendlich viel Zeit im Leben, um bestimmte Dinge zu regeln, aber darauf darf man sich nicht verlassen.«

Mir war immer noch nicht klar, warum sie mir die Geschichte gerade jetzt erzählte. »Ich habe das Gefühl, dass es dir um mehr geht, als die Wahrheit über dich und Dad einzugestehen.«

»Was mit deinem Dad und mir passiert ist, erinnert mich sehr an das, was zwischen Tanner und Presley gerade läuft. Dein Bruder hat schlechte Entscheidungen getroffen, und nun versucht er, sie zu korrigieren. Er hat die Chance, das zu schaffen, was deinem Vater nicht gelungen ist.«

Scheiße. Natürlich wollte sie *darauf* hinaus: Sie lieferte ein weiteres Argument dafür, dass ich bei der ganzen Sache der Böse war, weil ich meinen Bruder daran hinderte, seine Familie zurückzugewinnen. Mir war klar, dass es das Richtige war, ihm einen Versuch zu ermöglichen. Das hatte für mich nie infrage gestanden. Es ging vielmehr um das Gefühl, mich körperlich nicht von Presley fernhalten zu *können*, das es mir unmöglich machte, das Richtige zu tun.

»Ich will die Gefühle, die du für Presley entwickelt hast, nicht kleinreden«, sagte meine Mutter. »Aber ich denke, du musst den größeren Zusammenhang sehen. Deine Karriere lässt sowieso keine zukunftsfähige Beziehung mit Presley zu. Und es sieht nicht danach aus, als würde Tanner seine Bemühungen um seine Familie in nächster Zeit schon wieder einstellen – immerhin hat er sich um diesen Trainerjob beworben. Außerdem musst du an Presley denken – möglicherweise empfindet sie irgendwann Reue, wenn es sich zwischen euch ausgeflittert hat. Ihr beide hattet einen Sommer. Tanner und sie haben eine lange Geschichte – und ein Kind.«

Ja, Mutter. Sag mir etwas, das ich noch nicht weiß.

Sie fasste mich am Arm. »Du hast wahrscheinlich den Eindruck, ich wäre bei dieser Sache nicht auf deiner Seite. Das darfst du bitte nicht denken. Ich meine nur, das Beste für die beiden ist auch das Beste für dich. Die Geschichte deines Vaters und seiner Reue sollte dir aufzeigen, wie du eines Tages in Bezug auf deinen Bruder empfinden könntest. Es wäre ein ungeheurer Verrat, Levi, wenn du dich nicht von Presley lösen würdest, wo du jetzt weißt, dass Tanner sich bemüht, die Dinge wieder in Ordnung zu bringen. Ich schwanke noch, ob du es ihm sagen solltest oder nicht, aber allmählich denke ich, es ist das Beste, wenn er es nie erfährt. Doch je länger du in Presleys Nähe bist, desto wahrscheinlicher ist es, *dass* er es herausfinden wird. Meiner Meinung nach bist du kurz davor, unwiderruflichen Schaden anzurichten, aber jetzt hast du noch die Möglichkeit aufzuhören, bevor es zu spät ist.«

Meine Brust schmerzte, weil mich die Emotionen überwältigten, wenn ich an meinen Vater und meinen Bruder dachte. Die Worte meiner Mutter machten mich fertig. Wenn ich mich zurückzog, bekam Tanner die Chance, die mein Vater nie hatte. Und vermutlich hätte Dad mir den gleichen Rat gegeben. War die Liebe zu Presley es wert, meiner Familie wehzutun? Unabhängig von der Antwort auf diese Frage wusste ich, dass ich Presley nicht widerstehen konnte, solange wir uns nah waren. Nur räumliche Distanz würde einen Schlussstrich ziehen.

Plötzlich war mir alles zu viel, und ich zog meine Schlüssel aus der Tasche. »Ich muss los.«

Meine Mutter runzelte die Stirn. »Habe ich dich jetzt völlig verärgert?«

»Nein, ich bin dir dankbar, dass du es mir erzählt hast. Es ist ein neuer Denkanstoß.«

Sie streckte die Hand nach mir aus. »Ich liebe dich sehr, Levi. Bitte vergiss das nicht. Und ich bin wahnsinnig stolz auf dich, auch wenn es kürzlich so schien, als wäre ich enttäuscht von dir. Ich weiß, du wolltest ihn nicht verletzen. Ich sehe die Traurigkeit in deinen Augen, und ich wünschte, ich könnte sie dir nehmen.«

»Danke, Mom.« Ich umarmte sie fest, dann ging ich zu meinem Wagen.

Weil ich erst in die Pension zurückkehren wollte, wenn alle zu Bett gegangen waren, schlug ich die Zeit in einer Bar tot und dachte über meine nächsten Schritte nach.

Gegen halb elf klingelte mein Telefon. Es war mein Agent Rich Doherty.

»Was gibt's, Rich?«, sagte ich zur Begrüßung.

»Wie sehr liebst du mich?«

»Kommt auf meinen Alkoholpegel an. Und ich glaube, heute Abend hast du Glück.«

»Sieh zu, dass du das Zeug aus deinem System kriegst. Ich brauche dich in Topform.«

»Ich habe aber noch zwei Wochen Zeit, um mich sinnlos zu betrinken.«

»Zurück zu der Frage, wie sehr du mich liebst. Was wäre, wenn ich dich bitten würde, bereits jetzt zur Mannschaft zu stoßen?«

»Warum zum Teufel solltest du das tun? Laut Vertrag habe ich noch frei.«

»Weil die Mannschaft mich gebeten hat, bei dir anzufragen. Wir hoffen darauf, dass du aus reiner Herzensgüte Erbarmen mit den neuen Receivern hast, die deinen Sachverstand im Trainingscamp dringend nötig haben.«

»Das ist so nicht abgemacht, Rich.«

»Ich weiß. Es wäre eine reine Gefälligkeit.«

Im ersten Moment wollte ich ablehnen. Warum zur Hölle sollte ich jetzt schon zum Team zurück, zumal Presley und ich noch so viel zu klären hatten?

Doch dann kam mir in den Sinn, dass dieser Anruf womöglich ein Zeichen war. Vielleicht war eine frühere Abreise meine Chance, der ganzen Situation zu entkommen. Vielleicht war es das Richtige, auch wenn ich es nicht wollte.

Ich fuhr mir durch die Haare. »Tu mir einen Gefallen. Gib mir eine Nacht, um über die Sache zu schlafen. Ich habe viel zu viel getrunken, um irgendetwas entscheiden zu können. Ich denke darüber nach und gebe dir morgen Bescheid.«

»Immerhin kein Nein, das ist doch schon mal was.«

»Bye, Rich.«

Ich legte mein Handy hin und rieb mir das Gesicht.

Wenige Minuten später rief ich mir ein Taxi und ließ ein Bündel Scheine für den Barkeeper auf der Theke liegen. Ich hatte meinen Wagen vorausschauend vor dem *Palm Inn* abgestellt, bevor ich mit einem Uber hergekommen war. Es hätte noch gefehlt, dass ich zu allem Übel wegen Trunkenheit am Steuer festgenommen worden wäre.

Als ich am folgenden Morgen wach wurde, bedeckte eine blonde Lockenmähne meine Brust. Blinzelnd stellte ich fest, dass Presley auf mir saß – und ihr Mund wanderte meinen Oberkörper hinunter.

Gleichermaßen angetörnt und erschrocken fragte ich: »Was machst du da?«

»Tanner ist mit Alex Donuts essen gefahren. Wir haben nicht viel Zeit, aber ich wollte dich unbedingt wecken. Du hast mir letzte Nacht so gefehlt.«

Ihre Küsse landeten immer weiter unten.

Hin- und hergerissen zwischen meiner Erregung und meinen Gewissensbissen wusste ich nicht, ob ich sie aufhalten oder lassen sollte. Doch bevor ich groß darüber nachdenken konnte, schloss sich ihr Mund um meinen Schwanz. Ich legte stöhnend den Kopf zurück und erlaubte mir, es ein paar Sekunden lang zu genießen, dann zwang ich mich jedoch, in die Wirklichkeit zurückzukehren. Angesichts der Entscheidung, die ich in der vergangenen schlaflosen Nacht getroffen hatte, durfte ich das hier nicht zulassen.

Ich richtete mich ruckartig auf. Der Ausdruck in ihren Augen traf mich schmerzhaft, als sie verwirrt zu mir aufsah.

»Was ist?«

»Es geht nicht. Es ist zu riskant. Sie könnten schneller wieder da sein, als du denkst.«

Hätte ich nicht so ein verdammt schlechtes Gewissen gehabt, weil ich früher abreisen würde, hätte ich Sex niemals ablehnen können. Aber ich hatte unter den gegebenen Umständen kein Anrecht mehr auf sie.

Presleys Blick war voller Sorge, als sie sich auf die Bettkante setzte.

Ich umfing ihr Gesicht mit beiden Händen und küsste sie innig und leidenschaftlich auf den Mund. Dabei kniff ich die

Augen fest zusammen und versuchte, mir das Gefühl ins Gedächtnis einzubrennen, bevor ich mich wieder von ihr löste. Unsicher, ob dies vielleicht unser letzter Kuss war, leckte ich mir die Lippen.

»Geh dich schon mal anziehen, und ich mache schnell Frühstück für uns. Dann können wir reden, bevor sie zurückkommen«, schlug ich vor.

Presley nickte mit trauriger Miene, bevor sie aufstand und in ihr Zimmer ging. Ich wollte sie nicht verletzen. Mir war kotzübel, aber ausnahmsweise musste ich das Richtige tun und nicht das, womit ich mich gut fühlte.

Nachdem ich Jeans und T-Shirt angezogen hatte, ging ich in die Küche und machte Kaffee, Rührei, Schinkenspeck und Toast für Presley und mich, obwohl ich wahrscheinlich nichts davon essen konnte.

Meine innere Unruhe wuchs, weil ich meine Entscheidung irgendwie erklären musste. Wie sollte ich ihr die Nachricht beibringen? War es der leichtere Weg, einfach bei Nacht und Nebel abzuhauen? Vielleicht hasste sie mich dann und nahm es nicht ganz so schwer. Es würde sie ohnehin verletzen, und sie sollte lieber wütend auf mich sein als todunglücklich.

Ich wollte sie gerade in die Küche rufen und verteilte das Rührei auf zwei Teller, als die Haustür aufging.

Kurz darauf kamen Tanner und Alex herein. Ich setzte ein Lächeln auf, als Alex auf Krücken auf mich zukam, und stellte die Pfanne ab. »Wie geht's meinem tapferen Jungen?«

»Mein Bein tut noch weh«, sagte mein Neffe. Ihm klebte rosa Zuckerguss am Mundwinkel.

»Das glaube ich wohl, Kumpel.«

»Ich gehe trotzdem am Freitag auf die Mannschaftsparty, auch wenn ich diese Woche nicht spielen kann.«

»Das ist die richtige Einstellung.«

Tanner ging schweigend zum Kühlschrank und nahm etwas heraus.

»Du musst mitkommen zu der Party, Onkel Levi. Viele von meinen Freunden wollen dich gern noch mal sehen, bevor du weggehst.«

Mir wurde eng in der Brust, und ich traf spontan die Entscheidung, die Bombe in diesem Moment platzen zu lassen. Es würde nicht einfacher werden, wenn ich es weiter hinausschob.

»Tut mir leid, Kumpel, aber ich kann nicht.«

»Warum nicht?«

»Ich habe erfahren, dass ich schon früher nach Colorado zurückmuss. Ich reise morgen ab.«

»Oh nein! Du darfst noch nicht gehen. Aber warum denn?«, rief er voller Panik.

»Was?«, hörte ich Presley bestürzt hinter mir sagen.

Ich hatte nicht gemerkt, dass sie in Hörweite war. Mir wurde das Herz schwer. Plötzlich fehlten mir die Worte, um es vernünftig zu erklären.

Verdammt. Ich sah ihr in die Augen. »Ich wollte es dir beim Frühstück erzählen.«

»Morgen?«, stieß sie fast tonlos hervor. »Morgen?«

Ich nickte. »Mein Agent hat mich angerufen und mir gesagt, dass ich früher im Trainingscamp gebraucht werde. Ich soll mit den neuen Receivern arbeiten. Und da dachte ich, wo ich ohnehin in zwei Wochen wegmuss, kann ich genauso gut gleich fliegen.«

Presley wirkte vollkommen erschüttert. Sie war am Boden zerstört. Ich spannte jede Faser meines Körpers an und schwor mir, stark zu bleiben. Dabei rief ich mir in Erinnerung, dass ich im Grunde das tat, was das Beste für sie war – das Beste für alle.

Ich bedauerte allerdings, dass ich es Alex zuerst gesagt hatte, und hätte viel lieber allein mit Presley darüber geredet, aber dafür war es nun zu spät.

»Bitte geh noch nicht, Onkel Levi.« Alex' Stimme brach, und das brach mir wiederum das Herz. Ich hatte gedacht, er hätte alles, was er brauchte, weil sein Vater nun hier war. Doch meine Nachricht schien ihn völlig aus der Bahn zu werfen.

Ich kniete mich hin und legte die Hände auf seine Schultern. »Ich verspreche, ich komme dich besuchen, sobald sich eine Gelegenheit bietet, okay?«

Dieses Versprechen musste ich unter allen Umständen halten, selbst dann, wenn es zwischen Presley und mir unangenehm werden sollte. Ich wollte nicht, dass mein Neffe meine Unbesonnenheit ausbaden musste. Obwohl Tanner wieder in sein Leben zurückgekehrt war, hatte ich etwas Besonderes mit Alex aufgebaut, und das wollte ich nicht wegwerfen, auch wenn ich neben seinem Vater immer die zweite Geige spielen würde.

Wenn es mir gelang, geheim zu halten, was zwischen mir und seiner Mutter passiert war, konnten Alex und ich eine gute und starke Beziehung haben. Und meine Beziehung zu Presley? Ich hatte keine Ahnung, was nach meiner Abreise daraus werden würde. Aber ich liebte sie, und manchmal musste man tun, was für den geliebten Menschen langfristig am besten war.

»Danke, dass du Frühstück gemacht hast, aber ich habe keinen Hunger«, sagte Presley und verließ die Küche.

Mir blutete das Herz. Ich wäre ihr am liebsten nachgelaufen, aber weil Tanner im Raum war, waren mir gewissermaßen die Füße gebunden.

Nachdem Presley gegangen war, begegnete ich seinem Blick.

»Schade, dass du nicht länger bleiben kannst«, sagte er.

Sein Ton klang jedoch alles andere als aufrichtig. Ich fragte mich, ob er vielleicht doch nicht so ahnungslos war.

26. KAPITEL

Presley

»Könntest du vielleicht zum Baumarkt fahren und die Schrauben für die Schaukelbank besorgen, die wir auf der Veranda aufhängen wollen?«

Tanner runzelte die Stirn. »Das Teil, das ich neulich in der Garage verstaut habe?«

»Ja.«

»Die Schrauben sind dabei. Das steht auf der Verpackung.«

Weil ich mit dieser Antwort gerechnet hatte, war ich eine halbe Stunde zuvor in der Garage gewesen, hatte die Schrauben herausgenommen und sie in meiner Kommode versteckt.

Ich schüttelte den Kopf und zog die Montageanleitung aus der Hosentasche. »Hier steht zwar, sie wären dabei, sind sie aber nicht. Ich habe vorhin nachgesehen.« Ich zeigte auf die Abbildung der Schrauben in der Beschreibung. »Das ist die Größe, die wir brauchen.«

Tanner sah sich die Anleitung an. »Ich hole sie morgen, wenn ich zum College fahre, um ein paar Formalitäten zu erledigen. Es ist in der gleichen Straße wie der Baumarkt.«

Ich schüttelte den Kopf. »Nein, die Schaukel muss heute Abend hängen. Der Typ, der die Website der Pension neu gestaltet, möchte ein Video davon einbauen, bevor wir offiziell eröffnen. Er meinte, er braucht ein bisschen Bewegung als Eye-Catcher.«

Tanner seufzte. »Na gut, wird erledigt.«

»Könntest du auch Kaffeebohnen aus dem Supermarkt mitbringen?«

»In der Speisekammer ist noch Kaffee.«

»Nicht mehr. Ich habe heute Nachmittag noch eine Kanne gemacht und den letzten verbraucht.« *Anders gesagt: Die Dose ist bei den Schrauben in meiner Unterwäscheschublade.*

Tanner nickte. »Okay, kein Problem.«

»Und … könntest du vielleicht mein Auto nehmen und Scheibenwischwasser nachfüllen? Oh, und Alex übernachtet heute bei seinem Freund Kyle, und es wäre toll, wenn du ihn da absetzt.«

Tanner zog die Augenbrauen hoch. »Sonst noch etwas?«

»Nein, das ist alles.« *Aber nur, weil es ein bisschen übertrieben wäre, dich wegen frischer Orangen nach Florida zu schicken.*

Eigentlich bat ich andere nur ungern um einen Gefallen, doch heute zerfloss ich in Selbstmitleid. Der Tag war die reinste Tortur gewesen. Tanner hatte das Haus nicht verlassen, und ich befürchtete durchzudrehen, wenn ich nicht ein bisschen Zeit bekam, um ungestört mit Levi zu reden. Und so war mir nichts anderes übrig geblieben, als mir ein paar Aufgaben für Tanner auszudenken, um ihn loszuwerden. Levi hatte sich den ganzen Tag nicht blicken lassen, sondern harrte hinter geschlossener Tür in seinem Zimmer aus. Sobald Alex und Tanner aus dem Haus waren, ging ich zu ihm und atmete noch einmal tief durch, bevor ich anklopfte.

»Herein.«

Ich öffnete die Tür. Ein zur Hälfte gepackter Koffer lag auf dem Bett, und Levi hielt einen Stapel T-Shirts in den Händen. Der Anblick seines Gesichts zerriss mir das Herz. Er schien ebenso niedergeschlagen zu sein wie ich. Ich betrat wortlos das Zimmer und schloss die Tür hinter mir.

Levi warf einen Blick auf die Tür und sah mich fragend an.

»Keine Sorge. Ich habe Tanner gebeten, ein paar Besorgungen zu machen. Er kommt frühestens in einer Stunde zurück. Und Alex übernachtet heute bei seinem Freund. Ich musste ihm allerdings versprechen, dass ich ihn morgen früh um sieben abhole, weil er jede Sekunde mit dir verbringen will, bevor du uns verlässt.«

Levis Gesicht wurde noch trauriger, wenn das überhaupt möglich war. Er fuhr sich mit den Fingern durchs Haar. »Tut mir leid, dass ihn meine Abreise so belastet.«

Ich war die ganze Zeit den Tränen nahe gewesen, doch plötzlich wurde ich zornig. Ich stemmte die Hände in die Hüften. »Wirklich? Tut es dir nur seinetwegen leid? Hast du mal darüber nachgedacht, dass du mit deiner überraschenden Ankündigung vielleicht noch jemand anders verletzt hast?«

Levi blies die Wangen auf und rieb sich den Nacken. »Tut mir leid, dass ich es dir nicht unter vier Augen sagen konnte, wie ich es geplant hatte.«

Meine Stimme wurde schrill. »Dir tut also leid, *wie* du mir die Nachricht überbracht hast, und nicht, *dass* du früher wegmusst?«

Levi schüttelte den Kopf, den Blick zu Boden gerichtet. »Entschuldige bitte. Die Arbeit ruft, deshalb muss ich los.«

»Unsinn! Ich weiß, wie solche Dinge laufen, Levi. Ich bin kein Idiot. Wenn im Vertrag steht, dass ihr um zehn Uhr am dreiundzwanzigsten Juli antreten müsst, taucht keiner von euch früher auf als eine Minute vor zehn. Und laut Spielergewerkschaft sollt ihr dem Verein nicht mal diese eine zusätzliche Minute schenken. Du hast die Entscheidung also ganz bewusst getroffen.«

Er nickte. »Du hast recht. Ich habe mich entschieden, etwas

früher nach Colorado zu gehen, um die neuen Receiver zu unterstützen.«

Ich schüttelte den Kopf. Weil Levi mir immer noch nicht in die Augen schauen wollte, ging ich auf ihn zu. »Sieh mich an, Levi. Und sag mir, warum du wirklich früher abreist.«

Er hob den Blick einen Moment lang, dann schloss er die Augen und holte tief Luft. »Ich reise früher ab, weil das mit uns aufhören muss.«

Traurigkeit überflutete mein Herz und verdrängte allen Zorn. Ich gab mein Bestes, um die Tränen zurückzudrängen, aber ich wusste, dass ich sie nicht lange in Schach halten konnte. »Warum? Warum muss es aufhören?«

Levi legte seine Stirn an meine. »Ich bin nicht der Richtige für dich. Du bist nach Beaufort zurückgekommen, damit du mit deinem Sohn das Leben führen kannst, das ihr verdient. Dieses Leben steht euch hier offen, und ich gehöre nicht dazu.«

Mir liefen Tränen über die Wangen. »Aber du hast gesagt, wir können das hinkriegen.«

»Ja, im Überschwang des Augenblicks. Du bedeutest mir viel, Presley. Wirklich. Und Alex auch. Aber was zwischen uns passiert ist, hätte nie passieren dürfen. Es war ein Fehler.«

Seine Worte waren für mich wie ein Schlag ins Gesicht. Es war eine Sache zu sagen, es müsse aufhören, aber es zu bereuen und einen Fehler zu nennen, war etwas ganz anderes. Ich wich zwei Schritte zurück. »Ein Fehler? Wie kannst du das sagen? Du hast mir mal erklärt, du würdest das mit uns niemals bereuen.«

»Du solltest deiner Familie eine Chance geben, Presley. Alex verdient es, seinen Vater in seinem Leben zu haben, und du verdienst jemanden, der jeden Tag an deiner Seite sein kann.«

»Aber ich will nicht mit Tanner zusammen sein, sondern

mit dir. Ich weiß, es ist verwirrend und wir werden andere verletzen, aber wir finden einen Weg. Wir können das schaffen. Schließlich hast du das die ganze Zeit gesagt. Du hast mich davon überzeugt, dass wir eine Lösung finden.«

Levi kniff die Augen zu und hüllte sich in Schweigen. Nach einer Weile sah er auf und schluckte. »Ich *will* keine Lösung finden, Presley.«

Ich hatte das Gefühl, keine Luft mehr zu bekommen.

Levi schüttelte den Kopf. »Tut mir leid, wenn ich dir falsche Hoffnungen gemacht und es zu weit getrieben habe. Ich werde für Alex da sein – das verspreche ich. Aber du und ich? Es würde niemals halten. Wir leben sehr unterschiedliche Leben, und ich möchte nicht gebunden sein, während ich unterwegs bin.«

Meine Lippen zitterten. »Verstehe.«

Er senkte abermals den Blick. »Es tut mir leid, Presley. Wirklich, sehr leid.«

Dann breitete er die Arme aus und trat auf mich zu, als wollte er mich trösten. Aber das durfte ich nicht zulassen. Ich musste auf dem schnellsten Weg hier raus. Deshalb stemmte ich die Hand gegen seine Brust und stoppte ihn. »*Nicht.* Ich komme klar.« Ich hob das Kinn, obwohl bereits Tränen daran herunterliefen. »Bis dann, Levi.«

Am nächsten Morgen musste ich meine verquollenen Augen mit Eisbeuteln kühlen, damit die Schwellung so weit zurückging, dass ich Alex abholen konnte. Ich hatte eine grauenhafte Nacht hinter mir. Immer wieder hatte ich die Zeit mit Levi in meinem Kopf Revue passieren lassen, um herauszufinden, was mir entgangen war. Es musste Anzeichen dafür gegeben haben, dass es für ihn nur eine flüchtige Affäre war. Anzeichen, die ich wegen meiner wachsenden Gefühle für ihn übersehen hatte. Man wachte nicht einfach morgens mit der Entscheidung auf, dass eine Beziehung es nicht wert war, um sie zu kämpfen. Doch wie sehr ich mir auch den Kopf zerbrach und unser Zusammensein analysierte, ich hätte einfach nicht ahnen können, wie es endete.

Und das jagte mir ziemlich große Angst ein. Ich hatte mich bereits einmal von der Liebe täuschen lassen – von Tanner –, und ich hatte gedacht, ich hätte aus dieser Erfahrung gelernt und wäre als Frau gereift. Dass ich mich neu verliebt hatte, nur um *abermals* abserviert zu werden, brach mir nicht nur das Herz, ich kam mir außerdem wie eine komplette Idiotin vor.

Mutter zu sein hatte glücklicherweise den Vorteil, dass man nicht viel Zeit bekam, sich in Selbstmitleid zu suhlen. Kaum hatte ich Alex abgeholt, erzählte er in einem fort von seinem Onkel Levi, und ich hatte keine andere Wahl, als es klaglos auszuhalten.

»Grandma hat gesagt, dass Grandpas Trikotnummer dieses Jahr gesperrt wird. Die Zeremonie findet im September in Denver statt, und die ganze Familie fährt dahin. Onkel Levi wird auch kommen. Meinst du, wir können auch dabei sein, Mom? Grandma hat gesagt, es lässt sich machen, wenn es für dich okay ist.«

»Ich weiß es nicht, mein Schatz. Vielleicht haben wir im September zu viel in der Pension zu tun. Am besten sprechen wir noch mal darüber, wenn es so weit ist.«

»Es ist in einundfünfzig Tagen. Ich habe nachgezählt. Ich werde gleich mit Onkel Levi darüber reden.«

Ich brachte es nicht übers Herz, Alex zu sagen, dass uns sein Onkel wahrscheinlich nicht dabeihaben wollte. Deshalb nickte ich nur und zwang mich zu einem Lächeln.

»Meinst du, Onkel Levi kommt nächsten Sommer wieder hierher? Vielleicht könnte er als Coach bei meinem Sommertraining helfen.«

Ich fühlte mich, als säße ein Elefant auf meiner Brust. »Ich weiß nicht, wie Onkel Levi den nächsten Sommer verbringt. Das ist ja noch ein Jahr hin.«

»Dreihundertdreiundvierzig Tage.«

Diesmal kam mein Lächeln ganz von selbst. Ich strich meinem Sohn über den Kopf. »Da hat anscheinend jemand einen Kalender gefunden.«

Als wir vor der Pension anhielten, saß Tanner mit seinem Kaffee draußen auf der Verandaschaukel. Am vergangenen Abend hatte ich nach dem Gespräch mit Levi mein Zimmer nicht mehr verlassen, um nachzusehen, ob Tanner sie nach seiner Besorgungstour noch montiert hatte.

Er stand auf, als wir zum Haus kamen. »Wie geht's, Kumpel?«, fragte er und machte einen Faustcheck mit Alex. »Wie war's bei deinem Freund? Ihr habt euch doch wohl nicht aus dem Haus geschlichen, um euch mit Mädchen zu treffen und zu rauchen und Whiskey zu trinken?«

Alex lachte. »Mädchen sind eklig, Dad.«

Tanner zwinkerte mir zu. »Nur die Mädchen? Und Alkohol und Zigaretten nicht?«

»*Daaad* … du bist total unwitzig.«

Tanner schmunzelte und nickte in Richtung Haus. »Geh doch schon mal rein und wasch dich, bevor wir frühstücken. Ich habe Schokostückchen für unsere Pancakes mitgebracht, als ich gestern im Supermarkt war. Ich lege gleich los, weil ich Onkel Levi danach zum Flughafen fahren muss.«

»Okay!«

Tanner sah mich an, als Alex ins Haus lief. »Wie gefällt dir deine Schaukel?«

»Sieht großartig aus. Danke.«

»Ich habe gestern noch bei dir geklopft, um dir zu sagen, dass sie fertig ist, aber du hast nicht reagiert.«

»Ich bin ziemlich früh eingeschlafen.«

Tanner nickte und schien mein Gesicht einen Moment lang zu studieren. »Geht es dir gut?«

»Ja, warum sollte es mir nicht gutgehen?«

Er sah mir in die Augen. »Du siehst ein bisschen verquollen aus … als hättest du geweint oder so.«

Ich schaute zur Seite. »Meine Allergien machen mir ziemlich zu schaffen. Deshalb gehe ich jetzt auch schnell duschen. Das heiße Wasser und der Dampf tun meinen Nebenhöhlen meistens gut.«

»Dann beeil dich. Ich mache Pancakes für uns alle. Nicht nur unser Sohn mag sie mit Schokostückchen am liebsten, sondern auch mein großer Bruder.«

Ich bemühte mich zwar, keine Regung zu zeigen, aber meine Mundwinkel gingen merklich nach unten. »Ich habe eigentlich keinen Hunger. Also wartet nicht mit dem Essen auf mich.« Während ich zur Tür ging, drehte ich mich noch mal zu ihm um. »Nochmals danke, dass du die Schaukel aufgehängt hast.«

»War mir ein Vergnügen, Süße.«

Heute war ich diejenige, die sich in ihr Zimmer zurückzog. Und es war nur recht und billig, fand ich, nachdem Levi sich gestern den ganzen Tag verkrochen hatte. Als ich mir einen Kaffee geholt hatte, hatte ich seine Flugunterlagen auf dem Küchentisch gesehen und wusste, dass er bald losmusste. Es würde mich umbringen, ihm nicht auf Wiedersehen zu sagen, aber ich konnte mir nicht vorstellen, wie ich es schaffen sollte, ohne vor den anderen in Tränen auszubrechen. Wir hatten es bis hierher geschafft, ohne dass Tanner etwas mitbekommen hatte, und es gab keinen Grund, die Sache mit einem allzu emotionalen Abschied zu vermasseln. Ich musste einfach noch ein Weilchen für mich bleiben, und dann war alles vorbei.

Nur dass es in meinem Herzen noch längst nicht vorbei war. Liebe lässt sich nicht einfach so abschalten. Aber wenigstens war die Gefahr, dass Tanner es herausfand, nur noch minimal, sobald Levi weg war.

Ich saß auf dem Bett und zählte die Minuten herunter, während mir das Herz in der Brust hämmerte. Da flog plötzlich die Tür auf.

Ich sprang auf und fasste mir an den Hals. »Alex, du hast mich zu Tode erschreckt! Hast du unsere Regel vergessen? Wenn eine Tür geschlossen ist, klopfen wir an, vor allem hier in der Pension.«

»Entschuldige, Mom. Ich wollte nur fragen, ob es okay ist, wenn ich mit zum Flughafen fahre. Dad hat gesagt, ich soll es mit dir absprechen und fragen, ob du nichts anderes geplant hast.«

Ich seufzte. »Nein, du kannst ruhig mitfahren.«

Genau wie Tanner zuvor musterte mich mein Sohn mit prüfendem Blick, dann runzelte er die Stirn. »Geht es dir gut, Mom?«

Ich lächelte traurig. Ich belog meinen Sohn nur ungern, auch wenn es zu seinem Besten war. »Alles in Ordnung, Schatz. Mich plagen nur wieder meine Allergien.«

Er kam zu mir und ergriff meine Hand. »Ich bin auch traurig, weil Onkel Levi wegmuss.«

Ich blinzelte verdutzt. »Wie bitte?«

»Wenn du Probleme mit deinen Allergien hast, niest du andauernd. Ich glaube, du bist einfach genauso traurig wie ich darüber, dass Onkel Levi uns verlässt. Es ist immer total lustig mit ihm.«

Ich strich meinem Sohn über die Wange. Er war so ein

einfühlsamer kleiner Junge. »Was hältst du davon, wenn wir zwei morgen zusammen ans Meer fahren? Wir könnten eine Nacht im Hotel schlafen und zwei Tage in Myrtle Beach surfen.«

Mein Sohn machte eine Siegerfaust. »Kann ich vorher ein neues Boogiebrett bekommen?«

»Natürlich.« Ich lächelte.

»Okay!« Alex drückte meine Hand. Dann ging er zur Tür, blieb jedoch stehen, als er merkte, dass ich ihm nicht folgte. »Jetzt komm. Onkel Levi lädt sein Gepäck ins Auto. Du musst dich von ihm verabschieden.«

»Äh …« Weil mir nichts einfiel, wie ich es hätte umgehen können, nickte ich widerstrebend. »Okay.«

In der Küche verstaute Levi seinen Laptop in seinem Rucksack, als wir hereinkamen. Er sah auf, und wenn ich es nicht besser gewusst hätte, hätte ich gedacht, er würde genauso leiden wie ich.

Er lächelte traurig. »Hey.«

»Hey.«

Tanner kam dazu und schwenkte grinsend sein Schlüsselband. »Bist du startklar, Superstar?«

Levi sah mich kurz an, bevor er seinen Rucksack schloss. »Ja.«

»Dann lass uns fahren.«

Levi schaute noch einmal zu mir herüber. Ich hatte mich natürlich vor einer Abschiedsszene drücken wollen, aber in diesem Moment hätte es merkwürdig ausgesehen, wenn wir uns nicht wenigstens umarmt hätten. Ich atmete tief durch und ging auf ihn zu. »Auf Wiedersehen, Levi. Viel Erfolg diese Saison.« Die Umarmung fühlte sich merkwürdig an, doch als ich mich von ihm lösen wollte, hielt er mich fest.

»Viel Erfolg mit der Pension. Mein Großvater war ein kluger Mann«, flüsterte er mir ins Ohr.

Als er mich losließ, hatte er Tränen in den Augen. Er hustete und wandte sich ab. »Fahren wir! Ich will meinen Flug nicht verpassen.«

Ich folgte den dreien benommen zur Tür. Levi drehte sich nicht noch einmal um, als er in Tanners Wagen stieg und sich anschnallte. Alex kletterte hinten rein, und der Motor sprang an, doch im letzten Moment stieg Tanner wieder aus und kam im Laufschritt zu mir auf die Veranda. Er gab mir einen Kuss auf die Wange und umarmte mich.

»Ich habe vergessen, mich zu verabschieden.«

Tanner und ich gingen inzwischen freundschaftlich miteinander um, aber dass er mich zum Abschied küsste und umarmte, kam mir sonderbar vor. Bis ich aufschaute und sah, dass Levi uns beobachtete. *Deshalb* hatte Tanner es getan. Offenbar war mein Sohn nicht der einzige Scharfsinnige im Haus, und Tanner hatte seinem Bruder eine bleibende Erinnerung mitgeben wollen.

Ich heulte eine ganze Stunde lang, dann ging ich noch einmal duschen. Ich überlegte, Harper anzurufen, um das Ganze mit ihr zu bereden, aber es hätte unweigerlich zu weiteren Tränen geführt, und ich wollte nicht rot und verquollen aussehen, wenn mein Sohn nach Hause kam. Deshalb stellte ich den Wasserkocher an und machte mir eine Tasse Kamillentee. Während ich ihn ziehen ließ und dabei ins Leere starrte, klopfte jemand an die Haustür. In letzter Zeit waren immer mehr Leute vorbeigekommen, um nach einem Zimmer zu fragen. Das war zwar gut, aber glücklicherweise war es bis zur Neueröffnung noch eine Woche hin, denn ich konnte mir im Augenblick nicht vorstellen, Gäste mit einem strahlenden Lächeln willkommen zu heißen.

Doch als ich die Tür öffnete, stand kein Fremder davor.

Tanners Mutter warf einen Blick auf mein Gesicht und runzelte die Stirn. »Darf ich reinkommen?«

Ich wollte nicht mit ihr über ihre Söhne reden, weder über den einen noch den anderen, aber weil ich sie auch nicht abweisen konnte, nickte ich und trat zur Seite, um sie hereinzulassen.

Sie ging in die Küche. Als sie meine Teetasse auf dem Tisch stehen sah, fragte sie: »Hast du etwas dagegen, wenn ich mich zu dir setze?«

Ja. »Nein, natürlich nicht. Ich mache dir auch einen Tee.«

Ich bereitete schweigend noch eine Tasse zu, stellte sie ihr hin und setzte mich ihr gegenüber an den Tisch.

Shelby legte die Hände um ihre Tasse. »Ich weiß, wie sehr du gerade leidest. Aber manchmal erweisen sich die schwersten Entscheidungen, die wir treffen müssen, letztendlich als richtig.«

Ich schluckte. »Im Moment fühlt sich gar nichts richtig an.«

Sie langte über den Tisch nach meiner Hand. »Das Leben bietet uns viele verschiedene Wege, die wir einschlagen können. Oftmals müssen wir eine Brücke nach der anderen überqueren, um an einen neuen Ort zu gelangen. Und wir ziehen die Brücke zu dem Ort, an dem wir waren, nicht in Betracht – es sei denn, die andere Brücke ist abgebrannt und wir haben keine Wahl mehr. Wahrscheinlich fühlst du dich jetzt, als wärst du von deinem Weg abgekommen. Aber ich versichere dir, alles geschieht aus einem Grund. Du bist zwar gezwungen, eine andere Brücke zu nehmen, aber das bedeutet nicht, dass du auf der anderen Seite nicht auch glücklich werden kannst, Presley.«

Ich hatte mir vorgenommen, heute nicht mehr zu weinen, und trotzdem kullerte mir eine Träne über die Wange. Ich wischte sie fort. »Ich bin noch nicht bereit, darüber zu reden,

Shelby. Aber ich bin dir dankbar für deinen Versuch, mich aufzumuntern.«

Sie tätschelte meine Hand. »Es braucht Zeit. Aber wenn du irgendwann reden willst, weißt du, wo du mich findest.«

»Ich danke dir.«

»Soll ich Alex ein paar Tage zu mir nehmen?«

Ich schüttelte den Kopf. »Ich wollte einen Ausflug ans Meer mit ihm machen.«

Shelby nickte lächelnd. »Das ist eine gute Idee. Salzwasser heilt ja bekanntlich alles.«

Sie trank ihren Tee aus und stellte die Tasse in die Spüle. Dann öffnete sie ihre Handtasche, nahm einen Umschlag heraus und reichte ihn mir. »Ich hätte es fast vergessen. Das soll ich dir von Levi geben.«

Mein gebrochenes Herz begann plötzlich wieder zu schlagen. »Was ist das?«

Sie zuckte mit den Schultern. »Ich habe nicht hineingeschaut, und er hat es mir nicht gesagt.«

Ich nahm den Umschlag an mich. »Okay, danke dir.«

Kaum war Shelby aus der Tür, riss ich ihn auf. Keine Ahnung, was ich erwartet hatte. Am ehesten wohl einen Brief – Abschiedsworte, die er mir mangels Gelegenheit nicht mehr hatte sagen können, oder ein Geständnis seiner wahren Gefühle für mich. Doch in dem Umschlag befanden sich zusammengeheftete Rechtsdokumente, deren Sinn sich mir nicht auf Anhieb erschloss.

Verzichtserklärung?

Abtretender und *Abtretungsempfänger?*

Ich blätterte die Dokumente durch bis zur letzten Seite, auf der Levi unterschrieben hatte, dann las ich sie noch einmal gründlich von Anfang an. Was es damit auf sich hatte, begriff ich erst im zweiten Abschnitt:

Ich, Levi Sanford Miller, trete hiermit meinen Anteil an der Pension *Palm Inn*, 638 Palm Court, Beaufort, South Carolina, an Presley Sullivan ab.

Oh mein Gott.

Levi hatte mir keinen Liebesbrief geschrieben. Er hatte mir seine Hälfte der Pension überschrieben.

Und damit die letzte Verbindung zwischen uns gekappt.

27. KAPITEL

Presley

Die Wellen schlugen an den Strand, während ich im Sand saß und Alex beim Muschelsuchen zusah. Es war unser erster Tag in Myrtle Beach, und das Wetter hätte nicht besser sein können.

»Guck dir die mal an!« Alex kam herübergelaufen und gab mir eine fast symmetrische weiße Muschel mit orangefarbenen Punkten.

Ich zeichnete mit dem Finger ihre Rippen nach. »Die gehört auf jeden Fall in das Glas.«

Wir hatten ein großes Glasgefäß aus der Küche mitgenommen und wollten nur die außergewöhnlichsten Muscheln darin sammeln, um sie mit nach Hause zu nehmen.

Als Alex zurück ans Wasser lief, klingelte mein Handy. »Hey, Harp!«, meldete ich mich lächelnd.

»Ich habe deine Nachricht mit dem tollen Foto vom Meer bekommen. Wie läuft's in Myrtle Beach?«

Ich atmete die salzige Luft ein. »Es war definitiv eine gute Entscheidung, ein paar Tage wegzufahren.«

»Ist Tanner bei euch?«

»Nein. Er wollte mitkommen, aber ich habe ihm gesagt, ich möchte lieber ein bisschen mit Alex allein sein. Ich brauche wirklich eine Pause von ihm. Levi ist gerade erst abgereist, und ich muss das Ganze noch verarbeiten.«

»Wie bist du mit ihm verblieben?«

Wo soll ich anfangen? Ich erzählte Harper von den letzten Tagen vor Levis Abreise und schloss damit, dass er mir seine Hälfte der Pension überschrieben hatte.

»Wow. Das war wahnsinnig großzügig von ihm«, sagte sie.

»Ich wünschte, ich könnte es so sehen. Ich meine, natürlich ist es großzügig. Aber es ist gleichzeitig wie ein Schlag ins Gesicht – als ob er nichts mehr mit mir zu tun haben will und auf diese Art dafür gesorgt hat, dass er es auch nicht muss. Ich komme mir total blöd vor, weil ich geglaubt habe, er würde mich so sehr lieben, dass er nicht davonläuft.«

Harper schwieg einige Sekunden, dann fragte sie: »Glaubst du wirklich, dass du ihm nichts mehr bedeutest, oder geht es vielleicht eher um seine Schuldgefühle gegenüber Tanner?«

Das war die Frage aller Fragen.

Ich malte Linien in den Sand und schüttelte den Kopf. »Keine Ahnung. Ich weiß auch nicht, was schlimmer für mich wäre. In gewisser Hinsicht wäre es einfacher, wenn er wirklich das Interesse an einer Zukunft mit mir verloren hätte. Dann wüsste ich, dass er nicht auch innerlich leidet. Es ist alles so verwirrend. Ich war ziemlich sicher, dass er uns abgeschrieben hatte – bis kurz vor seiner Abfahrt, als ich die Tränen in seinen Augen gesehen habe.«

»Oh mein Gott. *Levi Miller* hat geweint?«

Es schmerzte mich, daran zu denken. »Ja, es war kaum zu bemerken, denn er hat sich bemüht, es zu verbergen. Ich weiß immer noch nicht, ob es ihm leidgetan hat, mich zu verletzen, oder ob *er* gelitten hat. Ich sollte die Zeit hier mit meinem Sohn genießen, aber diese Frage verfolgt mich.« Ich seufzte. »Selbst wenn ich die Antwort wüsste, es würde nichts ändern. Ob er seine Entscheidung nun aus mangelnder Liebe oder aufgrund von Schuldgefühlen getroffen hat, es ist vorbei. Die

Überlassungsurkunde ist der Beweis, und ich muss es akzeptieren.« Ich wurde wieder emotional. »Er fehlt mir so sehr«, wisperte ich.

»Kommst du klar?«

Ich atmete tief durch. »Muss ich ja wohl – wegen Alex. Es ist das letzte Mal, dass ich darüber rede, Harper. Wenn wir das Gespräch beenden, beschäftigte ich mich für den Rest des Ausflugs nicht mehr mit diesem Thema.«

»Soll ich zu dir kommen?«, fragte sie.

»Nein. Ich meine, ich würde dich natürlich furchtbar gern sehen, aber ich muss das allein schaffen. Ich werde mich zwingen, diese Sache hinter mir zu lassen.«

Sie seufzte. »Wenn du es dir anders überlegst, springe ich in den nächsten Flieger, okay?«

Eine Freundin, die bereit ist, sich ins Flugzeug zu setzen, um einen aufzumuntern, ist definitiv eine fürs Leben.

»Danke, Harp. Ich hab dich lieb.«

Zwei Tage später waren wir zurück in der Realität. Der Ausflug war verlaufen, wie ich es mir gewünscht hatte. Ich hatte Alex in Myrtle Beach meine ganze Aufmerksamkeit geschenkt. Wir hatten viel Zeit im Wasser verbracht, Restaurants besucht, Eis gegessen und die Geschäfte unsicher gemacht.

In der Pension wurde ich jedoch wieder von einem Gefühl der Leere überwältigt, weil Levi nicht mehr da war.

Tanner kam in die Küche, als ich die Einkäufe wegräumte. Vor Levis Abreise hatte ich zum letzten Mal Lebensmittel eingekauft, sodass die Speisekammer dringend aufgefüllt werden musste.

»Was hältst du davon, wenn wir Alex heute Abend zu meiner Mutter bringen und zusammen essen gehen, nur du und ich?«, meinte er.

Ich dachte mir eine Ausrede aus, die nicht ganz gelogen war. »Wir sind gerade erst wiedergekommen. Ich habe eher Lust, gemütlich zu Hause zu bleiben.«

Er nickte, wenn auch ein wenig enttäuscht. »Dann machen wir uns zu Hause einen kinderfreien Abend. Soll ich uns was kochen? Damit du dich ausruhen kannst, falls du müde bist?«

Seine Hartnäckigkeit zwang mich, direkter zu werden.

»Tanner, ich habe dir schon gesagt, wie ich die Dinge sehe, und daran hat sich nichts geändert. Wir teilen uns die Elternschaft, aber das war's dann auch. Ganz abgesehen davon muss ich mich jetzt vollkommen auf die Eröffnungsfeier konzentrieren, und außerdem fängt für Alex bald wieder die Schule an.« Ich schloss die Speisekammertür. »Aber auch wenn all das nicht wäre, bin ich nicht mehr an einer Liebesbeziehung mit dir interessiert. Ich dachte, das hätte ich klargestellt.«

Er verzog das Gesicht. »Oh, das hast du. Aber ich kann nicht kampflos aufgeben. Du bedeutest mir zu viel. Ich werde es von Zeit zu Zeit versuchen, wobei ich davon ausgehe, noch eine Weile abgewiesen zu werden. Und weißt du was? Unter den Umständen – nachdem ich in der Vergangenheit so viele Fehler gemacht habe – ist das nicht anders zu erwarten. Aber ich gebe dich nicht auf, Presley. Ich gebe *uns* nicht auf. Du und Alex, ihr seid für mich die wichtigsten Menschen auf der Welt. Von nun an arbeite ich jeden Tag daran, dein Vertrauen ein bisschen mehr zurückzugewinnen.« Er kam zu mir herüber. »Und unterdessen helfe ich dir. Sag mir, was ich tun soll. Ich bin auf deiner Seite, in deinem Team. Schick mich an die Arbeit, und wir stellen gemeinsam die tollste Eröffnungsfeier auf die Beine, die diese Stadt jemals gesehen hat.«

In der darauffolgenden Woche bewies Tanner, dass er zu seinem Wort stand. Er half mir in vielfacher Hinsicht, indem er sich um Alex kümmerte und sogar unsere Gästezimmer gründlich reinigte.

Und heute war es so weit: Am Abend stieg die große Neueröffnungsfeier, und in ein paar Tagen würden die ersten Übernachtungsgäste eintreffen. Wir hatten die Lokalpresse eingeladen und Essen bei einem Caterer bestellt. Zwei Reporter sollten sogar in den frisch renovierten Zimmern übernachten, um im Anschluss einen Zeitungsartikel über die Pension zu schreiben.

Ich bereitete die Küche für die Cateringfirma vor, als Tanner und Alex vom Einkaufen zurückkamen. Alex trug mehrere Tüten mit Sachen für die Schule in sein Zimmer, während Tanner zu mir in die Küche kam. Mir war klar, dass ich die Party nicht hätte vorbereiten können, wenn Tanner nicht auf Alex aufgepasst hätte. Ich war von Tag zu Tag dankbarer für seine Anwesenheit.

»Wie geht's meinem Mädchen?« Tanner schüttelte den Kopf und schnalzte mit der Zunge. »Tut mir leid. Alte Angewohnheit.«

Während ich die Arbeitsflächen einsprühte und abwischte, trat er hinter mich.

»Du bist so angespannt, Presley. Du musst dich entspannen.«

Und bevor ich mich versah, hatte ich Tanners Hände auf meinen Schultern. Er grub die Finger in meine Muskeln und knetete sie. Auch wenn es unangemessen erschien, schloss ich die Augen und genoss das Gefühl, wie die Spannung aus meinem Nacken wich.

Einen Moment lang stellte ich mir dabei vor, Levi würde mich massieren. Als sich mein Körper regte, riss ich mich am Riemen und entzog mich Tanners Händen.

»Danke.« Ich verließ rasch die Küche – und stieß im Flur mit Fern zusammen.

»Fühlst du dich besser?«, fragte sie grinsend.

Großartig. Ich konnte mir vorstellen, wonach die Szene für sie ausgesehen hatte. Aber mit Ferns Mutmaßungen konnte ich mich jetzt wirklich nicht beschäftigen.

Ich ging schnurstracks an ihr vorbei in mein Zimmer, schloss die Tür und legte mich auf mein Bett. Mein Körper vibrierte nach der Massage – nicht weil Tanner mich berührt hatte, sondern weil die Berührung mir das in Erinnerung gerufen hatte, wonach ich mich schmerzlich sehnte.

Du fehlst mir, Levi. Ich vermisste, wie er mich angesehen hatte, welche Gefühle er in mir geweckt hatte und wie glücklich ich mit ihm gewesen war. Ich hatte keine Ahnung, wie ich das alles einfach vergessen und mein Leben weiterleben sollte.

Ich rieb mir die Schläfen und scheuerte meine Beine frustriert an den glatten Laken. Dann nahm ich mein Handy vom Nachttisch und scrollte durch meine Kontakte.

Mein Finger verharrte über Levis Namen, und ich überlegte, ob ich ihm schreiben sollte.

Aber was? Zuzugeben, wie sehr er mir fehlte oder dass ich an ihn dachte, brachte weder mich noch ihn weiter. Es wäre sinnlos. Ich warf das Telefon neben mich, vergrub meinen Kopf in einem Kissen und hoffte einfach, dass der Moment vorüberging. Und das tat er auch. Statt meinem Bedürfnis nach Kontakt zu Levi nachzugeben, ging ich unter die Dusche und machte mich für den Abend fertig.

Wenige Stunden später stand ich in einem bodenlangen violetten Kleid unten in der Diele und begrüßte die eintreffenden Gäste.

Tanner und Alex trugen die gleichen dunkelblauen Anzüge, und sogar Fern hatte ihre Kittelschürze abgelegt und sich schick gemacht. Die Krönung ihres Outfits war ein riesiger blumengeschmückter Hut.

Ich mischte mich unter die Leute, plauderte mit ihnen und beantwortete die Fragen der Lokalreporter.

Es war schwierig, über die Renovierungsphase zu reden, ohne Levis Beitrag zu würdigen, und selbstverständlich zollte ich ihm die Anerkennung, die er verdient hatte. Ich wurde mehrmals gefragt, warum er nicht mitfeierte, und musste schweren Herzens erklären, dass er aus beruflichen Gründen wieder in Colorado war. Das Bittersüße an dieser Veranstaltung war, dass Levi alles organisiert hatte. Als es noch besser zwischen uns stand, hatte er sämtliche Vorbereitungen getroffen – von der Einladungsliste bis hin zur Speisenauswahl.

Nachdem die Gäste gegangen waren, war ich vollkommen erschöpft davon, so viele Stunden am Stück als offizielle Sprecherin der Pension in Aktion gewesen zu sein. Und ich hatte nicht einen Happen von dem Essen probiert, das Levi bezahlt hatte.

Ich ging zum Kühlschrank, um nachzusehen, was übrig geblieben war. Sofort fiel mein Blick auf die Auflaufform mit Pfirsich-Cobbler. Levi hatte dieses Dessert nicht ohne Grund bestellt, und seinerzeit hatte es mich gewiss nicht verletzen sollen.

Ich nahm die Form heraus und holte mir eine Gabel, wohl wissend, dass meine Gedanken eine weitere Nacht um Levi Miller kreisen würden.

28. KAPITEL

Presley

Zwei Wochen später war das *Palm Inn* offiziell in Betrieb, und die ersten Gäste hatten eingecheckt. Und wir waren für zwei Monate ausgebucht – bis Anfang Oktober. Alles war bestens, bis auf die Tatsache, dass ich völlig ausgebrannt war.

Dieses Projekt war viel zu groß für eine Person. Weil Tanner mit seinem neuen Trainerjob begonnen hatte und nebenbei noch als Berater tätig war, konnte er mir nicht mehr so viel helfen. Außerdem hatte ich in der örtlichen Highschool als Kunstlehrerin angefangen, was einen beachtlichen Teil meiner Zeit in Anspruch nahm.

Tanner hatte Alex zur Schule gebracht und war vor der Arbeit noch mal nach Hause gekommen, um einen Kaffee mit mir zu trinken.

»Du siehst total gestresst aus. War irgendetwas mit einem Gast?«, fragte er, als er sich eine Tasse einschenkte.

»Nein, es ist nichts Schlimmes passiert. Mir wird nur gerade bewusst, dass ich Hilfe brauche. Wir sind mehr als acht Wochen im Voraus ausgebucht. Schon die tägliche Vorbereitung des Frühstücks ist genug Arbeit. Und jetzt, wo ich unterrichte, schaffe ich es nicht mehr, alles selbst zu putzen und die Zimmer herzurichten – von der Wäsche ganz zu schweigen. Ich weiß, das war abzusehen, aber es ist schwerer, als ich es mir vorgestellt habe.«

Er setzte seine Tasse ab. »Ich verstehe. Heute Morgen habe ich noch etwas mit einem Klienten zu regeln, aber danach besorge ich eine Reinigungskraft.«

»Das musst du nicht.«

»Ich *möchte* aber. Und ich werde sie auch bezahlen. Abgesehen von gelegentlichen Einkäufen wohne ich hier praktisch mietfrei, und das ist im Grunde nicht fair. Ich weiß, ich bin noch im Verzug mit der Begleichung meiner Schulden von früher, aber verlass dich darauf, dass ich die Reinigungskosten übernehme und mit der Zeit auch andere Kosten, die hier anfallen.«

Es war schön, seine Unterstützung zu haben, obwohl mich das Gefühl beschlich, dass es nur ein weiterer Versuch von ihm war, wieder ein fester Bestandteil unseres Lebens zu werden. Doch wenn er einen finanziellen Beitrag leisten wollte, war ich die Letzte, die ihm das abschlagen würde.

Nachdem Tanner zum Arbeiten nach oben gegangen war, tat ich etwas, das nicht oft vorkam. Ich ging mit meinem Kaffee ins Wohnzimmer und schaltete den Fernseher ein. Ich schaute eher selten, weil ich lieber Bücher las, doch bevor ich zu meiner ersten Unterrichtsstunde für heute in die Schule musste, hatte ich noch ein bisschen Zeit.

Etwa zehn Minuten sah ich mir *Today* an, dann zappte ich in der Werbepause durch die Kanäle. Bei dem Sportsender ESPN hätte ich normalerweise gleich weitergeschaltet, doch ich erstarrte, als ich das vertraute Gesicht auf dem Bildschirm sah. Levi hatte seine großen blauen Augen fest auf die Reporterin gerichtet.

Ich schluckte den Kloß hinunter, den ich im Hals hatte, als er ihr antwortete.

Die hübsche Blondine hatte ihn um seine Meinung zu einem neuen Spieler gebeten, den die Broncos für die neue Saison eingekauft hatten.

Levi kratzte sich am Kinn. »Er wurde von allen mit offenen Armen empfangen. Es macht Spaß, einander kennenzulernen und das Training wieder aufzunehmen. Das Team ist stärker denn je, und ich freue mich auf die neue Saison.«

Sie befragte ihn mit einem Funkeln in den Augen weiter und schien mit ihm zu flirten. Mir wurde flau im Magen, und ich schaltete rasch um. Ich konnte es nicht ertragen.

Wenn ich nicht einmal damit klarkam, dass eine Reporterin mit ihm flirtete, wie hätte ich dann jemals mit den vielen Frauen klarkommen können, die sich ihm Tag für Tag an den Hals warfen?

Zwei weitere Wochen vergingen, und ich hatte die Pension nun besser im Griff, weil ich inzwischen regelmäßig Hilfe hatte. Tanner hatte eine Freundin von Fern als Reinigungskraft eingestellt. Sie kam mehrmals pro Woche und war eine große Entlastung für mich.

Nun, da ich weniger zu tun hatte, gingen mir die Frühstücksvorbereitungen auch viel leichter von der Hand. Mein Unterricht begann erst um elf, sodass ich genug Zeit hatte, um Kaffee zu kochen und das Büfett für die Gäste vorzubereiten. Und manchmal, wenn ich spät dran war, sprang Tanner für mich ein, soweit es sein Trainerjob zuließ. Alex kam in der neuen Schule prima zurecht, und alles lief so gut, wie ich es mir nicht besser hätte wünschen können.

Mein einziges Problem war die Sehnsucht nach einem Mann, den ich nicht haben konnte. Nach dem Mann, dessen Bruder alles Menschenmögliche dafür zu tun schien, eine zweite Chance zu bekommen.

Apropos Tanner: Schließlich gab ich seinem ständigen Drängen nach und willigte ein, Zeit mit ihm außerhalb des Hauses zu verbringen. Er überzeugte mich, dass ich einen Restaurantbesuch verdient hatte, und versprach mir, es nicht als Date zu sehen, wenn ich nur zustimmte.

Und so setzten wir Alex eines Abends bei Tanners Mutter ab, bevor wir uns mit Lily und Tom Hannaford im *Carucci's* trafen, einem meiner Lieblingslokale. Lily und Tom waren eins der wenigen Paare, das wir seit der Highschool kannten und das noch zusammen war. Früher waren wir oft zu viert ausgegangen, und ihnen nun gegenüberzusitzen war ein echtes Déjà-vu-Erlebnis.

Nachdem der Kellner unsere Bestellung aufgenommen hatte, wandte sich Lily mit der gefürchteten Frage an mich. »Und? Wie läuft es zwischen euch?« Sie schaute von mir zu Tanner. »Bitte sag mir, dass ihr euch wieder versöhnt.«

Ich hatte gehofft, dass Tanner ihnen als Initiator des Treffens die Situation erklärt hatte, damit ich es nicht tun musste.

»Wir sind nur Freunde und natürlich Alex' Eltern«, sagte ich.

Tanner legte die Hand auf meinen Arm. »So wollen wir es *vorläufig* halten.« Er schenkte mir ein Lächeln, das ich nicht erwiderte. »Ich hoffe immer noch auf eine zweite Chance. Ich habe die ganze Sache gründlich vermasselt und arbeite zurzeit daran, ihr Vertrauen zurückzugewinnen. Schritt für Schritt.«

Lily grinste. »Das ist auf jeden Fall lobenswert. Aber was ist, wenn es nie dazu kommt?«

Tanner stutzte. »Was meinst du?«

»Was ist, wenn sie dir nie wieder vertrauen kann?«

Er schaute seufzend zu mir herüber. »Dann werde ich für immer in ihrem Leben bleiben und für sie und Alex da sein – komme, was wolle.«

Ich trank einen Schluck Wasser und sah mich genötigt, meinen Standpunkt zu verdeutlichen. »Es gibt Dinge im Leben, die man besser nicht wieder aufgreift«, sagte ich. »Ich finde, man kann Respekt und Liebe für jemanden empfinden und gleichzeitig anerkennen, dass man getrennt besser dran ist. Und das ist bei Tanner und mir der Fall.«

Ein finsterer Ausdruck huschte über Tanners Gesicht.

Es fiel mir zwar schwer, seine Hoffnung abermals zu zerstören, aber ich musste klar in meinem Standpunkt bleiben, bis er es endlich kapierte. Er hatte unsere Freunde offensichtlich in dem Glauben gelassen, es handele sich um ein Pärchentreffen.

Nach ein paar Gläsern Wein und mit anderen Gesprächsthemen gelang es mir schließlich, mich zu amüsieren. Wir unterhielten uns über die alten Zeiten und erinnerten uns beispielsweise daran, wie wir uns als Schüler ins Kino gemogelt hatten.

Alles war bestens, bis Tom beim Dessert auf Levi zu sprechen kam.

»Wie geht es deinem Bruder?«, fragte er Tanner.

»Gut. Er ist jetzt wieder im Trainingscamp. Die Vorbereitungen für die neue Saison laufen schon.«

»Wie ich hörte, haben sich die Broncos Chip Reid geschnappt. Ein teurer Einkauf.«

Tanner nickte. »Ja. Dürfte eine interessante Saison werden.«

Tom schmunzelte. »Gott, Levi kostet das Leben echt voll aus. Man muss sich mal vorstellen, wie viele Frauen dieser Kerl abkriegt.«

Mich überrollte eine heftige Welle der Eifersucht, und ich dachte, der Wein käme mir jeden Moment wieder hoch. Tom hatte zwar nichts gesagt, was ich nicht schon wusste, aber solche Sprüche trafen mich trotzdem bis ins Mark. Ich liebte Levi noch genauso sehr wie am Tag seiner Abreise. Angesichts dessen war es eigentlich normal, dass mich Toms Bemerkung aus der Bahn warf. Mir traten Schweißperlen auf die Stirn, während ich den Rest meines Weins austrank.

Lily sah mich mit schräg gelegtem Kopf an und musterte mein Gesicht. »War er nicht im Sommer eine Weile hier?«

Ich räusperte mich. »Ja. Er war mir eine große Hilfe bei der Renovierung der Pension.«

»Ich schulde ihm großen Dank, weil er hier war, bis ich meinen Kram auf die Reihe gekriegt habe«, fügte Tanner hinzu.

Lily sah mich wieder an. »Hat er bei dir in der Pension gewohnt, bevor Tanner gekommen ist?«

Ich nicke und spürte, wie meine Wangen zu glühen begannen. »Ja.«

»Interessant. Hast du früher schon mal länger mit ihm Zeit verbracht?«

»Nein, eigentlich habe ich ihn erst jetzt richtig kennengelernt.«

»Verstehe.« Sie grinste leicht.

Und da wusste ich es. Anhand meiner Reaktion hatte sie eins und eins zusammengezählt. Irgendwie hatte Lily allein aufgrund meines Gesichtsausdrucks erkannt, was Tanner noch nicht begriffen hatte – dass zwischen mir und seinem Bruder etwas gelaufen war.

Wie um alles auf der Welt sollte ich meine Gefühle für Levi für immer vor Tanner verbergen, wenn Lily innerhalb von Minuten dahintergekommen war?

29. KAPITEL

Levi

Coach Williams hatte mich gebeten, gleich nach dem Training zu ihm nach Hause zu kommen.

Er ließ mich ein, ohne ein Wort zu sagen. Ich folgte ihm in die Küche in der Erwartung, dass er mir wegen meiner suboptimalen Leistung auf dem Spielfeld die Leviten lesen wollte.

Seine Frau arrangierte einen großen Blumenstrauß in einer Vase, als wir hereinkamen. Kristen war ein Schatz und behandelte mich immer wie ein Familienmitglied. Ich gab ihr zur Begrüßung einen Kuss auf die Wange und sah, wie der Coach ihr einen Blick zuwarf, nach dem sie unversehens von der Bildfläche verschwand. Er würde mich gehörig zusammenstauchen, und er wollte es unter vier Augen tun.

Nachdem er mir ein Bier in die Hand gedrückt und sich an den Tisch gesetzt hatte, ging es auch schon los. »Was ist mit dir los?«

Ich nahm mir einen Stuhl und setzte mich ebenfalls. »Ich weiß, tut mir leid.«

»Du hast einen freien Receiver in der Endzone verfehlt, und das ist dir in letzter Zeit öfter passiert. Sieh zu, dass du vor Saisonbeginn deinen Arsch hochkriegst!«

Ich hatte im Lauf der Jahre auf die harte Tour gelernt, dass ich nichts vor ihm verbergen konnte, weil er immer alles herausbekam. Da er jedoch wie ein Vater für mich geworden war, fiel es mir nicht schwer, die Wahrheit einzugestehen. Er verdiente es, vor allem weil mein Verhalten auf dem Platz Auswirkungen auf das Team hatte.

»Zu Hause ist etwas vorgefallen, das ich noch nicht abschütteln konnte.«

Er zog eine Augenbraue hoch. »Was denn? Hat es mit der Pension zu tun?«

»Ich wünschte, es wäre so.«

»Wenn es das nicht ist, fällt mir nur noch eins ein, was dich derart mitnehmen könnte.« Er trank einen Schluck. »Wie heißt sie?«

»Presley.«

»Ist das nicht die Frau, mit der du dich wegen des Hauses gestritten hast?«

»Genau.«

Als es ihm zu dämmern begann, legte er den Kopf schräg. »Die, mit der dein Bruder …«

»Ja«, entgegnete ich kaum hörbar.

»Ach du Scheiße.« Er schüttelte den Kopf und nahm einen großen Schluck aus seiner Flasche.

In den folgenden zehn Minuten erzählte ich ihm die ganze Geschichte bis zu Tanners Ankunft. »Ich weiß, was du sagen wirst, Coach …«

Er hob die Hand. »Nicht so schnell. Du denkst, ich würde dir raten, die Sache zu vergessen und dich zusammenzureißen, aber ich weiß, das ist leichter gesagt als getan, wenn einem eine Frau den Kopf verdreht hat.«

Ich fuhr mir mit den Fingern durch die Haare. »Was ist dann die Lösung?«

»Tja, auf jeden Fall solltest du nicht weiter mit der Frau deines Bruders rummachen …« Er schmunzelte.

»*Ex*frau«, stellte ich klar.

»So oder so, es ist beschissen, und du musst es hinter dir lassen. Aber es beweist, dass du eine Partnerin brauchst. Vielleicht bist du dem Junggesellenleben entwachsen. Irgendwann braucht jeder Mann eine gute Frau, zu der er nach Hause kommen kann. Es gibt nur eine einzige Möglichkeit, eine Frau zu vergessen, die man nicht haben kann: Du musst dir eine bessere suchen.«

Mein erster Gedanke war: *Es gibt keine bessere*. Ich wusste es. Presley war die Beste. Es ging nicht darum, einen Ersatz für sie zu finden. Ich schätzte seinen Rat zwar, aber ich wusste, ich würde ihn nicht annehmen. Ich hatte kein Interesse daran, eine Beziehung mit einer anderen Frau anzufangen, die sich erzwungen anfühlen würde. Was zwischen Presley und mir geschehen war, fühlte sich völlig natürlich an. Sie war mein Zuhause, und dieses Gefühl war nicht reproduzierbar. Lieber wollte ich allein bleiben, als es mit einer anderen zu versuchen.

»Ich bin dir für deinen Rat dankbar. Aber das kommt für mich momentan nicht infrage.«

»Okay, dann weiter mit Plan B.« Er knallte seine Flasche auf den Tisch.

»Was heißt das?«

»Ich schleife dich nach draußen und bringe dich ordentlich auf Vordermann. Denn mit diesem Mist muss Schluss sein, wenn die Saison beginnt!«

Ich legte frustriert den Kopf in den Nacken und rieb mir die Augen. »Ich verspreche, ich werde das Problem lösen, okay? Ich werde dich nicht enttäuschen.«

Obwohl es gutgetan hatte, dem Coach die Wahrheit zu sagen, war ich schlecht drauf, als ich abends in mein Haus zurückkehrte, das mich kalt und leer empfing. Es fühlte sich völlig anderes an, als zu Presley nach Hause zu kommen. Mir war vorher gar nicht bewusst gewesen, wie groß der Unterschied war. Ich hatte eine teure Einrichtung, aber ein Haus wurde erst ein Zuhause durch die Menschen, die es bewohnten, und hier in Colorado hatte ich kein Familienleben.

Das Gespräch über Presley hatte mich aufgewühlt. Ich hatte versucht zu vergessen, doch je mehr ich mich darum bemühte, desto schlechter schien meine spielerische Leistung zu werden. Und nachdem ich laut ausgesprochen hatte, wie die Situation aussah, bekam ich noch mehr Schuldgefühle wegen der Art, wie ich mich von Presley verabschiedet hatte.

Ich hatte zahlreiche Gelegenheiten gehabt, meine Sorgen mithilfe anderer Frauen zu vertreiben, aber danach stand mir nicht der Sinn. Es wäre nicht loyal gegenüber Presley gewesen, und überraschenderweise hatte ich keine Lust auf Sex mit einer anderen. Ich war nicht bereit, die Beziehung hinter mir zu lassen, obwohl ich Presley geraten hatte, genau das zu tun. Vielmehr lag ich nachts mit geschlossenen Augen im Bett und rief mir ihren Geruch in Erinnerung, ihren Geschmack und wie es sich angefühlt hatte, neben ihr zu liegen und sie zu halten. Und dann wurde mir kotzübel, weil mir unwillkürlich der Gedanke kam, dass Tanner in diesem Moment womöglich das Gleiche tat.

Es spielte keine Rolle, dass ich ein erwachsener Mann war. Wenn man sich derart mies fühlte, gab es nur einen Menschen, der einem helfen konnte.

Ich nahm mein Handy und rief ihren Namen auf.

Nach mehrmaligem Klingeln nahm sie das Gespräch an.

»Levi?«

»Hey, Mom. Was gibt's Neues?«

»Schön, deine Stimme zu hören.«

»Dito.«

»Du klingst müde.«

Mit anderen Worten: Ich klang scheiße. »Ja, das Training war anstrengend. Wie läuft es zu Hause?«

»Nun, ich habe gerade deinen Neffen hier.«

»Ja?« Ich lächelte. »Gib ihn mir.«

»Okay, warte.«

Meine Mutter rief Alex ans Telefon, und ich konnte hören, wie er angerannt kam.

»Onkel Levi!«

Seine Stimme traf mich mitten ins Herz.

»Hey, Kumpel. Was treibst du so?«

»Nicht viel. Ich hänge bei Grandma ab. Du fehlst mir.«

»Du fehlst mir auch.« Ich schloss die Augen. »Das kannst du mir glauben.«

»Wusstest du, dass ich bei Grandma bin? Hast du deshalb angerufen?«

»Nein, ich habe es nicht gewusst. Aber es ist eine tolle Überraschung. Wie ist es in der Schule?«

»Ganz okay. Meine Freunde fragen immer noch nach dir. Ich soll dich von ihnen grüßen.«

»Dann grüß sie bitte von mir zurück.«

»Ich wünschte, du wärst hier. Dann könnten wir Trouble spielen.«

»Ich würde viel lieber zu Hause mit dir Trouble spielen als hier zu sein.«

»Grandma lässt mich immer gewinnen. Das macht keinen Spaß. Du würdest bestimmt versuchen, mich zu schlagen.«

»Da hast du wohl recht.« Ich holte tief Luft. »Wo ist deine Mom heute Abend?«

»Sie hat ein Date mit Dad.«

Seine Worte waren wie ein Tritt in die Magengrube. Mein Herz raste.

»Bist du noch da?«, fragte er nach einer Weile, weil ich nicht reagierte.

»Klar.« Ich schluckte. »Hat deine Mom *gesagt*, dass sie ein Date mit deinem Dad hat?«

»Dad hat es mir gesagt.«

Es war zwar eine Erleichterung für mich, dass Tanner es so genannt hatte und nicht Presley, aber es verletzte mich trotzdem. Denn ob es nun ein offizielles Date war oder nicht, sie gingen miteinander aus, was bedeutete, dass sich ihr Verhältnis verbesserte.

Verdammt. Es war zwar genau das, was ich erwartet hatte – und was passieren sollte –, aber ich würde mich dennoch nie an die Vorstellung gewöhnen.

Wir redeten noch ein paar Minuten, dann gab Alex das Telefon an meine Mutter zurück.

Sie hatte offenbar meine Gedanken gelesen.

»Ich weiß nicht, ob es offiziell ein Date ist, Levi«, sagte sie mit gesenkter Stimme. »Tanner meinte, er versucht immer noch, ihr Vertrauen zu gewinnen.«

Mein Herz hämmerte. »Wie geht es ihr?«

»Scheinbar gut, aber sie hat viel um die Ohren. Das *Palm Inn* ist wieder eröffnet, und sie ist für zwei Monate ausgebucht.«

Ich lächelte. »Wow. Großartig.«

»Du hast das Richtige getan, mein Junge«, sagte sie nach einer Pause. »Ich bin stolz auf dich.«

Wenn es sich bloß richtig *angefühlt* hätte! Aber mein Bauch war ein einziger Knoten.

Nach dem Gespräch mit meiner Mutter brauchte ich dringend eine Ablenkung. Obwohl ich wusste, dass ich morgen auf dem Platz die Quittung dafür bekommen würde, musste ich meine Gefühle betäuben. Ich holte eine Flasche Whiskey aus dem Schrank und gab mir den Rest.

30. KAPITEL

Presley

Sechs Wochen nach dem Abschied von Levi hatte ich endlich eine Routine entwickelt. Ich machte Alex für die Schule fertig, bereitete das Frühstück für die Pensionsgäste vor, unterrichtete vier Stunden Kunst, holte Alex ab und fuhr mit ihm nach Hause, wo ich Abendessen kochte, nach den Gästen sah, aß, Hausaufgaben mit meinem Sohn machte und ihn nach unserer Abendroutine ins Bett brachte, um danach in den Gemeinschaftsbereichen aufzuräumen, zu duschen und erschöpft ins Bett zu fallen. Immer der gleiche Trott, sodass man leicht mit den Wochentagen durcheinanderkommen konnte.

Als ich gerade mit dem Aufräumen fertig war, das Licht ausschalten und zum Duschen nach oben gehen wollte, klopfte jemand an die Haustür. Shelby Miller lächelte mich an, als ich aufmachte. Ich musste mich zwingen, sie ebenso freundlich zu begrüßen. Es war nicht so, dass ich Tanners Mutter nicht mochte, aber die Gespräche mit ihr waren meistens anstrengend, und ich hatte einen langen Tag hinter mir.

Trotzdem bat ich sie herein und setzte mein bestes falsches Lächeln auf. »Hallo Shelby. Ich wusste nicht, dass du vorbeischauen wolltest. Tanner ist nicht da. Er arbeitet mit dem Assistenztrainer an neuen Spielzügen. Er meinte, er kommt wahrscheinlich erst spät nach Hause.«

»Ich weiß. Deshalb bin ich ja hier. Ich hatte gehofft, wir

könnten uns ein paar Minuten unter vier Augen unterhalten.«

»Äh … Ja, klar. Natürlich. Möchtest du einen Tee?«

»Gern, wenn du auch einen trinkst.«

Während ich den Tee zubereitete, plauderten wir über Alex und darüber, wie er sich in der Schule machte. Nachdem ich zwei Tassen zusammen mit Milch und Zucker auf den Tisch gestellt hatte, setzte ich mich zu ihr.

»Wie läuft es denn mit Tanner?«, fragte sie.

»Wir kommen ziemlich gut miteinander klar. Aber wir sind nur Freunde, falls du darauf hinauswillst. Ich habe keine romantischen Gefühle für Tanner, und das habe ich ihm schon mehrmals gesagt.«

Shelby seufzte. »Das dachte ich mir.«

»Hat er … dir etwas anderes erzählt?«

Sie schüttelte den Kopf. »Nicht direkt. Aber ich habe jetzt die Bestätigungen für Jims Trikotzeremonie am kommenden Wochenende erhalten, und mir war aufgefallen, dass da unter Tanners Namen eine Einzimmersuite mit drei Gästen angegeben ist. Also habe ich bei ihm nachgehakt.«

»Oh?«

»Er meinte, die Suite würde für euch drei genügen. Sie besteht aus einem Schlafzimmer mit Doppelbett und einem Wohnzimmer mit einer kleinen Couch, die man allerdings nicht ausziehen kann. Darauf habe ich Tanner aufmerksam gemacht, weil ich dachte, *er* wollte vielleicht auf der Couch schlafen, aber er meinte, das sei kein Problem, weil sie groß genug für *Alex* sei.« Shelby suchte meinen Blick. »Und er hat mich gefragt, ob ich an einem der Abende auf meinen Enkel aufpassen würde, damit ihr zwei ein bisschen Zeit für euch habt.«

Ich atmete tief durch. »Das habe ich nicht gewusst. Ich habe vor ein paar Wochen nur zugesagt, weil Alex so gebettelt hat, dass ich es ihm nicht abschlagen konnte. Und bei dem ganzen Stress habe ich nicht mal darüber nachgedacht, wo wir übernachten. Tanner hatte mir gesagt, dort seien Zimmer für alle reserviert, und ich habe natürlich nicht geahnt, dass er meint, wir könnten zusammen in einem Bett schlafen.« Ich hielt inne. »Ich schwöre dir, Shelby, ich habe ihm nichts vorgemacht. Ich war sehr ehrlich zu ihm, was meine Gefühle angeht, aber er bleibt dabei, dass er geduldig abwarten will.«

Sie schüttelte den Kopf. »Ich habe nicht gedacht, dass du ihm auf irgendeine Weise Hoffnung machst. Aber ich weiß, wie mein Sohn sein kann. Manchmal setzt er sich etwas in den Kopf und konzentriert sich so sehr darauf, dass er den Bezug zur Realität verliert.«

»Ich möchte ihn nicht verletzen. Im Moment läuft es gut zwischen uns – auf freundschaftlicher Ebene. Und er verbringt viel Zeit mit Alex, um ihn besser kennenzulernen. Aber es besteht keine Aussicht, dass wir wieder zueinanderfinden.« Ich schaute in meine Tasse. »Mein Herz gehört einem anderen, und auch wenn dem nicht so wäre, hätte ich kein Interesse daran, mich wieder auf eine Beziehung mit Tanner einzulassen.«

Shelby schwieg eine Weile. Sie schien darüber nachzudenken, noch etwas zur Sprache zu bringen. Schließlich stellte sie ihre Tasse ab.

»Hast du in letzter Zeit … mit Levi gesprochen?«

Ich schüttelte stirnrunzelnd den Kopf.

»Die ganze Situation mit meinen Söhnen ist sehr verwirrend für mich. Ich weiß nie, was ich sagen darf und was nicht. Ich sollte beiden gegenüber loyal sein, aber ich halte etwas vor einem von ihnen geheim, und ich will keinen von beiden leiden sehen. Und dich auch nicht, Presley. Ich weiß, es sieht wahrscheinlich so aus, als wäre ich nach deiner Ankunft hier nicht gerade freundlich zu dir gewesen, aber ich habe Dinge geglaubt, die ich nicht hätte glauben dürfen, und dafür entschuldige ich mich. Du warst für mich immer wie die Tochter, die ich nie hatte, und du liegst mir sehr am Herzen. Dich will ich auch nicht leiden sehen.«

»Danke. Und mir tut es leid, dass du mit in diesen Schlamassel hineingezogen wurdest.«

Shelby überlegte einen Moment, dann seufzte sie. »Levi hat mich letzte Woche angerufen. An dem Abend, als Alex bei mir war und du mit Tanner und euren alten Freunden ausgegangen bist. Alex hat ihm gesagt, er sei bei mir, weil seine Eltern ein Date hätten.«

Meine Augen weiteten sich. »Oh nein!«

Shelby nickte. »Als ich wieder ans Telefon kam, hat er mich ins Kreuzverhör genommen. Ich habe ihm gesagt, dass *Tanner* es als Date bezeichnet habe und ich unsicher sei, ob du es auch so siehst. Aber er klang ziemlich aufgebracht.«

Mir wurde schlecht bei der Vorstellung, dass Levi denken könnte, dass mir unsere Beziehung so wenig bedeutet hatte und Tanner und ich so bald nach seiner Abreise zusammengekommen waren. Aber ich fand Levis Reaktion auch verwirrend.

»*Er* hat doch *mit mir* Schluss gemacht.«

Shelby ergriff meine Hand. »Ich wollte dich nicht aufregen. Ich dachte nur, du solltest es wissen – nicht nur wegen Levis Reaktion, sondern auch weil Tanner Alex offensichtlich Dinge erzählt, die nicht unbedingt der Wahrheit entsprechen. Ich möchte nicht, dass Alex denkt, seine Eltern wären wieder zusammen, nur um dann enttäuscht zu werden.«

Ich nickte. »Gut, dass du es mir gesagt hast. Dafür bin ich dir wirklich dankbar.«

Als Shelby weg war, ging ich in mein Zimmer, um zu duschen. Doch statt mich danach ins Bett zu legen, beschloss ich, unten im Wohnzimmer auf Tanner zu warten. Es war höchste Zeit, Klartext zu reden.

»Hey.« Ich spürte warme Lippen auf meiner Stirn. »Du bist eingeschlafen.«

Ich rieb mir die Augen und erblickte Tanner. »Wie spät ist es?«

»Kurz vor Mitternacht.« Er lächelte. »Du bist echt süß, wenn du sabberst.«

Ich wischte mir übers Gesicht und richtete mich auf. »Ich habe nicht gesabbert.«

Er schmunzelte. »Soll ich dich in dein Zimmer tragen, Schlafmütze?«

»Nein, ich habe auf dich gewartet.«

»Ach ja?« Er grinste. »Klingt gut.«

Ich runzelte die Stirn. »Lass uns in der Küche reden. Ich brauche ein Glas Wasser.«

Als ich an der Spüle stand und das Wasser laufen ließ, bis es kalt war, trat Tanner von hinten an mich heran, und ich nahm einen süßlichen Duft wahr. Ich drehte mich um und schnupperte. »Du riechst nach Parfüm.«

Tanner wich meinem Blick aus. »Jacks Frau hat mich zum Abschied umarmt, als ich gegangen bin«, sagte er.

Die Erklärung war einleuchtend, und ich hatte keinen Grund, ihm nicht zu glauben – von seinem Verhalten in der Vergangenheit einmal abgesehen –, und trotzdem spürte ich aus irgendeinem Grund, dass er log. Doch im Gegensatz zu früher war es mir ziemlich egal, ob er mit einer anderen Frau ausgegangen war. Es würde mir sogar das Leben erleichtern, wenn er eine andere hätte.

»Komm, wir setzen uns an den Tisch«, sagte ich.

Ich nahm den Stuhl, auf dem ich schon bei dem Gespräch mit Shelby gesessen hatte, doch Tanner setzte sich nicht wie seine Mutter mir gegenüber, sondern direkt neben mich. Er rutschte sogar mit seinem Stuhl noch näher an mich heran, sodass wir beinahe aufeinanderhockten.

Dann ergriff er meine Hand. »Worüber wolltest du mit mir reden?«

Ich entzog ihm meine Hand. »*Darüber*, Tanner. Hör bitte auf, solche Dinge zu tun. Nimm nicht meine Hand und leg nicht den Arm um mich, vor allem wenn Alex dabei ist. Ich möchte ihm keinen falschen Eindruck vermitteln.«

Tanner runzelte die Stirn. »In Ordnung.«

»Und vorhin habe ich deine Mutter angerufen, als mir eingefallen ist, dass ich noch kein Zimmer für die Trikotzeremonie deines Vaters reserviert habe. Sie hat mir gesagt, dass du eine Suite für mich und dich und Alex gebucht hast.«

»Ich dachte, es wäre schön, wenn wir drei als Familie zusammenwohnen. Die Suiten verfügen alle über eine Couch, und ich dachte, die könnte ich nehmen, während du mit Alex im Bett schläfst.«

Um seine Mutter herauszuhalten, ließ ich die Version unerwähnt, die ich von ihr gehört hatte.

»Ich fühle mich nicht wohl dabei, ein Zimmer mit dir zu teilen, Tanner.«

Er sah mich verdutzt an. »Warum nicht? Es ist ja nicht so, als hätte ich dich noch nie nackt gesehen.«

»Darum geht es nicht. Wir sind kein Paar. Meiner Meinung nach haben wir endlich ein gutes Verhältnis, aber wenn du mich weiterhin in eine Richtung drängst, in die ich nicht gehen will, wird sich das schnell wieder ändern.«

»Gut, ich rufe das Hotel morgen an und buche ein separates Zimmer für dich.«

»Danke.«

»Aber ich gebe uns trotzdem nicht auf. Eines Tages werden wir wieder zusammen sein, weil wir füreinander bestimmt sind.«

Ich seufzte. Manchmal redete man bei ihm gegen eine Wand. »Nein, Tanner, das sind wir nicht.«

»Wir werden sehen.«

Es war zwecklos, immer wieder darüber zu reden, und mein Schlaf war mir wichtiger. »Ich bin müde und gehe zu Bett. Gute Nacht, Tanner.«

»Gute Nacht, Süße.«

31. KAPITEL

Presley

Die darauffolgende Woche verging wie im Flug, und schon stieg ich in Denver aus dem Flugzeug und checkte in das *Four Seasons Hotel* in der Nähe des Stadions ein. Allein in derselben Stadt wie Levi zu sein machte mich nervös. Ich sah mich alle zwei Minuten um, sogar an der Rezeption.

Shelby war bereits gestern eingeflogen und hatte in der Empfangshalle auf Alex und mich gewartet. Sie kam herüber und stellte sich neben mich, als ich auf den Zimmerschlüssel wartete.

»Er wohnt nicht hier im Hotel.«

»Wer?«

Sie lächelte. »Levi.«

Ich seufzte. »Ist es so offensichtlich?«

Sie stieß mich mit der Schulter an. »Tja, du überprüfst die Halle genauer als ein Secret-Service-Agent vor der Ankunft des Präsidenten.«

Ich lächelte traurig. »Und ich dachte, ich wäre total unauffällig. Danke, dass du es mir gesagt hast. Da ich jetzt weiß, dass ich ihm hier nicht zufällig begegnen werde, kann ich ein bisschen entspannen. Bleibt nur noch die Sorge, ob es richtig war, das *Palm Inn* in die Obhut der Frau zu geben, die wir erst vor ein paar Wochen als Reinigungskraft eingestellt haben.«

»Hast du Probleme mit ihr?«

»Nein, nein. Ich scherze nur. Melinda ist großartig. Sie ist superordentlich und tüchtig, aber trotzdem ist es ein merkwürdiges Gefühl, weg zu sein.«

Shelby schaute über ihre Schulter. Tanner hatte mit seinen Cousins im selben Flieger gesessen wie ich, war aber mit einem anderen Uber zum Hotel gefahren und stand ein Stück hinter mir in der Schlange. Sie winkte ihrem Sohn zu und drehte sich wieder um.

»Du musst dir auch keine Gedanken darüber machen, meinem anderen Sohn zu begegnen. Ich habe den Direktor gebeten, dich weit weg von Tanner am anderen Ende des Hotels unterzubringen. Ich dachte, wenn er nicht neben dir wohnt, kann er nicht so leicht Ausreden erfinden, um bei dir reinzuschauen.«

Ich atmete auf. »Danke, Shelby. Das weiß ich wirklich zu schätzen.«

»Und was Levi angeht, der ist gerade beim Training. Aber zu dem Dinner heute Abend wird er auch kommen.«

Viele ehemalige Mannschaftskameraden von Tanners und Levis Vater waren mitsamt ihren Familien zu der Zeremonie angereist. Deshalb gab es am Abend ein Dinner in einem privaten Speiseraum eines nahegelegenen Restaurants.

Ich nickte. »Okay. Danke für die Vorwarnung.«

Da keine Gefahr bestand, Levi zu treffen, und Tanner weit genug von mir entfernt war, blieben mir etwa drei Stunden, um mich zu entspannen – oder um darüber zu grübeln, wie ich damit klarkommen sollte, später mit Levi in einem Raum zu sein. Leider war ich ziemlich sicher, dass ich grübeln würde.

Nach dem Einchecken ging ich mit Alex auf unser Zimmer. Eine Stunde verbrachte ich damit, nervös durch die Fernsehkanäle zu schalten, bis ich zu dem Schluss kam, dass sich meine Nerven am ehesten beruhigen würden, wenn ich jetzt heiß duschte und mich langsam fertig machte. Dann hatte ich zumindest etwas, worauf ich mich konzentrieren konnte. Ich wollte ein grünes Seidenkleid tragen, das zwar leger war, aber etwas Dekolleté und Bein zeigte. Und da ich genug Zeit hatte, legte ich mehr Make-up auf als sonst, schminkte mir Smokey Eyes und betonte meine Wangenknochen. Als ich fertig war, betrachtete ich mich im Spiegel und war wirklich zufrieden mit dem, was ich sah. Es war eine Weile her, seit ich mich zuletzt so aufgebrezelt hatte, und mein Anblick gab mir das nötige Selbstbewusstsein, um den Abend durchzustehen.

Alex hatte im Schlafzimmer ferngesehen und machte große Augen, als er mich sah. »Wow! Du siehst toll aus, Mom.«

Ich lächelte. »Danke. Ich habe heute Abend ein heißes Date und wollte mich schick machen.«

»Mit Dad?«

»Nein, du Dummerchen. Ich habe *dich* gemeint.«

»Oh.« Alex lächelte.

Weil er wie selbstverständlich davon ausgegangen war, dass Tanner mein Date wäre, nutzte ich die Gelegenheit, um die Dinge richtigzustellen.

Ich setzte mich auf die Couch und klopfte auf den Platz neben mir. »Setz dich mal kurz zu mir, mein Schatz.«

»Du willst mir doch wohl nicht das Zeug in die Haare schmieren wie letztes Jahr, als wir auf dieser Hochzeit waren. Ich hasse es, wenn meine Haare so steif sind.«

»Nein.« Ich schmunzelte. »Ich möchte nur kurz mit dir reden.«

»Okay, Mom.«

Ich strich ihm lächelnd eine Haarsträhne aus dem Gesicht. »Ich dachte, wir sollten uns über Dad unterhalten und über meine Beziehung zu ihm.«

»Wollt ihr heiraten?«

Mein Lächeln schwand. »Nein, Alex. Dein Dad und ich sind nur Freunde. Darüber möchte ich gern mit dir reden.«

»Aber ihr datet euch, oder? Wenn Leute sich daten, dann heiraten sie, oder?«

Ich schüttelte den Kopf. »Wir daten uns nicht. Ich weiß, dein Dad hat es neulich so ausgedrückt, als wir mit Freunden essen waren, aber wir sind kein Paar, und wir hatten auch kein richtiges Date. Er hat es nur so genannt. Mir ist klar, dass das alles sehr verwirrend ist, weil Dad im Moment bei uns in der Pension wohnt, aber das ist etwas anderes, als wenn wir als Familie zusammenleben würden. Er wohnt zwar im selben Haus wie wir, aber er lebt nicht mit uns zusammen.«

Alex zuckte mit den Schultern. »Ihr seid echt merkwürdig.«

Ich lächelte. »Da hast du vermutlich recht. Aber ich war in Sorge, dass du vielleicht denkst, Dad und ich wären wieder ein Paar. Ich wollte nicht, dass du enttäuscht wärst, wenn du festgestellt hättest, dass es nicht so ist. Eines Tages wird Dad irgendwo anders wohnen, und dann hat er vielleicht auch eine Freundin oder so.«

»Wärst du dann traurig?«

»Nein, gar nicht. Ich freue mich, wenn dein Dad glücklich ist.«

Alex schien einen Moment darüber nachzudenken, dann zuckte er noch mal mit den Schultern. »Okay. Kann ich jetzt wieder fernsehen?«

Ich lachte. Er hatte das Gespräch leichter genommen, als ich erwartet hatte. »Eigentlich müssen wir gleich schon zum Abendessen gehen. Wie wär's, wenn du dich anziehst? Ich habe dir deine Sachen auf den Stuhl neben dem Bett gelegt.«

»Aber keine harten Haare, ja?«

Ich tätschelte seine Hand. »Kein Gel. Großes Indianerehrenwort.«

»Onkel Levi!«, rief mein Sohn, und mir blieb fast das Herz stehen. Ich hatte die Tür im Auge behalten, seit wir am Tisch Platz genommen hatten, doch als die Kellnerin herumgegangen war, um die Bestellungen aufzunehmen, hatte ich mich ablenken lassen und in die Speisekarte geschaut.

Tanner saß Alex und mir gegenüber. Alex schob seinen Stuhl zurück und rannte zur Tür, um sich mit einem riesigen Lächeln im Gesicht in Levis Arme zu stürzen. Mein Herz zog sich zusammen. Die beiden umarmten sich, und nachdem Levi Alex wieder auf dem Boden abgesetzt hatte, zelebrierten sie ein ausführliches Begrüßungsritual mit Abklatschen, Shakehands und Faustcheck. Meine Gefühle in Bezug auf das Wiedersehen mit Levi hatten mir derart zu schaffen gemacht, dass ich gar nicht daran gedacht hatte, wie sehr Alex sich freuen würde. Sie waren im Sommer sehr gute Freunde geworden, und ihnen war deutlich anzumerken, wie sehr sie einander vermisst hatten.

Hier und da standen Leute vom Tisch auf, als sie Levi sahen, um ihn zu begrüßen. Tanner, der mit dem Rücken zur Tür saß, hatte sich wie alle anderen umgedreht und sich den Rummel angesehen, blieb jedoch sitzen, während sich die Leute um seinen Bruder scharten. Mit angespannter Miene hob er die Hand und rief nach der Kellnerin.

»Ich nehme noch einen Wodka Soda.« Er trank sein Glas aus, ließ die Eiswürfel klirren und hielt es ihr hin.

Sie schaute zu mir herüber. Mein Weinglas war fast leer, aber ich wollte nur meine Nervosität bekämpfen und mich nicht betrinken. Ich schüttelte den Kopf. »Nein, danke.«

Nach ein paar Minuten zerstreute sich die Menge um Levi, und mein Herz raste, während ich ihn verstohlen musterte. Er sah fantastisch aus. Seine Haare waren länger geworden. Sie reichten bis an seinen Hemdkragen und kringelten sich am Ende, was ich wahnsinnig sexy fand. Er trug ein königsblaues

Anzughemd und eine dunkelblaue Anzughose, ein Outfit, das seine maskuline Silhouette betonte: breite Schultern, schmale Taille. *Gott, er sieht noch besser aus als in meiner Erinnerung.*

Es überraschte mich, wie sehr ich ihn innerlich anschmachtete. An sein Aussehen hatte ich in letzter Zeit gar nicht gedacht. Mir hatte der Mann gefehlt, der *in* diesem Körper steckte. Doch der Anblick des Komplettpakets verstärkte meine Sehnsucht nur noch.

Nachdem Levi auch dem Letzten die Hand geschüttelt hatte, sah er sich um und entdeckte mich. Sein Blick ging mir durch und durch. Mir schlug das Herz bis zum Hals, mein ganzer Körper kribbelte, und ich bekam feuchte Augen. Zum Glück zog Alex ihn an der Hand und lenkte ihn ab. Die beiden gingen zu Shelby, und Levi umarmte und küsste seine Mutter. An ihrem Tischende waren noch Stühle frei, während Tanner, Alex und ich in der Mitte saßen, wo es keinen freien Platz mehr gab.

Levi ging um den Tisch und sagte jedem Hallo, den er noch nicht begrüßt hatte, während mein Sohn treu an seiner Seite blieb. Tanner stand nicht einmal auf, als er bei ihm ankam. Er leerte seinen Wodka, den die Kellnerin kurz zuvor gebracht hatte, zur Hälfte und hob die Hand.

»Wie ich sehe, verstehst du es immer noch, einen großen Auftritt hinzulegen«, brummelte er. »Zuspätkommen bedeutet mehr Aufmerksamkeit, ganz allein für dich.«

Levi kniff die Lippen zusammen. »Ich bin direkt nach dem Training hergekommen.« Er schaute zu mir herüber und nickte. »Presley.«

Ich lächelte gezwungen. »Hallo Levi.«

Alex zerrte an seiner Hand. »Setz dich neben mich, Onkel Levi.«

Levi sah mich kurz an, bevor er sich Alex wieder zuwandte.

»Hier ist kein Platz mehr, Kumpel. Ich setze mich da hinten zu deiner Grandma.«

»Warte, ich hab's!« Mein Sohn lief zum Ende des Tischs, nahm einen Stuhl, der fast so groß war wie er, trug ihn zu uns herüber und stellte ihn voller Stolz ab. »Hier hast du einen Stuhl. Mom und ich können zur Seite rutschen, dann gibt es genug Platz.«

Nein, gab es nicht. Aber Alex hatte sich etwas in den Kopf gesetzt, und bevor ich ihn davon abbringen konnte, schob er seinen Stuhl zur Seite und bat die Frau neben ihm, etwas Platz zu machen.

»Mom, rutschst du auch ein bisschen rüber?«

»Äh ... ja, natürlich.«

Levi hatte ebenfalls Bedenken, das war ihm deutlich anzusehen. Doch alle Leute am Tisch starrten ihn an, und so lächelte er freundlich, statt Aufhebens zu machen. »Danke, Kumpel.«

Levi war ein großer Mann, und auch wenn es meinem Sohn gelungen war, einen Stuhl in die Reihe reinzuquetschen, blieb nur wenig Raum für seine Schultern und Beine – was bedeutete, dass wir einander mehr oder weniger berührten. Sein Knie war höchstens einen Zentimeter von meinem entfernt. Ich spürte seine Wärme, die auf mich abstrahlte und alles von der Taille abwärts aufheizte. Ich hätte meinen Oberschenkel gern gegen seinen gedrückt, denn näher würde ich Levi das ganze Wochenende nicht kommen, und ich sehnte mich danach, ihn zu berühren – zur Not auch nur mit dem Bein, so jämmerlich und verzweifelt das auch war.

Doch ich holte tief Luft, sah auf und lächelte tapfer. Das Dinner zu überstehen, bei dem wir alle so dicht beieinander saßen, würde eine Herausforderung werden.

Zwar rissen andere Leute, einschließlich meines Sohnes, das Gespräch weitgehend an sich, doch Alex bezog mich ab und zu mit ein, wenn er Levi von unseren zahlreichen Pensionsgästen erzählte. Die ganze Zeit über musste ich so tun, als hätte ich kein Herzrasen und als wäre ich nicht vollkommen bezaubert von dem Mann, der neben mir saß. Unsere Blicke begegneten sich immer wieder, und viele ungesagte Worte gingen zwischen uns hin und her – das alles unter dem wachsamen Auge von Tanner, der mittlerweile bei seinem vierten oder fünften Drink angekommen war. Ich hatte aufgehört mitzuzählen.

Tanner schaute sich mit seinem leeren Glas in der Hand um. »Verdammt, wo ist die Kellnerin?«

»Sie serviert gerade den Nachtisch«, sagte Levi und stellte ihm sein volles Wasserglas hin. »Trink doch mal einen Schluck Wasser, wenn du Durst hast.«

Tanner sah ihn finster an. »Die gesunden Getränke überlasse ich lieber den Profisportlern.« Er schob das Glas grob zurück, und dabei schwappte es über. Dann sah er sich abermals suchend um. Da die Kellnerin nicht auftauchte, erhob er sich. »Anscheinend muss ich mir selbst was besorgen. Will sonst noch jemand was?«

Levi und ich verneinten, aber Tanner hatte unsere Antwort ohnehin nicht abgewartet, sondern war bereits auf dem Weg zur Tür. Wahrscheinlich wollte er an die Haupttheke im Restaurant. Er hatte zwar schon genug getrunken, aber ich war froh, eine Weile nicht seinem durchdringenden Blick ausgesetzt zu sein.

Levi beugte sich zu mir. »Trinkt er in letzter Zeit häufiger so viel?«, raunte er mir zu.

Ich schüttelte den Kopf. »Nein, gar nicht.«

Levi sah mir prüfend ins Gesicht. Er schien noch etwas sagen zu wollen, doch dann nickte er nur und wandte sich ab.

Wenige Minuten später ging die Tür des separaten Speiseraums wieder auf, und Tanner schlenderte herein. Allerdings kam er nicht allein. Er hatte eine große, wohlproportionierte Rothaarige im Schlepptau, die ein Kleid trug, das ihr eindeutig eine Nummer zu klein war.

Ich hielt die Luft an, als er mit einem neuen Drink und einem boshaften Grinsen an den Tisch trat.

»Das ist Arielle.« Er zeigte auf sie und trank einen großen Schluck. »Wie in dem Disneyfilm *Aladdin*.«

»Wohl eher *Die Meerjungfrau*«, brummelte ich leise.

»Hey, großer Bruder, Arielle ist ein Broncos-Fan.« Er zeigte nochmals auf die Frau. »Los, sag ihm sein Quarterback-Rating vom letzten Jahr.«

Die Frau strahlte. »Hundertsieben Komma acht Prozent. »Das höchste in der NFL.«

»Und wie viele Yards hat er geworfen?«

»Viertausendsiebenhundertsiebzig.«

»Und im Jahr davor?«

»Viertausenddreihundertzwölf.«

Tanner prostete seinem Bruder zu. »Bitte sehr.« Dann richtete er das Wort an den ganzen Tisch. »Würden alle bitte ein bisschen rutschen und Platz für Arielle machen?«

Ich wollte ihm sagen, dass er den Quatsch lassen solle, befürchtete aber, dass er eine noch größere Szene machen würde, wenn ich ihn herausforderte. Einige Leute sahen mit skeptischer Miene in Tanners Richtung, kamen seiner Aufforderung aber nach. Tanner ging zum Tischende, nahm einen leeren Stuhl und stellte ihn neben seinen.

Falls es ein Versuch war, mich eifersüchtig zu machen, war ihm offensichtlich nicht klar, dass es nicht gelingen konnte. Die Eifersucht zeigte nur dann ihr hässliches Gesicht, wenn etwas bedroht wurde, das man *wollte*.

Er winkte Arielle heran und warf mir ein gemeines Lächeln

zu. »Presley, Süße, komm doch zu mir rüber, damit Levi bei seiner neuen Freundin sitzen kann.«

Levi schaute von mir zu ihm. »Nicht nötig, Tanner«, sagte er mit zusammengebissenen Zähnen.

»Oh doch. Und Presley macht es gar nichts aus, nicht wahr, Baby?«

Aus dem Augenwinkel sah ich, wie der gesamte Tisch das Schauspiel verfolgte. Deshalb stand ich schweigend auf und ging auf die andere Seite, um die Situation zu entschärfen. Arielle quiekte ein Dankeschön und nahm erfreut meinen Platz neben Levi ein.

Tanner leerte seinen Drink und legte den Arm auf die Rückenlehne meines Stuhls. Levi sagte keinen Ton, erdolchte seinen Bruder aber mit Blicken. Ich gab mir alle Mühe, ruhig zu bleiben, doch als ich mitbekam, wie Arielle die Hand auf Levis Oberschenkel legte, hatte ich die Nase voll. Ohne mein Dessert anzurühren, warf ich meine Serviette auf den Tisch.

»Es ist spät. Ich fahre jetzt mit Alex zurück ins Hotel.«

»Was? Der Abend hat doch gerade erst angefangen«, meinte Tanner.

»Eigentlich finde ich, dass er schon lang genug dauert.« Ich erhob mich.

Tanner wollte aufstehen, verlor aber das Gleichgewicht und plumpste wieder auf seinen Stuhl. »Ich komme mit.«

Ich legte die Hand fest auf seine Schulter. »Bitte nicht. Vielleicht hat Arielle ja auch eine Freundin für dich.«

Ich sah meinen Sohn an. »Wir wollen gehen, Alex.«

Dann schaute ich zu Levi hinüber. »Gute Nacht, Levi. Viel Vergnügen noch.«

Eine Stunde später war ich wieder in meinem Hotelzimmer und hatte mich immer noch nicht beruhigt. Mein Herz hämmerte, und weil mir das Blut in den Ohren rauschte, hörte ich offenbar schlecht, denn mein Sohn musste mir sagen, dass jemand an der Tür war.

»Ich habe niemanden klopfen gehört.«

»Ich aber.«

Der Gedanke an eine weitere Szene mit Tanner machte mir Angst. »Okay. Du bleibst im Bett. Ich gehe nachsehen.«

Als ich durch den Türspion schaute, stellte ich erleichtert fest, dass es nicht Tanner war, sondern seine Mutter. Doch obwohl mir das Atmen sofort wieder leichter fiel, war mir nicht nach Reden zumute. Trotzdem löste ich die Türkette und machte ihr auf.

Shelby begrüßte mich mit einem warmen Lächeln. »Ich hoffe, ich habe dich nicht geweckt.«

»Nein, das hast du nicht. Alex ist im Bett, schläft aber noch nicht, und ich versuche, mich zu … entspannen.«

Sie nickte. »Ich würde bestimmt zwei Flaschen Wein zur Entspannung brauchen, wenn ich wie du in so ein Theater verstrickt gewesen wäre.«

Ich seufzte. »Es war nicht gerade ein angenehmer Abend.«

»Das kann ich nachvollziehen.« Sie senkte die Stimme. »Ich störe dich nur ungern und schon gar nicht zu so später Stunde, aber mein Sohn hat mich gefragt, ob ich auf Alex aufpassen würde, damit er mit dir reden kann.«

»Es ist wirklich spät, Shelby. Und ehrlich gesagt halte ich es für keine gute Idee, jetzt mit Tanner zu sprechen. Ich muss erst ein bisschen runterkommen.«

»Oh … nein.« Shelby schüttelte den Kopf. »Entschuldige, ich habe nicht Tanner gemeint. Levi hat mich darum gebeten.«

32. KAPITEL

Levi

Mit Kapuze auf dem Kopf und Sonnenbrille auf der Nase wartete ich vor dem Hotel und betete darum, unerkannt zu bleiben. Es war nicht besonders klug, hier aufzutauchen, aber nachdem Presley das Dinner derart aufgebracht verlassen hatte, konnte ich einfach nicht anders.

In dem Moment, als ich sie im Restaurant gesehen hatte, war all meine Willenskraft, die mich seit der Abreise aus Beaufort von ihr ferngehalten hatte, zum Teufel gegangen. Ich hätte dieses verdammte Dinner am liebsten auf der Stelle verlassen, um sie mit nach Hause zu nehmen und sie die ganze Nacht in meinem Bett zu lieben. Stattdessen hatte ich sie lediglich beobachten können. Presley hatte ganz und gar nicht glücklich ausgesehen, und Tanners sonderbares Verhalten hatte alles nur noch schlimmer gemacht.

Mein Herz raste, als ich vor dem Hotel auf und ab ging und hoffte, dass meine Mutter nicht mit einer Absage von Presley zurückkam. Als mich ein Passant anstarrte, zog ich mir die Kapuze tiefer ins Gesicht und betete, dass er mich nicht ansprach.

Ich drehte mich um und wurde augenblicklich ruhiger, als ich Presley durch die Glasschiebetür auf mich zukommen sah. Sie trug eine gepunktete Schlafanzughose und hatte sich ein Kapuzenshirt über die Schultern geworfen. Ihre Haare flatterten im Wind.

Um sie auf mich aufmerksam zu machen, winkte ich ihr unauffällig zu. Als sie zwei Meter vor mir stehen blieb, musste ich mich sehr zusammenreißen, um sie nicht auf der Stelle in meine Arme zu ziehen. Ich musste mir in Erinnerung rufen, dass ich kein Recht dazu hatte. Sie war nicht mehr mein, auch wenn es mir ganz natürlich erschien, sie anzufassen.

Verlegen sagte ich: »Danke, dass du gekommen bist. Hast du schon geschlafen?«

Sie schüttelte den Kopf. »Nein.«

Ich legte ihr die Hand in den Rücken und führte sie weg. »Komm, wir gehen auf die Rückseite des Gebäudes. Ich möchte nicht erkannt werden.«

Wir liefen an der Rasenfläche neben dem Hotel entlang und blieben in einer ruhigen Ecke im Schein einer Straßenlaterne stehen.

Sie verschränkte die Arme. »Was gibt's, Levi? Warum wolltest du mich sehen?«

»Das musst du mich fragen? Ich konnte nicht mehr klar denken, seit ich dich heute Abend gesehen habe. Und nachdem du das Dinner so unvermittelt verlassen hast, wusste ich, dass ich keinen Schlaf finden würde, bevor ich nicht mit dir gesprochen habe.« Mir entging nicht, dass sie rot wurde.

»Du hättest mich einfach vergessen und diese Frau mit nach Hause nehmen sollen«, fuhr sie mich an.

»Soll das ein Scherz sein?«, entgegnete ich mit erhobener Stimme. »Ich weiß nicht, was Tanner sich dabei gedacht hat, sie anzuschleppen. Sie hat mich überhaupt nicht interessiert.«

»Zu viel Auswahl, hm? Das ist wohl das Problem, wenn man jede Frau haben kann, die man will. Muss echt schwer sein, du zu sein.«

Ich zog die Augenbrauen zusammen. »Das denkst du ernsthaft?«

Sie atmete aus, und ihr Tonfall wurde weicher. »Ich weiß es nicht, Levi. Ich weiß nicht mehr, was ich denken soll. Ich weiß nur, dass es nach allem, was wir durchgemacht haben, zu schmerzhaft für mich ist, dich zu sehen. Es ist viel schwerer, als ich gedacht hatte. Und allein die Vorstellung, dass du mit einer anderen …«

»Du denkst, ich hätte hier mit anderen Frauen rumgemacht?«

»Ich habe keine Ahnung, was du hier machst, weil du dich nicht bei mir gemeldet hast!«

Meine Stimme bebte. »Das habe ich nicht getan, weil es zu sehr wehtut, Presley. Ich versuche doch nur, das Richtige für uns alle zu tun. Aber wenn du denkst, ich könnte einfach so weitermachen und mich mit Frauen verabreden, als wäre nichts geschehen, unterschätzt du meine Gefühle für dich.« Ich machte einen Schritt auf sie zu. »Seit ich hier bin, habe ich mich mit keiner einzigen Frau verabredet, musste aber erfahren, dass Tanner dich auf Dates ausführt. Ich bin fast verrückt geworden vor Eifersucht, obwohl ich es eigentlich akzeptieren müsste.«

Sie schüttelte den Kopf. »Zwischen mir und Tanner läuft gar nichts. Ja, ich bin mit ihm ausgegangen, aber das war kein Date. Ich habe wie eine kaputte Schallplatte immer wieder das Gleiche wiederholt, um ihm klarzumachen, dass ich nicht auf diese Art an ihm interessiert bin.«

Mein Puls beruhigte sich etwas. »Ich habe an dem Abend bei meiner Mutter angerufen, als sie auf Alex aufgepasst hat. Ich dachte …«

»Ich weiß, was du dachtest. Aber es war einfach nicht der Fall, Levi. Tanner und ich kommen gut miteinander aus, und mehr ist da nicht. Wir sind mit Tom und Lily essen gegangen, und als Tom sich beim Dinner nach dir erkundigt hat, konnte ich den restlichen Abend an nichts anderes mehr denken als an dich. Es ist absolut erbärmlich.«

Mich überkam eine ungeheure Erleichterung, und das war ziemlich daneben, weil ich das genaue Gegenteil hätte empfinden müssen. Sollte ich mir Alex zuliebe nicht eher wünschen, dass sie und Tanner wieder zueinanderfanden? Aber verdiente er sie überhaupt? Sein heutiges Verhalten ließ mich daran zweifeln, ob mein Bruder sich tatsächlich geändert hatte.

»Ich konnte dir ansehen, wie sehr es dich aus der Fassung gebracht hat, als Tanner mit dieser Frau aufgetaucht ist«, sagte ich. »Du solltest keinen falschen Eindruck gewinnen und denken, ich wäre mit ihr nach Hause gegangen oder so. Irgendwie wusste ich, du würdest dir Sorgen machen.«

Nun ging sie richtig auf mich los.

»Du wolltest nicht, dass ich aus der Fassung gerate und mir Sorgen mache?« Sie warf die Arme in die Luft. »Was meinst du denn, wie ich mich gefühlt habe, als du mich aus deinem Leben ausgeschlossen hast und vorzeitig nach Denver aufgebrochen bist? Warum sollte es heute anders für dich sein? Plötzlich liegt dir etwas an meinen Gefühlen?«

Ich versuchte, mich zu verteidigen. »Du weißt, warum ich so gehandelt habe. Es war ein Opfer.«

»Du hast mich deinem Bruder geopfert – wie einen Gegenstand, den man herumreichen kann. Aber du kannst mich nicht einfach an jemand anderen weitergeben, Levi. Was wir hatten, ist nicht austauschbar.« Ihre Stimme brach. »Wenn du nicht mit mir zusammen sein willst, dann lass mich einfach in Ruhe. Kümmere dich nicht um mich und erkundige dich nicht nach mir. Du kannst nicht beides haben. Entweder bist du *in* meinem Leben oder draußen.«

Als sie zu weinen begann, konnte ich es nicht mehr aushalten. Ich nahm sie in die Arme und zog sie fest an mich. Überraschenderweise wehrte sie sich nicht. Sämtliche Gefühle, die ich seit meiner Rückkehr nach Denver zu unterdrücken versucht hatte, brachen über mich herein.

Ich küsste sie auf den Scheitel. »Es tut mir so verdammt leid«, sagte ich leise.

Als sie mit Tränen in den Augen zu mir aufsah, verlor ich die Beherrschung und presste meinen Mund auf ihren. Kaum hatte ich ihren Geschmack auf den Lippen, entfuhr mir ein hungriges Stöhnen. Ich wurde hart und sehnte mich danach, wieder in ihr zu sein. Um sie noch leidenschaftlicher zu küssen, umfing ich ihr Gesicht mit beiden Händen. *Verdammt, das habe ich vermisst. Ich habe uns vermisst.*

Für mein Gefühl gehörte sie immer noch zu mir. Obwohl so viel Zeit vergangen war, gab es nicht einen Teil von mir, der es akzeptieren konnte, Presley an Tanner zu verlieren – oder an sonst jemanden.

Wir verloren uns in dem Kuss, bis sie sich plötzlich von mir losmachte.

Keuchend starrten wir einander an. Es war uns immer schon schwergefallen, der körperlichen Anziehungskraft zwischen uns zu widerstehen, und heute war es nicht anders.

Ihre nächsten Worte hauten mich regelrecht um.

»Es spielt keine Rolle, wie sehr ich dich liebe«, sagte sie. »Ich würde dich lieber nie wiedersehen, als dich mit einer anderen zu sehen und permanent daran erinnert zu werden, dass ich nicht mit dir zusammen sein kann.«

Mir wurde eng in der Brust. *Liebe?*

Sie liebt mich?

Mir war bewusst, dass *ich* Presley liebte, aber das große Wort aus ihrem Mund zu hören war zunächst ein Schock.

Ich sah ihr in die Augen. »Du *liebst* mich?«

Presley stutzte, als wäre es ihr unabsichtlich herausgerutscht. Aber es war zu spät. Sie hatte es gesagt. Doch statt meine Frage zu beantworten, schüttelte sie den Kopf. »Ist das von Bedeutung? Ändert sich etwas zwischen uns, wenn ich Ja sage?«

Als ich nicht gleich reagierte, wandte sie den Blick ab.

»Das habe ich mir gedacht.« Sie runzelte die Stirn. »Ich muss zurück zu Alex. Gute Nacht, Levi.«

Damit lief sie davon und verschwand im Hotel.

Ich sah ihr wie gelähmt nach und fragte mich, wie ich nur eine Frau abweisen konnte, die ich liebte – und die meine Liebe erwiderte. Es machte mich betroffen, dass sie sich fast dafür geschämt hatte, ihre Gefühle für mich einzugestehen. Ich schaute hinauf in den dunklen Himmel und bat um ein Zeichen. Es musste endlich etwas passieren. So konnte ich nicht weitermachen. Zum einen würde ich meine Karriere ruinieren, weil ich mit meinem Konzentrationsmangel wertlos für die Mannschaft war, aber vor allem wusste ich nicht, wie ich ohne sie leben sollte.

Aber konnte ich Verrat an meinem Bruder begehen? Das war die alles entscheidende Frage. War ich dazu bereit, um mit der Frau zusammen zu sein, die ich liebte?

Ich lief volle zehn Minuten auf und ab, bevor ich zu meinem Pick-up ging, der auf dem Parkplatz vor dem Hotel stand. Dort fiel mir ein Mann auf, der torkelnd aus einem Fahrzeug ausstieg. Erst als ich ihn lachen hörte, erkannte ich Tanner.

Was zum Teufel …?

Ich warf einen Blick in das Auto und sah die Rothaarige, die er im Restaurant aufgegabelt hatte, am Steuer sitzen. An ihren Namen konnte ich mich nicht mehr erinnern.

Er nuschelte ihr etwas zu, bevor er die Tür zuknallte. Mein Magen verkrampfte sich. Sie fuhr davon und ließ ihn am Straßenrand zurück.

Das Blut in meinen Adern begann zu kochen. Er hatte mich noch nicht bemerkt und war völlig überrumpelt, als ich ihn am Kragen packte und ein paar Schritte hinter mir her schleifte.

»Hey! Was zur Hölle …?«

»Was zur Hölle treibst *du* da?«, fuhr ich ihn an, ohne ihn loszulassen.

»Levi? Was machst du hier?«

»Sag mir, was verdammt noch mal du getan hast, Tanner.«

Seine Augen waren glasig. »Was meinst du?«

»Was hast du mit dieser Frau gemacht?«

»Ach, keine große Sache«, lallte er.

Ich zog ihn fester am Kragen. »Beantworte meine Frage.«

Er hatte eine entsetzliche Fahne. »Ich habe nur ein bisschen Spaß gehabt. Das habe ich gebraucht.«

»Definiere Spaß.« Ich ließ ihn abrupt los. Er wäre fast gestürzt, bevor er sich rücklings an einer Hecke am Hoteleingang abfing.

Er konnte mir nicht in die Augen sehen. »Was soll ich sagen?«

»Du sollst mir sagen, was genau du mit ihr gemacht hast«, entgegnete ich.

Als er hartnäckig schwieg, formulierte ich meine Frage um. »Hast du sie gevögelt, Tanner?«

Sein Schweigen sagte alles. Aber ich wollte es trotzdem aus seinem Mund hören.

»Antworte mir!«, schrie ich.

»Ja!«, gab er schließlich zu. »Okay? Ja. Ich … bin mit zu ihr, und dann hat eins zum anderen geführt.« Er zögerte. »Wir hatten Sex.«

Ich platzte fast vor Wut und schaute zum Himmel hinauf. *Gott, gib mir die Kraft, ihn nicht auf der Stelle umzubringen.*

Irgendwie schaffte ich es, ihm keine zu verpassen, und ballte die Hände zu Fäusten. »Wie konntest du nur?«

»Du tust gerade so, als würdest du es nicht jeden verdammten Tag deines Lebens machen.«

»Lass mich aus dem Spiel. Hier geht es um *dich.* Ich dachte, du wolltest Presleys Vertrauen zurückgewinnen. Du hast ihr gesagt, du möchtest wieder ein Familienleben haben. Und so willst du es ihr beweisen? Indem du dich betrinkst und irgendeine Frau vögelst, während du mit deinem Sohn und seiner Mutter hier bist?«

»Ein Quickie ändert nichts an meinen Gefühlen für sie. Presley will sexuell nichts mit mir zu tun haben. Ich stand unter Druck und musste mal Dampf ablassen, verdammt noch mal. Ich meine, wie viel kann ein Mann ertragen? Der neue Job und Presleys ständige Ablehnung – ich konnte es nicht mehr aushalten. Ich wollte mich nur mal wieder für eine Nacht gut fühlen.«

Mein Gefühl sagte mir, dass es nicht das erste Mal gewesen sein konnte.

»Für eine Nacht, ja? Sieh mir in die Augen, und sag mir, dass du nur dieses eine Mal Mist gebaut hast, seit du in Beaufort aufgekreuzt bist.«

Als er zu Boden schaute, hatte ich meine Antwort. Herrgott noch mal, ich wollte ihm den Hals umdrehen. Ich hatte die ganze Zeit gelitten und mich von der Frau getrennt, die ich liebte – aus Respekt vor einem Mann, der keinerlei Respekt vor ihr hatte.

»Das hat alles nichts mit meiner Liebe für Presley zu tun«, sagte er.

»Du liebst sie nicht richtig«, sagte ich.

»Was redest du da? Erzähl mir nicht, was ich empfinde.«

»Nein«, wiederholte ich, »du liebst sie nicht. Du kannst sie gar nicht lieben.«

»Und woher willst du das wissen?«

Ich holte tief Luft. »Wenn man jemanden liebt, kann man nicht einmal den Gedanken ertragen, sich mit jemand anderem einzulassen. Wenn man jemanden liebt, gehört man demjenigen ganz und gar – mit Leib und Seele. Und man achtet sich gegenseitig, auch wenn man physisch nicht zusammen ist. Liebe und Respekt gehen Hand in Hand. Das eine kann es nicht ohne das andere geben.«

Tanner starrte mich an. »Du redest von Presley, oder? Mir ist nicht entgangen, wie du sie angesehen hast. Ich dachte, du checkst sie nur ab, wie du es immer bei Frauen tust. Und dann habe ich euch im Krankenhaus gesehen …« Er schüttelte den Kopf und lachte verbittert. »Aber ich habe diesen Gedanken verdrängt, denn so etwas würde mir mein Bruder niemals antun. Mein Bruder ist ein guter Kerl, auf ihn ist Verlass.«

Ich wusste nicht, was ich sagen oder tun sollte. Doch offensichtlich durchschaute mein Bruder mich mehr als ich ihn.

Er schüttelte den Kopf. »Du vögelst mein Mädchen.«

Ob ich nun im Unrecht war oder nicht, ich konnte nicht zulassen, dass er sie so nannte. »Sie ist nicht dein Mädchen«, sagte ich mit zusammengebissenen Zähnen. »Schon lange nicht mehr.«

»Sie gehört mir!«

»Presley ist nicht dein Besitz, und du hast kein Recht auf sie. Du hast dich seit Jahren nicht für sie interessiert – und für deinen Sohn im Übrigen auch nicht. Niemand hat damit gerechnet, dass du jemals zurückkommst. Dein ganzes Verhalten sprach dagegen. Was zwischen mir und Presley passiert ist, hat nichts mit dir zu tun. Und ja, ich hatte Schuldgefühle, aber sie waren nicht groß genug, um es sein zu lassen. Du hast sie schon genug verletzt. Du hast sie damals nicht verdient, und heute verdienst du sie auch nicht.«

Er sah mich ungläubig an. »Wie konntest du mir das antun, verdammt?«

»Ich hatte es nicht geplant. Es ist einfach geschehen. Wir sind uns nähergekommen, und es ist das Beste daraus geworden, was mir je passiert ist. Es tut mir leid, Tanner, aber ich liebe sie.«

Er holte zum Schlag aus, doch er war zu betrunken und verfehlte mich. Weil ich mir derzeit keine Verletzung leisten konnte, musste ich einen Kampf im Keim ersticken. Wegen seines Zustands war das nicht besonders schwer.

Nachdem ich ihn ziemlich schnell in den Würgegriff genommen hatte, sagte ich ihm ins Ohr: »Wir werden uns morgen weiter darüber unterhalten, wenn du wieder nüchtern bist. Wenn du schlau bist, hältst du dich heute Nacht von ihr fern. Sie hat keine Schuld an all dem und deinetwegen schon genug gelitten. Geh in dein Zimmer.«

Als ich ihn losließ, sah er mich hasserfüllt an und ging rückwärts auf den Hoteleingang zu. Ich fühlte mich beschissen, aber gleichzeitig war eine große Last von mir abgefallen.

Dann jedoch geriet ich in Panik.

Und wenn er doch zu ihrem Zimmer geht?

Tanner war bereits in der Eingangshalle verschwunden, und ich lief ihm nach. Die Schiebetür am Eingang öffnete sich, als er gerade an den Aufzügen vorbeiging. Ich wusste von meiner Mutter, dass Presley am anderen Ende der obersten Etage untergebracht war, und ich musste sicher sein, dass er sie nicht belästigen würde.

Ich ließ mich zurückfallen und verfolgte ihn, als er von der Halle in einen Flur ging, der zu den Gästezimmern im Erdgeschoss führte. Am Ende des Flurs schaute ich vorsichtig um die Ecke und sah ihn zu einer Tür wanken, wo er gut eine Minute brauchte, um seinen Schlüssel aus der Tasche zu kramen.

Als es ihm schließlich gelungen war, versuchte er mehrmals vergeblich, ihn ins Schloss zu stecken, aber nach einer Weile verschwand er endlich im Zimmer. Ich wartete ab, ob er noch einmal herauskam, dann ging ich ihm leise nach und lauschte an der Tür. Als ich zehn Minuten lang keine Geräusche hörte, ging ich davon aus, dass er eingeschlafen war. Trotzdem musste ich Presley warnen. Ich griff zu meinem Telefon und begann, ihr eine Nachricht zu schreiben.

Aber dann überlegte ich es mir anders. Sie hatte einen anstrengenden Abend hinter sich, und Alex schlief nun wahrscheinlich. Außerdem mussten wir dieses Thema persönlich besprechen. Sie war Frühaufsteherin, und ich nahm mir vor, vor dem Training in aller Frühe zu ihr zu gehen, bevor Tanner mit einem brutalen Kater aufwachen würde.

Am folgenden Morgen ging ich also kein Risiko ein. Nach einer unruhigen Nacht fuhr ich bereits um sechs Uhr zum Hotel. Meine Halsschlagader pochte, als ich mit dem Aufzug nach oben fuhr. Ich konnte mich nicht erinnern, wann ich zuletzt so nervös gewesen war.

Und wenn sie mir nicht mehr vertraut, weil ich Tanner gestern die Wahrheit gesagt habe?

Was ist, wenn sie mich nicht mehr haben will?

Was ist, wenn sie mittlerweile erkannt hat, dass ein Leben mit einem Sportler, der das halbe Jahr unterwegs ist, nicht für sie und Alex infrage kommt?

Meine Gedanken kreisten um alles, was schiefgehen konnte.

Und wenn Tanner Ärger macht?

Könnte er Alex gegen mich aufbringen?

Scheiße, wie wird Alex die Nachricht überhaupt aufnehmen?

Im oberen Stockwerk angekommen bekam ich feuchte

Hände und begann plötzlich, laut zu denken. Ich brabbelte wie ein Irrer vor mich hin.

»Beruhige dich, Mann.«

»Du hast schon mehrere Super Bowls gespielt, ohne ins Schwitzen zu kommen.«

»Was ist nur mit dir los, verdammt?«

Gut, dass zu der frühen Stunde noch niemand auf den Gängen unterwegs war, denn hätte jemand einen Mann von meiner Statur gesehen, der Selbstgespräche führte, wäre er sicher schreiend davongelaufen.

Vor Presleys Zimmertür atmete ich tief durch, bevor ich behutsam anklopfte. Dann wartete ich.

Und wartete.

Nach ein paar Minuten dachte ich, dass sie wohl noch schlief. Ich weckte sie nur ungern, aber ich musste mit ihr reden – bevor Tanner es tat und bevor ich zum Training antreten musste. Deshalb klopfte ich erneut, diesmal lauter.

Und wartete.

Und wartete.

Dann klopfte ich wieder. Als sie immer noch nicht reagierte, flippte ich innerlich aus, und mir kamen die verrücktesten Gedanken.

Was ist, wenn Tanner sie sich geschnappt hat?

Was ist, wenn sie verletzt da drin liegt?

Ich hämmerte an die Tür. »Presley? Alex? Seid ihr da?«

Ich bekam zwar keine Antwort, aber die Tür des Nebenzimmers ging auf, und ein Typ kam heraus und taxierte mich stocksauer. »Was zur Hölle machen Sie …?« Er stutzte. »*Heilige Scheiße*. Sie sind Levi Miller.«

Ich fuhr mir durch die Haare. »Ja. Tut mir leid, wenn ich Sie geweckt habe. Haben Sie zufällig die Frau gesehen, die in diesem Zimmer wohnt?«

Er nickte. »Sie ist rausgekommen, als ich heute früh zurückgekommen bin. Ich war lange aus.«

»War sie okay?«

Der Mann zuckte die Achseln. »Für mich sah sie okay aus.«

»Hat sie vielleicht gesagt, wohin sie will?«

»Nein. Aber sie hatte ihre Koffer und alles dabei. Und der kleine Junge trug eine Tasche, also habe ich gedacht, dass sie sicherlich auschecken.«

Verdammt.

»Wann war das ungefähr?«

»Gegen halb fünf vielleicht. Vor anderthalb Stunden?«

»Danke.« Ich wandte mich zum Gehen.

»Moment! Kann ich ein Autogramm haben?«

»Ein andermal!«

Ich lief zum Aufzug, ohne zu wissen, was ich als Nächstes tun sollte. Meine Mutter hatte vergangene Nacht als Letzte mit Presley gesprochen, und sie war absolut *keine* Frühaufsteherin. Ich rief sie trotzdem an.

Sie antwortete beim dritten Klingeln. »Levi? Was ist? Ist alles in Ordnung?«, fragte sie mit matter Stimme.

»Ich war gerade bei Presley, und sie ist nicht mehr da.«

»Wie viel Uhr ist es?«

»Ungefähr sechs.«

»Dann müsste sie am Flughafen sein. Sie war ziemlich aufgelöst, als sie nach dem Gespräch mit dir ins Zimmer gekommen ist. Alex hat geschlafen, und wir haben uns kurz unterhalten. Sie hielt es für das Beste heimzufahren. Es ist schwer für sie, in deiner Nähe zu sein, und wenn Tanner dann auch noch solche Szenen macht … Ich sollte allen sagen, sie hätte wegen eines Problems in der Pension früher zurückfliegen müssen.«

Verdammt. Ich schloss die Augen. »Ich muss mit ihr reden. Tanner weiß es, Mom.«

»*Was* weiß Tanner?«

»Dass ich Presley liebe. Dass wir im Sommer zusammen waren.«

Meine Mutter seufzte. »Ach herrje. Wie ist es dazu gekommen?«

»Ist jetzt egal. Ich muss schnellstens zu ihr. Kannst du mir einen Gefallen tun?«

»Was denn?«

»Sag Tanner nicht, dass Presley abgereist ist.«

»Levi, ich will deinen Bruder nicht anlügen. Da mache ich nicht mit.«

»Dann lüge nicht. Stell dein Telefon aus. Du bist doch mit einem Freund von Dad und seiner Frau zum Frühstück verabredet, oder?«

»Ja. Und danach lasse ich mir die Haare machen.«

»Dann siehst du ihn aller Wahrscheinlichkeit nach erst später. Verschaff mir einfach einen kleinen Vorsprung, indem du nicht ans Telefon gehst. Bitte.«

»Vorsprung? Was hast du vor? Hast du heute kein Training? Und abends ist doch die Zeremonie.«

»Ich werde die Geldstrafe für ein versäumtes Training bezahlen. Und es tut mir leid, Mom, aber ich schaffe es nicht zu der Zeremonie. Ich habe kein einziges Spiel von Dad verpasst, und ich glaube, er wird es mir verzeihen. Außerdem kann ich jedes Mal, wenn ich zu einem Spiel ins Stadion komme, nach oben schauen und ihm Ehre erweisen.«

»Na schön. Tu, was du tun musst. Wenn jemand fragt, werde ich sagen, du wärst unpässlich.«

»Danke, Mom.«

»Ich hoffe, es ist das alles wert, mein Junge.«

»*Sie* ist es wert. Sie ist die Richtige.«

Zwei Stunden später saß ich in einem Flugzeug nach South Carolina und wartete auf den Start. Ich hatte Presley unzählige Male angerufen, aber immer nur die Mailbox erreicht. Ich drückte erneut auf Wahlwiederholung, aber es geschah wieder das Gleiche. Kein Rufton – direkt zur Mailbox. So wusste ich zumindest, dass sie das Klingeln nicht ignorierte; wahrscheinlich war ihr Telefon aus. Die Flugbegleiterin gab über Lautsprecher bekannt, dass die Tür geschlossen wurde und wir jeden Augenblick auf das Startfeld rollen würden. Alle elektronischen Geräte mussten ausgeschaltet und verstaut werden. Ich wollte mein Telefon gerade auf Flugmodus stellen, als eine Nachricht eintraf. Ich hoffte, es war Presley, die mir sagen wollte, dass sie gut gelandet war und gesehen hatte, wie oft ich angerufen hatte, doch die Nachricht kam nicht von ihr. Sie kam von meiner Mutter.

Mom: Tanner weiß, dass Presley abgereist ist. Er hat es an der Rezeption erfahren. Ich denke, er will zurück nach South Carolina.

33. KAPITEL

Presley

Nach dem Gespräch mit Shelby hatte ich spätabends noch einen Flug nach Hause gebucht und mein Telefon ausgeschaltet. Als ich heute Morgen aufgestanden war, hatte ich festgestellt, dass ich das Ladekabel zwar an mein Handy angeschlossen, das andere Ende aber nicht in die Steckdose gesteckt hatte. Der Akku war also leer, und wegen des frühen Abflugs hatte ich keine Zeit gehabt, mich darum zu kümmern. Zum Glück hatte ich aber einen Flieger mit Stromversorgung an allen Plätzen bekommen und das Telefon aufladen können, auch wenn ich es während des Fluges nicht benutzen durfte.

Sobald ich es nach dem Aussteigen eingeschaltet hatte, kam eine Nachricht nach der anderen herein. *Alle von Tanner*. Noch bevor ich die erste gelesen hatte, wusste ich, dass das nichts Gutes bedeuten konnte. Ich musste mir einen Moment Zeit nehmen, um herauszufinden, was der Grund für diese Nachrichtenflut war, aber mein Bauchgefühl riet mir, es besser nicht in aller Öffentlichkeit zu tun. Und so blieb ich vor dem WC stehen, an dem wir nach Verlassen des Gates vorbeikamen.

»Alex, ich muss zur Toilette. Würdest du bitte hier draußen warten?«

»Okay.«

Ich drohte ihm mit dem Finger. »Und nicht weggehen.«

Er verdrehte die Augen. »Nein, Mom.«

Als ich endlich allein in der Damentoilette war, atmete ich tief durch und öffnete meine Nachrichten.

Tanner: HURE

Oh Gott. Mein Herz raste, während ich weiterscrollte.

Tanner: Wie konntest du?

Tanner: Mit meinem Bruder?

Tanner: Mit meinem verdammten Bruder?

Tanner: Wo zur Hölle steckst du?

Tanner: Hattest du es so nötig, dich flachlegen zu lassen?

Tanner: Er nutzt dich nur aus.

Tanner: Er wollte immer alles haben, was ich habe. Es ist ein Spiel für ihn.

Mir stiegen Tränen in die Augen.

Tanner: Ich hoffe, du machst dir nichts vor und hältst dich nicht für etwas Besonderes. Er hat in jeder Stadt ein Mädchen.

So ging es immer weiter. Mal klangen die Nachrichten traurig, mal wütend. Manche waren beides:

Tanner: Ich liebe dich seit der achten Klasse. Wie kannst du uns das antun, verdammt?

Doch bei der letzten bekam ich es wirklich mit der Angst zu tun.

Tanner: Ich krieg dich!

Nun flossen die Tränen in Strömen. *Gott, wie hat er es überhaupt erfahren? Und was um alles in der Welt soll ich jetzt machen?*

Ich hätte mich am liebsten in einer Ecke verkrochen, aber mein Sohn stand ganz allein draußen im Flughafen. Ich spritzte mir also etwas Wasser ins Gesicht und riss mich zusammen, um Alex nicht zu beunruhigen. Aber ich war so durch den Wind, dass ich zu Tode erschrak, als mein Handy plötzlich klingelte. Ich zuckte zusammen, und es rutschte mir aus den Händen, knallte gegen das Waschbecken und krachte auf den Kachelboden.

Scheiße.

Als ich es aufhob, stellte ich fest, dass das Display gesplittert war. Und schlimmer noch: Es ließ sich nicht mehr einschalten. Ich seufzte verärgert, aber vielleicht war ein kaputtes Handy im Augenblick das Beste für mich. Mein achtjähriger Sohn wartete vor der Tür, und ich musste sehen, dass wir nach Hause kamen, bevor ich zusammenbrach. Ich atmete mehrmals tief durch, strich meine Bluse glatt und verließ das WC.

Glücklicherweise war Alex zu vertieft in das Spiel auf seinem iPad, um meine rote Nase zu bemerken. »Komm, mein Schatz. Ab nach Hause.«

Stunden später, nach dem Auspacken, war ich immer noch sehr nervös. Ich hatte Levi und Shelby vom Festnetztelefon aus angerufen, aber bei beiden nur die Mailbox erreicht. Wahrscheinlich waren sie bei Jim's Trikotzeremonie, wo Tanner hoffentlich auch war. Seine letzte Nachricht ging mir nicht aus dem Kopf.

Ich krieg dich. Jedes Mal, wenn ein Gast hereinkam oder hinausging, fuhr ich praktisch aus der Haut, weil ich dachte, es wäre Tanner.

Als Alex mich fragte, ob er zu seinem Freund gehen dürfe, war ich froh, dass er für eine Weile woanders sein würde. Es war ein schöner Tag, und Kyle wohnte nur ein paar Blocks entfernt, daher brachte ich ihn zu Fuß hin. Ich hoffte, die frische Luft und die Bewegung würden mir guttun. Auf dem Rückweg machte ich einen Umweg und spazierte durch einen Park, weil ich mit Grauen daran dachte, was mich möglicherweise zu Hause erwartete. Tanner hatte sein Auto am Flughafen gelassen und falls er schon zurück war, würde es vor dem Haus stehen. Ich bog mit angehaltenem Atem um die letzte Ecke und holte erst wieder Luft, als ich alle geparkten Autos gecheckt hatte. Glücklicherweise war seins nicht dabei.

Ich stand vor der Haustür und hatte keine Lust hineinzugehen. Die Pension war an diesem Wochenende wieder ausgebucht, und überall liefen Leute herum. Deshalb setzte ich mich auf die Verandaschaukel, um mir zu überlegen, wie ich mit Tanner umgehen wollte, wenn er auftauchte, was er unweigerlich tun würde.

Ich fand keine Lösung, wurde jedoch von einem Paar aus meinen Gedanken gerissen, das aus dem Haus kam.

»Hallo! Können Sie uns sagen, wie wir zu *Coyle's Ice Cream Parlor* kommen?«

Ich setzte ein Lächeln auf und zeigte den Block hinunter. »Natürlich. An der Ecke biegen Sie nach links ab, gehen dann etwa zwei Blocks und dann nach rechts in die Main Street. Sie können es nicht verfehlen.«

»Super, danke.«

Sie gingen Arm in Arm die Verandastufen hinunter, dann drehte sich der Typ zu mir um. »Hey, falls Sie Footballfan sind – da drin ist ein ziemlich berühmter Quarterback.« Die Frau zeigte lächelnd auf ihr T-Shirt. »Er war sehr nett. Er hat sogar mein Shirt signiert.«

Mein erster Gedanke war: *Oh Gott, Tanner ist da.* Aber dann ging mir auf, dass das Pärchen Anfang zwanzig war. Sie mussten Teenager gewesen sein, als Tanner seine einzige Profisaison gespielt hatte. Ich konnte mir nicht vorstellen, dass sie ihn kannten – und falls doch, dass sie ihn als berühmt bezeichnen würden. Ich beugte mich vor und betrachtete die Unterschrift genauer. Es war ein ziemliches Gekritzel, aber der erste Buchstabe schien mir eher ein L zu sein und kein T.

Mein Herz schlug schneller. »Wie heißt er? Der Quarterback?«

»Miller.«

»Wissen Sie seinen Vornamen?«

»Levi.«

»*Levi?* Sind Sie sicher? Und es war nicht sein Bruder?«

Der Mann lächelte. »Hundertpro. Ich bin ein großer Broncos-Fan.«

Meine Augen weiteten sich. Ich hatte ein Bein unter mich gezogen und fiel fast auf die Nase, als ich aufsprang und zur Tür lief. Ich riss sie auf, und mir blieb das Herz stehen, als ich Levi vor mir sah.

»Was ... was machst du hier?«

Er schaute über meine Schulter. Anscheinend hatten wir Zuschauer. Das junge Pärchen, das ich schon wieder vergessen hatte, beobachtete uns gespannt. Levi wies den Flur hinunter.

»Können wir in deinem Zimmer reden?«

Angesichts seiner stoischen Miene versuchte ich, mich nicht allzu sehr über sein Kommen zu freuen. Er wusste wahrscheinlich, dass Tanner von uns erfahren hatte, und fühlte sich verpflichtet, mir zur Seite zu stehen.

»Klar.«

Ich nickte und folgte ihm, und wir ließen die neugierigen Blicke hinter uns. Er öffnete meine Zimmertür, ließ mir den Vortritt und schloss sie hinter uns.

»Was ist los?«, fragte ich. »Was machst du hier?«

Er schluckte. »Tanner weiß Bescheid.«

»Ich weiß. Er hat mir jede Menge Nachrichten geschickt. Wie hat er es erfahren?«

Levi fuhr sich durch die Haare. »Ich schätze, er hat es schon seit einer Weile geahnt. Gestern, nachdem du und ich uns vor dem Hotel getroffen haben, bin ich mit ihm in Streit geraten, und als er mich zur Rede gestellt hat, hat er es mir vom Gesicht abgelesen. Ich konnte es nicht leugnen, aber es tut mir leid, wie es herausgekommen ist. Er hat dich bestimmt übel beschimpft.«

»Er ist unterwegs hierher.«

Levi schüttelte den Kopf. »Nein, ist er nicht. Er ist nach dem Aufstehen direkt zum Flughafen gefahren, aber offenbar waren die restlichen Flüge für heute ausgebucht. Ich habe mit meiner Mutter gesprochen, als ich aus dem Flieger gestiegen bin. Er ist jetzt mit ihr bei der Zeremonie.«

»Oh mein Gott!« Ich schlug die Hände vor den Mund. »Die Zeremonie! Warum bist du nicht dort?«

Levi senkte den Blick. »Weil ich totalen Mist gebaut habe – in jeder Hinsicht. Es tut mir so leid, Presley.«

»Ist schon gut. Irgendwann musste es herauskommen. Ich regle das mit Tanner.«

»Es geht nicht nur um ihn. Das mit uns habe ich auch verbockt. Ich hätte dich niemals verlassen dürfen. Ich dachte, es wäre das Richtige, aber du fehlst mir wahnsinnig.« Seine Stimme brach. »Ich liebe dich über alles.«

Der Elefant, der in den vergangenen vierundzwanzig Stunden auf meiner Brust gehockt hatte, verschwand endlich, und ich bekam wieder Luft.

»Du … liebst mich?«

Levi kam zu mir und ergriff meine Hand. »Schon seit Langem. Es kam mir nur egoistisch vor, es zuzugeben. Aber ich habe es gründlich satt, auf meinen Bruder oder unsere Familien Rücksicht zu nehmen. Mir ist klar geworden, dass ich mich vor allem dir gegenüber egoistisch verhalte, wenn ich meine Gefühle für dich nicht zeige. Dabei bist du mir von allen am wichtigsten.«

Meine Atmung beschleunigte sich.

Levi umfing meine Wangen mit den Händen. »Ich liebe dich, Presley. Ich liebe dich wie verrückt.«

Mir kamen die Tränen. Es war heute wahrscheinlich schon das vierte Mal, aber diesmal weinte ich vor Glück. »Ich liebe dich auch.«

Er wischte mit den Daumen über meine Wangen, bevor er sich zu mir beugte und mich küsste. Dabei hob er mich hoch und trug mich zum Bett. Als er mich absetzte, sah er mir in die Augen und knöpfte meine Hose auf. Ich wollte ihn so sehr, dass es mir mit dem Ausziehen nicht schnell genug ging. Ich wollte mir mein Shirt über den Kopf ziehen, aber er hinderte mich daran.

»Lass mich, bitte.«

Ich nickte. Es war eine Qual, wie viel Zeit er sich damit ließ, erst mich auszuziehen und danach sich selbst. Als er fertig war, kam er zu mir aufs Bett und verharrte über mir, um mich lange anzusehen.

»Ich liebe dich.«

»Ich liebe dich auch.«

Während wir einander in die Augen schauten, drang er langsam in mich ein. Es fühlte sich gut und richtig an, weil mein

Herz voller Liebe für ihn war. Als er tief in mir war, begannen seine Arme zu zittern und er beugte sich zu mir herunter, um mich noch einmal zu küssen.

»Verflucht. Du fühlst dich so gut an«, murmelte er. »Verdammt gut.«

Es dauerte nicht lange, bis wir beide kurz vor dem Höhepunkt standen. In dem Moment zog sich Levi zurück und betrachtete mich abermals. Seine Pupillen waren geweitet, seine Augen voller Liebe. Ich schlang die Beine um seinen Rücken, und wir liebten uns, wie wir es nie zuvor getan hatten. Wir vergaßen die Welt um uns herum völlig. Nach monatelangem Hin und Her waren wir endlich in perfektem Einklang. Wir kamen sogar gleichzeitig, und unsere Körper und Seelen wurden eins. So etwas hatte ich nie zuvor erlebt. Und ich wusste, dass ich von nun an nicht mehr dieselbe war, weil ich mich diesem Mann vollkommen hingegeben hatte.

Stunden später fuhr Levi los, um uns etwas zu essen zu holen. Wir hatten den ganzen Nachmittag im Bett verbracht und waren am Verhungern. Er hatte darauf bestanden, mit mir in meinem Zimmer zu essen, weil er noch nicht bereit war, mich mit anderen zu teilen, wie er sagte. Und da die Pension ausgebucht war und meine Mitarbeiterin mich sowieso das ganze Wochenende vertrat, dachte ich, warum nicht? Levi musste bald zurück zu seiner Mannschaft, und es stand in den Sternen, wann wir wieder die Gelegenheit haben würden, zu zweit zu sein.

Das Schicksal meinte es gut mit uns, denn die Mutter von Alex' Freund rief an, als ich fertig geduscht hatte und Levi mit dem Essen zur Tür hereinkam.

»Du errätst nie, wer das war«, sagte ich, legte das Telefon auf den Nachttisch und wickelte mir ein Handtuch um.

»Wer denn?«

Ich suchte in meiner Kommode nach frischer Wäsche. »Die Mutter von dem Jungen, bei dem Alex gerade ist.«

»Alles in Ordnung?«

Ich nahm einen Spitzentanga heraus und wirbelte ihn um den Finger. »Sie hat gefragt, ob er bei ihnen übernachten darf.«

Levi stellte das Essen ab, nahm mir den Tanga aus der Hand und warf ihn in die Ecke. »Dann brauchen wir den ja gar nicht.«

Ich kicherte.

»Und das auch nicht.« Er griff geschickt nach meinem Handtuch, und es fiel prompt zu Boden.

»Ich soll nackt essen?«

»Unbedingt.« Er zog sich aus. »Bis morgen bleiben wir beide hüllenlos.«

Da ich so irrsinnig glücklich war, hätte ich so ziemlich allem zugestimmt, was er wollte, und zuckte nur lächelnd mit den Schultern. »Okay!«

Wir setzten uns splitternackt auf das Bett und aßen Brathähnchen mit Buttermilchbrötchen. Als ich fertig war, ließ ich mich nach hinten fallen und hielt mir den Bauch.

»Das war wahnsinnig lecker.«

»Ich habe auch Nachtisch mitgebracht. Hoffentlich hast du dafür Platz gelassen.«

Ich schüttelte den Kopf. »Ich glaube, du musst meine Portion auch übernehmen.«

Er fasste mich am Arm und zog mich hoch. »Nein. Ich habe nämlich nur einen gekauft. Und der ist auf jeden Fall nur für dich.«

Levi griff nach der Tüte, nahm eine weitere Box heraus und entfernte den Deckel. Er hatte mir eine Portion *Pfirsich-Cobbler* mitgebracht. Nachdem er mir eine Gabel in die Hand gedrückt hatte, legte er sich auf den Rücken und verschränkte die Arme hinter dem Kopf. »Steig auf, Cowgirl«, sagte er augenzwinkernd. »Ich lasse alle deine Fantasien wahr werden.«

34. KAPITEL

Levi

Mein Leben war das reinste Chaos – und zugleich wunderschön. Auf meinem Flug zu einem Kurzbesuch in South Carolina dachte ich darüber nach, was alles seit dem Sommer passiert war. Ich hatte nur zwei Tage mit Presley, aber die wollte ich voll und ganz auskosten. Es war unser erstes Wiedersehen nach unserer Konfrontation mit Tanner, nachdem er aus Denver zurückgekehrt war.

Um glücklich zu sein, musste man schwere Entscheidungen treffen und Hindernisse überwinden. Manchmal war es auch nötig, toxische Menschen loszulassen, die man einmal geliebt hatte – zumindest eine Zeit lang. Ich liebte meinen Bruder, und ich würde ihn immer lieben. Aber ich hatte meine Entscheidung getroffen. Ich hatte mich für Presley entschieden. Und ich hoffte zwar, dass Tanner und ich eines Tages wieder miteinander klarkommen würden, doch momentan waren wir noch weit davon entfernt.

Einen Monat war es jetzt her, und er redete nach wie vor nicht mit mir. Das war für mich okay, denn er sprach inzwischen wieder mit Presley – Alex zuliebe. Das war viel wichtiger als die Versöhnung mit mir. Trotzdem vertraute ich darauf, dass wir eines Tages einen Weg finden würden, uns wieder wie Brüder zu verhalten.

Nach der Rückkehr von Dads Trikotzeremonie war Tanner

bei unserer Mutter eingezogen, und offenbar hatte er vor Kurzem eine Wohnung außerhalb von Beaufort in der Nähe des Colleges bezogen, an dem er als Trainer arbeitete. Ich war zunächst so lange bei Presley geblieben, bis Tanner und Mom aus Denver wiedergekommen waren, damit sie ihm nicht allein entgegentreten musste. Wie erwartet war er schnurstracks ins *Palm Inn* gekommen, um uns zur Rede zu stellen. Gott sei Dank war Alex zu dem Zeitpunkt noch bei seinem Freund gewesen, denn es wurde viel gebrüllt und geflucht – und geweint von Presley.

Ich wusste, dass sie sich die Schuld an dem Bruch zwischen Tanner und mir gab, und das fand ich schrecklich. Denn natürlich hatte ich all das selbst gewählt und trug die alleinige Verantwortung für meinen Anteil an der Geschichte. Vor allem aber waren es Tanners Entscheidungen gewesen, die uns überhaupt auf diesen Weg geführt hatten, und weder Presley noch ich hätten etwas daran ändern können.

Zum Glück hatten Tanner und ich es zu keinem Zeitpunkt zu einer Schlägerei kommen lassen. Aber Fern hatte sich das ganze Drama angesehen wie eine Folge von »Zeit der Sehnsucht«. Nur das Popcorn hatte gefehlt. Es war furchtbar. Trotz seines Verhaltens in Denver schmerzte es mich, Tanner so verletzt zu sehen. Aber die Wahrheit war nun einmal, dass er Presley nicht so liebte wie ich.

Meiner Meinung nach war er in erster Linie deshalb sauer, weil er die Situation als Sieg für mich und eine weitere Niederlage für sich betrachtete. Doch was sich zwischen mir und Presley entwickelt hatte, hatte nichts mit ihm zu tun, und es handelte sich in keiner Weise um ein Spiel oder einen Wettstreit. Wir liebten einander und verdienten es, unsere Liebe offen zeigen zu können. Hätte mein Bruder keinen Mist gebaut während seines angeblichen Versuchs, Presley zurückzugewinnen, hätte ich es *vielleicht* nicht durchgezogen, der Stimme meines Herzens zu folgen. Doch sein Fehltritt war der Tropfen gewesen, der das Fass zum Überlaufen gebracht hatte. Er hatte mir gezeigt, dass Tanner sie nur erneut verletzen würde, wenn sie ihn wieder in ihr Leben ließ. Abgesehen davon hätte er sowieso keinen Erfolg gehabt, weil sie *mich* liebte.

Das hatte sie klar gesagt – und mit welchem Recht könnte ich sie daran hindern, mit dem Mann zusammen zu sein, den sie liebte? Ich konnte mich glücklich schätzen, dass ich dieser Mann war. Ich musste zwar einen hohen Preis dafür zahlen, aber sie war es wert.

Das größte Hindernis lag allerdings noch vor uns, denn heute war der Tag, an dem Presley und ich Alex von uns erzählen wollten. Selbst Tanner hatte eingesehen, dass wir auf den richtigen Zeitpunkt warten mussten, und er war auch einverstanden gewesen, dass Presley und ich dieses Gespräch mit ihm führten.

Zu Presley hatte er gesagt, er wolle eh nicht dabei sein, wenn seinem Sohn die Nachricht überbracht wurde, die ihn »fertigmachen« würde. Doch trotz der Einstellung meines Bruders hatten wir keine andere Wahl, als Alex dic Wahrheit zu sagen. Es war ohnehin ein Wunder, dass er noch nicht dahintergekommen war.

Als ich im *Palm Inn* eintraf, wehte mir der Geruch von Brathähnchen entgegen, und ich fand Presley in der Küche. Sie wischte sich die Hände an einem Tuch ab, lief auf mich zu und schlang die Arme um meinen Hals. Ich küsste sie innig und atmete ihren Duft ein. Die Mischung dieser verschiedenen Aromen an diesem Ort war für mich der Geruch von Zuhause. Das *Palm Inn* war Zuhause. Diese *Frau* war mein Zuhause und würde es immer bleiben, auch wenn ich nur einen Teil des Jahres hier verbringen konnte. Wir mussten einfach jede Minute auskosten.

»Wie war dein Flug?«, fragte sie.

»Der war im Nu vorüber, weil mir so viel durch den Kopf gegangen ist. Ich habe auswendig gelernt, was ich ihm sagen werde.«

Sie seufzte. »Ich fürchte, wir müssen einfach improvisieren. Ich bin gerade nicht in der Lage, irgendetwas im Gedächtnis zu behalten.«

»Du hast wahrscheinlich recht. Vielleicht gibt es ja im Internet ein Buch zu dem Thema, das wir mit ihm lesen könnten?«, fragte ich augenzwinkernd.

Als wir Schritte hörten, lösten wir uns rasch voneinander.

Alex kam in die Küche gelaufen. »Onkel Levi!«

Ich umarmte ihn. »Hey, Kumpel.«

Er sah zu mir auf. »Wie lange kannst du bleiben?«

»Leider nur ein paar Tage.«

Alex zog enttäuscht eine Schnute. »Ich wünschte, du könntest länger hierbleiben.«

»Ich auch.«

Presley und ich sahen uns an. Mein Puls beschleunigte sich.

»*Jetzt?*«, formte ich lautlos mit den Lippen.

Sie zuckte die Achseln und meinte: »Wir haben noch Zeit vor dem Essen. Nutzen wir sie.«

Ich wandte mich Alex zu. »Hey, Kumpel. Kannst du dich einen Moment zu uns setzen? Wir haben etwas zu besprechen.« Mir schlug das Herz bis zum Hals. Ich konnte mich nicht erinnern, jemals so nervös gewesen zu sein.

Alex' fröhliche Stimmung war offensichtlich gedämpft, als er sich hinsetzte. Er wurde rot im Gesicht, und sein Lächeln verschwand. *Er ist auch nervös.* Wusste er es vielleicht schon? Hatte Tanner es ihm etwa doch gesagt? Aber das ergab für mich keinen Sinn … Alex hatte sich gerade so gefreut, mich wiederzusehen.

Presley rieb sich die Hände an ihrer Jeans. Einer von uns musste anfangen, und ich hatte das Gefühl, dass mir diese Aufgabe zukam.

Ich räusperte mich und biss in den sauren Apfel. »Alex, wir müssen etwas sehr Wichtiges mit dir bereden.«

»Aha?«, sagte er und schien die Luft anzuhalten.

»Und du sollst wissen, dass es nichts an unserer Beziehung ändert.«

Alex zappelte herum und sah überallhin, nur nicht in meine Richtung. Er schien immer ängstlicher zu werden, und seine Unruhe verunsicherte mich nur noch mehr.

»Alles okay mit dir?«, fragte ich ihn.

»Ja. Sag es einfach«, rief er.

Scheiße.

Seine Reaktion bestürzte mich und machte mich einen Moment lang sprachlos. Presley leckte sich über die Lippen und war allem Anschein nach genauso angespannt wie ich.

Ich wollte gerade anfangen, als Alex mir zuvorkam. »Ich schwöre, es war nicht böse gemeint.«

Ich stutzte. »Wie bitte?«

»Es war nur eine blöde Wette.«

Presley sah ihn prüfend an. »Wovon redest du?«

»Von der Wette, die ich vor dem Dolphins-Spiel gegen Onkel Levi abgeschlossen habe.«

Moment mal. Was? Ich musste grinsen. »Du hast gegen mich gewettet?«

»Also, seit dem Saisonanfang hast du echt mies gespielt, und ein paar Jungs von der Schule haben eine Wette abgeschlossen. Ich habe das Taschengeld von drei Monaten darauf gesetzt, dass die Broncos gegen die Dolphins verlieren. Hinterher wurde der Junge, der die Wette verloren hat, sauer und meinte, er wird es dir erzählen, dass ich gegen dich gewettet habe.«

Alex war den Tränen nahe, und er tat mir furchtbar leid.

Presley schüttelte den Kopf. »Ich wünschte, du würdest dein Taschengeld nicht verwetten, Alex. Das ist nicht besonders klug. Auch wenn du gewonnen hast, möchte ich nicht, dass es dir zur Gewohnheit wird.«

»Ich tu's nie wieder.«

»Hör mal, Alex, ich wäre niemals böse auf dich, weil du gegen mich wettest.« Ich zuckte die Achseln. »Du hast die klügere Geschäftsentscheidung getroffen. Ich habe wirklich mies gespielt, so viel steht fest. Das lag vor allem daran, weil ich den Kopf so voll hatte. Ich mache dir also keine Vorwürfe.«

»Es tut mir wirklich leid.« Er senkte den Kopf.

»Mach dir keine Gedanken mehr darüber. Wenn überhaupt, dann motiviert es mich, besser zu werden, sodass du einen Grund hast, auf mich zu wetten statt gegen mich.« Ich korrigierte mich rasch. »Aber wie deine Mutter sagte, ist Wetten nicht besonders schlau. Also lass es einfach bleiben, und damit ist das Thema erledigt.«

Alex schaute zwischen uns hin und her. »Habe ich sonst noch was angestellt? Worüber wolltet ihr denn mit mir reden?«

»Nein, mein Schatz«, sagte Presley.

Ich holte tief Luft und machte mich abermals bereit. »Nun …«, sagte ich. »Im Sommer, als ich hier gewohnt habe, sind wir ziemlich dicke Freunde geworden, nicht wahr?«

»Ja.« Er nickte. »Das war ganz toll.«

»Für mich waren es auch mit die besten Wochen meines Lebens. Nicht nur du und ich haben uns besser kennengelernt, auch deine Mom und ich … haben viel Zeit miteinander verbracht. Und wir … mögen uns mittlerweile. Sehr.« Ich sah zu ihr hinüber. »Wir hatten nicht damit gerechnet, aber inzwischen sind wir mehr als Freunde.« Ich hielt inne. »Wir haben uns ineinander verliebt und möchten zusammen sein.«

Alex blinzelte mehrmals, sagte aber nichts. Er war verständlicherweise überrascht und verwirrt. Dann entfuhr ihm ein leises »Oh …«

Nun ergriff Presley das Wort. »Dad weiß es, Alex. Er ist nicht glücklich darüber, aber wir hoffen, er wird es eines Tages akzeptieren. Dein Dad und ich wären nicht wieder zusammengekommen, mein Schatz. Dein Vater wird mir immer am Herzen liegen, aber mir ist schon vor langer Zeit klar geworden, dass wir als Freunde besser miteinander zurechtkommen. Das habe ich dir ja schon mehrmals erklärt. Es hat also nichts damit zu tun, dass ich mich für Onkel Levi und gegen ihn entscheide. Und alle beide haben dich sehr lieb. Daran wird sich nichts ändern. Ich möchte sichergehen, dass du das verstanden hast.«

»Und ich werde nicht versuchen, mich zwischen dich und deinen Vater zu drängen, Alex«, fügte ich hinzu. »Dein Dad wird immer dein Dad bleiben. Ich werde immer dein Onkel bleiben, und wir werden beide immer für dich da sein.«

Presleys Stimme zitterte. »Wir wollten es nicht vor dir verheimlichen. Du bist für uns das Wichtigste auf der Welt, und ich hoffe sehr, für dich ist das in Ordnung, denn Levi macht mich sehr glücklich.«

Als Alex schwieg, stupste ich ihn an. »Was denkst du, Alex?«

Er blies die Wangen auf und zuckte die Achseln. »Es ist irgendwie eklig, aber meinetwegen.«

Presley zog eine Augenbraue hoch. »Das war's?«

»Ich hatte Angst, dass Onkel Levi sauer ist. Ich dachte, er wäre hergekommen, um mich anzubrüllen. Alles ist besser als das.«

Presley und ich sahen uns mit großen Augen an. Ich war noch nie so froh über ein Missverständnis gewesen, denn dadurch war unsere Neuigkeit für ihn nicht so dramatisch gewesen.

»Heißt das, du wohnst wieder bei uns?«, fragte Alex plötzlich. »Ich meine, wenn du hier bist.«

»Nur wenn du es okay findest.«

»Ja.« Er nickte. »Das ist cool.«

»Danke, Kumpel.«

Er sah Presley an. »Darf ich bitte aufstehen?«

Presley sah mich an. Sie schien ebenso überrascht darüber zu sein wie ich, dass das Gespräch für ihn offenbar beendet war.

»Äh … ja«, sagte sie. »Und mit dir ist wirklich alles in Ordnung? Du möchtest nicht weiter darüber reden?«

»Nein, alles okay.« Er sprang vom Stuhl und lief den Flur hinunter.

Presley war völlig perplex.

Ich schüttelte den Kopf. »Das war fast *zu* einfach. Müssen wir uns Sorgen machen?«

»Ich sehe später nach ihm. Vielleicht muss er erst mal allein sein, um es zu verarbeiten. Und wenn er innerlich aufgelöst sein sollte, ohne es uns zu zeigen, wird er Zeit brauchen, bis er es akzeptiert. Das Wichtigste ist, dass er es jetzt weiß und wir es nicht mehr verbergen müssen.«

»Ja. Ich bin unheimlich erleichtert, aber ich möchte natürlich, dass er wirklich einverstanden ist und es nicht bloß sagt.«

Presley ergriff meine Hand. »Ich weiß.«

Nach dem Essen tauchte Alex zu meiner Überraschung in meinem Zimmer auf. Presley und ich hatten vereinbart, vorerst kein gemeinsames Schlafzimmer zu beziehen.

»Hey, Kumpel. Was gibt's?«

Er blieb zögernd in der Tür stehen. »Dad und du, redet ihr nicht miteinander?«

So ungefähr hatte ich mir den Rest des Gesprächs von vorhin vorgestellt. Presley hatte recht. Er hatte den ersten Schreck erst einmal verarbeiten müssen, bevor er überhaupt Fragen stellen konnte.

»Im Augenblick nicht«, antwortete ich, als wir uns auf die Bettkante setzten. »Hast du heute Abend mit ihm gesprochen? Fragst du deshalb?«

Er nickte und schaute schuldbewusst drein.

»Es ist okay, dass du mit ihm darüber redest. Du kannst mit jedem von uns über alles sprechen. Was hat er denn gesagt, wenn ich fragen darf?«

»Er hat nur gesagt, er weiß das mit dir und Mom. Und dass er es mir nicht gesagt hat, weil er mich schützen wollte. Und dann hat er gesagt, dass du und er im Moment nicht miteinander redet.«

Ich hoffte, das war wirklich alles, aber es wäre einem Wunder gleichgekommen, wenn Tanner sonst nichts gesagt hätte. »Das Leben ist kompliziert, Alex. Manchmal kann man seine Gefühle nicht kontrollieren. In einer idealen Welt hätte ich deine Mutter unter anderen Umständen kennengelernt. Dein Dad hat allen Grund, sauer zu sein. Ich bin sein Bruder, und ich habe ihm wehgetan. Das muss ich zugeben. Aber ich versichere dir, wenn es eine Chance gegeben hätte, dass deine Eltern wieder zueinanderfinden, hätte ich ihre Beziehung niemals gefährdet. Ich verspreche dir, dass ich alles tun werde, was ich kann, um die Sache mit deinem Dad in Ordnung zu bringen, damit du dir keine Sorgen machen musst.«

Er nickte und ging zur Tür. Dort drehte er sich noch einmal um.

»Wenn Mom nicht mit meinem Dad zusammen sein will, dann ist es mir lieber, wenn sie mit dir zusammen ist und nicht mit irgendeinem schrägen Typen.«

Mich überkam eine grenzenlose Erleichterung. »Na ja, ich habe auch meine *schrägen* Momente, aber ich kann dir gar nicht sagen, wie viel es mir bedeutet, das aus deinem Mund zu hören, Alex.«

»Ich will, dass sie glücklich ist, und mit dir ist sie anscheinend glücklich.«

»Sie macht mich auch sehr glücklich, Kumpel.«

»Sei nett zu ihr«, schob er nach.

»Darauf kannst du wetten.«

Er lachte. »Ich darf doch nicht mehr wetten, schon vergessen?«

Ich wollte ihn umarmen, aber bevor ich dazu kam, lief er aus dem Zimmer.

Kurz darauf erschien Presley in der Tür.

»Ich habe gesehen, wie er zu dir reingegangen ist«, flüsterte sie mir zu. »Ist alles okay?«

»Ja.« Ich lächelte. »Wir hatten nur ein kleines Gespräch von Mann zu Mann. Alles wird gut, davon bin ich überzeugt.« Ich nahm ihre Hand und drückte sie. »Aber es war echt ein harter Tag. Ich brauche jetzt einen ordentlichen Drink.«

»Den hast du dir verdient.« Sie zog mich in Richtung Küche. »Ich werde mich gut um meinen Mann kümmern.«

Es gefiel mir verdammt gut, dass sie mich »mein Mann« nannte. Ich hatte in meinem Leben schon viele Titel und Erfolge gesammelt, aber dass es mir gelungen war, Presley für mich zu gewinnen und von ihr geliebt zu werden, war besser als jeder Touchdown oder Super-Bowl-Sieg. Es war das Beste auf der Welt.

EPILOG

Levi

Zwei Jahre später

Ich aß mit meinem Bruder und Alex bei Iggy zu Abend. *Vom Schein zum Sein.* Wenn man etwas unbedingt will, heißt es, dann soll man so tun, als wäre es bereits geschehen, bis der Wunsch eines Tages wahr wird.

Die Beziehung zwischen meinem Bruder und mir war zwar noch nicht hundertprozentig gekittet, aber wir arbeiteten weiterhin daran und hatten es schon weit gebracht. Von dem Moment an, als ich ihm gesagt hatte, dass ich mich in Presley verliebt hatte, war ich fest entschlossen gewesen, unser Verhältnis in Ordnung zu bringen, selbst wenn es ewig dauern würde. Ich hatte einen Vertrauensbruch begangen, und es war an mir, die Sache wieder ins Lot zu bringen. Wie sehr Tanner Presley auch verletzt hatte, er würde immer mein kleiner Bruder bleiben. Ich würde ihn immer lieben – mit all seinen Fehlern.

Vor einiger Zeit hatten Tanner und ich ein monatliches Treffen bei Iggy ins Leben gerufen, das Alex »das Miller-Männer-Meeting« nannte. Mittlerweile waren wir allerdings nicht mehr nur zu dritt. Es gab jetzt einen vierten Miller: zwei ältere Miller-Brüder und zwei jüngere. Der kleine Eli war anderthalb Jahre alt. Er saß am Tischende auf seinem Hochstuhl und mümmelte seine Reiswaffeln.

»Wie geht es Presley?«, fragte mein Bruder.

»Gut. Die Pension hält sie auf Trab. Sie lässt dich grüßen. Sie freut sich darüber, dass wir uns jetzt regelmäßig treffen.

Tanner wandte sich Alex zu. »Ja, das Miller-Männer-Meeting war eine gute Idee, mein Junge.«

Alex steckte sich achselzuckend eine Pommes in den Mund. »Ich weiß.«

»Wann hast du das nächste Auswärtsspiel?«, fragte Tanner.

»In ein paar Wochen. Zuerst kommen jetzt zwei Heimspiele.«

Mein Bruder kaute. »Oh, schön.«

Ich hatte diese Saison bei den Carolina Panthers angefangen. Die Spiele und das Training fanden ein paar Stunden entfernt in North Carolina statt, aber das war immer noch wesentlich besser als vorher, weil ich mehr Zeit zu Hause verbringen konnte, auch wenn es viel Fahrerei bedeutete. Die Broncos zu verlassen war mir wahnsinnig schwergefallen, aber es war notwendig gewesen. Ich wollte nicht so lange von meiner Familie getrennt sein – besonders jetzt nicht.

»Presley ist bestimmt froh, dass du nicht mehr in Denver bist«, sagte er.

»Ja. Es hätte langfristig nicht funktioniert.«

Mein Bruder nickte.

Ich wusste nie genau, was in seinem Kopf vorging, wenn er Presley erwähnte. Das Ironische an unserer Situation? Tanner und ich hatten uns wegen einer Frau entzweit, und wegen einer Frau waren wir uns wieder nähergekommen. Ich würde den Abend nie vergessen. Ein paar Monate nach unserem Zerwürfnis war ich zwischen zwei Spielen zu einem Kurzbesuch bei Presley gewesen, und er hatte mich zum ersten Mal, seit zwischen uns Funkstille herrschte, angerufen und um ein Treffen gebeten.

Ich war sicher gewesen, dass er die Gelegenheit nutzen würde, um mich abermals zu beschimpfen und mir vorzuwerfen, ich hätte sein Leben zerstört. Doch das, worüber er reden wollte, hatte gar nichts mit mir zu tun. Mein Bruder hatte dringend Rat und eine Schulter zum Anlehnen gebraucht, nachdem ihn eine Neuigkeit völlig aus der Bahn geworfen hatte.

Arielle, die Frau, mit der er in Denver den One-Night-Stand gehabt hatte, hatte ihn überraschend angerufen und ihm mitgeteilt, sie sei schwanger. Tanner war völlig durchgedreht, und ich hatte mich nach besten Kräften bemüht, ihn zu beruhigen und ihm zu versichern, dass es kein Weltuntergang sei, wenn er tatsächlich der Kindsvater war. Er werde das Kind genauso sehr lieben wie Alex, hatte ich ihm zugeredet, und er hatte mich gebeten, es niemandem zu sagen, bevor er Gewissheit hatte. Es war zwar der reinste Albtraum gewesen, doch er hatte sich in seiner dunkelsten Stunde an mich gewandt, was mir bewies, dass wir uns immer noch nahestanden. Dieser Abend war der Wendepunkt gewesen.

Tanner war schließlich nach Denver geflogen, um einen vorgeburtlichen Vaterschaftstest zu veranlassen, der bestätigte, dass er der Vater von Arielles Baby war. Er hatte in dieser Zeit bei mir im Haus gewohnt und auch noch mehrmals danach, wann immer er Arielle besucht hatte, um sie zu ihren Arztterminen zu begleiten.

Im darauffolgenden Juni kam mein Neffe Eli James Miller zur Welt. Selbst nach monatelanger innerlicher Vorbereitung war mein Bruder völlig überfordert. Er war nach Beaufort gezogen, um Alex näher zu sein, und nun hatte er am anderen Ende des Landes noch einen Sohn, um den er sich kümmern musste. Es war eine verrückte Wendung des Schicksals und ein weiterer Beweis für die Unvorhersehbarkeit des Lebens.

Bei einem seiner Besuche in Denver fassten er und Arielle

schließlich den Entschluss, es ernsthaft miteinander zu versuchen. Sie taten es zwar ihrem Sohn zuliebe, doch im Lauf der Zeit verliebten sie sich ineinander. Arielle erklärte sich bereit, nach South Carolina zu ziehen, was meinem Bruder viel bedeutete. Ich wusste nicht, ob Tanner Arielle treu bleiben würde. Einen Heiratsantrag hatte er ihr noch nicht gemacht. Ich konnte nur hoffen, dass er eines Tages die nötige Reife besitzen würde, um ein Familienleben zu führen, ohne sich Ausrutscher zu leisten.

Tanner nahm Eli aus dem Hochstuhl. »Es war schön mit euch, Miller-Männer, aber dieser kleine Bursche braucht eine frische Windel. Und der Toilettenraum hier ist das Letzte, deshalb …«

Ich schmunzelte. Ich hatte meinen Bruder noch nie als Vater eines Babys erlebt, weil ich nicht dagewesen war, als Alex klein war. Die Vorstellung, wie er dem Kleinen die Windel wechselte, war für mich ziemlich erheiternd.

»Grüß Arielle von mir«, sagte ich.

»Das mache ich. Sie möchte euch bald mal zu uns einladen.«

»Jederzeit. Ich schicke dir meinen Plan.«

»Super.« Er wandte sich an Alex. »Ich hole dich am Freitag ab, Kumpel.«

Alex verbrachte jedes zweite Wochenende bei Tanner, und es machte ihm großen Spaß, mit seinem kleinen Bruder zu spielen.

»Bis dann, Dad.«

Als ich mit Alex ins *Palm Inn* zurückkehrte, war Presley in dem Raum, den wir in ein Kinderzimmer verwandeln wollten. Meine Frau war im fünften Monat schwanger mit unserem ersten Kind, und ich war überglücklich. Presley und ich hatten im vergangenen Sommer während der Saisonpause im *Palm Inn* geheiratet. Wir hatten im engsten Familien- und Freundeskreis gefeiert – und ja, Tanner war auch dabei gewesen. Presley und ich hatten uns für unseren ersten Tanz eine von Gramps' alten Aufnahmen ausgesucht, und die klassische Hochzeitstorte hatten wir gegen einen Turm aus Pfirsich-Cobbler ausgetauscht. Es war ein perfekter Tag ohne eine einzige Wolke am Himmel gewesen.

»Was machst du hier?«, fragte ich und schloss sie in die Arme.

»Ich habe gerade ein paar Farbproben an die Wand gemalt, um einen neutralen Ton auszusuchen. Es wäre natürlich einfacher, wenn wir das Geschlecht wüssten.«

»Sag ich doch«, frotzelte ich.

Wir hatten in jüngster Zeit häufig darüber diskutiert, denn ich wollte unbedingt wissen, ob wir einen Jungen oder ein Mädchen bekamen, während Presley sich nicht entscheiden konnte, ob sie sich lieber überraschen lassen oder eine Babyparty zur Verkündung des Geschlechts feiern wollte.

»Ich glaube, ich möchte trotzdem, dass es eine Überraschung wird«, sagte sie.

Ich gab ihr einen Kuss auf die Stirn. »Dann wird es eine Überraschung.«

Bei der letzten Ultraschalluntersuchung hatte der Arzt das Geschlecht auf einem Zettel notiert, den Presley zusammengefaltet in einer leeren Keksdose in der Küche versteckt hatte, und wir hatten uns gegenseitig versprochen, ihn nur herauszunehmen, wenn wir uns einig waren.

»Wie war's beim Essen?«, fragte sie.

»Schön. Eli wächst unheimlich schnell.«

»Kann ich mir vorstellen.«

»Sie möchten uns zu sich einladen«, sagte ich.

»Wow. Okay.« Sie nickte. »Gute Sache, denke ich. Besonders für Alex, nicht wahr?«

»Ja.« Ich zog sie fester an mich. »Du hast mir gefehlt.«

Sie seufzte an meiner Schulter, und als sie zu mir aufsah, bemerkte ich eine gewisse Besorgnis in ihrem Blick.

»Alles okay bei dir?«, fragte ich.

»Ehrlich gesagt bin ich in letzter Zeit irgendwie in Unruhe.«

»Warum?«

»Alles läuft so perfekt. Da befürchte ich manchmal, dass unweigerlich etwas Schlimmes passieren muss. Vielleicht liegt es an den Hormonen. Aber jedes Mal, wenn du unterwegs bist, habe ich neuerdings Angst, bis du wieder zu Hause bist.«

Ich sah sie prüfend an. »Warum hast du mir das nicht schon früher erzählt?«

»Du sollst dir doch keine Sorgen machen, weil ich mir Sorgen mache.«

»Du hast recht. Mir gefällt die Vorstellung nicht, dass du unruhig bist, wenn ich unterwegs bin. Aber ich denke, es zeigt einfach, wie sehr du mich liebst.« Ich kniete mich hin und gab ihr einen Kuss auf den Bauch. »Da drin ist ein Teil meines Herzens, weißt du?«

Sie fuhr mir mit den Fingern durch die Haare. Es gab kein besseres Gefühl als die Vorfreude darauf, nachts an ihrer Seite zu schlafen. Ich lebte für jeden Moment, den ich mit ihr hier zu Hause verbringen konnte, und sehnte mich nach dem Tag, an dem ich den Football frohen Herzens hinter mir lassen und die Freiheit genießen konnte, meine Familie zu sehen, wann immer ich es verdammt noch mal wollte. Aber ein paar Jahre musste ich noch durchhalten.

Ich stand auf. »Weißt du, was ich denke?«

»Was denn?«

»Ich glaube, ein Eis wäre ganz gut, um deine Unruhe zu vertreiben.«

Sie rieb sich den Bauch. »Ich könnte wirklich eins vertragen.«

Presley ergriff meine Hand und folgte mir in die Küche.

Ich rief Alex nach unten und servierte den beiden zwei kleine Schüsseln Pfefferminzeis mit Schokostückchen, bevor ich mir selbst etwas nahm. Wir setzten uns zusammen an den Tisch, und Alex erzählte uns von der Schule.

Dann kam Fern in die Küche.

»Möchtest du auch ein Eis, Fern?«, fragte ich.

»Nein, danke. Ich will mir einen Tee machen. Ich habe ein bisschen Halsweh.«

Als sie vor der Küchentheke stand, öffnete sie die Keksdose.

»Nicht aufmachen!«, rief Presley.

»Warum nicht?«, fragte sie.

»Da haben wir den Zettel mit dem Geschlecht unseres Babys versteckt. Wir wollen es noch nicht wissen.«

Alex machte große Augen. »Was?«

Presley wandte sich ihm zu. »Du darfst auch nicht in die Dose gucken, Alex. Das musst du mir versprechen.«

Statt auf Presley zu hören und den Zettel sofort wieder zurückzulegen, riskierte Fern einen Blick darauf, bevor sie ihn zusammenfaltete und wieder in die Dose legte. *Großartig*.

»Keine Sorge.« Sie grinste. »Das Geheimnis ist bei mir sicher.«

Da unsere Tratschtante es nun kannte, würde das Geheimnis mit Sicherheit keine fünf Monate gewahrt bleiben. Außerdem fragte ich mich, ob *ich* der Versuchung widerstehen konnte, es aus ihr herauszuquetschen. Es machte mich verrückt, nicht zu wissen, was wir bekommen würden. Vater zu werden war das Aufregendste, was ich je erlebt hatte, und ich platzte vor Neugier. Ich würde mein Kind so oder so lieben, aber ich wollte es einfach wissen. Falls Fern sich *versehentlich* verplapperte, konnte ich natürlich nichts dafür. Aber ich hätte mich niemals Presleys Wünschen widersetzt, um es herauszufinden.

»Das Baby wird mein Cobruder oder meine Coschwester«, sagte Alex mit vollem Mund.

Presley kniff die Augen zusammen. »Hä?«

»Mein Cousin *und* Bruder oder meine Cousine *und* Schwester. *Cobruder* oder *Coschwester.*«

Verdammt. Er hatte recht, denn sein Onkel hatte seine Mutter gevögelt. *Der arme Kerl.*

»Jetzt hab ich's begriffen«, sagte ich. »Das ist wie mit dem Schonkel, dem schlechten Onkel.« Ich schmunzelte.

Alex lachte. »Aber mittlerweile bist du ein Sonkel, ein Superonkel.«

»Cool! Ich bin befördert worden. Danke, Kumpel.«

»Nichts zu danken.« Er stand kichernd auf, um seine Schüssel in die Spüle zu stellen, bevor er aus der Küche lief.

Presley rieb sich gähnend den Bauch. »Ich glaube, der Zucker fährt mich runter. Ich bin müde.«

»Es könnte aber auch daran liegen, dass du ein kleines Menschlein mit dir herumträgst.«

»Danke für das Eis.« Sie stand von ihrem Stuhl auf. »Ich lege mich jetzt hin.«

»Ich komme gleich nach«, sagte ich und wackelte mit den Augenbrauen. »Aber ich habe den Wink verstanden, dass du wirklich müde bist. Ich werde nichts versuchen. Wenn du nicht in Stimmung bist, massiere ich dir nur die Füße.«

»*Dafür* bin ich nie zu müde«, flüsterte sie mir zu. »Ich brauche nur ein kleines Nickerchen, dann bin ich wieder fit.«

Fern fing an zu kichern. Die Frau hatte ein verdammt feines Gehör.

Sie und ich blieben allein zurück, als Presley die Küche verlassen hatte.

Fern ging mit ihrem Tee in Richtung Flur. »Du würdest es gern wissen, nicht wahr?«, sagte sie im Vorübergehen.

Ich starrte sie schweigend an. *Natürlich will ich es wissen.* Aber ich würde mein Wort niemals brechen und nachfragen.

Fern nippte an ihrem Tee. »Wäre witzig, wenn das Baby am Ende wie Tanner aussieht und nicht wie du, oder?«

»Daran hättest du bestimmt deine helle Freude.«

»Dir würde es wahrscheinlich gar nicht auffallen, weil du vor lauter Liebe eine rosarote Brille trägst«, entgegnete sie augenzwinkernd.

Ich brauchte einen Moment.

Rosarote Brille.

Heilige Scheiße.

Wow, ich wurde Vater einer Tochter. Das musste ich erst mal sacken lassen.

DANKSAGUNG

Vielen Dank an euch fantastische Blogger:innen, Bookstagrammer:innen und BookToker:innen, die *Perfect Player* bei den Leserinnen und Lesern bekannt machen. Ihr sorgt für Leben in der Buchwelt, und wir sind euch sehr dankbar für eure Unterstützung.

Danke an unsere Felsen in der Brandung Julie, Lina und Cheri: für eure Freundschaft und dafür, dass ihr immer auf uns aufpasst.

Wir danken unserer Superagentin Kimberly Brower, dass du immer an uns glaubst und so hart für uns arbeitest!

Vielen Dank an Jessica: Es ist immer ein Vergnügen, mit dir als Lektorin zusammenzuarbeiten. Du hast dafür gesorgt, dass Levi und Presley bereit für die Welt waren.

Vielen Dank an Elaine, unsere grandiose Korrektorin, Formatiererin und Freundin: Wir schätzen dich sehr!

Julia, wir danken dir dafür, dass du unser »Adlerauge« bist!

Vielen Dank an Kylie und Jo von *Give Me Books Promotions*: Ohne eure harte Arbeit und eure engagierten Werbemaßnahmen wären unsere Bücher gar nicht denkbar.

Sommer, wir danken dir dafür, dass du Levi auf dem Cover zum Leben erweckt hast. Deine Arbeit ist immer perfekt.

Danke an Brooke für die Organisation dieser Veröffentlichung und dafür, dass du uns jeden Tag eine Menge von unserer endlosen Aufgabenliste abnimmst.

Nicht zuletzt danken wir unseren Leserinnen und Lesern: Wir hören nicht auf zu schreiben, weil ihr Lust auf unsere Geschichten habt. Es macht uns große Freude, euch immer wieder zu überraschen. Hoffentlich hattet ihr genauso viel Spaß beim Lesen dieses Buchs wie wir beim Schreiben. Wie immer danken wir euch für eure Begeisterung, Liebe und Treue. Wir schätzen euch unendlich!

Alles Liebe,
Penelope und Vi

Alles geschieht aus einem bestimmten Grund ...

Vi Keeland / Penelope Ward
HATE NOTES
Aus dem amerikanischen
Englisch von
Antje Görnig
352 Seiten
ISBN 978-3-7363-1286-9

Reed Eastwood ist arrogant, zynisch und fordernd. Niemand weiß das besser als seine Assistentin Charlotte Darling. Und doch ist sie sich sicher, dass er auch eine andere Seite hat. Deshalb versucht sie jeden Tag, seine Fassade zum Einsturz zu bringen. Aber Reed hat ein Geheimnis, das eine Liebe zwischen ihnen unmöglich macht. Und so tut er alles, um Charlotte auf Abstand zu halten – und scheitert dabei kläglich ...

»*Hate Note*s macht Spaß, ist prickelnd und doch romantisch und soo emotional!« HARLEQUIN JUNKIE

LYX

Gesucht: Fake-Boyfriend. Möglichst perfekt und skandalfrei

Alexis Hall
BOYFRIEND MATERIAL
Aus dem Englischen
von Carina Schnell
528 Seiten
ISBN 978-3-7363-1767-3

Durch seinen berühmten Vater steht auch Luc O'Donnell im Licht der Öffentlichkeit. Als die Klatschpresse wieder mal negativ über ihn berichtet, droht er seinen Job zu verlieren. Um sein Image aufzupolieren, macht Luc sich auf die Suche nach einem respektablen Fake-Freund und findet schnell die ideale Besetzung für die Rolle: Oliver Blackwood – Anwalt, Vegetarier und so skandalfrei, wie es nur geht. Die beiden beschließen, der Welt das perfekte Paar vorzuspielen, und doch merken sie bald, dass nicht alles bloß vorgetäuscht ist …

»Diese Geschichte ist etwas Besonderes. Phänomenal!«
PUBLISHERS WEEKLY

LYX

Feindschaft auf den ersten Blick

Kristen Callihan
SWEET ENEMY
Aus dem amerikanischen
Englisch von
Anika Klüver
496 Seiten
ISBN 978-3-7363-1577-8

Emma erlebt den schlimmsten Tag ihres Lebens. Nicht nur wurde ihre Rolle in der Serie *Dark Castle* gestrichen, nein, sie findet auch heraus, dass ihr Freund sie betrügt. Am Boden zerstört zieht sich die Schauspielerin für einen Neuanfang auf ein Anwesen in Kalifornien zurück und trifft dort auf Lucian. Er ist verschlossen, abweisend und scheint nichts an ihr zu mögen. Und doch fühlt Emma sich von ihm angezogen, denn sie spürt, dass er ebenso verletzt ist wie sie. Kann sie Lucians Schutzmauern einreißen?

»SWEET ENEMY ist eine zuckersüße, humorvolle und gleichzeitig unglaublich emotionale Geschichte.« CHARLEEN von CHARLIE_BOOKS

LYX